AF237108

SKRÖNA

Henriette Salis

Henriette Salis

SKRÖNA

(dt.: Lügenmärchen)
Roman

Krimikomödie / Satire / Liebesgeschichte
Buddy-Story / Utopie

Bibliografische Information der Deutschen
Nationalbibliothek:
Die Deutsche Nationalbibliothek verzeichnet diese
Publikation in der Deutschen Nationalbibliografie;
detaillierte bibliografische Daten sind im Internet über
http://dnb.dnb.de abrufbar.

© Juli 2021 Henriette Salis

www.henriette-salis.de

Umschlagfoto: Muselmann Pictures, Max Muselmann

Herstellung und Verlag: BoD – Books on Demand,
Norderstedt

ISBN: 978-3-7534-9906-2

„Wer lügt, hat immerhin vorher
die Wahrheit gedacht."

J. J. Rousseau

1

Über Skröna hingen die Wolken tief, sodass sie beinahe das
Meer berührten. Dunkles Grau überzog den Horizont und
kein Flügelschlag bewegte die nebelgetränkte Luft. Es war
tatsächlich die reine Natur, die dieses Schauspiel an jenem
Morgen bot – nicht eine melodramatische Empfindung –
denn noch hatte keine der einhundertzweiunddreißig
Seelen, die die kleine schwedische Insel bewohnten, den
Grund dafür entdeckt, warum sich von heute an alles ändern würde an ihrer friedlichen Ruhe. Eine feine Linie
schlich sich in das wuchtige Himmelsgebilde. Die ersten
Sonnenstrahlen berührten orangerot das Ufer und kitzelten
die windschiefe Kirchturmspitze. Irgendwo im Ort krähte
ein Hahn.

2

Simon fiel aus allen Wolken, dass man ihn hier offensichtlich eiskalt abservierte. Er stand im Büro des Produzenten in Köln und konnte es einfach nicht fassen. Er
drehte die Lautstärke noch ein bisschen weiter auf, sein
typisches Lächeln war in diesem Moment ein Relikt aus
vergessenen Zeiten, das erst noch ausgegraben werden
musste von einem Team internationaler Archäologen. Was
bildete sich dieser Clown von Regisseur eigentlich ein ?!!
Wie konnte man ihm diesen, diesen... ach-keine-Ahnung...
Vollidioten eigentlich zumuten ?! DAS HATTE ER in
seiner ganzen langen Laufbahn NOCH NIE ERLEBT !
Haben die TV-Sender jetzt gar kein Geld mehr, um fähige
Leute zu bezahlen ? Dabei gibt er immer alles – fleischge-
wordenes, beseeltes Material, in Demut gegenüber der

Vision eines Profis, der Inszenierung verpflichtet, dem Gesamtkunstwerk untergeordnet… An dieser Stelle unterbrach der Produzent mit einer Geste (er griff zum Telefon, wobei er ihm den Rücken zudrehte) Simons Redefluss, den er seit ungefähr zwanzig Minuten über sich hatte ergehen lassen. Jeden zweiten oder dritten Satz mit betroffener Miene abgenickt, um Simon wenigstens den Eindruck zu vermitteln, als würde er ihm zustimmen. Trotz seines Bekanntheitsgrades war er in den Augen des Produzenten in diesem Moment NUR ein Schauspieler, der seine GRENZEN überschritten hatte. Als der Regisseur ihn gestern Abend anrief, sah er sich gezwungen, eine Entscheidung zu treffen. Und weil der Chef des Senders zufällig dessen Onkel war, konnte er für Simon nichts weiter tun. Nichts weiter tun, als ihn genau drei Wochen vor Drehende nach Hause zu schicken. Natürlich würde er ihn vermissen, aber die Castingagentur hatte ihm bereits zwei neue Vorschläge gemailt, die beide in einer halben Stunde bei ihm auf der Matte stehen würden. Er KONNTE es sich nicht leisten, dass die Dreharbeiten sich wegen dieses Zwischenfalls verzögerten. Dafür fehlte ihm der finanzielle Spielraum. Der Redakteur vom Sender war bei den Verhandlungen knallhart gewesen. Sie konnten froh sein, dass sie nicht wieder das miese Catering von der letzten Produktion buchen mussten.

Das ist nicht das Ende der Welt, Simon, versuchte er ihn zu beruhigen.

Sieh´s mal so, jetzt hast du geschenkte Zeit für deine Familie. Was auchimmer. Es ist Sommer, lass dich nicht hängen. Sind nicht gerade Schulferien?

Bei diesen Worten durchfuhr ihn ein kurzer, aber heftiger Stich. Wie sollte er denn unter diesen Umständen seiner Frau und den Kindern unter die Augen treten? Was für eine Demütigung. Dieser ganze Mist ! Wieso nahmen sich alle bloß immer so wichtig ?! Wieso hatte er nicht einfach die Klappe gehalten ?

Simon, äh... tut mir leid, aber ich hab zu tun. Also, mach was draus. Grüß deine Frau von mir und lass mal von dir hören.

Es war der schlimmste 2. Juli seines Lebens, an den er sich erinnerte. Was soll's, dachte er, als er das Büro verließ und beinahe mit der Praktikantin aus der Kostümabteilung zusammenstieß. Sie grüßte ihn freundlich und etwas schüchtern. Er grüßte zurück.

Die wird schon noch lernen, das richtige Maß an Forschheit und Zurückhaltung an den Tag zu legen, murmelte er vor sich hin.

Als er ins Hotel zurückkam, bat man ihn freundlich, sich etwas zu beeilen. Die Produktionsassistentin hatte sein Zimmer storniert, es war bereits nach 10 Uhr und die Frauen vom Housekeeping wollten es für die Anreise am Nachmittag fertigmachen. Er schloss die Tür hinter sich, drehte den Schlüssel zweimal rum und ließ sich aufs Bett fallen. Nein, es kam überhaupt nicht in Frage, nach Hause zu fahren. Sollte er seiner Frau und den Kindern auf die Nerven gehen ? Mit Sicherheit würde sein Agent aufkreuzen und ihm auf die Nerven gehen. Am besten fuhr er ganz weit weg. Ganz, ganz weit. Irgendwohin, wo ihn keiner kannte. Gab es nicht im Oman diese berühmten Höhlen ? Die tiefste Höhle der Welt befand sich in Abchasien, hatte er mal gelesen. Dahin sollte er sich jetzt am besten verkriechen. Wie schnell würden die Klatschreporter in Erfahrung bringen, dass er nach zwei Drehtagen vom Set eines Fernsehfilms geflogen war ? **Bekannter Krimischauspieler und Publikumsliebling weigerte sich, den Vorgaben eines Regisseurs zu folgen, indem er eine Szene frei interpretierte und dabei einen Affront gegen dessen Religion riskierte.** Nein, das würden sie nicht drucken. Viel zu lang für eine

Überschrift in der Klatschpresse. Und ebenso nicht wahr! Gut, dann würden sie es drucken. Dieser Regisseur, so ein Depp, hielt sich wohl für den großen Schöpfer. Was ist eine Schöpfung denn wert, wenn man sie nicht zu Wort kommen lässt? Jemand klopfte an der Tür.

Entschuldigung, wie lange brauchen Sie noch?, drang die Stimme herein.

Simon richtete sich auf. Er sah sich im Zimmer um. Das bisschen Zeug war leicht (in den Koffer) weggesteckt. Im Gegensatz zu allem anderen. Es war nicht leicht, nach diesem Fiasko die richtige Entscheidung zu treffen. Aber alles andere war besser, als jetzt hier in Deutschland zu bleiben.

„Eine Gesellschaft räumen,
wo ich nicht wohl gelitten bin / An einen Ort
vorausspringen,
den ich nicht länger missen kann."

Vor Jahren hatte er mal den Ferdinand am Theater gespielt. Die Worte der Louise Millerin drangen ihm aus ganzem Herzen in den Sinn. Um Liebe handelte es sich bei seiner Degradierung zwar keineswegs, doch eindeutig um Kabale. Wo war Louise gleich nochmal hingegangen? In den Tod? Oh nein! ER würde nicht so einfach abtreten von der Bühne! Doch wo befand sich bloß solch ein Ort, der nicht unter der Erde lag? Wie konnte ihm das nur passieren?? Ihm!!! Simon Alexander Franke. Bekannter und beliebter Krimischauspieler, ausgezeichnet mit mehreren Preisen seiner Branche. Sogar in Schweden hatte man ihn vor ein paar Jahren mit einem Preis als bester Nebendarsteller geehrt. Da kannte ihn zwar keiner weiter, aber was spielte das schon für eine Rolle.

Hallo? Ist alles okay bei Ihnen da drin?

Die Stimme hinter der Tür klang nach einer Mischung aus Sorge und Ungeduld. Das Klopfen wiederholte sich und wurde lauter. Da lichtete sich der Nebel in seinem Kopf. Er sprang auf, packte seinen Rasierer, die Zahnbürste und das Ladegerät seines Handys, warf sein letztes Hemd in den Koffer, einen letzten Blick in den Spiegel und riss die Tür auf, sodass die Hotelmitarbeiterin taumelnd zurückschreckte. Erhobenen Hauptes schritt er an ihr vorüber und wünschte ihr einen guten Tag. Verwundert sah sie ihm nach. Doch da war er mit seinen Gedanken schon in Schweden. Irgendwo, wo ihn definitiv niemand kannte. Er wusste zwar noch nicht wohin genau, aber für die nächsten drei Wochen würde er sicher eine schöne Insel für sich finden. Es war exakt der richtige Zeitpunkt für einen längst fälligen Urlaub.

3

Warum waren sie an diesem Morgen überhaupt auf Carlssons Hof gegangen? Ist es eine dieser Eingebungen gewesen, die Menschen manchmal haben, wenn ihnen jemand besonders nahe steht? Axel Wallenberg, der Bürgermeister der kleinen Gemeinde Skröna, kam mit einem tiefen Schrecken im Gesicht in die Wohnstube des alten Bauernhauses gelaufen.

Die Schatztruhe ist weg, Leute, brachte er gedrückt heraus, wobei ihm der nächste Atemzug beinahe versagt blieb.

Keiner reagierte direkt auf ihn, alle starrten wie schon seit zehn Minuten auf die Leiche am Boden. Der Körper ihres ältesten Dorfmitbewohners ließ eindeutig darauf schließen, dass er das Zeitliche gesegnet hatte. Carlsson hatte mit seinen Dreiundachtzig die meisten Jahre von allen hier auf dem Buckel. Man könnte es ein stattliches Alter nennen, dass für alle eines Tages dieser Augenblick unausweichlich sei und lauter solche Sachen, die ihnen für einen kurzen Moment in den Sinn gekommen waren. Und doch erschien es allen Dreien abwegig, dass er hier tot auf seinem fleckigen Holzfußboden lag. Erst vor zwei Tagen noch hatten sie zusammen am Stammtisch in Erikssons Gasthaus einen getrunken. Maria hatte sie am Ende nach Hause bitten müssen, weil es schon weit nach drei Uhr war und sie die letzten Gäste gewesen sind.

Seid ihr taub? Lars, hör doch mal. Die Schatztruhe ist verschwunden. Ich habe jetzt das ganze Haus durchsucht und kann sie nirgendwo finden.

Der Bürgermeister hielt sich am Geländer der Holztreppe fest, die ins obere Stockwerk führte und deren Knarren man in diesem Moment für einen leisen Vorwurf hätte halten können.

Jetzt nimm dir einen Stuhl, Axel, Du nervst.

Anders, der einzige Arzt des einzigen und gleichnamigen Ortes auf der Schäreninsel Skröna, ging ein weiteres Mal um den toten Carlsson herum, um die Sache von allen Seiten zu betrachten. Er war sich nicht sicher, da braucht es schon eine richtige Untersuchung, meinte er, doch die blutige Verletzung an Carlssons Hinterkopf wies im Grunde zweifelsfrei darauf hin, dass er erschlagen worden war. Keiner der Drei konnte es fassen, wie irgendjemand diesem gutherzigen, alten Mann so übel hatte mitspielen können.

Erschlagen meinst du?, fragte Lars ungläubig.

Das müsstest du als Lehrer doch am besten wissen. Die Jugend von heute verkommt doch mehr und mehr durch diese ganzen Medien und so. Du kennst doch die Bande hier von allen am besten.

Ja und deine Tochter kenne ich auch, Axel Wallenberg, halt du mal lieber die Füße still. Die ist eine ganz Ausgekochte.

Axel lief rot an und schnappte einmal mehr nach Luft.

Wir werden uns doch wohl im Beisein eines Toten nicht streiten, versuchte Anders zu intervenieren.

Wenn hier keiner mehr einen Scherz versteht, dann weiß ich auch nicht, verschränkte Lars halbbeleidigt die Arme.

Am besten, wir nehmen uns jetzt alle mal einen Stuhl, versuchte Axel konstruktiv zu erscheinen.

Das war definitiv zu viel für sie. Der arme Carlsson. Sitzend starrten sie auf den Toten. Draußen landete ein Weißbeckensegler auf dem Fenstersims, beobachtete die Männer eine Weile und flog dann auf und davon in den wolkenverhangenen Himmel. Nach ein paar weiteren Augenblicken des gemeinsamen Stillschweigens ergriff der Bürgermeister das Wort. Es war der furchtbarste 2. Juli seines Lebens, an den er sich erinnerte.

Männer, das hier ist eine sehr ernsthafte Angelegenheit. Wir haben einen unserer beliebtesten Mitbürger verloren. Durch eine abscheuliche Tat. Das dürfen wir nicht ungestraft lassen. Demnach hat der unbekannte Täter nicht nur unseren Carlsson auf dem Gewissen, sondern auch die Ersparnisse, die wir alle unter größter Aufopferung zusammengetragen haben, um unser großes Ziel zu erreichen. Wer sonst als der üble Täter hätte die wertvolle Truhe entwenden können. Wir dürfen nicht gefährden, was wir so lange schon anstreben. Deshalb schlage ich vor, wir beerdigen Carlsson in allen Ehren und mit aller gegebenen Eile, bevor DIE JURY in drei Wochen kommt, um uns alle zu prüfen. Lasst uns keine Zeit verlieren und Carlssons Mörder fassen. Auf dass wir unsere Schatztruhe wieder in Händen halten. Lasst uns vollenden, was wir mit aller Kraft begonnen haben.

Mit einem feierlichen Blick schaute der Bürgermeister zwischen Anders und Lars hin und her und ihnen dabei tief und fest in die Augen.

Na gut, Axel, wenn du es sagst, stimmte Anders ihm zu.

Es klingt eigentlich ganz vernünftig, brummte Lars aus seinem Bart hervor.

Und so war es beschlossene Sache, dass der Leichnam keiner weiteren Untersuchung unterzogen werden sollte und man in Windeseile sein Begräbnis organisieren müsse. Axel ging zum Tisch neben der Eingangstür, wo Carlssons Telefon stand. Und wählte Görans Nummer.

Als Göran mit dem Hinterteil seines Geländewagens auf den Hof rangierte, waren die Drei bereits dabei, Carlsson aus dem Haus zu tragen. Axel gab Anweisungen, während Lars und Anders den steifen Körper bugsierten. Als sie sich aufgeregt nach dem Motorengeräusch umdrehten, schlug Carlssons Kopf mit einem dumpfen Geräusch gegen den Türpfosten, wobei er ihnen fast aus den Händen gerutscht wäre. Bevor Axel darüber schimpfen konnte, war Göran aus dem Wagen gesprungen und brachte mit einem Ausruf größter Überraschung die ganze kleine Gruppe zum Stehen.

Spinnt ihr Leute, was ist hier eigentlich los? Ihr wolltet doch meinen Wagen haben, um was Großes zu transportieren! Was habt ihr denn mit Carlsson gemacht? Was soll das hier werden?

Anders und Lars sahen sich gezwungen, den Leichnam seines Gewichts wegen auf den verwitterten Steinfliesen abzulegen. Mit einem schiefen Lächeln und ausgebreiteten Armen ging Axel auf den Mechaniker der Autowerkstatt zu. Er war sich nicht sicher, ob er ihm damit die Sicht auf den Toten versperren wollte. Göran baute sich breit vor Axel auf, indem er die Hände in die Hüften stemmte.

Was ist hier los, Axel?

4

Seid ihr denn von allen guten Geistern verlassen ?! Pfarrer Melker
schritt aufgeregt vom einen Ende seiner kleinen Kirche bis
zum andern und zurück, bis er wieder am Altar stand, wo
die Anderen betreten schweigend darauf warteten, dass er
sich einigermaßen beruhigt hatte.

*Geister, das war ja klar. Jetzt fang doch nicht schon wieder mit
deinen religiösen Vorhaltungen an, Melker.*

Axel traute sich als Einziger etwas zu sagen, schließlich
scherte er sich als Bürgermeister wenig um das, was die
Leute dachten. Immerhin war er der Herr der Gemeinde,
denn in die Kirche gingen längst nur noch eine Handvoll
Leute, vor allem die Alten und Kranken. Melker hatte bisher keinen von denen wieder gesund gemacht, was Anders
einmal spöttisch anmerkte. Seitdem redeten sie noch selte-
ner miteinander. Melker war vor zwanzig Jahren auf die
Insel gekommen, was ihn zwar nicht mehr als Gast gelten
ließ, doch es machte einfach einen Unterschied, ob man
hier einen Stammbaum bis ins 16. Jahrhundert nachweisen
konnte oder eben nicht.

*Natürlich beerdigen wir Carlsson. Was glaubst du denn, Axel ?
Der Seelenfrieden eines jeden ist gottgegebenes Menschenrecht. Aber
doch nicht Holterdiepolter heute Nachmittag ohne jede Zeremonie und
alles. Ist das wieder einer von deinen merkwürdigen Plänen ? Oder
gehört das hier zur Probe für deine Theateraufführung, Lars ?*

Lars antwortete darauf vorsichtshalber nichts. Als Spra-
chenlehrer wusste er um die Bedeutung einer rhetorischen
Frage und Melker hatte obendrein mindestens zwei Gründe, um sauer auf ihn zu sein.

*Was hast du überhaupt damit zu schaffen, Göran ? Von dir hätte
ich so etwas nicht erwartet !*

Göran hatte bereits alles zu dieser Sache gesagt, was es zu sagen gab. Die Fahrt hierher vom Hof von Carlsson, den sie auf der Ladefläche des Geländewagens mit einer Plane abgedeckt und mit Seilen gesichert hatten, war für die drei Rädelsführer dieser Angelegenheit zu einer echten Offenbarung geworden. Göran hatte ihnen unmissverständlich mitgeteilt, dass er ihren Plan für völlig absurd hielt und für komplett herzlos. Im Dorf galt er als besonders zurückhaltend und eigenbrötlerisch. Er war offensichtlich gerne allein, werkelte den ganzen Tag in seiner Autowerkstatt an Fahrrädern, Kaffeemaschinen, Radios, Computern und ab und an einem Auto. Zwar hatte praktisch jeder auf der Insel eines, doch da man aufs Festland nur mit Herkes klappriger Fähre kam, blieben die Autos meist ungenutzt neben den Häusern stehen. Natürlich wünsche sich deshalb auch er, dass ihre Gemeinde den Wettbewerb in drei Wochen gewinnen wird, hatte er eingeräumt, doch alles habe seine Grenzen.

Ich habe Carlsson hergebracht, damit du ihn hier auf dem Friedhof beerdigst. Wenn er in seinem Haus liegenbleibt, wird das bloß eine Sauerei.

Was ihr hier vorhabt, das wird eine Sauerei, das sage ich euch, Axel !, schoss es aus Melker heraus.

Ein Toter gehört unter die Erde, wenn sich die Hinterbliebenen von ihm verabschiedet haben und damit basta.

Darin sah der Bürgermeister eine neue Chance für ein Argument zugunsten seiner Idee.

Hör mal, Melker. Was denkst du denn von uns ?, begann er mit einer Stimme, die sich zum Vorlesen von Gute-Nacht-Geschichten-für-Kinder eignete. Beflissentlich ignorierte er das Stirnrunzeln des Pfarrers.

Carlsson war einer von uns. Und wir sind doch alle hier, um ihm die letzte Ehre zu erweisen.

Melker unterbrach seinen Versuch.

Glaubst du etwa, du findest seinen Mörder ohne eine pathologische Untersuchung ?

Der Bürgermeister fühlte seine Felle davon schwimmen. In diesem konkreten Fall sah er die langersehnte Autobrücke zum Festland vor seinem inneren Auge zerbersten und ins Meer stürzen. Anders sprang für ihn ein.

Melker, das kann ich wirklich nicht leisten. Damit habe ich überhaupt keine Erfahrung. Lass uns ihn doch einfach heute beerdigen. Dann erhält er seine Totenruhe. Das ist doch wichtig. In der Religion und so, oder ? Außerdem hat Carlsson doch gar keine Verwandten mehr.

Wir alle, Anders, wir alle sind seine Verwandten. Er war bei allen beliebt. Glaubst du, dich würde hier noch irgendeiner ernst nehmen, wenn herauskäme, dass du so etwas veranlasst hast, Axel ? Und den Pathologen holen wir vom Festland.

Axels Mundwinkel zuckten und seine Augen wurden schmale Schlitze. Das konnte er einfach nicht zulassen.

Du willst also allen Ernstes den Plan der Gemeinde sabotieren ? Willst du das ? Glaubst du, wenn ein Pathologe aus der Stadt in unserer Gemeinde einen Mord untersucht, bleibt das der JURY verborgen ? Die werden erst gar nicht anreisen um zu prüfen, ob wir „Schwedens Schönstes Dorf" sind. Und dann bekommen wir keine Finanzierung vom Staat für die Autobrücke, die sich hier alle wünschen. Und ich meine alle ! Glaubst du, dass noch irgendeiner deine Kirche betritt, wenn herauskäme, dass du unseren Sieg verhindert hast ?

Melker fühlte sich jetzt nicht mehr ganz so sicher. Lars, der wegen der Sache mit dem Chor jedes Mal ein schlechtes Gewissen bekam, wenn er Melkers Kirche betrat, ergriff das Wort.

Nun lass es doch mal gut sein, Axel. Es hat sicher nicht an ihm gelegen, dass wir damals vor drei Jahren nur den fünften Platz belegt haben.

Die Skrönaer beteiligten sich in diesem Jahr das zweite Mal am landesweiten Wettbewerb „Schwedens Schönstes Dorf". Sie waren keine eingebildeten oder besonders stolzen Menschen, sondern recht bodenständig, zufrieden mit dem, was sie hatten und im Grunde sehr liebenswert. Die Entscheidung des Bürgermeisters, sich an diesem traditionsreichen Wettbewerb zu beteiligen, wurde damals von allen begrüßt. Man bewarb sich, indem man ein Projekt präsentierte, das dem Gemeinwohl diente und das man mit der Siegerprämie realisieren wollte. Die Skrönaer lieben ihre Heimat, ohne Frage, doch oft erwies es sich als hinderlich, dass es keine Autobrücke gab, die sie mit dem Festland verband. Die Kinder gehen auf die Schule in der Stadt und die meisten haben dort ihre Arbeit. Während viele der Schweden sich nach einer anstrengenden Woche in der Stadt in ihren weltabgeschiedenen Wochenendhäuschen erholten, wünschten sich die Bewohner der Schäreninsel etwas mehr Flexibilität und logistische Weltoffenheit. Vor drei Jahren war DIE JURY schon einmal hier gewesen und hatte besonders lobende Worte für die hölzerne Stabkirche gehabt, die heute eine Rarität in Schweden ist, nachdem fast alle während der Pestepidemie im 17. Jahrhundert verbrannt worden sind. Die Kirche hatte mit der Zeit dem Wetter immer weniger Widerstand geleistet und war in eine leichte Schieflage geraten. Axel hatte Melker immer mal wieder unter die Nase gerieben, dass sie eben nicht schief genug war für den Titelgewinn. In Italien war so ein schiefer Turm immerhin zum Wahrzeichen einer ganzen Stadt geworden und zog jedes Jahr Heerscharen von Touristen an. Jeder wusste, dass Lars genau darauf ansprach.

Wir hätten uns einfach alle mehr anstrengen müssen.
Für einen Moment kehrte die Stille ein, die Melker in seiner Kirche selbst sonntags gewöhnt war. Und da lenkte er plötzlich ein. Sein Mund kräuselte sich, als würde er noch überlegen und sein Blick schweifte skeptisch über die versammelten Anwesenden. Genau auf diese Weise würde er nicht derjenige sein, an dem es lag, falls sie den Wettbewerb „Schwedens Schönstes Dorf" erneut nicht gewannen und er würde endlich für mehr Besucher in seiner Kirche sorgen können.

Gut Axel, lass es uns so machen. Passt auf. Wir lassen für die nächsten Wochen Gras über die Sache wachsen, aber wenn DIE JURY wieder fort ist, holen wir den Pathologen. Und bis dahin bahren wir Carlsson in der Kirche auf. Dann hat jeder Gelegenheit, sich von ihm zu verabschieden.

Du willst ihn drei Wochen lang hier auf einen Tisch in der Kirche legen ?, fragte Göran ungläubig.

Soweit hatte Melker in diesem Moment gar nicht gedacht. Sondern daran, dass sich die Kirchenbänke füllen würden, wenn die Leute dem guten Carlsson die letzte Ehre erwiesen. Oder manche nur neugierig waren, einen echten Toten zu SEHEN. Und wenn sie einmal hier wären, dann würde er sie nicht einfach wieder gehen lassen. Das war fürs Erste seine Idee. Selbst Anders verzog angewidert das Gesicht bei der Vorstellung, dass ein Leichnam hier über Wochen offen verweste. Lars warf Axel einen kurzen Blick zu. Der Plan drohte zu kippen und er hatte eine Idee, ihn zu retten.

Naja, ich weiß nicht, wir könnten uns ja eine große Eistruhe besorgen. So eine mit Glasdeckel wie im Supermarkt. Die Leute könnten ihn sehen und er wäre noch frisch, wenn dann der Pathologe kommt.

Und wo willst du so eine Truhe herbekommen ?, fragte Melker, der Sache zustimmend.

Vergiss nicht, dass wir jetzt nicht mal mehr das Geld haben, die Pension fertigzustellen, die uns den Sieg sichern soll, gab Anders zu bedenken.

Na Gustaf. Der hat DOCH so eine Truhe. Für das Fleisch und das Eis, vollendete Göran den Vorschlag von Lars.

Alle Blicke richteten sich auf Axel.

Das könnt ihr vergessen !

Es war kein Geheimnis, dass die Familien von Gustaf Eriksson, dem Gastwirt, und Axel Wallenberg, dem amtierenden Bürgermeister, zerstritten waren. Wenn man jemanden im Ort gefragt hätte, worin das seine Ursache hatte, bekäme man aus zwei Gründen keine Antwort. Zum einen, weil die Skrönaer wie alle Schweden darauf bedacht sind, konfliktfrei in Harmonie mit ihren Mitmenschen auszukommen und nur im engsten Kreis über Andere sprachen. Und zum anderen, weil es schlicht keiner wusste. Manche vermuteten, dass selbst die beiden Streithähne den Grund der alten Fehde vergessen hatten. Wer weiß das schon. Melker, der in dem toten Carlsson seine einzige Chance sah, die abtrünnigen Schafe zu versammeln, um seine Herde zu vergrößern, fand die entscheidenden Worte.

Große Ziele erfordern oft große Opfer. Geh du mit gutem Beispiel voran, Axel. Dir als Bürgermeister werden die Leute folgen. Nur so werden wir gewinnen.

Was konnte der dagegen sagen ? Und so war nun dies beschlossene Sache. Als sie die Kirche wieder verließen, wies Melker mit einer zaghaften Geste auf den Opferstock am Ausgang hin, doch keiner schien darauf zu achten. Obwohl das Wort *Mörder* in der letzten halben Stunde kein einziges Mal gefallen war, hatte jeder ein mulmiges Gefühl, als sie sich wieder an ihr Tagwerk machten. Ein Mörder lief auf ihrer schönen kleinen Insel frei herum. Mit all dem Geld, zu dem jeder durch Verzicht beigetragen hatte, damit sie ein Bauwerk vollenden können, das ihnen den Titelgewinn garantieren soll. Draußen war Per damit beschäftigt, Unkraut zu jäten. Er hatte nie die geistige Reife der anderen Kinder erreicht, doch ihn in einem Heim für Behinderte irgendwo in der Stadt unterzubringen, wäre für seine Eltern nie in Frage gekommen. Bei Melker in der Kirche verrichtete der junge Mann kleinere Reparaturen, putzte und half die Sonntagsmesse vorzubereiten. Er kniete auf der staubigen Erde und sah kurz von seiner Arbeit auf.

Grüß dich, Per.

Grüß dich, Göran. Grüß dich, Lars. Grüß dich, Bürgermeister. Grüß dich, Anders. Schönes Wetter, was. Heute wird es noch regnen.

Er wischte sich die staubigen Hände an der Hose ab.

Sie nickten ihm freundlich zu. Dann gingen sie in die vier Himmelsrichtungen auseinander. Heute Abend in Gustaf Erikssons Wirtshaus wollten sie alles Weitere besprechen.

5

Der Himmel war zwar nicht leuchtendblau, wie man es von einem echten Urlaubshimmel hätte erwarten können, doch immerhin war er endlich angekommen. Nicht ganz, denn nach der Fahrt mit dem Zug zum Flughafen, dem ein Direktflug nach Stockholm folgte und eine längere Taxifahrt, lag noch eine Strecke von ungefähr zweihundert Metern zwischen ihm und dieser Insel, wo Simon die nächsten drei Wochen verbringen wollte. Er setzte sich ins Gras, nachdem er mehrmals vergeblich hinüber gewunken hatte und schob seine Sonnenbrille in die Stirn. Die Fähre am gegenüberliegenden Ufer schien feste Fahrtzeiten zu haben. Hoffentlich dauerte es nicht mehr allzu lange, bis sie hier anlegte, denn er spürte bereits die ersten Regentropfen auf seiner Haut. Simon konnte es kaum glauben, dass er jetzt hier in Schweden war. Seine Frau hatte er noch nicht angerufen, um sie über die kleine Planänderung zu informieren. Schließlich hätten sie sich in diesen Tagen sowieso nicht gesehen. Was spielte es da für eine Rolle, ob er hier war oder dort, ob in Deutschland oder anderswo in Europa ? Die kulturellen Eigenheiten und Unterschiede der Länder schätzte er allerdings sehr. Hoffentlich ignorieren die da oben auf ihren Stühlen das nicht. Politik ist so eine Sache, dachte er. Drumherum kommt man nicht, doch lässt man sich davon besser nicht den Tag vermiesen, schloss er diesen Gedanken ab. Donner grollte in der Ferne und der Regen hielt sich nicht mehr zurück. Wo blieb denn bloß diese blöde Fähre ? Simon stand auf, kramte eine Jacke aus dem Koffer und hielt sie wie ein Dach schützend über sich. Er hatte noch keine Ahnung, was ihn auf Skröna erwartete, aber es würde ihm auf jeden Fall gut tun, mal nicht am Set eines Films zu sein. Im Grunde war die Filmbranche nichts anderes als die weichgespülte Version der politischen Bühne. Als er schon auf dem Weg zum Flughafen war, hatte er per Smartphone nach abgelegenen Orten in Schweden gesucht. Die Suchergebnisse waren zahlreich und verwiesen unter anderem auf einen Wettbewerb, der dieser Tage das schönste Dorf des Landes küren sollte. Dabei war er auf eine Insel von gerade mal zehn Quadratkilometern Größe mit nur einhundertzweiunddreißig Bewohnern gestoßen, was ihm echte Weltabgeschiedenheit verhieß. Am gegenüberliegenden Ufer setzte sich die Fähre in Bewegung. Der Fährmann begrüßte ihn mit dem typischen *Hej*. Simon grüßte mit *Hej* zurück und hoffte dass es stimmte, dass die meisten Schweden ein wirklich gutes Englisch sprechen. Er wolle hier Urlaub machen, wünschte dem Fährmann, den er als Inselbewohner einstufte, viel Glück für den Wettbewerb und fragte nach vakanten Unterkünften. Der Mann sah ihn mit großen Augen an ohne etwas zu sagen. Wahrscheinlich haben die Leute hier wenig Kontakt mit der Außenwelt, mutmaßte Simon und blieb zuversichtlich, dass er eine Bleibe finden würde. Es müsse kein Nobelhotel sein, eine einfache Frühstückspension täte es auch. Der Mann sagte noch immer nichts und sah ihn sehr ernst an. Vielleicht sprechen die Leute hier eine schwedische Form des Englischen ?

Du willst wirklich Urlaub bei uns machen ?

Simon war erleichtert, dass dieser Fährmann ihn offensichtlich doch verstanden hatte.

Ich kann dich mit rüber nehmen. Das mit der Unterkunft kann ich dir nicht versprechen.

Dann nahm er sein Mobiltelefon und wählte eine Nummer im Kurzwahlspeicher. Außer dem Wort *JURY* verstand Simon nicht, was er sagte. Als er auflegte, schien eine Lösung gefunden.

Jemand wird dich abholen. Steig ein, wenn du willst.

Das ließ er sich nicht zweimal sagen, allein schon, um dem Regen zu entkommen. Er stellte sich unter das Dach der Kajüte, ließ sich den feuchten Fahrtwind ins Gesicht wehen und schon waren sie angekommen. Deutschland lag weit hinter ihm. Ein großer Mann mit Schultern breit wie ein Kleiderschrank, etwas jünger als er selbst, stand neben einem Geländewagen und beobachtete ihn. Der Regen hatte Carlssons Blut von der Ladefläche gewaschen. Der Fährmann nickte ihm zu.

Das ist Göran. Der nimmt dich mit.

Simon verabschiedete sich freundlich und ging mit vorgestreckter Hand auf Göran zu.

Hej.

Göran schaute überrascht auf die Hand des Fremden.

Hej. Steig ein, wenn du willst.

Beide saßen im Auto, doch Göran fuhr weder los, noch sagte er ein Wort. Simon hatte nur ein paar Wochen in Schweden gearbeitet und das Filmgeschäft war so schnelllebig, dass nicht viel Zeit verloren wurde, bis man sich über Privates austauschte und für eine kurze Zeit anfreundete. Hin und wieder überdauerten diese Kontakte das Drehende und wenn man sich von Zeit zu Zeit bei anderen Produktionen wiedersah, konnten daraus echte Freundschaften entstehen. Manchmal aber stimmte die Chemie auf Anhieb und man blieb für lange Zeit in solch einem Kontakt. Er wusste nicht, dass die Schweden hinter ihrer Freundlichkeit ihre Verschlossenheit verbargen. Und was jetzt?

Mein Name ist Simon. Ich stamme aus Hamburg, das liegt in Meeresnähe.

Ich bin Göran. Von Skröna. Und du willst wirklich Urlaub bei uns machen?

War das eine Begrüßungsformel für Touristen? Der Fährmann hatte ihn doch gerade dasselbe gefragt. Oder machte hier sonst keiner Urlaub?

Ja, ich glaube schon.

Und war sich in diesem Moment nicht mehr ganz so sicher, ob es wirklich eine gute Idee war oder ob er besser eine andere Insel suchen sollte.

Ist schon okay. Wir haben hier sonst keine Touristen. Was machst du in Deutschland?

Simon erzählte ihm natürlich nichts von dem Rauswurf, aber sehr ausführlich davon, dass er dort ein bekannter Schauspieler war, seit Jahren in einer Krimiserie eine der beiden Hauptrollen spielte, hin und wieder in einem Spielfilm mitwirkte und nur noch selten auf der Theaterbühne stand. Göran sah ihn sehr ernst an. Simon befürchtete, dass in dessen Kopf jetzt all die Klischees rumspukten, die man sich so erzählte über Schauspieler. Aber er war noch immer in erster Ehe verheiratet, hatte zwei wohlerzogene Kinder (wobei es sich erst noch herausstellen musste, ob sie gut geraten sind, denn sie waren erst 3 und 5 Jahre alt), selbst bei wochenlanger, arbeitsbedingter Abwesenheit von Zuhause war er erst einmal fremdgegangen in den letzten fünf Jahren und engagierte sich in einem Verein, der Projekte an Schulen mit Kindern durchführte, deren Eltern sich wenig um Kunst und Kultur kümmerten. Zu gerne hätte er gewusst, was dieser Inselbewohner gerade dachte, als Göran ihm endlich zunickte. Es schien, als hätte er mit seinem Broterwerb ein leises Vertrauen geweckt.

Ist gut. Du kannst bei mir auf dem Grundstück wohnen, sagte Göran schließlich in aller Ruhe und fuhr los.

Während Simon durch die Regenschleier die Landschaft in sich aufsog, erzählte Göran ihm von der Unterkunft in einem alten Bauernhaus. Es stand seit Jahren ungenutzt, einen Kühlschrank gäbe es nicht und kein fließend Wasser. Bevor er in das neue Haus umgezogen war, hatte er elektrische Leitungen verlegt. Die Fahrt ging durch Birkenwald hindurch, an einem Moor vorbei und weiten Grasböden, durchquerte einmal den Dorfkern und endete an einem Gehöft mit einer großen Garage und einem einigermaßen gepflegten Gemüsegarten.

Meine Frau gärtnert auch, versuchte Simon das Gespräch wieder anzufachen.

Mit Autos und Technik kann ich besser, aber es wächst etwas.

Er war offensichtlich auf dem Hof eines Junggesellen gelandet. Wenn der immer so wortkarg ist, werden hier wohl wenig Frauen ein und aus gehen, konstatierte Simon und war froh darüber, ein ruhiges Plätzchen gefunden zu haben. Die Tür quietschte in ihren Angeln, als sein Gastgeber sich mit der Schulter dagegen stemmte, um sie zu öffnen. Ein paar Spinnweben wehten Simon ins Gesicht. *Romantisch* war das optimistischste Wort, das er finden konnte, als er sich in der Wohnstube umsah. Der Staub von Jahren hatte sich über die Möbel gelegt, die Regale waren leer und die Bilder an den Wänden waren abgenommen und neben den Kamin gelehnt. Durch die verstaubten Fenster konnte er den Regen kaum sehen.

Hier ist die Küche. Oben ist das Schlafzimmer. Waschen kannst du dich hier am Spülstein. Das Trockenklo ist hinterm Haus. Einmal kräftig durchlüften, was.

Einmal mit dem Schwamm drüber und schon wird's gemütlich, lächelte Simon seinen Gastgeber zuversichtlich an.

Göran lächelte zurück.

Es ist das Haus meiner Eltern. Ich bin hier geboren. Oben.

Simon überkam ein Gefühl von Dankbarkeit. Wer lässt einen Fremden schon in seinem Elternhaus wohnen ? Göran ging durchs Haus und prüfte die Leitungen. Simon stellte seinen Koffer ab und sah sich um. Die Möbel waren mit Ornamenten und Blumen bemalt. Über der Eingangstür hing ein Kreuz und in einer Ecke stapelten sich Bücher. Romane von Selma Lagerlöf, Geschichtsbücher, ein alter Atlas und eine abgewetzte Bibel. Unwillkürlich musste er an diesen Regisseur denken. Sollten sich doch die anderen Schauspieler mit dem rumärgern. Ich will gar nicht wissen, wer jetzt meine Rolle spielt, schob Simon den Gedanken weg, als Göran die Treppe runterkam.

Mit dem Strom muss man sehen. Den werd ich erst morgen anstellen können. Essen kannst du heute bei mir. Komm in einer Stunde rüber ins Haus.

Simon ging durch alle drei Räume – das Schlafzimmer, das Wohnzimmer und die Küche – trat auf den Hof, inspizierte das Trockenklo und ließ seinen Blick über die Wiese hin zum Wald schweifen. Der Regen hatte sich mit den Wolken verzogen und Simon atmete dreimal tief durch. Von Komfort konnte keine Rede sein, doch er nahm sich fest vor, es sich hier die nächsten drei Wochen gut gehen zu lassen. Selbst das Handy zeigte Empfang an. Seine Frau konnte er später immer noch anrufen. Göran hatte Lachs zum Abendessen gebraten und Kartoffeln gekocht. Es war ein einfaches Gericht, er mochte die einfachen Dinge. Den Fisch briet er in Salz, Pfeffer und in Zucker kurz an und zu den Kartoffeln gab es eine Soße, die er aus Crème fraîche, Joghurt, Meerrettich, Senf und etwas Honig anrührte und mit Pfeffer und Salz abschmeckte. Es war das erste Gericht, das er zu kochen lernte, damals als er Zwölf war und seine Mutter im Krankenhaus.

Der Lachs ist selbst gefangen. Lass es dir schmecken.

Und das tat er. Die dünne Karamellkruste schmolz süßlich auf Simons Zunge. Es war seine erste richtige Mahlzeit heute. Simon hatte nicht die geringste Ahnung von Fischen. Er war kein gebürtiger Hamburger, sondern zugezogen, nachdem man sein Engagement am Theater über mehrere Spielzeiten hintereinander immer wieder verlängert hatte. Fürs Angeln und solche Sachen war er viel zu ungeduldig. Im Supermarkt gab es Lachs und im Restaurant bestellte er sich manchmal Forelle oder Zander. Doch er war fest entschlossen, hier angeln zu gehen. Was sollte man auf einer Insel in Schweden denn sonst machen ? Angeblich soll es ja entspannend sein. Und zum Ausspannen war er schließlich hergekommen. Er fragte Göran nach schwedischen Fischarten, nach einem Angelverleih, nach den besten Plätzen auf der Insel. Und wurde zuversichtlich, dass sein neuer Freund nicht stumm wie ein Fisch war, als der lang und breit von seinen Angelerlebnissen erzählte.

Mit Krister HAB ich mal sieben Stunden an der südlichen Bucht gesessen und keiner wollte anbeißen. Als es langsam Nacht wurde, zog einer am Köder. Krister sprang ins Wasser, nur um sicher zu gehen, dass der nicht wieder abhaut.

Wer ist denn Krister?, fragte Simon schmunzelnd.

Krister? Der ist okay. In welchen Filmen hast du eigentlich mitgespielt?

Simon schluckte ohne einen Bissen im Mund.

Zuletzt hab ich einen Pfarrer im 17. Jahrhundert gespielt.

Göran rümpfte die Nase, doch das galt offensichtlich nicht seinem Beruf. Simon war froh, dass Göran nicht weiter nachfragte, sonst wäre der Ärger über den Rauswurf wohl doch noch aus ihm herausgesprudelt. Mit der Wandlung dieses Tages hatte er nicht gerechnet. Der Abend verhieß Besseres, als der Morgen es tat. Göran stellte die Teller zusammen, Simon trug sie zur Spüle.

Sag mal Göran, was machen die Leute hier eigentlich abends so?

Etwas befremdet sah Göran ihn an.

Was meinst du damit?

Na, gibt es hier eine Kneipe oder sowas?

Nach einem Kino brauchte er wohl nicht zu fragen.

Klar. Gustafs Wirtshaus, wandte Göran sich ab.

Simon wollte nicht den Rest des Abends in dem alten Bauernhaus verbringen, ein Wirtshaus verhieß stets Gemütlichkeit.

Wollen wir noch was trinken gehen?

Das war eine übliche Frage, die man Kollegen nach Drehende stellte, wenn man auswärts arbeitete.

Wie komme ich denn da hin, setzte er nach, als Göran nicht reagierte.

Ich fahr dich hin, wenn du willst. Der Weg führt durchs Moor und du kennst dich hier nicht aus.
Ihr habt hier wohl Legenden von Moorleichen, was ?
Görans Reaktion darauf konnte er nicht einschätzen. Nachfragen wollte er nicht. Zu unwichtig.

Und du willst wirklich nicht mit reinkommen ?, fragte Simon ungläubig.
Vielleicht war es ja bloß ein Klischee, dass die Schweden gerne tranken.
Ich hol dich um Zwölf hier ab. Hej då.
Hej, danke.
Der Motor des Geländewagens heulte auf und mit einer schnellen Wendung düste Göran davon.

6

Als Simon das **WASAHUS** betrat, hatte er KEINE Ahnung, dass er in diesem Moment Zeuge eines historischen Ereignisses wurde. Damit war nicht er selbst gemeint, als die dreizehn Augenpaare der anderen anwesenden Zeugen sich unwillkürlich auf ihn richteten. Die Skrönaer hatten zuletzt vor zehn Jahren einen Fremden auf ihrer Insel gesehen und ihre Überraschung war denkbar groß, als Simon zur Tür herein kam. Der Grund ihrer weitaus größeren Verwunderung bestand jedoch darin, dass sie sich nicht daran erinnern konnten, wann sie Axel Wallenberg und Gustaf Eriksson an einem Tisch hatten sitzen sehen, ohne dass die sich gegenseitig beschimpften. Axel saß meist mit Lars Svensson, Anders Hellström und Stig Tursten, der Rechtsanwalt und Versicherungsmakler in

Personalunion war, hinten an ihrem Stammtisch. Heute saßen auch Kristian Folkung, der Polizist und Melker Stenbek mit dort. Vom Stammtisch aus hatte man einen guten Blick über die gesamte Wirtsstube und saß weit genug weg vom Tresen, wo Gustaf sich meist aufhielt, wenn er nicht gerade jemandem ein neues Bier brachte. Unter den gegebenen Umständen hatte niemand von denen den neuen Gast bemerkt. Gefolgt von den Blicken der anderen Gäste, ging Simon direkt zum Tresen. Maria, Gustafs Frau, die gerade eine Platte mit Schnapsgläsern zurechtmachte, grüßte ihn freundlich. Sie hoffte zu erfahren wer er war, doch die schwedische Zurückhaltung gebot ihr, ihn nicht auszufragen.

Guten Abend. Ich bin wohl der einzige Tourist hier auf eurer schönen Insel ?, suchte Simon das Gespräch.

Ja. Was möchtest du trinken ?

Maria prüfte mit einem kurzen Blick die Lage am Stammtisch. Schnell schenkte sie dem Fremden ein Bier ein und brachte die neue Runde Schnaps an den Tisch der Männer.

Danke, Maria. Du bist ein Schatz, lächelte Axel sie an, während sie die leeren Gläser einsammelte.

Das hat er nicht so gemeint, Gustaf, begegnete Stig dessen skeptischem Gesichtsausdruck. *Lasst uns bei der Sache bleiben.*

Du würdest unserem Dorf damit einen großen Dienst erweisen. Lars, Anders, Stig, Melker, Kristian und Axel sahen Gustaf mit großen Augen lächelnd an, als würden sie ein Kind dabei ermutigen, zum ersten Mal ohne fremde Hilfe ein paar Schritte zu laufen. Gustaf dachte nach. Vor zwei Tagen hatte er Carlsson das letzte Mal gesehen. Zum letzten Mal nun also. Wie konnte diesem guten Mann jemand so etwas antun ? Sein Vater hatte Carlsson einen echten Freund genannt. Die beiden gingen früher oft zusammen auf die Jagd und er selbst war oft dabei gewesen. Als Gustafs Mutter starb, fand sein Vater Unterstützung bei Carlsson und dessen Frau, die ein paar Jahre später an Krebs gestorben war. Für ihn selbst ist er ein bisschen wie ein Onkel gewesen, denn sein Vater hatte zwei Schwestern, aber keinen Bruder. Nicht jeder war mit jedem verwandt hier auf der Insel, doch die Art und Weise wie Axel ihm vor zwanzig Minuten vom Tod Carlssons und von diesem wahnwitzigen Plan erzählt hatte, ließ ihn ein weiteres Mal ungläubig daran denken, dass er entfernt verwandt war mit diesem Idioten. Axels Schwester Ada hatte Nore Engelbrektsson geheiratet. Engelbrektsson war der Mädchenname seiner Frau Maria und Nore ihr jüngerer Bruder. Gustaf hielt im Allgemeinen nicht viel vom Gerede des Pfarrers, aber ihm gefiel die Sache, dass man Zeit bekäme, sich von Carlsson zu verabschieden, wenn man ihn in der Kirche aufbahrte. Ein schnell herbeigeholter Pathologe würde sicher für Aufregung sorgen und DIE JURY mit Sicherheit davon erfahren. Die Autobrücke zum Festland bedeutete für Gustaf schnellere und einfachere Lieferung fürs **WASAHUS** und wäre vielleicht ein Argument für seinen Sohn, nicht in die Stadt zu ziehen. Niklas war sein einziger Sohn und sein ganzer Stolz und es störte ihn nicht, dass er mit der Tochter seines Feindes zusammen war. Axel hätte dazu sicher eine andere Meinung, aber was er nicht wusste, kümmerte ihn auch nicht. Finja und Niklas wollten in die Stadt ziehen. Welch Glück, dass sie noch ein Jahr zur Schule ging und weil noch nicht volljährig, bei ihren Eltern wohnte.

Sag schon Gustaf, was hältst du von diesem Aufschub, erkundigte Stig sich freundlich nach dessen Zustimmung.

Axel hatte sich nach seinem anfänglichen Kurzvortrag im weiteren Verlauf des Gesprächs zurückgehalten, wie es ihm die Anderen geraten hatten. Er solle den Sieg seines Dorfes nicht gefährden. Ohne die Gefriertruhe wären sie aufgeschmissen. Genau wie Anders hatte auch Stig sofort erkannt, dass sie keinerlei Spielraum für Investitionen hatten, jetzt wo die kleine Holztruhe mit dem Geld gestohlen worden war. Selbst Kristian schien mit dem Vorschlag einverstanden zu sein, den Mörder und Dieb ohne die Hilfe von Fachleuten zu finden. Gustaf hatte keine Idee, wo sie ihre Suche nach diesem Verbrecher beginnen sollten, aber wenn es ihre Chance auf den Titelgewinn sicherte, war er bereit, den Anfang zu machen, indem er seine Eistruhe räumte. Carlsson war tot, daran konnte keiner etwas ändern. Jetzt musste man das Beste daraus machen. Sie würden schon eine Lösung finden, sagte er sich. Selbst in der dunkelsten Nacht tat sich immer dann ein Weg auf, wenn man am wenigsten damit rechnete.

Und was wird mit dem vielen Fleisch? Das reicht für ein Mittagessen fürs ganze Dorf. Das Eis kann ich verschenken, das geht okay. Aber das Fleisch?

Alle Blicke am Tisch richteten sich ein weiteres Mal auf Axel. Er versuchte erst gar nicht so zu tun, als hätte er Gustafs Frage nicht verstanden.

Dann lasst euren Bürgermeister mal wieder beweisen, wie großzügig er ist.

Gustaf lächelte still über Axels typische Rhetorik.

Ich bezahl' das. Wir müssen das Dorf sowieso unterrichten. Und ein gut gefüllter Magen hilft bei der Arbeit, die jetzt auf uns zukommt.

Alle fragten sich, woher Axel das Geld nehmen wollte. Doch jetzt war nicht der Zeitpunkt, um über alte Geschichten und unterschlagenes Geld aus der Gemeindekasse zu diskutieren. Als Gustaf aufstand und sich an die versammelten Gäste wandte, brauchte er sich nicht erst deren Aufmerksamkeit zu verschaffen, denn ihre Blicke klebten bereits an ihm. Die alten Streithähne hatten sich soeben die Hand geschüttelt. Am Tresen nahm Gustaf einen fremden Gast wahr.

Liebe Gäste. Ihr seid morgen Abend mit euren Familien hier zum Wildessen bei mir willkommen. Ich lade euch ein. Die Getränke müsst ihr selbst zahlen.

Maria machte große Augen und hätte beinahe ein Tablett mit vollen Biergläsern fallenlassen. Axel ergänzte Gustafs Ansprache.

Das geht auf meine Kosten, liebe Bürger. Morgen Abend halten wir hier eine Versammlung ab. Das ganze Dorf soll kommen.

Und damit setzte er sich bedeutungsvoll, während Gustaf das Weite suchte, indem er hinterm Tresen verschwand. Maria erwartete ihn dort schon, biss sich aber auf die Zunge. Ihr Blick vermittelte ihrem Mann ohnehin ihre unausgesprochenen Worte.

Später, antwortete Gustaf knapp.

Er begrüßte den Fremden am Tresen und fragte ihn, was der wolle. Zu gern hätte er gewusst, was der hier auf ihrer Insel wollte, aber das fragte man jemanden nicht einfach so. In Schweden kümmerte sich jeder um seine eigenen Angelegenheiten. Simon bestellte ein zweites Bier und betrachtete die Leute, die schon wieder mit sich selbst beschäftigt waren. Die einen spielten ein Kartenspiel. An einem anderen Tisch saß der Fährmann, der vor zwei Minuten hereingekommen war und ihm kaum merklich zugenickt hatte. An zwei weiteren Tischen tranken die Leute ihr Bier und während sie sprachen schauten sie immer mal wieder zu dem Tisch, an dem wohl gerade etwas vereinbart worden war. Simon fragte sich, was die beiden Männer soeben verkündet hatten, denn den Leuten war ihre Überraschung deutlich anzusehen. Zu gern hätte er gewusst, was der

Grund dafür war. Ach was, sagte er sich, es ging ihn nichts an, was es hier zu besprechen gab. Und wenn alle mit sich und den Angelegenheiten des Dorfes beschäftigt waren, würde er hier ungestört seinen Urlaub verbringen können. Inzwischen hatten auch die Leute am Stammtisch bemerkt, dass ein Fremder unter ihnen weilte. Was hatte das zu bedeuten ?!

Habt ihr den schon mal gesehen ?, fragte Axel mit verschwörerischer Miene in die Runde.

Was, wenn das unser Täter ist ?

Kristian wirkte aufgeregt und abgeklärt zugleich. Auf Skröna hatte er es bisher noch nie mit einem echten Verbrechen zu tun gehabt. Jetzt wo es eines gab, hatte er es möglicherweise bereits im Handumdrehen aufgeklärt. Keiner der Anwesenden war dem Fremden zuvor begegnet.

Da sitzt Herke. Der könnte was wissen, schlug Anders vor, den Fährmann zu fragen.

Und wenn der ein eigenes Boot hat ? Dann sind wir kein bisschen schlauer, gab Stig zu bedenken.

Ich frage ihn, konstatierte Axel.

Kristian ging rüber zu Herke und bat ihn an den Stammtisch. Herke wunderte sich über so viel Aufmerksamkeit, doch als er seine Hand dafür ins Feuer legte, den Fremden erst heute Nachmittag mit auf die Insel genommen zu haben, überließen sie ihn wieder seinem eigenen Stammtisch.

Vielleicht ist das ein Ablenkungsmanöver, nahm Kristian die Spur auf.

Er ist mit seinem eigenen Boot gestern Nacht heimlich hergekommen, hat sich in Carlssons Haus geschlichen. Alles Weitere kennen wir. Und dann ist er ganz offiziell heute Nachmittag mit der Fähre gekommen, um unseren Ermittlungsstand zu erfahren.

Welchen Ermittlungsstand meinst du ?, fragte Lars sachlich.

Kristian ließ sich nicht abbringen von seiner Spur.

Jetzt müssen wir nur noch herausfinden, wo er das Geld versteckt hat und dann schnappt die Falle zu.

Und woher soll der von dem Geld gewusst haben ?, fragte Melker.

Keine Ahnung, vielleicht ist er ein Bekannter von Carlsson aus alten Zeiten.

Welche Zeiten sollen denn das gewesen sein ? Der ist doch eindeutig jünger als ich und ich lebe hier seit neunundvierzig Jahren, bremste Axel die Euphorie des neunundzwanzigjährigen Polizisten.

Und damit war die spannendste Frage überhaupt auf den Tisch gekommen. Wer hatte eigentlich von dem Geld gewusst ? Jeder ! Jeder wusste, dass Carlsson die von den Dorfbewohnern gespendeten Mittel für die Einrichtung der Pension bei sich im Haus in einer kleinen Holztruhe aufbewahrte. Schließlich hatten sie ihn bei der Abstimmung vor einem halben Jahr dafür ausgewählt. Die anderen beiden Kandidaten waren schnell aus dem Rennen geflogen, was Stig weitaus weniger traf als Axel, dessen Frau Mätta ihn noch eine ganze Woche danach trösten musste mit dem Gedanken, dass sie ihn längst abgewählt hätten als Bürgermeister, wenn sie ihm nicht mehr vertrauen würden. Für einen Moment legte sich eine unangenehme Stille über den Stammtisch. Melker hob sein Glas, weil er befürchtete, dass sich jetzt ein Misstrauen breit machte, das seinem Plan hinderlich werden könnte.

Skål!

Alle erhoben ihre Gläser.

Wie willst du die Versammlung denn aufziehen, fragte Melker betont beiläufig den Bürgermeister.

Das sei ganz einfach. Man unterrichtete die Leute zuerst über das, was geschehen war. An deren Reaktion würden sich vielleicht schon einige potentielle Täter erkennen lassen. Man teilte ihnen außerdem mit, dass es eine

Untersuchung geben werde und dass jeder aufgefordert sei, zu kooperieren. Auch hier könnten die Reaktionen äußerst hilfreiche Aufschlüsse geben. Und während dann das Gedächtnis-Essen stattfindet…

Ein Gedächtnis-Essen findet doch immer erst nach dem Gedenkgottesdienst statt, unterbrach Melker abrupt Axels spontane Schilderung.

Alle sahen ihn missbilligend an.

Das Gedächtnis-Essen muss morgen stattfinden, sonst verdirbt das Fleisch. Bei dem Essen beobachten wir unauffällig die Verdächtigen, die sich herauskristallisiert haben und so weiter.

Axel sah in fragende Gesichter.

Und direkt im Anschluss können dann die Leute in die Kirche gehen, um sich von Carlsson zu verabschieden. Sie müssen ja erst mal erfahren, dass er nicht mehr lebt. Die richtige Trauerfeier machen wir, wenn DIE JURY hier war und der Pathologe. Wer ist alles einverstanden?

Zögerlich hob einer nach dem anderen seine Hand.

Was meinst du mit „die Verdächtigen unauffällig beobachten", Axel?, fragte Kristian. *Zur Polizeiarbeit gehören Befragungen doch sowieso dazu.*

Na aber klar. „Befragungen" habe ich gemeint. Ob sie ein Alibi haben und solche Sachen.

Um das Alibi von jemandem zu prüfen, musst du den Todeszeitpunkt kennen, warf Anders ein.

Ja, natürlich, den Todeszeitpunkt, winkte Axel ab.

Solange der Pathologe Carlsson nicht untersucht hat, kennen wir den nicht, brachte Melker es auf den Punkt.

Man muss Spuren am Tatort sichern, schlug Kristian vor und lenkte damit von Axels Verlegenheit ab, als Stig plötzlich vom Nebentisch einen Gesprächsfetzen aufschnappte.

Ich sag es dir, der muss berühmt sein. Warum sollte man sonst im Fernsehen über einen Kommissar berichten?

Birger Svärdson sprach mit Rurik Sjöberg offensichtlich über den Fremden, der am Tresen saß und sich mit Maria unterhielt. Hatte Stig sich gerade verhört? Der unbekannte Gast – eben noch als potentieller Täter verdächtigt – war ein Kommissar?!

Ja, aus Deutschland kommt der. Keine Ahnung, was der hier bei uns will.

Rurik schien beeindruckt von Birgers Kenntnisstand. Und Stig ebenso.

Habt ihr das gehört? Wir haben einen Kommissar hier auf der Insel, einen Deutschen. Ich sag es doch immer wieder – Zufälle gibt es nicht.

Ich nenne das göttliche Fügung, wandte Melker ein.

Ein anderer Einwand kam von Lars, der sie daran erinnerte, dass Birger sich letztes Jahr ebenso sicher gewesen sei in Bezug auf die Stabilität der Majstang beim Mittsommer-Fest und alle wüssten ja, wie das geendet hatte.

Aber es ist niemand verletzt worden, versuchte Axel die aufkommenden Bedenken zu zerstreuen, wo sich doch gerade ein Hoffnungsstreif am Nachthimmel zeigte.

Kristian, es ist nicht von der Hand zu weisen, dass dir die Erfahrung in solchen Fällen fehlt.

Der Klügere gibt nach.

Ein deutscher Kommissar hat nichts mit unseren Angelegenheiten zu schaffen und deshalb auch nichts mit unserem Wettbewerb und ist deshalb neutral.

Ein Gottesgeschenk nicht anzunehmen wäre Frevel.

Wer nicht wagt, der nicht gewinnt.

Es kommt auf den Versuch an.

Nachdem jeder einen Kommentar abgegeben hatte, war es beschlossene Sachen, den Fremden an ihren Tisch einzuladen. Sie wollten ihn genauer unter die Lupe nehmen um festzustellen, ob er sich als hilfreicher Retter in der Not eignete. Simon hatte den Eindruck, dass die Leute an dem Tisch im hinteren Teil des Raumes über ihn sprachen, da sie seit einigen Minuten immer wieder zu ihm hinschauten. Kein Wunder, wenn es hier sonst keine Touristen gibt. Als der große Dünne aber auf ihn zukam und ihn freundlich an ihren Tisch bat, war er dann doch etwas überrascht. Na warum nicht, sagte er sich. Der kleine Untersetzte, der ihm gerade einen Stuhl an den Tisch geholt hatte, stellte sich als Axel vor und die anderen schlossen sich mit Namen an, was Simon seinerseits tat. Axel bestellte per Handzeichen ein neues Bier für ihn, obwohl sein Glas noch halbvoll war. Und dann passierte erst mal nichts. Seine Gastgeber lächelten einander an und dann wiederum ihn. Simon fand das etwas merkwürdig, ließ sich jedoch nichts anmerken. Die erste Begegnung mit dem Unbekannten. Sie hoben die Gläser und prosteten sich zu. Dass die Schweden ein bisschen merkwürdig sind, war ihm damals bei den Dreharbeiten nicht so erschienen, allerdings handelte es sich hier um Bewohner einer kleinen, abgelegenen Insel und da weiß man schließlich nie. Nachdem sich die Männer noch mehrmals angelächelt und zugeprostet hatten, ergriff endlich Axel das Wort. So richtig wusste auch er nicht, wie er mit der Befragung beginnen sollte, aber da es ihm selten an Worten mangelte, legte er zuversichtlich los.

Willkommen auf Skröna, Simon. Gefällt es dir hier?

Simon erzählte von seiner spontanen Fahrt hierher, dass er kurz vor knapp den Flieger noch erwischt hatte, weil es wegen eines unerwartet erkrankten Piloten, der abgelöst werden musste, zu einer Verspätung von einer ganzen Stunde gekommen war und dass er sich spontan zu dieser Reise entschlossen hatte. Umso mehr freue er sich über die große Gastfreundschaft des Mechanikers, der ihm eine Unterkunft angeboten und zum Abendessen eingeladen hatte. Unterwegs von der Fähre zu dessen Grundstück konnte er durch die Regenschleier schon die schöne Landschaft bewundern und er hoffe, dass es hier nicht die ganze Zeit über regnen wird. Die Männer sahen ihn aufmerksam an. Normalerweise *beginnen* die Leute hier ein Gespräch, indem sie das Wetter erwähnen und halten sich mit ihren persönlichen Äußerungen entschieden zurück. Aber Simon kam aus Deutschland und da weiß man schließlich nie. Den meisten waren vor allem zwei Aussagen des Deutschen aufgefallen. Er hatte seine Reise sehr kurzfristig angetreten, es praktisch heute erst entschieden. Nur wie um alles in der Welt war es dazu gekommen, dass er ausgerechnet bei Göran unterkam ? Hatte Göran ihm etwa von der Sache berichtet ? Kristian fragte sich, ob der Fremde doch stärker darin verstrickt war, als die Anderen einsehen wollten.

Wie ist es denn so bei unserem Automechaniker ? Kennt ihr euch schon länger ?

Kristian erntete Axels vorwurfsvollen Blick. Schließlich sollte es eine unauffällige Befragung sein. Die letzte Frage kam Simon recht absurd vor, aber er hatte sich darauf eingestellt, allem offen zu begegnen, was ihm hier begegnete. Und Axel nahm im Stillen seinen Vorwurf zurück, denn der deutsche Gast schien ihre Absichten nicht zu durchschauen. Ohne den Fährmann hätte er nicht gewusst, wo eine Unterkunft zu finden war und ohne Göran wäre er wohl schon wieder abgereist.

Göran ist ein netter Kerl. Und kochen kann er auch.

Was sollte er innerhalb dieser kurzen Zeitspanne sonst von ihm erfahren haben?

Jetzt wagte Melker sich vor.

Warum hast du gerade unsere Insel ausgesucht für deine Reise ?

Das schien offensichtlich auch eine Sache des Zufalls gewesen zu sein, konstatierten die Männer und hofften, das Gespräch käme noch voran. Anders erzählte, dass Skröna eine besonders schöne Insel sei, dass es viel Wald gäbe und dass man hier gut angeln kann. Dass kaum Autoverkehr auf der Insel herrsche und die Sonne an mehr Tagen im Jahr scheine, als es regnete.

Dann bin ich hier bei euch genau richtig. Ich wollte einfach mal Urlaub machen, irgendwo mitten in der Natur. Raus aus der Stadt, ihr wisst schon, weit weg von allem. Danach sehnt sich doch jeder. Damit hatte Simon den wunden Punkt der Inselbewohner getroffen. Er war inzwischen schon beim vierten Bier und dachte nicht im Geringsten an den Wettbewerb, daran dass die Skrönaer unbedingt eine Autobrücke zum Festland realisieren wollten, wie er im Internet gelesen hatte. Lars, der als Lehrer am Gymnasium und in der Freizeit in seiner Volksuniversität (die er auf Skröna aus dem Boden gestampft hatte und tapfer am Leben erhielt), schon so Manchen zum Reden und zum Singen gebracht hatte, versuchte jetzt sein Glück, um die entscheidenden Erkenntnisse über den Besucher zu erlangen. Die Anderen waren froh darüber, denn keiner von ihnen war geübt in solcherart Gesprächen. Sie kamen sich irgendwie aufdringlich vor.

Was machst du denn beruflich, wenn du dich hier erholen willst?

Als Kommissar hat man immer viel zu tun, was ?, setzte Axel nach. *Haben wir im Fernsehen gesehen.*

Simon war überrascht, dass die Schweden deutsche Krimiserien anschauten. Immerhin produzierten sie selbst jede Menge davon. Doch langsam begann er, sich hier wohl zu fühlen. Der zurückhaltende Göran hatte ihm ohne groß rumzutun eine Heimstatt angeboten und der harte Kern der Gemeinde war dabei, ihn mit einer besonderen Aufmerksamkeit einzulullen. Dabei spielte auch der Alkohol eine

Rolle, denn kaum hatten er und die Anderen ihre Gläser geleert, bestellte einer von ihnen eine neue Runde. Sie waren vom Bier zu Stärkerem übergegangen und Simon bestand darauf, die nächste Runde zu zahlen.

Was den Kommissar angeht, naja, gab er sich bescheiden, *ich bin bloß Gerichtsmediziner.*

Ach so ?, sprudelte es aus Anders heraus.

Das machte die Sache ja noch einfacher. Dann würden sie also doch die genaue Todesursache und den Todeszeitpunkt erfahren, ohne einen Pathologen aus der Stadt einweihen zu müssen. Melker spürte eine leichte Sorge aufkommen, die Beerdigung würde nun schneller vonstattengehen. Er hatte sich inzwischen ausgerechnet, wie er die drei Wochen gut nutzen konnte, um für mehr Zulauf in seinem Gotteshaus zu sorgen.

Gerichtsmediziner, ja ?, versuchte er, seine Unruhe zu unterdrücken.

Na da braucht es doch eine umfassende Ausstattung, um seine Arbeit überhaupt ausführen zu können.

Er war sich fast sicher, dass Simon nichts davon in seiner Reisetasche trug, wenn er hier Urlaub machen wollte.

Unsereins hat nur ein Dach, ein paar Stühle und ein Buch als Arbeitsmittel.

Axel vermutete darin einen Versuch von Melker, den Gast für seine Kirche zu gewinnen und ging vorsichtshalber dazwischen. Mit der Religion war das so eine Sache. Da sollte jeder für sich selbst entscheiden, woran er glaubt und woran nicht. Schließlich wollte der Bürgermeister den deutschen Kommissar für ihre Sache gewinnen und nicht wegen eines dummen Lapsus verschrecken.

Erzähl doch mal von deiner Arbeit, Simon. Wenn das okay für dich ist, wo du doch im Urlaub bist. Was waren denn deine spektakulärsten Fälle ?

Wo sollte er da anfangen ? Sein Gedächtnis hatte sich aufgrund des Alkohols zu Teilen bereits in den Feierabend verabschiedet. Ihm fiel das Drehbuch ein, das ihm sein Agent vor einer Woche zugesandt hatte. In zwei Monaten würden die Dreharbeiten beginnen. Bis dahin wäre diese Fassung längst mehrfach überarbeitet. Der Fall, um den sich die Handlung spann, blieb dabei wahrscheinlich erhalten.

Also, wo fange ich an ?, versuchte Simon sich zu konzentrieren.

In einem Autokonzern werden nacheinander zwei Manager ermordet. Der eine endet als Wasserleiche im Pool und der andere wird erschlagen in seinem Büro gefunden.

Erschlagen, ja ?, fasste Axel aufgeregt zusammen.

Die Männer tauschten große Blicke. Ein untrügliches Zeichen für einen Erzähler, dass er das Interesse seiner Zuhörer geweckt hatte. Erfreut machte Simon weiter.

Ja, ganz genau. Und schnell hat sich herausgestellt, dass die Frau des einen eine Affäre mit dem anderen hatte.

Anders warf vorsichtig einen Blick auf Lars, konnte aber keine auffällige Reaktion erkennen.

Und bei der Befragung der Frau kommt heraus, dass sie davon gewusst hat, dass ihr Mann Firmengelder unterschlagen hat. Sie wollten damit die Schulden bezahlen, die auf ihrem Haus lasteten.

Das Haus hat einen Pool, nicht ? Der Manager wurde auf seinem eigenen Grundstück ermordet !

Kristian war ganz aufgeregt.

Nein, das war der Pool des Konzernchefs, der eine Party gegeben hat, nachdem sie einen Riesendeal mit einer chinesischen Firma abgeschlossen hatten. Der Manager wird am nächsten Morgen vom griechischen Au-Pair-Mädchen entdeckt.

Gibt es in Deutschland griechische Au-Pair-Mädchen ?

Lars schien zu überlegen.

Natürlich, jede Menge. Aber das ist nebensächlich. Der Manager hatte einen USB-Stick in der Tasche, auf dem sich eine Datei mit geheimen Informationen über den Autokonzern befand, die den China-Deal hätten platzen lassen können.

Das gibt's ja nicht!

Axel stellte sein Glas mit Wucht auf den Tisch, dass das Bier überschwappte.

Doch. Aber es kommt noch besser! Der Chauffeur der Frau des Konzernchefs hat den Ertrunkenen erpresst.

Die Männer nickten stumm vor sich hin. Keiner vermochte mehr, Simons Erzählung zu folgen.

Wer war denn nun der Täter?, fragte Kristian vorsichtig.

Was denkt ihr?, gab Simon die Frage in die Runde.

Keiner hatte auch nur den blassesten Schimmer.

Na sag schon, wer war's?

Ich weiß es nicht.

Simon hatte erst die Hälfte des Drehbuches gelesen.

Aber das finde ich schon noch heraus.

In den ersten Buchfassungen blätterte er meist nur herum. Eine Woche vor Drehbeginn, wenn er mit dem Textlernen begann, las er die aktuelle Fassung.

Ja und da kannst du einfach in den Urlaub fahren, obwohl du mitten in einem Fall steckst?, fragte Kristian mit echter Verwunderung.

Aber was wusste er schon, wo er doch erst vor einem Jahr die Polizeischule abgeschlossen hatte.

Manchmal ist es gut, wenn man etwas Abstand zu den Dingen bekommt. Hinterher sieht man sie dann oft umso klarer.

Simon lehnte sich zurück und kippte sich den Schnaps hinter die Binde, den Maria eben gebracht hatte. Die konnten ihm in Deutschland gerade alle sowas von den Buckel runterrutschen mit ihrem „Bitte", „Danke und Aus".

Was macht ihr eigentlich beruflich, erzählt doch mal.

Kristian war so aufgeregt, hier von gleich zu gleich mit einem ranghöheren Kollegen zu sitzen, dass er Axel ungewollt das Wort abschnitt. Simon lächelte zufrieden in sich hinein. Er befand sich also in der Gesellschaft des Bürgermeisters der kleinen Insel, des Pfarrers, des einzigen Polizisten, des einzigen Arztes, eines Lehrers und zugleich Leiters der hiesigen Volkshochschule und des einzigen Anwalts, der zugleich Versicherungsmakler war. Das ist doch mal was, so ganz normale Leute, quetschte sich ein schwacher Gedanke in sein alkoholgetränktes Hirn. Axel, der es gewöhnt war, auch wochentags zu trinken (in seiner Funktion als Bürgermeister ergaben sich die Gelegenheiten hin und wieder unerwartet) war trotz der vielen geleerten Gläser noch wach genug, um sich an den Grund zu erinnern, aus dem sie Simon an ihren Tisch eingeladen hatten.

Wie viele Fälle löst ihr denn so durchschnittlich in Deutschland?

Jede Woche einen. Sonntagabend steht immer fest, wer's gewesen ist.

Beeindruckt nickten sich die Männer zu. Der fremde Gast war eindeutig ihr Mann. Es waren noch drei Wochen bis zur Ankunft der JURY. Um die Pension mit Möbeln und allem Drum und Dran fertig einzurichten, musste das Geld wenigstens eine Woche vorher wieder auftauchen. Simon würde den Fall diesmal ohne seine Kollegen lösen müssen und brauchte vielleicht doppelt so lange, um den Täter und das Geld ausfindig zu machen. Damit wären sie genau im Zeitplan. Keiner hatte sich wohl gefühlt, als der Gedanke auf den Tisch kam, dass praktisch jeder verdächtig war, denn im Grunde konnten alle das Geld gut gebrauchen. Wenn man jetzt aber einen neutralen Fremden in die Ermittlungen involvierte, bedeutete es, dass derjenige, der dem zustimmte, selbst unschuldig sein musste. Gustaf und

Maria sprachen leise hinterm Tresen. Sie konnte es nicht fassen, dass Carlsson ermordet worden war. Sie machte Gustaf klar, dass es das Richtige ist, den Toten mit diesem Gedächtnis-Essen zu ehren. Carlsson war ein ehrlicher Mann und mit vielen im Ort befreundet. Es würde finanziell schon irgendwie gehen, wenn Axel die Kosten für das Fleisch übernahm und sie selbst die Kosten für die Beilagen. Natürlich sind da noch Schulden für die neue Küche abzuzahlen, aber das sei unter den gegebenen Umständen ein unpassendes Thema. Außerdem, meinte Maria, wäre es vielleicht ein Schritt zur beiderseitigen Annäherung, wenn Axel und sie sich die Kosten für das Essen teilten. Man solle nicht gleich übertreiben, meinte Gustaf. Viel lieber hätte er gewusst, was die am Stammtisch mit diesem Fremden redeten. Maria hatte in ihrem kurzen Gespräch mit ihm leider nur erfahren, dass er aus Deutschland stammt und hier drei Wochen Urlaub machen will. Gustaf konnte ganz gut mit Lars, vielleicht würde er es von ihm erfahren. In diesem Moment ging die Tür auf und Göran kam herein. Es war bereits weit nach Mitternacht. Er hatte draußen vergeblich auf Simon gewartet und konnte es nun doch nicht vermeiden, Axel und den Anderen zu begegnen. Er hielt sich am Tresen und winkte Simon zu.

Kennst du den ?, fragte Gustaf überrascht.

Seit heute Nachmittag. Ich glaube, er ist okay. Wohnt bei mir im alten Bauernhaus. Will hier drei Wochen Urlaub machen.

Gustaf und Maria staunten nicht schlecht. Vor allem, da Göran nicht als der geselligste Mensch auf der Insel galt. Eine Freundin hatte er auch nicht. Vielleicht war er ja vom anderen Ufer ? Jeder machte sich eben so seine Gedanken. Göran winkte ein weiteres Mal gen Stammtisch, wo ihn jetzt auch Simon bemerkte. Er entschuldigte sich, dass er nun gehen müsse, bedankte sich bei jedem für den netten Abend, legte ein paar Scheine auf den Tisch, klopfte zweimal mit der Faust auf die hölzerne Tischplatte und schwankte dann Richtung Tresen, wo Göran mit leichter Skepsis auf ihn wartete. Simon verabschiedete sich überschwänglich von Maria und Gustaf und folgte Göran zu seinem Wagen. Die Skrönaer waren ihm sehr sympathisch.

Worüber habt ihr denn gesprochen?

Ach, dies und das. Sie haben mich nach meinen Filmprojekten gefragt.

7

Simon konnte lange nicht einschlafen. Ihm fehlte der vertraute Lärm der Stadt und obwohl mitten in der Nacht, war es doch taghell. Müde und benebelt rollte er sich in das Federbett ein, das mit folkloristischem Muster bezogen war. Das Fenster des Dachbodens, den man zum Schlafzimmer ausgebaut hatte, stand offen und ließ kühle Luft herein. Trotz des Alkohols hatte er es geschafft, seine Hose auszuziehen und die Kontaktlinsen rauszunehmen. In seinem Kopf drehten sich die Bilder des Tages. Er nahm das Handy, um den Wecker für morgen früh zu stellen. Sieben verpasste Anrufe seines Agenten erinnerten ihn daran, dass er das nicht zu tun brauchte. Scheiß drauf! Dann wird jetzt endlich mal ausgeschlafen. Leider ohne Katja. Sie hatte ihm eine Nachricht geschickt: **Mama passt auf deine beiden Strolche auf. Gehe heute mit Sarah aus**, mal **sehen, wer noch so unterwegs ist.** Eine ironische Bemerkung entsprach ihr mehr als eine romantische Floskel. Es war ihre Art ihm zu sagen, dass sie ihn vermisste. Als er ihr den Heiratsantrag vor fünf Jahren machte und sich dafür blödsinnigerweise in den Dreck kniete (auf eine Glas-scherbe, was eine leichte Verletzung und daraufhin eine kurze, heftige Infektion nach sich zog), hockte sie sich vor ihn hin und sagte, dass sie ja bereits längst verheiratet wären. Letzten Sommer waren sie dann doch aufs Standes-amt gegangen. Wegen der rechtlichen Absicherung für die Kinder, naja, immerhin.

Morgen rufe ich dich an, flüsterte er ins Dunkel.

Und tippte ins Handy: **Vermisse dich auch. Viel Spaß beim Feiern !** Er schickte die SMS ab, drehte sich auf die Seite, knautschte das Kopfkissen zurecht und… Ein Knarzen vor der Tür ließ ihn innehalten. Simon lag bewegungslos und lauschte dem Geräusch. Nur Stille. Der Wind ließ das Fenster kurz klappern, dann wieder Ruhe. Die Augen fielen ihm zu, doch da war wieder dieses Knarzen. Ob Göran ins Haus gekommen war ? Aber wieso ? Er lebte allein, ohne Frau, vielleicht… Hatte er ihn deshalb so freigiebig bei sich aufgenommen ? Ein Knacken in seinem Zimmer, direkt vor seinem Bett. Doch niemand außer ihm war da. Und wenn es hier Geister gab oder sowas ? Warum hatte er nach dem Essen diesen blöden Scherz mit den Moorleichen gemacht ? Simon lauschte ins Dunkel, an das sich seine Augen langsam gewöhnten. Das Licht anschalten ? Er war zu müde. Wollte schlafen, was sollte schon sein. Ein altes Haus eben. Er schloss die Augen, das Fenster klapperte leise. Gewisper von draußen drang kaum hörbar ins Zimmer. Der Alkohol. Simon hielt den Atem an. Zu müde, die Augen zu öffnen. Ein Rascheln unterm Fenster. Was für ein Geräusch war das ? Schlich da jemand ums Haus ? Ein Schnüffeln in unüberhörbarer Lautstärke. Wie von einem riesigen Tier. Nicht bewegen, nicht atmen. Der Ruf einer Eule schallte vom Wald herüber. Das Schnüffeln wurde unerträglich laut. Lange konnte er den Atem nicht mehr anhalten. Wenn der Angreifer dachte, er sei tot, würde der ihn verschonen und das Unheil würde vorüberziehen. Während des Schauspielstudiums hatte er mal den Polonius gespielt. Als Hamlet ihn auf der Bühne erstach, war es leicht gewesen, sich tot zu stellen. Jede Spannung aus dem Körper nehmen und flach atmen. Seine Gedanken kreisten ziellos. Wie oft schon hatte das Handwerkszeug des Schauspielers ihm geholfen, trotz eines weniger talentierten Regisseur eine Glanzleistung abzuliefern? Dieses Mal war das Maß jedoch voll gewesen. Und so elend ihm zumute war, wenn er daran dachte, fühlte er doch auch Erleichterung, sich diesen Dreh erspart zu haben. Der Alkohol ließ Simon langsam wegdämmern. Wenn die Leichen sich tot stellen müssen bei einer Großaufnahme, würde das HD das Atmen und jedes noch so feine Blinzeln verraten. Über diesen und weiteren ähnlichen Gedanken schlief er endlich ein. Die Nacht verlief ohne Zwischenfall. Sein erster Tag auf Skröna war ein gelungener Start in einen unverhofften Urlaub. Im Traum sah er eine Kiste mit Silbermünzen auf einem löchrigen Kahn, der auf dem offenen Meer von den Wellen hin und her geschaukelt wurde. Am nächsten Morgen war der Traum verschwunden und vergessen.

8

Laute Stimmen auf dem Hof holten Simon aus tiefem Schlaf. Sein Handy zeigte kurz nach elf Uhr an. Er sah sich um, ohne zu erkennen, wo er sich befand. Seine geübte Hand beförderte die Kontaktlinsen an ihren Platz. Vorsichtig trat er ans Fenster. An einem Polizeiauto lehnte ein junger Mann in Uniform, der ihm bekannt vorkam. Sein

Schädel brummte. Eindeutig zu viel Alkohol gestern Abend. Lautes Klopfen an der Haustür. Hatte er Mist gebaut ? Einen Unfall ? Er sprang in seine Kleider. Vor der Tür standen drei Männer. Ein kleiner, untersetzter um die Fünfzig und ein drahtiger im selben Alter. Den dritten erkannte er als Göran und damit die beiden anderen. Der Bürgermeister druckste ein wenig herum und überließ dem Arzt das Wort.

Guten Tag, Simon. Schönes Wetter heute.

Und dann sprach er von einer Leiche, dass der beliebteste Dorfbewohner erschlagen worden war, dass alle besorgt seien und dass man seine Hilfe brauche. Normalerweise hatte Simon auf alles eine Antwort und gerne mal das letzte Wort.

Ääh, war immerhin etwas, das ihm als Antwort über die Lippen kam. *Was ?*

Es ist so, sprang Axel in die Bresche, *wir brauchen die Hilfe eines erfahrenen Kriminalisten, der uns bei der Aufklärung dieses feigen Mordes helfen kann. Also jemanden, der die Ermittlungen leitet und so. Du weißt schon. Du erhältst unsere vollste Kooperation. Jeder im Dorf will, dass dieses Verbrechen aufgeklärt wird.*

Simon fiel ein weiteres Mal aus allen Wolken. Hatte er sich gerade verhört ? Er war auf diese winzige Insel gekommen, weil sie ihm gestern noch die reinste Idylle verhieß. Dabei war er in einem Mördernest gelandet ! Er verspürte den Impuls, die Tür zuzuschlagen und fest zu verriegeln. Seine Siebensachen zu packen und zu verschwinden. Irgendetwas hielt ihn davon ab.

Aber wie kommt ihr da gerade auf mich ?! Wie sollte ich euch helfen können ?

Es tut uns ja auch wirklich leid, dich in deinem Urlaub mit so einer Sache zu belästigen. Doch es ist wie es ist. Ehrlich gesagt haben wir hier einfach niemanden sonst, der fähig dazu wäre, den Mörder zu finden, brachte Anders entschuldigend hervor.

Simon wies auf den Polizisten am Auto, wobei ihm dessen Name wieder einfiel.

Der Kristian ist doch Polizist. Der kann das doch machen.

Axel und Anders erklärten ihm, dass Kristian erst vor einem Jahr seine Ausbildung an der Polizeihochschule abgeschlossen hatte und ihm einfach die Erfahrung fehle. Dass Simon als Schauspieler noch niemals auf einer Polizeischule gewesen ist, wie er ihnen erklärte, schienen sie zu überhören oder aus einem anderen Grund nicht gelten zu lassen. Axel und Anders warfen sich einen wissenden Blick zu. Mögliche Ausflüchte und Einwände des Gastes hatten sie mehrfach durchgekaut, bevor sie sich auf den Weg zu Görans Grundstück machten. Der hatte sich längst wieder seiner Arbeit zugewandt. Das Tor der Werkstatt stand nur einen Spalt breit offen. Axel befürchtete, dass Simon ihnen seine Mitarbeit an dem Fall versagen würde, schließlich war er im Urlaub. Anders meinte, dass ihm als Arzt schon die richtigen Argumente einfallen würden, von wegen „Verantwortung für das Wohlergehen der Menschen und der Gesellschaft" und so, „an jedem Ort zu jeder Zeit" oder so ähnlich. Als Arzt musste man immer clever argumentieren können. Schließlich passierte es nicht selten, dass man keinerlei Ahnung hatte und trotzdem überzeugen musste, auch wenn man völlig danebenlag. Dass Simon aber behaupten würde er sei Schauspieler, war ein Einwand, auf den die beiden sich nicht vorbereitet hatten.

Außerdem spiele ich den Gerichtsmediziner, nicht den Kommissar. Natürlich lese ich dessen Rolle immer mit, wenn ich die Drehbücher bekomme. Nur macht mich das noch lange nicht zum Fachmann.

Wie ließ sich das verstehen ? Es klang völlig absurd. Axel kam der einzig logische Gedanke. Nämlich der, dass dieser

Deutsche genauso clever war wie er selbst und die Dinge so lange drehte und wendete, bis sie ihm gerade recht erschienen. Simon wollte ganz offensichtlich nicht zugeben, dass er nicht bereit war, seinen Urlaub zu opfern. Also mussten sie ihre Argumentationskette ändern.

Axel, du als Bürgermeister weißt am besten, wie wichtig unser Anliegen ist. Ich kann es nicht so gut erläutern wie du.

Mit großen Augen sah Simon Axel an.

Mein lieber Freund, begann Axel seine Rede, während Anders ihn ebenfalls mit großen Augen ansah, denn so schnell schossen die Jäger nicht, dass man diesen Fremden hier als „Freund" anreden konnte. Ihm waren eben die rhetorischen Gepflogenheiten der Politiker weniger vertraut.

Mein lieber Freund, wiederholte Axel, *eine glückliche Fügung hat uns jemanden wie dich gesandt, der um die Bedeutung weiß, die das Zusammenwirken der menschlichen Naturkräfte hat.*

Er hatte das mal zu Jonte, dem Architekten, gesagt, als der mit ihm die Kosten für den Neubau seines Hauses verhandelte und es war ihm damals gelungen, den Preis um zehn Prozent zu drücken.

Es hat dich von weit her in unsere beschauliche Gemeinde verschlagen und das kann kein Zufall sein. In unserer heutigen Zeit ist es wichtiger denn je, dass fremde Völker sich einander annähern. Du bist ohne Vorurteile zu uns gekommen.

Genau, dachte Simon, der jetzt abwägte, ob er lieber abreisen oder noch bleiben sollte.

Und ebenso wollen wir auf Andere zugehen. Doch ein großes Hemmnis versagt uns das bisher. Es kann kein Zufall sein, dass du in einer Zeit unser Gast bist, in der uns die Möglichkeit offenbart wird, dieses Hindernis zu überwinden.

Simon brummte noch immer ein wenig der Schädel von gestern Abend und langsam fiel es ihm schwer, dem gestelzten Gerede des Bürgermeisters zu folgen. Anders bemerkte Simons Regung, das Gespräch zu beenden.

Was wir sagen wollen ist, unterbrach er Axel, *dass wir einen Wettbewerb gewinnen wollen, der in drei Wochen stattfindet.*

Jetzt hörte Simon aufmerksam zu. Und dann erzählten sie ihm von dem erschlagenen Carlsson, von dem gestohlenen Geld und davon, dass für alle Bewohner ihrer kleinen Insel ein lange angestrebtes Ziel auf dem Spiel stand. Es sei denn, er fasste sich ein Herz und hilft ihnen, den Täter und damit auch das Geld zu finden. Geld, um etwas fertigzustellen, womit sie den Wettbewerb ganz sicher gewinnen würden. Das war es also. Der Plan eines ganzen Dorfes, sich einen langgehegten Traum zu erfüllen. Jetzt passten die Dinge irgendwie besser zusammen. Erwartungsvoll sahen die beiden Männer ihn an. Mehrmals und fast unmerklich nickte Simon.

Gut. Ich überleg´ es mir.

Gut, sagte Axel entschlossen. *Du hast Zeit bis heute Abend. Wenn du heute Abend um sieben ins* **WASAHUS** *kommst, stehen wir auf ewig in deiner Schuld.*

Kristian war froh, als Anders und Axel zum Auto zurückkamen. Sie hatten ihn aufgefordert, sich im Hintergrund zu halten, wo es ihm inzwischen langweilig geworden war.

Was soll das heißen, wir stehen auf ewig in seiner Schuld?, hörte er Anders verwundert fragen.

Das heißt überhaupt nichts. Das sagt man nur so, stellte Axel klar.

Durchs verstaubte Wohnzimmerfenster sah Simon, wie das Polizeiauto das Grundstück verließ. Der Besuch hatte ihn ziemlich durcheinandergebracht. Bis heute Abend hatte er Zeit, eine Entscheidung zu treffen. Sollte er erneut abreisen? Er nahm sich ein frisches Hemd aus dem Koffer, seine

Zahnbürste und ein Handtuch. Mehr packte er vorerst nicht aus. Er ging in den Garten und pumpte frisches Wasser aus dem Brunnen ans Tageslicht. Die Sonne schien mit neuer Kraft. Es würde ein schöner Tag werden. Schlimmer konnte es jetzt sowieso nicht mehr kommen.

9

Der Himmel war strahlendblau. Ein paar vereinzelte Wolkentiere schwammen aufeinander zu und verbanden sich zu einem neuen Gebilde, schwammen auseinander und ließen den Betrachter all das erkennen, was er zu sehen imstande war. Grillen zirpten, als wollten sie eigens für den Wanderer ein Ständchen spielen und schneller als die Polizei erlaubt, schwang sich ein Schwarm Vögel durch die Luft, zog seine Kreise, Ovale, Dreiecke und Linien, als wären es Wellen, als würde das Meer tosen. Von einem Sturm im Inneren des Herzen eines Menschen. In jedem Moment veränderte sich das Sichtbare und – ob man es nun glaubte oder nicht – auch all das Unsichtbare. Für Simon war es unerklärlich, warum sie gerade ihn um Hilfe baten. Er war doch nur ein Schauspieler, jemand, der bloß sichtbar machte, was ein Anderer sich ausgedacht und aufgeschrieben hatte. Wie sollte er ihnen denn helfen können ? Weil er seit beinahe zehn Jahren einen Gerichts-mediziner spielte, an der Seite eines Kommissars im Fernsehen ? Warum hatten sie nicht einfach nachgegeben und akzeptiert, dass er im Grunde wirklich und wahrhaftig keinerlei Ahnung von echter Polizeiarbeit hat ? Warum beharrten sie darauf, dass ausgerechnet er ihnen half ? Weil er ein Außenstehender ist und deswegen neutral ? Oder weil er nicht betriebsblind wäre wie sie womöglich, wenn sie Menschen unter die Lupe nahmen, mit denen sie seit Generationen eng beinander lebten ? Warum hatte er nicht noch einmal nachgefragt, wie sie sich das vorstellten, dass er ein Verbrechen aufklärt, das auf ihrer Insel geschehen ist ? Entlang der Felder fand er den Weg zum Dorfkern wie von selbst, die Birken standen jetzt weniger dicht. Die einzige Möglichkeit, eine solch schwerwiegende Entscheidung zu treffen, war die Konfrontation mit dem Unbekannten, fand er. Er musste sich einen Eindruck von den Umständen und den Gegebenheiten machen. Im Ort würde er ihnen begegnen, jenen Verdächtigen, die ein geachtetes Mitglied ihrer Gemeinde des schnöden Geldes wegen aus der Welt verbannt hatten. Außerdem hatte er Hunger, einen leeren Küchenschrank und wollte Görans Gastfreundschaft nicht überstrapazieren. Gleich am Anfang der Hauptstraße, links vom Dorfbrunnen und einem grünstichigen Gedenkstein für einen gewissen Herrn Gustav Vasa, sah er einen Laden für Lebensmittel und Haushaltswaren. Dort würde er sich an die „Feindberührung" wagen. Woher war ihm jetzt dieses Wort gekommen ? „Die Waffen deines Bruders", sein erster Spielfilm vor zwanzig Jahren, eine Geschichte aus dem 2. Weltkrieg. Eine Granate hatte ihm beide Beine zerfetzt. Am Ende heftete man ihm aus irgendeinem Grund eine Ehrenmedaille an. Damals war sein Agent auf ihn aufmerksam geworden. Ein leise schepperndes Glöckchen kündigte das Eintreten des Gastes an und Simon blickte auf eine altmodische hölzerne Theke und den Rücken einer Frau, die Gläser mit Gurken in ein Regal stapelte. Vom Tresen, der aus einem anderen Jahrhundert zu stammen schien, lächelten ihm Gläser mit Süßigkeiten entgegen. Ungefähr fünf andere Leute außer ihnen beiden waren im Laden. Doch bevor er sich unauffällig umsehen und sich einen Eindruck verschaffen konnte, waren alle Blicke auf ihn gerichtet. Kam es ihm nur so vor oder war es plötzlich totenstill geworden ?

Einen schönen Tag dir, wandte sich die Frau hinter der Theke ihm zu.

Und weil er sich im Laden bloß mal umsehen wollte, wies sie mit der Hand einmal durch den ganzen Raum. Eine Frau um die Dreißig zog ihr Kind an sich und der Mann mit der karierten Mütze bei den Getränkekästen, senkte seinen Blick angestrengt auf die Bierauswahl. Simon ging von Regal zu Regal, lud sich Äpfel, die letzten Tomaten, Käse, Butter, Dosenfleisch und Chips auf den Arm. Die Leute sahen harmlos aus. Der kleine Junge starrte ihn neugierig an, was seiner Mutter nicht zu gefallen schien. Sie nickte ihm im Vorbeigehen freundlich zu, was wie eine Entschuldigung wirkte. Als er versuchte, geschickt zwei Flaschen Wein zu greifen, trat eine junge Frau im Punk-Shirt auf ihn zu, hielt ihm lächelnd einen Korb entgegen und verschwand Richtung Verkaufstresen, wohin Simon ihr folgte. Sie unterhielt sich leise mit der Verkäuferin und ging dann weg. Die Schnabeltasse am Rand des Tresens war ihm vorhin nicht aufgefallen.

Entschuldigung, wenn ich dich frage. Du bist doch bestimmt Simon ?

Die Frau war um die Fünfzig und nicht unattraktiv. Sie gab sich als Frau von Axel zu erkennen.

Mätta, hast du noch mehr davon ?, trat der Mann mit der Mütze ebenfalls an den Tresen und zeigte unübersehbar auf die Tomaten, die sie gerade wog. Auch ohne Schwedisch-Kenntnisse verstand Simon und reagierte prompt.

Oh, meinte Simon, *wir können die hier gerne teilen.*

Es war seine Chance, mit den Leuten ins Gespräch zu kommen.

Nein, nein, lass nur, zog der Mann sich schnell wieder zurück.

Heute wurden keine geliefert, Eldar. Am Montag wieder. Sie berechnete ihm schnell den Kasten Bier und wandte sich mit augenfälliger Freundlichkeit Simon zu.

Axel hat erzählt, du wirst uns helfen. So eine Persönlichkeit. Gerade jetzt hier. Was für ein Glück für uns !

Simon nahm automatisch noch ein Exemplar der **DAGENS NYHETER** dazu und verließ Mättas Laden, der eigentlich Axel gehörte, Richtung Bäcker, ein Stück weiter die Straße runter. Viel hatte er nicht rausgefunden, aber das Gefühl mitgenommen, dass sich die Leute hier vertraut und freundlich sind. Und dass man sich offensichtlich etwas von ihm erhoffte. Während der Bäcker stumm das Brot und den Kuchen sorgfältig in Papier packte, runzelte er die ganze Zeit über die Stirn, als würde er nachdenken. Die Bank gegenüber vom Gedenkstein war der beste Platz, um noch ein paar Einheimische zu beobachten. Die zwei Leute, die innerhalb der nächsten halben Stunde den Platz überquerten, beobachteten ihn ebenfalls. Die Kuchenteilchen schmeckten hervorragend. Runde Hefestücke, gefüllt mit Marzipan und Blaubeeren und obendrauf jede Menge Kristallzucker. Eine Möwe landete neben der Bank. Mit Tippelschritten kam sie näher, ihr Kopf wippte dabei vor und zurück. Er warf ihr ein paar Krümel hin und zwei, drei weitere gesellten sich dazu. Man erwartete also von ihm, dass er sich einbringt. Das war es, was ihm entsprach. Als man es ihm andernorts vorwarf und verwehrte, war er hierher geraten. Das konnte kein Zufall sein. Oder doch ? Die Leute baten ihn um Hilfe. Ihn ! Simon Alexander Franke ! Wenn er sowieso nichts zu verlieren hatte, dann konnte er ja nur gewinnen. Er steckte sich das letzte Stück

Kuchen in den Mund, schüttelte die letzten Krümel aus der Tüte und machte sich auf den Weg.

10

Der Raum schien aus allen Nähten zu platzen, sodass für einen Teil der Leute Holzbänke und Tische hinten auf der Wiese aufgestellt worden waren. Gustaf konnte sich nicht erinnern, wann in der Geschichte seines Hauses jemals alle Einwohner Skrönas gleichzeitig hier erschienen waren. Die Leute von Skröna kamen (wie die meisten Bewohner von Schäreninseln) gern zum Essen zusammen, doch seit er denken konnte, geschah es nur zum Mittsommer-Fest im Juni, dass sich alle auf einmal einfanden. Und das Jahr für Jahr auf der großen Wiese hinterm heutigen Gemeindehaus. Auch zu Zeiten seines Vaters hatten sich hier nie so viele Menschen versammelt. Der Trubel im **WASAHUS** trug dazu bei, dass kaum einer bemerkte, wie sich Göran mit Simon im Schlepptau einen Weg an Axels Tisch bahnte.

Er macht das hier nicht für dich, Axel Wallenberg, sondern für uns alle.

Mit diesen Worten überließ er Simon das Feld und suchte sich einen Platz an einem der Tische am Rand, von wo aus er einen guten Blick auf Elsa Johansson hatte. Zwischen ihr und Eldar saß Sofia, die aussah wie ihrer Mutter aus dem Gesicht geschnitten und trotz ihrer fünf Jahre genauso selbstbewusst wirkte wie sie. Elsa sah sich nach einem der Kellner um, die heute Abend aushalfen. Für einen Moment trafen sich Görans und Elsas Blicke. Sie lächelte ihn an. Er nickte ihr freundlich zu, während seine Augen und sein Herz den Boden suchten.

Niklas hatte ohne zu murren akzeptiert, dass seine Eltern ihn für das Gedächtnis-Essen einspannten. Den Grund dafür konnte er noch immer nicht glauben. Er hatte den alten Carlsson nicht besonders gut gekannt, aber für ihn war der so etwas wie eine Institution auf der Insel. Alle schätzten den Alten sehr. So konnte er leicht seinen besten Kumpel Jan-Henric überreden, als Kellner mit einzuspringen. Jan-Henric war der Sohn des Bruders seiner Mutter und von der Schwester des Bürgermeisters und damit nicht nur sein Cousin, sondern auch der seiner geliebten Finja. Als sie ihm anbot, heute Abend mit auszuhelfen, verzichtete er vorsichtshalber darauf. Sie war die Tochter des Familienerzfeindes, der nichts von ihrer Verbindung wusste. Womit er vermutlich der Einzige hier war. Axel war aufgesprungen, um Simon zu begrüßen. Wie ein Vertreter, der sich seines gerade getätigten Verkaufs absolut sicher sein wollte, schüttelte er dessen Hand und klopfte ihm auf die Schulter wie einem alten Bekannten.

Es ist die richtige Entscheidung, Simon. Du wirst uns nicht enttäuschen.

Ganz so sicher war Simon sich dabei nicht, zumindest was den Punkt „enttäuschen" anging. Er würde sein Bestes geben, zumindest dessen war er sich absolut sicher. Aber wie leitet man eine solche Ermittlung? ÜBER DIESE BRÜCKE KANNST DU NUR GEHEN, WENN DU AM UFER ANGEKOMMEN BIST, hatte einer seiner Lehrer an der Schauspielschule gesagt. Er würde es erst wissen, wenn er damit begonnen hatte. Offensichtlich war es jetzt soweit. Axel stellte sich breitbeinig vor den Tisch und sah in die Menge. Mit weit von sich gestrecktem Arm, hob er sein Glas in die Höhe.

Meine lieben Mitbürger, sehr geschätzte Bewohner unseres wunderschönen Skrönas.

Etwas gelangweilt sahen die Leute zu ihrem Bürgermeister. Ein paar Eltern winkten ihren Kindern, damit sie im Spiel inne hielten. Die Jugendlichen, die es sich draußen auf den Bänken bequem gemacht hatten, drängten sich jetzt im Türrahmen. Ein, zwei Ältere nestelten an ihren Hörgeräten. Der im Rollstuhl hantierte an der Feststellbremse. Eine junge Frau kam mit ihrem Neugeborenen von der Toilette und schloss den obersten Knopf ihrer Bluse. Manche sahen Gustaf an. Manche sahen einander an.

Es ist schön, euch alle einmal hier versammelt zu sehen. Es ist eine Freude für mich als euer Bürgermeister, wenn doch schon der Anlass hierfür umso trauriger ist.

Direkt neben Simon flüsterte jemand seinem Nachbarn etwas zu.

Nun, es verhält sich so, dass unsere Gemeinschaft in diesen entscheidenden letzten Tagen vor der Prüfung durch DIE JURY einen herben Rückschlag erlitten hat.

Allen war klar gewesen, dass es sich um einen gewichtigen Grund handeln musste, aus dem sie sich heute hier eingefunden hatten.

Es fällt mir nicht leicht zu sagen, aber es ist wie es ist. Carlsson ist von uns gegangen durch feigen Mord. Und der Täter hat das ganze Geld mitgenommen, das wir alle zusammengetragen haben, das jeder von euch sich vom Munde abgespart hat.

Damit hatte niemand gerechnet. Sie hatten angenommen, dass die Versammlung mit diesem Fremden zu tun hatte, der am Tisch des Bürgermeisters zwischen Anders und Kristian saß. Ein Fremder, der womöglich die Rolle der JURY übernahm, obwohl Axel versichert hatte, es würden wieder dieselben drei Leute anreisen wie beim letzten Mal und das erst in drei Wochen. Alle saßen wie gebannt. Keiner sagte ein Wort. Umso eindringlicher erfüllten Axels Worte den Raum.

Wir trauern alle um Carlsson, ja. Doch zur Sorge gibt es wenig Anlass.

Mätta schüttelte den Kopf über die Worte ihres Mannes. Das hätte er besser mal geübt, dachte sie.

In dieser schweren Zeit hat ein Wink des Schicksals uns Hilfe gebracht. Begrüßt bitte alle Simon Alexander Franke in unserem bescheidenen Heim.

Maria schickte einen belustigten Blick zu ihrem Mann. Dass Axel das Haus von Gustaf als seines bezeichnete, gibt nachher sicher noch ein paar zynische Bemerkungen, dachte sie. Simons Herz klopfte ihm bis zum Hals, als er jetzt neben dem Bürgermeister stand. Sein Mund war trocken und sein Kopf wie leergefegt. Keiner sagte ein Wort, alle starrten ihn an. Schon bei der Aufnahmeprüfung an der Schauspielschule hatte im jemand den Rat gegeben, die Energie solch einer Aufregung in sein Spiel zu packen. Diese Energie, wenn er sie nicht zu unterdrücken versuchte (was im Grunde gar nicht möglich ist), diese Energie würde alles, was er tat, intensiver machen. Wenn er sie richtig lenkte. Und genauso war es gekommen. Er hatte die Prüfung bestanden und war Teil von etwas Größerem geworden.

Simon, wie wir ihn nennen, ist in seiner Heimat ein berühmter Kommissar. Er hat sehr viel Erfahrung im Aufklären von Mordfällen. Bitte Simon.

Mit diesen Worten überließ er ihm die Bühne. Und mit einem Gefühl von Überlegenheit, denn Anders hatte unrecht gehabt als er meinte, sie sollten warten bis Mätta mit dem Kuchen fertig ist, bevor sie zu Simon gingen. Der Raum schien für Simon nur noch aus Augenpaaren zu bestehen. Unruhige, verunsicherte, neugierige Augenpaare, die in diesem Augenblick zu einem Ganzen verschmolzen.

Wenn ihr den Text nicht wisst, improvisiert drauflos. Seid intensiv. Nur wenn ihr etwas aus vollem Herzen spielt,

WERDEt IHR DIE Wahrheit IM Zuschauer provozieren. Er hatte keine andere Wahl. Umzukehren war jetzt keine Option mehr.

Anteilnahme.

Die Menge atmete hörbar.

Anteilnahme ist das Wichtigste in dieser Situation wie der euren. Jemand ist von euch gegangen, der euch allen etwas bedeutet hat. Noch kann keiner begreifen, was geschehen ist. Noch nicht. Es ist die Zeit zum Trauern um einen Mitmenschen, der Verantwortung übernommen hat. Damit ihr ein besseres Leben auf der Insel habt.

Das mit dem besseren Leben schlussfolgerte er aus den Schilderungen Axels und Anders′, die die Autobrücke als etwas sehr Bedeutsames für alle Bewohner dargestellt hatten. Da ihm bis hierher alle zuhörten ohne dazwischenzureden, sprach er weiter, während seine Anspannung sich nach und nach löste. Er achtete genauestens darauf, niemals zu behaupten, er sei tatsächlich Kommissar, während er den einen oder anderen Blick auf bereits ausgestrahlte Folgen seiner Krimiserie gewährte. Er brachte den Menschen, die ihn aufmerksam beobachteten, einzig und allein nahe, dass er sich mit ganzem Herzen jetzt der Aufgabe widmete, sie bei der Suche nach dem Täter zu unterstützen.

Damit die Truhe mit dem Geld gefunden wird. Damit eurem Carlsson Gerechtigkeit widerfährt. Damit ihr den Wettbewerb gewinnt.

Unhörbar atmete er erleichtert auf.

Simon wird die Aufklärung leiten, Kristian wird ihn dabei begleiten und ihr seid alle zur Anteilnahme aufgefordert, schloss Axel die emotionsgeladene Rede des Schauspielers. *Er wird euch jetzt sagen, wie die Ermittlungen ablaufen werden. Also hört gut zu.*

Erneut begann Simons Herz zu rasen. Die Einbeziehung des Publikums war oft Teil einer Improvisation. Doch eine

Strategie, wie er den Mörder fassen konnte, hatte er noch nicht. **Wenn ihr den Text nicht wisst, improvisiert drauf-los.**

Wer etwas weiß, das als sachdienlicher Hinweis gelten kann, der möge sich bitte bei mir oder bei Kristian zu erkennen geben. Wenn es Zeugen für die Tat gibt, dann melden diese sich bitte bis Zwölf Uhr Montagmittag.

Die Stille im Raum wurde durch unbestimmtes Murmeln und skeptische Blicke untermalt. Jemand schniefte in sein Taschentuch. Ein Kind begann zu weinen.

Ihr habt es gehört, schaltete Axel sich erneut dazwischen.

Es ist absolut notwendig, dass jeder von euch sagt, was er weiß und was er gesehen hat. Ich vertraue auf eure Kooperation, denn anders werden wir unser großes Ziel nicht erreichen.

Simon setzte sich. Der erste Schritt war getan oder besser gesagt: überstanden. Bevor Axel sich setzte, zupfte Melker ihm hektisch am Ärmel. Fast hätte Axel es vergessen.

Morgen Vormittag findet in der Kirche die offizielle Trauerfeier für unseren geschätzten Carlsson statt. Gedenken wir ihm schon jetzt mit einem guten Essen. Danke.

Maria und die Aushilfskellner begannen, das Essen zu servieren. Die Unruhe unter den Anwesenden wurde nach und nach spürbar. Axel und die Anderen hatten verabredet, ihre Blicke unauffällig durch den Gastraum schweifen zu lassen, jeder war für eine Gruppe von Tischen eingeteilt. Die Jugendlichen waren wieder nach draußen verschwunden, die Kinder an die Tische ihrer Eltern zurückgekehrt, die leise und aufgeregt miteinander sprachen. Keiner wirkte besonders auffällig.

Und was hast du jetzt vor?, fragte Anders.

Darüber war sich Simon keineswegs sicher. Auf jeden Fall würde er Befragungen durchführen. Das wird immer so gemacht. Wenn man erst mal ein paar Indizien fand, würde sich bald auch eine Spur auftun, die man verfolgen konnte. Es war alles immer eine Frage des Motivs. Außerdem kam es nicht selten vor, dass ein Mord für einen Selbstmord gehalten wurde oder andersrum.

Zuerst muss ausgeschlossen werden, dass es sich hierbei um einen Selbstmord handelt.

Meinst du wirklich ?, fragte Stig ungläubig.

Er war der Anwalt der meisten hier und verkaufte Versicherungen, wenn es gerade keinen Streitfall zu bearbeiten gab. Stig hatte auch Unterlagen von Carlsson in seiner Kanzlei, sagte vorerst jedoch nichts weiter. Erst mal abwarten, man kann nie wissen.

Dann wirst du also zuerst den Leichnam untersuchen?, fragte Kristian vorsichtig. Das war ungewöhnlich für einen Kommissar, aber der hatte gestern ja eingeräumt, dass er auch Gerichtsmediziner sei. Vielleicht haben die Kollegen in Deutschland eine doppelte Fachausbildung, wer weiß. An eine pathologische Untersuchung hatte Simon bisher überhaupt nicht gedacht. Niklas stellte ihm einen duftenden Teller mit Wildfleisch und verschiedenen Beilagen hin.

Guten Appetit, Herr Kommissar.

Simon sah sich im Raum um. Er schien nicht der Einzige zu sein, dem der Appetit vergangen war. Konnten diejenigen entspannt essen, die unschuldig waren ? Oder war es der Täter, der skrupellos blieb und gleichgültig diese Mahlzeit zu sich nahm ? Würde er auch das Henkersmahl gelassen genießen, wenn Simon ihn entlarvt haben wird ? Wer bist du ? Wie hast du dich maskiert ? Zeig dich ! Zeig dich ! So zeigt euch ! Denn wer sagte, dass es sich um einen Einzeltäter handelt ?

Hier, für dich, Herr Kommissar ! Gustaf stellte Simon ein randvolles Schnapsglas hin. *Danke, dass du uns hilfst.*

Gefolgt von einem mürrischen Blick Axels, wendete er sich einem anderen Tisch zu. Simon hörte, wie Anders bereits darüber sprach, dass er morgen ein paar Instrumente aus seiner Arztpraxis mit zum Gottesdienst bringen würde. Stig befand das für sinnvoll, denn heute sei es in der Kirche viel zu dunkel für eine Obduktion. Simon unterstrich das mit Nachdruck. Nach dem Essen, hatte Axel angeordnet, würden sie mit Görans Hilfe die Eistruhe von Gustaf in die Kirche bringen, um Carlsson in sein vorübergehendes Grab zu betten.

In den gläsernen Sarkophag, korrigierte Melker, *an dem meine Schafe ihm die letzte Ehre erweisen und Abschied von ihm nehmen werden.*

Niemand am Tisch reagierte darauf. Melker züchtete tatsächlich ein paar Schafe. Die Weide hatte er von seinem Vorgänger geerbt.

11

Es war in dieser einen Stunde nach Mitternacht, in der das Licht von anderen Naturkräften verbannt wurde. Danach würde das Licht die Dunkelheit wieder für viele Stunden überlagern. Das hoffte Simon zumindest, während er sich splitternackt an der Pumpe im Garten wusch. Schrubbte. Seine Seele reinigte. Das Wasser war eiskalt, genau wie diese Nacht. Seine Gänsehaut jedoch rührte von dem Ereignis her, dem er gerade beigewohnt hatte. Es war ihm wie die gruseligste Szene in einem bizarren Film erschienen. Beinahe alles, was er seit zwei Tagen erlebt hatte, erschien ihm in diesem Moment bizarr. Er hatte schon Tote gesehen. Onkel Alfred verfügte in seinem Testament eine Beerdigung im offenen Sarg, was er damals mit elf Jahren als angenehm schaurig empfand, vor allem weil er ihn kaum gekannt hatte. Doch wie diese Männer hier diesen wie steif gefrorenen Fremden mit der offensichtlichen Wunde am Hinterkopf in sein kaltes Grab hoben – dieses Bild rief bloßen Ekel in ihm hervor. Der Pfarrer sprach ein Gebet auf Schwedisch, das wie ein Zauberspruch klang. Worte, die böse Geister eher zu rufen als zu bannen schienen. Auf der ganzen Fahrt zum Hof sagte Göran kein einziges Wort. Simon hatte es sich stumm und vergeblich gewünscht, als eine Art Gegenzauber. Ihm selbst hatte es innerhalb eines Tages beinahe zum zweiten Mal, und zum zweiten Mal überhaupt in seinem Leben, die Sprache verschlagen. Jetzt drehten sich ganze Sätze in seinem Kopf. Er versuchte sie zu verdrängen, um sich die unscheinbareren Ereignisse dieses Abends im **WASAHUS** vor sein inneres Auge zu holen und damit die Bilder aus dem Kircheninneren zu verdrängen: Auf den Tellern dampften Wildfleisch, Kartoffeln und Gemüse mit Preiselbeermus vor sich hin. Ein schwerer, süßlicher Geruch, gemischt mit dem Duft von Kräutern hing im Raum, der bis in den letzten Winkel angefüllt war mit einem ungläubigen Schweigen. Hin und wieder war ein Murmeln zu hören, unruhige Fassungslosigkeit und das Gefühl unterdrückter Verunsicherung. Nachdem Axel das Essen eingeläutet hatte, griff kaum einer der Leute zum Besteck. Die Kinder schienen nicht zu verstehen, was die Erwachsenen plötzlich so betroffen wirken ließ. Ein Mann ungefähr in Simons Alter war zu einem Älteren gegangen, legte ihm nickend eine Münze neben den Teller und setzte sich wieder, schweigend. Eldar war nach einer halben Stunde gegangen, wobei er seine Frau und seine Tochter mitnahm, die offensichtlich noch bleiben wollten. Eine Frau im Rentenalter hatte eine Zeit lang Axel fixiert, bis der ihr nervös den Rücken kehrte und Simon aufforderte, endlich auch zu essen. Er hatte kaum einen Bissen runter gekriegt. Doch nicht wegen der bevorstehenden Leichenbeschau. Das würde der Arzt machen, hatte er sich beruhigt. Sondern wegen der Aufregung über seinen Auftritt als vermeintlicher Kommissar. Er war noch immer aufgewühlt. Denn er hatte tatsächlich so gar keinen Plan, wie er die Ermittlungen angehen sollte. Simon liebte die spontanen Ereignisse in seinem Leben. Sie stimmten ihn immer wieder zuversichtlich, dass es für alles eine Ursache und auch eine Lösung gab. Selbst wenn es anfangs oft gar nicht danach aussah. Am Ende hatte es sich stets herausgestellt, dass es vor allem auf den Weg ankam. Wenn du auf die Bühne gehst, lass es einfach geschehen. Verlass dich auf deine Instinkte. Was passiert, passiert. Und hier? Stand er nun ganz am Anfang. Und wollte nicht gleich jemanden um Rat fragen, auch wenn Kristian ihm dafür zur Seite gestellt worden war. Er sann darüber nach, welcher nächste Schritt der richtige wäre. Dass er Katja noch immer nicht angerufen hatte, wurde ihm jetzt bewusst. Nach dem vierten Klingeln drang ihm ihre sanfte Stimme unter die Haut.

Du bist ein gefragter Mann, Liebling. Robert hat schon zum dritten Mal bei mir angerufen, weil er dich nicht erreicht. Was ist denn los?

Es tat ihm so gut, sie zu hören. In diesem Moment begann sich die Anspannung zu lösen, die mit der Demütigung gestern in ihn gekrochen war. Simon wischte sich eine Träne aus dem Augenwinkel.

Hallo.

Sie ließ ihn einfach weinen. Sie war einfach da. Das Telefon verkürzte die Kilometer auf diese spürbare Nähe. In Sekunden von Hunderten auf null, beinahe jedes Mal.

Natürlich hatten sie sich das eine und andere Mal gezofft, das Handy flog und knallte gegen die Wand. Aber nie wurden sie verletzend. Niemals. Er wusste nicht, wie sie das machte, wenn sie ihm ihre Umarmung durchs Telefon schickte. Es war dann immer, als stünde sie direkt neben ihm. Säße sie, liege sie, Haut an Haut. Langsam wurde er ruhiger, der Strom versiegte, während sein Atem wieder gleichmäßig zu fließen begann.

Ich bin in Schweden, Katja.

Was meinst du damit? Haben die den Drehplan geändert?

Dass es ihm leicht gefallen sei, seiner Frau von dem Rauswurf zu erzählen, wäre eine glatte Lüge. Das Gefühl dieser stinkenden Ungerechtigkeit kam erst jetzt völlig in ihm hoch, als er Worte dafür finden musste. Wie Dreck, der vom Zwerchfell durch die Lunge auf seine Zunge kroch. Er spuckte sie aus und machte sich dadurch frei davon.

Du fandest diesen Regisseur doch von Anfang an doof. Jetzt bist du ihn wenigstens los.

Katja.

Ja?

Für einen Moment war nur ihr Atem zu hören. Ein Lächeln schlich sich in sein Herz.

Was hat Robert gesagt?

Er hatte nichts weiter gesagt. Sein Agent wollte ihn nur sprechen. Sie kannten sich seit pimaldaumen zwanzig Jahren und Robert Frei war mit der Zeit sein bester Freund geworden.

Ruf ihn einfach an. Und, kommst du jetzt nach Hause?

Lächelnd atmete er tief durch. Wie ein Läufer an der Startlinie. Hoffend, dass der hier vor ihm liegende Weg nur einen Sprint erfordern würde, räumte er aber zugleich die mögliche Notwendigkeit eines Ausdauerlaufes ein. Und erklärte seiner Frau, was hier vorgefallen ist und warum er noch eine Weile auf der Insel bleiben würde.

Und weil der hiesige Polizist noch keine Erfahrung mit Mordermittlungen hat, haben sie mich gefragt, ob ich den Täter finde. Weil ich neutral bin. Verstehst du?

Katja war wach genug, um jedes Wort zu verstehen. Begreifen konnte sie allerdings kein einziges davon.

Simon. Es ist okay, wenn du dir eine Auszeit nimmst. Die nächsten drei Wochen hab ich eh ohne dich geplant. Doch warum um alles in der Welt solltest du einen Mord aufklären?

Na… weil ich's ihnen versprochen hab!

Er ahnte, dass das vermutlich keineswegs einleuchtend klang für Außenstehende. Doch Katjas Bedenken hinsichtlich seiner Sicherheit erschienen ihm völlig grundlos. Es ging ja bei der ganzen Sache nur um das Geld und somit sei er außer Gefahr, dass ihm etwas zustoßen könne.

Ich kann damit leben, jetzt wie deine Mutter zu klingen: ich will jeden Tag eine SMS von dir! Klar?!

Nachdem Simon ihr das fest zusicherte, dauerte es noch eine ganze Weile, ehe er alleine schlafen ging. Der vollständige Wortlaut des weiteren Gesprächs soll hier allerdings nicht wiedergegeben werden, denn man kann doch wohl von jedem Leser ein Mindestmaß an Phantasie erwarten…

12

Die Sonne besetzte ihren Platz hoch oben am Himmel. Vor der Kirche fanden sich mehr und mehr Leute ein. Einzelne besetzten bereits ein paar Plätze drinnen auf den Stühlen. Der Pfarrer wartete am Eingang und begrüßte jeden, indem er ihm eine Stabkerze in die Hand drückte. Simon hatte sich zusammen mit Kristian zu den Leuten vom Stammtisch gesellt, die bereits vor einer halben Stunde eingetroffen waren. Göran hatte ihm angeboten, ihn zum Trauergottesdienst für den erschlagenen Carlsson mitzunehmen, doch als offiziell ernanntem Assistenten, fiel Kristian die Aufgabe zu, den Kommissar zu fahren.

Kennt ihr den mit dem Busfahrer?, fragte Stig mit Blick auf Melker.

Ohne eine Antwort abzuwarten, erzählte er weiter.

Als der Busfahrer und der Pfarrer an Petrus´ Pforte klopfen, öffnet der, lässt den Busfahrer rein und macht gleich wieder zu. Der Pfarrer ist verwundert und fragt ihn, wie das sein kann. Und was sagt Petrus?

Keine Ahnung, was denn?

Lars schielte unruhig zu Melker rüber, der gerade die ältere Frau begrüßte, von der Axel gestern Abend so eindringlich beobachtet worden war.

Petrus sagt zum Pfarrer: Wenn du eine Predigt gehalten hast, sind die Leute stets eingeschlafen. Aber wenn der Busfahrer unterwegs war, haben immer alle gebetet.

Busfahrer wird unsere Insel wohl nie zu Gesicht bekommen, hustete Lars und ging, um die Mitglieder seines Chores zu versammeln.

Werd´ jetzt bloß nicht pessimistisch, rief Axel ihm hinterher.

Da gab es doch bestimmt wieder einen Streit, meinte er an Stig gewandt, der ihm von den Stammtischlern am nächsten stand.

Darauf kannst du wetten, antwortete Stig knapp.

Aber Simon findet den Täter und unser Geld rechtzeitig, was Simon?

Axel grinste übers ganze Gesicht, als wäre dieser äußerst unpassende Fall beinahe schon aufgeklärt. Simons Antwort verhieß Zuversicht, denn genau so fühlte er sich nach dem

Telefonat mit Katja. Während er im Garten gefrühstückt hatte, war er in Gedanken seine nächsten Schritte durchgegangen. In jedes neue Projekt stürzte er sich mit voller Kraft. Er liebte das. Alles andere hielt er für reine Zeitverschwendung. Diesmal handelte es sich zwar um komplettes Neuland für ihn, doch es gibt schließlich immer ein erstes Mal, hatte er sich selbst Mut zugesprochen. Und war sehr froh, einen Polizisten an seiner Seite zu haben. Er war sich sicher, dass Axel dessen Fähigkeiten deutlich unterschätzte. Er jedenfalls würde seine Hilfe zu schätzen wissen. Wenn Simon sich mit einer neuen Rolle beschäftigte, näherte er sich deren Darstellung, indem er Fragen an die Figur stellte, die er spielen würde. Als Einstieg in seine Ermittlungen nutzte er nun diese Methode und kam vorerst zu drei grundsätzlichen Überlegungen, während er ein Käsebrot aß.

1. Handelte es sich bei den Verbrechern um einen oder um mehrere Täter ?

2. Welches schwerwiegende Motiv könnte einen Menschen zu dieser Tat geführt haben ? Also zu beiden Taten – dem Mord und dem Diebstahl ?

Dabei kam ihm in den Sinn, dass Axel und den anderen anscheinend mehr an der Aufklärung von Letztgenanntem lag.

3. War der Diebstahl vielleicht nur ein Ablenkungsmanöver und das entscheidende Tatmotiv bezog sich auf den Mord an dem alten Mann ?

Äußerst auffällig erschien es ihm, dass alle das Mordopfer für lupenrein hielten. Es würde ihn nicht überraschen, wenn sich da noch Abgründe auftaten. Mit diesen Gedanken hatte er das alte Bauernhaus verlassen, als

Kristian vor dem Tor zu Görans Grundstück zweimal hupte. Ihr erstes Gespräch als Kollegen sozusagen war recht belanglos verlaufen. Simon war unsicher, in welcher emotionalen Verfassung sich Kristian aufgrund der bevorstehenden Trauerfeier befand. Kristian hatte nicht viel gesagt, außer dass er ihn hin und wieder auf einen Baum oder eine Baumgruppe am Horizont hinwies, denen er Namen gab. Skröna war seit der Wikingerzeit bewohnt, erfuhr er. Waräger, wie man sie hier nannte. Die Mythen überdauerten ihre Schöpfer. Erst jetzt war ihm die einfache Schönheit der golden wogenden Getreidefelder mit den roten Akzenten einzelner Mohnblumen aufgefallen. Und ein Raubvogel, der still seine Kreise darüber zog. Den Blick auf die vorbeiziehende Landschaft gerichtet, dachte er darüber nach, wie er in ungefähr zwei Wochen diesen Fall lösen sollte, indem er den Täter und das Geld ausfindig machte. Axel hatte ihn gestern Abend in Gustafs Wirtshaus beiseite genommen und ihn folgendermaßen instruiert:

1. würden ausnahmslos alle Leute vom Stammtisch seine Ermittlungen unterstützen, was ganz klar für deren Unschuld sprach.

2. habe er maximal zwei Wochen Zeit, um den Fall abzuschließen und

3. stünden ihm dafür alle hiesigen polizeilichen Mittel zur Verfügung.

Da wäre zum einen das Polizeirevier, das mit der neuesten Technik ausgestattet sei, sprich einem Computer mit Internetanschluss und einer Telefonflatrate zur Stockholmer Polizeizentrale, die ein umfassendes Register mit zahlreichen Tätern und Fallakten besaß. Desweiteren ein Drucker und ein Scanner, jede Menge Schreibwaren und eine Pinnwand. Für Simon klang das nach einem stinknormalen Büro. Aber Axel hatte ihm auf die Schulter geklopft, sein Glas erhoben, verkündet, dass es doch vor allem auf den Instinkt des Ermittlers ankäme und es dann in einem Zug geleert. Die Schusswaffen seien unter Verschluss, hatte er noch angemerkt und nicht zu vergessen sei die moderne Kaffee-Pad-Maschine. Einen Polizeihund gäbe es leider nicht. Sie hatten Nero wegen seiner Gicht vor ein paar Monaten einschläfern müssen und Geld für einen neuen müssten sie erst beantragen. Darauf und auf den verstorbenen Hund hatte Simon auch einen hinter die Binde gekippt. Was die Stammtischler anging, blieb er jedoch wachsam. Natürlich würde er nicht auf deren Befragung verzichten, wenn es sich für die Aufklärung des Falles als notwendig erweisen sollte. Überhaupt stellte er sich darauf ein, dass nicht jeder froh sein würde, wenn er ihn befragte. Als wesentliches Element einer Ermittlung galt es jetzt allerdings zu entscheiden, wen er dafür zuerst aufsuchte. Stig schien ihm der sicherste Kandidat. Vielleicht hatte Carlsson ein Testament gemacht, das würde er bei dem Anwalt mit Sicherheit herausfinden. Kristian parkte den Volvo XC70 vor dem Friedhof, wo schon ein paar andere Autos standen.

Mal sehen, vielleicht melden sich ja heute nach dem Trauergottesdienst die ersten Zeugen.

Kristian betrachtete seinen Vorgesetzten mit einem skeptischen Blick.

Meinst du nicht ?, fragte Simon.

Kristians Bedenken waren nicht zu übersehen. Und so erfuhr er, dass praktisch alle Skrönaer dem deutschen Kommissar vermutlich äußerst reserviert begegnen werden.

Wir reden eigentlich nicht mit Fremden. Tut mir leid, ist nicht so gemeint.

Axel hatte ihm Kristian offensichtlich auch deshalb zur Seite gestellt, weil der das notwendige Vertrauen in die

Ermittlungen bei den Inselbewohnern wecken würde. Ihm alleine würden sie wahrscheinlich gar nichts erzählen. Simon schluckte. Er fühlte sich ein klein wenig ausgeschlossen, obwohl man ihn so freundlich aufgenommen hatte. Das werden wir ja noch sehen, sagte er sich. Alles war besser als noch vor zwei Tagen. Und zu glauben, dass es auf einem neuen Weg keine Hindernisse gab, wäre schließlich naiv. Nun standen sie mit den Anderen zusammen und Simon bekräftigte Axels Vermutung, dass sie den Fall rechtzeitig aufklären würden. In diesem Moment winkte Mätta ihrem Mann und die kleine Gruppe setzte sich als eine der letzten in Bewegung. Modrige Dunkelheit umfing die Menschen, die die Kirche betraten. Die Augen hatten sich ans Sonnenlicht gewöhnt, das nur spärlich ins Innere dieser historischen Konstruktion drang. Simons Erwartung, einen angenehm klimatisierten Raum zu betreten, wie bei seinem Besuch der Kathedrale von Kingsbridge im letzten Sommer, wurde durch das Erlebnis eines aufgeheizten Holzgebäudes ruiniert. Ein leises Rumoren hing wie Watte über den Stuhlreihen, auf denen die Skrönaer es sich einigermaßen bequem gemacht hatten. Bei den meisten von ihnen war es lange her, dass sie hier gewesen sind. Doch den Trauergottesdienst für Carlsson wollte niemand verpassen. Melker konnte sich nicht erinnern, wann in seiner gesamten Amtszeit die Kirche jemals bis auf den letzten Platz besetzt gewesen ist. Per hatte ihm am Morgen geholfen, den Altar herzurichten. Frische Blumen von der Wiese neben dem Friedhof schmückten das schlichte Pult. Dahinter stand die Eistruhe aus dem **WASAHUS**. Carlssons sterbliche Überreste hatte der Pfarrer mit dem bestickten Altartuch sorgsam bedeckt. Als er sich vorn in die Mitte des Raumes stellte, wurde es still. Melker verzichtete bewusst darauf, die

73

Kanzel zu nutzen, weil er dadurch verbundener mit den Leuten wirken wollte.

Liebe Gemeinde, begann Melker seine Trauerrede. *Wir haben uns heute hier versammelt, um einem geschätzten Mitglied die letzte Ehre zu erweisen. Carl Carlsson war einer von uns.* Manch einem erschien es merkwürdig, dass gerade Melker dies sagte, der als Vertreter seiner Zunft nur noch von wenigen geschätzt wurde und als Zugereister nie ganz dazu gehörte. Simon verstand keines seiner Worte. Kristian und er hatten sich für den besseren Überblick in die letzte Stuhlreihe gesetzt. Zu dumm, dass sein Blick nur auf die Hinterköpfe der Leute fiel. Dafür hatte er die gesamte Bühne im Blick. Gewöhnlich stand er selbst im Fokus der Aufmerksamkeit und er dachte unwillkürlich an die Rolle des Pfarrers, die er vor drei Tagen noch spielte. Er hatte etwas Zwielichtiges in seine Darstellung legen wollen, so wie der Autor es im Drehbuch anlegte, schlussendlich zum Missfallen des Regisseurs. Pfarrer Melker sprach ein paar Worte und machte dann Platz für den Kirchenchor. Simon wunderte sich, dass Lars den Gesang anstimmte und Kristian flüsterte ihm zu, dass der Chor vor einem Jahr an die Volksuniversität gewechselt war.

Sie singen ein schwedisches Volkslied, erklärte Kristian. *„Frühling, komm und zeige dich, komm und zeig uns dein Gesicht. Lang war der Winter, nun send´ uns wieder Sonnenstrahlen. Nach langer Nacht komm zurück."* Eine Frau aus der Reihe vor ihnen drehte sich mit einem Lächeln zu ihnen um. Kristian lächelte zurück und schwieg. Simon fiel ein Mann auf, der am Eingang stehengeblieben war und den ganzen Innenraum gleichzeitig fixierte, als würde er ihn meiden wollen wie der Teufel das Weihwasser. Gustaf saß mit seiner Frau und seinem Sohn drei Reihen hinter Axel, neben dem die junge Frau aus dem Laden saß.

Er erkannte sie, als sie sich offensichtlich zu Gustafs Sohn umdrehte und ihm zuzwinkerte. Ein paar Leute tuschelten miteinander. Kristian flüsterte ihm zu, dass Carlsson sich mehr als einmal kritisch über Melker geäußert hatte. Vor allem wegen dessen Schafen. Als Sohn einer traditionsreichen Bauernfamilie kannte er sich gut mit Tieren aus und hat auch die Schafe des Pfarrers geschoren, als der ihn darum bat. Carlsson fand, dass er sich nicht gut um die Tiere kümmerte. Einmal wies er ihn auf eine Krankheit hin, die dem gar nicht aufgefallen war. Carlsson hat dann selbst den Tierarzt geholt, mit dem Melker lange über den Preis diskutierte, ehe er die armen Viecher behandeln ließ. Melkers Stimme hob zu einem Faustschlag an. Kristian übersetzte für Simon.

Hütet euch vor dem Zorn Gottes.

Und dann sprach er von Carlssons Leben, das der Mann der Erde, den Pflanzen und den Tieren, die da kreuchten und fleuchten, gewidmet hatte. Sagte er tatsächlich „kreuchten und fleuchten"? Und ließ unüberhörbar Anspielungen auf den Mord an ihm verlauten, so zumindest übersetzte Kristian ihm jetzt.

Wer von euch ohne Schuld ist, werfe als erster einen Stein. Wisset, Gott ist barmherzig, wenn ihr eure Schuld bekennt. Wir sind alle Sünder. Bedenket, dass Gott alles sieht.

Es klang beklemmend. Gab es denn Überwachungskameras in diesem kleinen Dorf? Wie würde der Täter sich wohl bei diesen Worten fühlen? Konnte es sein, dass er sich durch seine Reaktion selbst verriet? Ein alter Mann mit schütterem Haar kratzte sich am Hinterkopf. Und der Pfarrer wechselte mit deutlichem Missfallen seinen Platz mit Lars, der erneut den Chor anstimmte. Wie ein Schutz gegen die finsteren Worte des Pfarrers, erfüllte das „Hallelujah" von Leonard Cohen den dunklen Raum. Als der letzte Akkord verklungen war, trat Melker mit einer riesigen Stabkerze vor die Stuhlreihen.

Lasst uns nun eine Kerze weihen.

Alle nahmen die Kerze in die Hand, die sie von Melker eingangs erhalten hatten.

Lasst uns die Dunkelheit bannen, in der Carlsson gefangen ist, bis er sein rechtes Grab findet.

Dann wendete er sich Per zu, der mit seinem Streichholz die Kerze des Pfarrers entzündete. Melker wollte damit durch die Reihen gehen und Kerze für Kerze einzeln anzünden, was sich jedoch als nicht praktikabel erwies. Der Alte im Rollstuhl, der neben Axel saß und Melker am nächsten, hielt den Docht in die Flamme und hielt sie an den nächsten. Andächtig beobachtete Simon das Licht-ritual, das sich hier abspielte, als nacheinander weit mehr als hundert Kerzen brannten, während die unverständlichen Worte des Pfarrers durch den Raum schallten. Anders als hier, standen im Theater stets Feuerwehrleute bereit. Noch immer hielt sich wachsam der Mann am Eingang, genau neben dem Weihwasserbecken, das im dümmsten Fall tatsächlich nützlich sein konnte. Noch vor nicht allzu langer Zeit waren unzählbar viele Frauen am sogenannten Kindbettfieber gestorben, weil ihnen im Wochenbett dieses verschmutzte Wasser, in das jeder seine Hände getaucht hatte, ritualartig in den Unterleib gegeben worden war. Heute stand überall Desinfektionsmittel bereit.

Jetzt spricht er von dir, flüsterte Kristian. *Gottes Weisheit hat uns in dieser schweren Stunde einen Mann gesendet, der die Umstände von Carlssons Tod aufklären wird. Möge er mit Gottes Hilfe den Täter finden. Möge er ihn aufs Schlimmste strafen, damit alles Übel aus ihm fahre.*

Simon lachte unwillkürlich, denn er hoffte tatsächlich inständig auf Hilfe – auf die von Kristian. Doch das

Lächeln verging ihm gleich wieder. Was der Pfarrer sagte, klang eher nach der Inquisition. Wahrscheinlich hatte der noch nie etwas von Gefängnis-Sozialarbeit gehört.

Und doch sollten wir den Tod nicht als das Ende betrachten. Denn Gott – unser aller Schöpfer – holt uns durch den Tod zu sich in sein Himmelreich. Dort mangelt es an Nichts. Dort nützt weder Gut noch Geld. Wer Geld anhäuft, das ihm nicht gehört, wird durch Gott gestraft werden.

Fast jedes seiner Worte klang wie eine Drohung. So wie Pfarrer Melker hier zu den Leuten sprach, wäre er das beste Argument für Simons Lesart des Drehbuches gewesen. Die Gemeinde erhob sich von den Stühlen. Simon tat es ihnen gleich, schon allein deshalb, um nicht auf die Hintern der Leute starren zu müssen. Urplötzlich hoben Worte an wie ein Sturm, als würde Donner grollen, als würden die Inselbewohner eine Verschwörung planen. Erschrocken sah er zu Kristian.

Wir sprechen das Vaterunser.

Das Vaterunser?

Auf Schwedisch klang offensichtlich Manches wie Zauberwerk.

Ja, ich hab auch keine Ahnung, was das bedeutet. Aber wir machen das schon immer so. Amen.

In dem Moment, als sich die Leute wieder setzten, zog Melker mit einer schnellen Bewegung das Tuch von der Eistruhe. Manche sprangen sofort wieder von ihren Stühlen auf und ein Raunen ging durch die Menge. Diese Wirkung hatte er kalkuliert. Die Leute reckten die Hälse, um einen Blick auf den Verstorbenen zu erhaschen. Ein Kind fing an zu weinen. Paare fassten sich an den Händen. Die Mitglieder des Chores traten einen Schritt zurück.

Hört, so höret, ihr Lebenden, die ihr nur kurze Zeit auf Erden wandelt. Gedenket des Todes. Vergesst nicht eure Sterblichkeit, indem ihr Carlsson ehrt.

Die große Stabkerze hatte er für alle sichtbar auf dem Altar platziert.

Wir wollen dafür sorgen, dass Carlssons Seele nicht ins Dunkel stürzet, indem wir diese eine Kerze immer für ihn brennen lassen. Wir werden eine feste Gestalt bilden. Jeder soll hier zur rechten Zeit erscheinen und die Flamme bewachen. Tragt euren Namen vorn in die Liste ein. Bis morgen Abend soll der Namen eines Jeden von euch dort stehen. Und nun gehet hin in Frieden und sündigt nicht.

Melker wusste, dass Carlsson im Dorf bei allen beliebt war. Wer würde also seinen Namen nicht angeben ? Und tatsächlich schien sein Plan zu fruchten. Die Leute standen auf und kamen, um sich in die Liste einzutragen. Manche langsam, mit einem vorsichtigen Blick auf Carlssons kaltes Grab. Andere bestimmt und schnellen Schrittes, um sich der traurigen Realität zu versichern. Und wiederum welche, die sich zwar in die Liste eintrugen, aber nur im Vorbeigehen flüchtig ein Auge auf das Unheil warfen. Simon wäre es pietätlos erschienen, neben dem gläsernen Sarg zu warten und das Verhalten der Leute zu beobachten. Er wartete mit Kristian draußen im Schatten des großen Kirschbaumes. Immerhin war hier auch die Luft besser.

Was hältst du davon, dass Melker den jungen Mann mit dem Klingelbeutel an den Eingang stellt ?

Das macht er eigentlich immer so. Aber ich finde es nicht gut, heute.

Endlich fragte mal jemand nach Kristians Meinung. Simon pflückte sich ein paar Kirschen vom Baum, um den die Kinder herumtobten. Ein Junge machte eine Räuberleiter, damit ein Mädchen hinaufklettern konnte. Per kam dazu, um mit den anderen Kindern zu spielen. Als Melker das sah, kam er erbost angelaufen, doch er hielt sich mit Tadel und Belehrung zurück, als er den Kommissar erblickte.

Trägst du dich auch in unsere Liste ein ?

Herr Pfarrer, der Kommissar hat im Moment andere Aufgaben zu erledigen, nahm Kristian ihm die Antwort ab.

`Als Ermittler musst du dich neutral hal-ten,` dachte Simon. In welcher Folge seiner Krimiserie hatte das sein Kommissars-Kollege zu ihm gesagt ?

Herr Pfarrer, eine Frage. Was meinten Sie, als Sie sagten, „Gott segne alle Geber und Gaben. Die Spenden gehen zugunsten der Pensionskasse."?

Ohne sich dessen bewusst zu sein, hatte Simon seinen ersten offiziellen Ermittlungsschritt getan. Der Pfarrer sah ihn verwundert an. Er war es offensichtlich nicht gewohnt, dass man ihm Fragen zu seinem Handeln stellte. Schon gar nicht, dass ein Fremder das tat.

Du musst darauf antworten, Melker, sagte Kristian und es klang wie eine Entschuldigung.

Das ist als Hilfe für unser großes Ziel gedacht. Jetzt wo die Truhe mit dem Geld gestohlen wurde, ist jedes Mittel recht, um das Geld für die Fertigstellung der Pension aufzubringen.

Beleidigt wandte der Pfarrer sich ab und seinen anderen Aufgaben zu. Vor allem wollte er die Namen auf der Liste überprüfen. Die beiden hielten sich noch ein Weilchen im Schatten der Kirsche auf und betrachteten die Leute, die sich nach und nach unter der Sonne versammelten. Kristian war es unangenehm, seine Nachbarn so anzustarren.

Wer ist denn die Frau da vorn ? Die Blonde mit dem bunten Kleid und der Bauchtasche ?

Simon war sie gestern Abend aufgefallen, weil sie zu einzelnen Leuten ging und intensiv mit ihnen sprach, nachdem er seine Rede beendet hatte.

*Das ist Akira. Sie gibt zwei Sprachkurse an unserer Volksuni-
versität. Gestern Abend hat sie deinen Vortrag übersetzt. Bei uns
spricht nicht jeder gut Englisch.*

*Und der da drüben, der mit dem roten Bart und den weißen Haaren
?*

Es war der Mann, dem jemand gestern eine Münze auf den
Tisch gelegt hatte.

Das ist Rurik Sjöberg. Der war ein Freund von Carlsson.

Simon wies in eine andere Richtung.

Svante Arboga. Sie ist unsere Kräuterfrau.

Kräuterfrau ?

*Na, keine Ahnung. Heilpraktikerin ? Meine Großmutter ist
manchmal als Kind mit mir zu ihr gegangen. Sie hat immer einen Rat
und eine Pflanzenmischung. Viele Frauen gehen zu ihr. Ich hol mir
einen Spezialtee bei ihr, wenn die Erkältung anrollt.*

In diesem Moment verließ auch der Mann die Kirche, der
die ganze Zeit am Eingang gestanden hatte. Ein Blick von
Simon genügte.

Jonte Sandqvist.

*Ich finde, der hat sich äußerst auffällig verhalten. Hatte er Streit mit
Carlsson ?*

Mit Carlsson ? Nicht dass ich wüsste. Aber mit einigen Anderen.

Simons Interesse als ernannter Kommissar war geweckt.
Streit hatte viele Ursachen und führte – wenn nicht gelöst –
oft zu weiteren Schwierigkeiten. Vielleicht gab es hier einen
ersten Ansatz, der am Ende doch zu Carlsson führte.

Er ist der verantwortliche Architekt für den Bau der Pension.

Na wer sagt´s denn.

Simon wurde jetzt richtig wach.

*Und verdammt naiv ist er. Letztes Jahr hat er mit ein paar Leuten
die Majstang für unser Mittsommer-Fest aufgestellt. Anstatt selbst zu
prüfen, ob sie sicher verankert ist im Boden, hat er sich auf die
Aussage von Birger Svärdson verlassen, der gerne flunkert und*

manchmal übertreibt. Als die Frauen dann mit dem Essen kamen,
kippte sie plötzlich aus der Verankerung und mit einem Riesenknall
mitten auf die Tische darunter. Das war haarscharf. Zum Glück ist
nur Geschirr zu Bruch gegangen und ein paar Tische. Verstehst du ?
Seitdem ist Jonte übervorsichtig. Bei jeder Versammlung behält er die
Dachkonstruktion im Auge.

War Birger auch ein Freund von Carlsson ?

Vielleicht gab es doch einen Zusammenhang.

Auf keinen Fall. Die haben praktisch nie miteinander gesprochen.

Sie standen ganz am Anfang der Ermittlungen. Es würde
schon noch genügend Spuren geben, denen es sich zu
folgen lohnte. Von Weitem betrachteten die Leute von
Skröna die beiden Ermittler. Bisher hatte sich kein einziger
Zeuge bei Ihnen gemeldet.

Glaubst du, dass noch jemand kommt ?, fragte Kristian
vorsichtig.

Er legte großen Wert auf die Meinung seines Vorgesetzten.

Wahrscheinlich fällt es den Leuten schwer, sich in aller
Öffentlichkeit zu äußern. Sie wissen, dass sie aufs Polizeirevier
kommen können, räumte Simon ein.

Eigentlich ist es gar kein richtiges Revier.

Wie meinst du das ?

Es ist nur eine Polizeiwache.

Simon kannte den Unterschied nicht.

Hauptsache, wir kommen mit unseren Ermittlungen voran.

Als Kristian wissen wollte, welche Schritte Simon als
nächstes plante, erfuhr er von der bevorstehenden
Befragung von Stig.

Am besten, wir fahren nach dem Mittagsessen zu ihm.

Dann sollten wir ihm das besser sagen. Ich geh mal rüber, da steht
er noch.

Nein, eben gerade nicht. Wir sollten das Überraschungsmoment
nutzen.

Das war genau das, was Kristian vermeiden wollte. Er kam jedoch nicht dazu, seine Bedenken zu äußern, denn im selben Moment kam Anders auf sie zugelaufen.

Jetzt sind alle raus. Meine Instrumente stehen bereit. Kommst du, Simon?

Simon sah ihn fragend an.

Zur Obduktion der Leiche, lächelte Anders.

13

In der Kirche war es noch immer stickig warm. Die Eistruhe bot die einzige Abkühlung, aber die war belegt. Das einzig Angenehme, das Simon innerhalb der nächsten Stunde erlebte, war die kalte Luft, die ihm entgegen strömte, als er sie öffnete. Sofort überkam ihn derselbe Ekel wie gestern Abend. Anders hatte verschiedene Instrumente auf dem Altar ausgebreitet und hievte zusammen mit Kristian den steifen Körper auf einen dafür bereitgestellten Tisch. Unter einem Vorwand hatte Melker sich verabschiedet. Axel stand am Eingang und wartete auf erste Ergebnisse. Simon kam sich unbeholfen und überflüssig vor.

Warum schickst du den Bürgermeister nicht weg?, fragte Kristian.

Simon nutzte diesen Impuls für ein kurzes Gespräch mit Axel, während Arzt und Polizist den Toten entkleideten. Als Anders ihm ein Zeichen gab, dass sie soweit vorbereitet sind, verabschiedete Simon den mürrischen Bürgermeister. Auch wenn Axel sich das anders vorgestellt hatte, würde er keinen Einblick in die Ermittlungen erhalten. Das war ausschließlich Sache der Polizei.

Nun, leg los, ich assistiere dir, gab Anders das Startsignal.

In seiner Rolle als Gerichtsmediziner hatte Simon schon diverse medizinische Instrumente in den Händen gehalten. Jetzt fielen ihm nicht mal mehr deren Namen ein. Unsicher warf er einen Blick auf den Altar, der mit scharfkantigen Gegenständen, Nadeln und sonstigen Dingen belegt war.

Hier ist nicht der richtige Ort für eine Untersuchung, wich Simon aus.

Gestern Abend meintest du, es läge am fehlenden Tageslicht.

Anders war überrascht. Er selbst hatte sich in seiner Branche keinen großen Namen gemacht, im Gegensatz zu seinem Bruder, der nach dem Medizinstudium ins Ausland gegangen war, wo er inzwischen als vielgeschätzter Chirurg praktizierte. Sein Leben lang war er eifersüchtig auf ihn gewesen. Doch er drückte sich auch nicht vor einer Aufgabe, wenn sie sich ihm bot. Egal ob er sie bewältigen konnte oder nicht. Erwartungsvoll sah er Simon an, ebenso wie Kristian, der nicht so recht wusste, warum er bei der Obduktion dabei sein sollte.

Gut. Dann..., gab Simon sich einen Ruck, *könntest du einen Abdruck von seinem Zahnschema machen, Anders?*

Darauf war er nicht vorbereitet. Da brauche es spezielles Material, räumte er ein. Das mache man sowieso nur, wenn die Identität der Leiche nicht eindeutig feststand.

Aber es sagt auch etwas über den allgemeinen Gesundheitszustand eines Menschen aus.

Das hatte sein Zahnarzt ihm immer wieder gepredigt.

Ähm, er ist tot, mischte Kristian sich ein.

Immerhin hatte er den Eindruck gewonnen, dass sein neuer Vorgesetzter Wert auf seine Sichtweise legte.

Wenn du willst, schneide ich ihn auf, schlug Anders vor.

Darin hatte er zwar keine Routine, aber damals im ersten Semester seines Studiums war ihm das ganz gut gelungen. Simon schluckte. Dass er (für die Trauerfeier) unpassend gekleidet war, (weil er keine schwarzen Klamotten dabei hatte,) konnte er bei der Obduktion nicht als glaubwürdiges Argument anbringen. Er war sich bereits jetzt sicher, dass er das Hemd und die Jeans verbrennen würde, wenn das hier überstanden war.

Es wäre besser, wenn du erst einmal eine Blutprobe nimmst, war sein Gegenvorschlag.

Aber das ist nicht nötig. Carlsson hat A positiv. Das weiß ich genau.

Doch nicht deswegen, entgegnete Simon. *Sondern um es auf fremde Substanzen zu untersuchen. Gift und sowas, du weißt schon.*

Immerhin konnte Carlsson zuerst vergiftet worden sein oder ein mit Schlafmitteln angereichertes Getränk zu sich genommen haben, bevor jemand ihn erschlug. Genau! Simon näherte sich vorsichtig dem runzligen Körper. An der linken Schläfe zeigte sich getrocknetes Blut, das in einer feinen Linie zum Hinterkopf führte. Er forderte Anders auf, die Leiche auf den Bauch zu drehen. Und da war es!

Hier!

Alle drei beugten sich mit großer Konzentration über den bläulich verfärbten Körper.

Die Ursache dieser offenen Wunde an seinem Hinterkopf hat zu einem Schädeltrauma geführt. Der Tod ist aufgrund der Verletzung und starken Blutverlustes eingetreten.

Anders und Kristian sahen ihn prüfend an. Keiner sagte ein Wort. Simon war gerettet.

Todeszeitpunkt?, fragte Kristian, der gar nicht daran dachte, seinen Vorgesetzten damit in Verlegenheit zu bringen.

Vor mindestens 72 Stunden, konstatierte Simon.

Immerhin war Carlsson bereits tot, als er auf der Insel eintraf.

14

Stig schien alles andere als erfreut zu sein über ihren Besuch.

Ich hab's ja gesagt, sprach Kristian leise vor sich hin.

Er wollte das Verhalten seines Vorgesetzten, der die Sitten und Gebräuche der Einheimischen nicht kannte, keineswegs in Frage stellen. Auf der Fahrt von Görans Hof zum Haus des Anwalts, versuchte er ihm bloß zu vermitteln, dass es hier eben nicht üblich war, Leute, die man nicht näher kannte, ohne vorherige Absprache zu besuchen. Schon gar nicht am Wochenende. Simon hatte ihn darauf hingewiesen, dass es bei der Aufklärung eines Mordes um alles Mögliche ging, nicht jedoch um die Bedürfnisse potentieller Verdächtiger. Daraufhin war Kristian in Schweigen verfallen. Er wusste gar nichts davon, dass Stig als verdächtig galt. Aber was nicht ist, könne ja noch werden, kam ihm ein Spruch seiner verstorbenen Großmutter in den Sinn. Der andere Grund für sein Schweigen war der, dass Simon plötzlich anfing, Sprechübungen zu machen. Er machte das immer vor einem Auftritt, bei dem er Lampenfieber hatte, damit sich die Stimmbänder nicht verkrampften. Stig führte die beiden Störenfriede (für die er sie hielt, wie er ihnen unmissverständlich zu verstehen gab) in sein Arbeitszimmer. Höflichkeitsregeln waren eben nur etwas für die Öffentlichkeit, dachte Simon. An der Wand über dem Schreibtisch hing unübersehbar ein Jagdgewehr. Ansonsten wirkte der ganze Raum sehr sachlich und aufgeräumt. Stig reagierte gereizt, als Simon fragte, ob es ein Testament von Carlsson gab.

Warum willst du das denn wissen?

Simon versuchte, sich seine Unsicherheit nicht anmerken zu lassen. Immerhin war es *seine* Aufgabe als Kommissar, die Fragen zu stellen und nicht andersherum. Über diesen Teil seiner Rolle war er sich sicher. Carlsson hatte ein Testament aufgesetzt. Er sei Anwalt und kein Notar, sagte Stig, deshalb besäße es eigentlich keine Rechtsgültigkeit, behauptete er wider besseres Wissen. Wenn man darüber hinwegsähe, war es schlicht der letzte Wille eines toten Mannes. Simon erfuhr, dass Carlsson sein Haus und sein Grundstück einer Krebsstiftung vermacht hatte. Mit seinem Vermögen, das nicht besonders umfangreich war, sollten notwendige Renovierungsarbeiten finanziert werden. Simon reichte das Dokument an Kristian weiter, der die Aussagen von Stig bestätigte.

Auf dem Gelände sollten sich krebskranke Kinder erholen, wenn dann die Autobrücke einen legalen Zugang für Fremde ermöglicht, kommentierte Stig das Schriftstück.

Seine Feindseligkeit war nicht zu überhören. Simon, der eigentlich keine Fragen weiter hatte, blieb gerade deshalb noch ein bisschen. Er wollte der Sache auf den Grund zu gehen.

Was glaubst du, warum das sein letzter Wille war?

Aus nostalgischen Gründen doch sicher. Wegen seiner Frau. Die ist an Krebs gestorben.

Ohne eine bestimmte Absicht nahm Simon hier und da einen Ordner in die Hand, blätterte darin herum und stellte ihn wieder zurück. Er wollte bloß Zeit gewinnen, um Stig noch ein bisschen beobachten zu können.

Habt ihr überhaupt einen Durchsuchungsbeschluss?

Verärgert wendete Stig sich an Kristian, der sich mit einem Blick Rückversicherung beim Kommissar holte.

Noch nicht, aber den bekommen wir ganz schnell. Es wäre besser, wenn du kooperierst.

Kristian kam sich mutig vor. So etwas in der Art hatte er schon längst mal sagen wollen.

Was wollt ihr denn noch wissen?

Stig hielt sich für die unumstößliche Rechtsmacht im Ort, aber ihm war auch klar, dass so ein Kommissar am längeren Hebel saß als er. Simon überlegte, was er noch fragen könnte.

Was ist mit den Versicherungen, die du verkaufst?

Was soll damit sein?

Hast du Carlsson auch eine verkauft?

Wenn der Fremde jetzt die Akten sehen wollte zu den Versicherungen, die Stig in den letzten Jahren dem einen oder anderen angedreht hatte, würde es dünn für ihn werden.

Carlsson hat nur eine Versicherung für das Haus abgeschlossen.

Aha.

Stig konnte die Reaktion des Kommissars nicht einschätzen und blieb deshalb auf der Hut. Kristian fragte sich, was sein Chef mit den Fragen nach der Versicherung bezweckte und hörte weiter gespannt zu. Er würde sicher noch etwas lernen können von ihm.

Versteh mich nicht falsch, Simon, aber ich glaube, bei mir bist du an der falschen Adresse.

Stig versuchte, wieder Oberwasser zu gewinnen.

Ich kann dir wirklich nicht sagen, wer ihm etwas Schlechtes gewollt hätte. Wir sind hier alle recht friedliebend.

Und was ist mit der Waffe?

Mit welcher Waffe?, fragte Stig überrascht.

Ich kenne niemanden hier, der eine Waffe hat. Sonst hätte er dafür ja wohl eine Versicherung bei mir abgeschlossen.

Simon zeigte stumm auf das Jagdgewehr, das dicht über dem Kopf des Anwalts hing.

Ach so, das meinst du. Wir gehen auf die Jagd. Das ist alles. Carlsson ist ja schließlich nicht erschossen worden, oder?

Stig war froh, als er die beiden endlich hinausbegleiten konnte. Seine Frau hatte gerade Kaffee aufgesetzt. Der Ordner mit den kritischen Versicherungsverträgen war unentdeckt im Regal geblieben.

Wann kann ich die Versicherungsduplikate aus Carlsson Haus haben? Ist der Tatort schon freigegeben?

Auch Kristian wartete gespannt Simons Antwort ab. Das hatte er ja ganz vergessen. Dabei stand in jedem Drehbuch an erster Stelle die Untersuchung des Tatorts, nachdem man die Leiche gefunden hatte.

15

Ein leichter Wind wehte über die Felder, die Halme neigten sich und richteten sich wieder auf. Die Sonne schien mit voller Kraft. Der Gesang von Vögeln, deren Namen er nicht kannte, hing in der Luft. Mehrstimmig, als würden sie sich Geschichten erzählen. Sie mochten mehr gesehen haben, als ein Mensch es vermag, der an die Schwerkraft gebunden seine Schritte nacheinander setzen muss, um einen Weg zu finden ans Ziel. Nur seine Vorstellungskraft macht es ihm zu sehen möglich.

Und warum kannst du heute nicht mehr mitkommen zur Tatortbegehung?

Simon hatte die Fensterscheibe runtergelassen und ließ sich den Fahrtwind ins Gesicht blasen.

Weil es eben so ist, antwortete Kristian knapp.

Simon verstand diese Schweden einfach nicht.

Aber da stören wir doch niemanden. Ist doch egal, dass Wochenende ist.

Kristian wand sich offensichtlich um eine Antwort herum. Dass er auf seinen gewerkschaftlich gesicherten Arbeitszeiten bestand, war doch wohl eine Ausrede, aber kein Grund. Nachdem ihm die Peinlichkeit auf Stigs Außentreppe tatsächlich rote Ohren beschert hatte, versuchte Simon seit einer Viertelstunde Kristian davon zu überzeugen, sofort Carlssons Haus unter die Lupe zu nehmen.

Wir machen das morgen Nachmittag.

Es fiel ihm wirklich nicht leicht, seine Position gegenüber dem Kommissar zu vertreten, besonders weil Axel ihn instruiert hatte, alle Befehle seines Vorgesetzten zu befolgen. Aber er hatte einen triftigen Grund, nicht vor morgen eine ordnungsgemäße Untersuchung des Tatorts durchzuführen.

Ich hab sowas noch nie gemacht. Ich möchte mich darauf vorbereiten. Verstehst du?

Diesem Argument hatte Simon aus nachvollziehbarem Grund allerdings nichts mehr entgegenzusetzen. Kristian ließ den Motor laufen, als er vorm Hoftor hielt.

Dann sehen wir uns morgen Nachmittag. Und bau bis dahin keinen Mist, meinte Simon kumpelhaft.

Kristian sagte darauf nichts und fuhr davon. Eine knappe Stunde später betrat er mit einem kleinen Koffer die Fähre und wartete darauf, dass Herke ihn zum Festland übersetzte.

16

An den beiden vergangenen Tagen war Simon so erschöpft gewesen, dass er trotz der *weißen Nächte* sofort einschlief, nachdem er die Treppe hinauf und ins Bett gestiegen war. Heute hielten ihn seine Gedanken wach. Die Luft war besonders warm unterm Dach und das Haus ähnlich aufgeheizt wie die Kirche. So hatte er es sich im Garten gemütlich gemacht. Und sah hinüber zu Görans Haus. Es beeindruckte ihn, dass es hier um diese Zeit des Jahres erst kurz nach Mitternacht und nur für eine Stunde dunkel wurde, unmerklich dunkel. Das Licht mitten in der Nacht verlieh der außergewöhnlichen Situation, in der er sich befand, etwas Magisches. Oder anders angesagt: sein natürliches Gefüge war im Moment völlig durcheinander und dass er aufgrund der permanenten Helligkeit nicht schlafen konnte, machte es auch nicht besser.

Carpe noctem, sprach er leise vor sich hin.

Er begann, die bisherigen Indizien und Spuren des Falles zu ordnen. Schnell wurde ihm klar, dass er noch gar keine Spur hatte. Das Testament von Carlsson bot keinen Anhaltspunkt. Denn warum sollte jemand ihn töten, weil er offensichtlich eine soziale Ader hatte ? Jemand von einer Stiftung für krebskranke Kinder würde wohl kaum sein Ableben beschleunigen, bloß weil das Testament keinen Unterschied dabei festschrieb, ob er eines natürlichen oder eines gewaltsamen Todes starb. Und Stigs Gewehr bot auch keinen Anhaltspunkt. Nur ? Hatte er gesagt, dass alle auf der Insel einen Hang zum Töten haben ? Er musste den Kreis der Verdächtigen auf jeden Fall eingrenzen. Vielleicht wusste Stig als Anwalt von irgendwelchen Streitfällen auf der Insel, in die Carlsson (und wenn um drei Ecken) irgendwie verstrickt war ? Vielleicht sollte er ihn ein zweites Mal befragen ? Morgen konnte er das nicht machen, da war Sonntag. Simon war sich sicher, dass die Bewohner Skrönas deutlich kooperativer in diesem Fall wären, wenn er wenigstens ein Minimum ihrer ureigenen Bedürfnisse berücksichtigte. Am Sonntag den Tatort zu untersuchen war das Beste, was Kristian und er machen konnten, um mit dem Fall voranzukommen. Wie jedoch stellte man so etwas an ? Normalerweise gab es dafür die Außenrequisiteure, die den

Drehort vorbereiteten und anschließend das Feld den Innenrequisiteuren überließen, die die besonderen Details im richtigen Moment an der richtigen Stelle platzieren. Alltagsgegenstände, Fotos, aus Sprühdosen drapierte Spinnweben, eine Zeitung, die einen wichtigen Hinweis enthielt, Briefe und nicht zu vergessen Computer mitsamt passenden Dateien und einem Internet-Suchverlauf, der zeigte, womit das Opfer sich zuletzt beschäftigte hatte. Dieser Computerkram wurde immer beliebter. Es sollte eben so realitätsnah wie möglich sein. Dann wurde Spurenmaterial genommen. Blutspritzer, Essensreste mit DNA-Beweisen, Stofffetzen, Fußspuren und Fingerabdrücke. Das würde kompliziert werden. Für all das bräuchten sie schon ein richtiges Spusi-Team, die Spuren-Sicherung. Wenn Axel nicht untertrieben hatte (wozu er anscheinend nicht neigte) gab es nur dieses Büro und nichts weiter. Ein Labor anzurufen und solche Sachen, kam sicher nicht in Frage. Sonst hätten die Leute sicher auch einen echten Gerichtsmediziner geholt. Ein kurzer Schauer durchfuhr Simon und er schüttelte sich. Die Klamotten hatte er in die Mülltonne hinterm Haus geworfen. Er war sich nicht sicher, ob er ohne Görans Erlaubnis ein Feuer auf dem Hof entzünden durfte. Und er hatte ihn seit der Trauerfeier nicht mehr gesehen. Genau, das war es ! Wer hatte Carlsson zuletzt *gesehen* ? Mit wem hatte der Mann zuletzt Kontakt gehabt ? Mit wem pflegte er überhaupt engeren Kontakt ? Er konnte schließlich nicht mit allen auf der Insel befreundet sein. Wer konnte das wissen ? Er würde als nächstes den Arzt befragen. Ein guter Arzt wusste mehr über seine Patienten als deren Krankheiten. Für Simons Fragen musste er nicht mal das Patientengeheimnis brechen. Am Montag. Vor Montag ging gar nichts. Oder vielleicht doch ? Am Sonntagnachmittag würde er mit Kristian den Tatort untersuchen und er beschloss, am Vormittag diese Pension, von der alle sprachen, ohne ihn zu besichtigen. Zumindest für den Diebstahl war sie der Dreh- und Angelpunkt. Eine tiefe Ruhe überkam ihn, aus der er urplötzlich aufgeschreckt wurde. Da war es wieder, dieses Schnüffeln, das er in der ersten Nacht gehört hatte. Ein Ur-Laut wie von einem riesigen Tier. Bedrohlich. Mit ein paar schnellen Schritten rettete er sich ins Haus. Vom Dachfenster aus spähte er nach der Quelle des Geräuschs. Die Dunkelheit hatte sich erneut mit dem Licht abgewechselt, sodass er bis rüber zum Waldsaum blicken konnte. Zu erkennen war nichts. Außer Göran, der gerade mit seinem Geländewagen auf den Hof fuhr. Neugierig beobachtete Simon den späten Heimkehrer. Göran nahm eine große Plastebox von der Ladefläche und verschwand damit im Haus.

17

Es war bereits Sonntagmittag. Ihm blieb nichts anderes übrig, als bei Göran zu klingeln, um ihn nach dem Weg zur Pension zu fragen, wenn er sie noch vor dem Tatort besichtigen wollte. Göran kam gerade ums Eck aus der Werkstatt, als Simon an der Haustür schellte.

Hej Simon.
Hej Göran.
Was gibt´s ?
Simon starrte seinen Gastgeber an. Natürlich konnte er ihn nicht einfach fragen, was es mit dessen nächtlichen Ausflug auf sich hatte und vor allem, was sich in dieser Box befand. Auch wenn es ihm unter den Nägeln brannte.

Kannst du mir sagen, wie ich zur Pension komme ? Ich denke, ich sollte sie mir ansehen. Für den Fall, du weißt schon.

Achja, der Fall. Kommst du voran ?

Ein vages *Ja, naja,* kam ihm über die Lippen. *Schon. Ein bisschen.*

Göran wirkte nachdenklich.

Es ist besser, wenn ich dich hinfahre. Das Grundstück liegt etwas versteckt. Du kennst dich hier nicht aus.

Sollte das eine Anspielung sein, ein unterschwelliger Hinweis, dass Simon die Regeln hier nicht kannte ? Bis gestern hatte er Göran unvoreingenommen vertraut. War das ein Fehler gewesen ?

Warte einen Moment, ich bin gleich wieder da.

Ein paar Minuten später kam Göran aus dem Haus. Mit der Plastebox ! Er stellte sie auf die Ladefläche und stieg in den Wagen.

Was ist ? Steig ein. Worauf wartest du ?

Vorsichtig öffnete Simon die Beifahrertür und legte den Sicherheitsgurt an. Er wollte unbeteiligt wirken, als wäre es ein ganz normaler Sonntag. Doch irgendetwas strahlte er wohl aus, das Göran stutzig machte.

Läuft nicht gut, oder ? Du bist heute so schweigsam.

Ganz anders als du, mein Freund, dachte Simon, denn für seine Maßstäbe wirkte Göran heute geschwätzig. Er entschied sich, das zu nutzen. Immerhin durfte ein echter Kommissar keine Scheu haben, sich unbeliebt zu machen. Allerdings fühlte es sich alles andere als angenehm an, die dunklen Geheimnisse seiner Mitmenschen auszugraben.

Gestern war ein guter Tag. Was meinst du ?, wagte er sich voran.

Göran schaute ungerührt auf die Straße. Wenn er etwas verbarg, ließ er es sich jedenfalls nicht anmerken.

Du sprichst nicht von der Trauerfeier, oder ?

Das hatte er nun definitiv nicht gemeint. Er musste seinen Fragenstil verändern.

Gerade bei einem so traurigen Anlass wie gestern sollte man einen Weg suchen, etwas Schönes zu erleben, das neue Kräfte verleiht. Was meinst du?

Seine Frage sollte belanglos klingen und sein Gegenüber dazu bringen, sich selbst zu verraten.

Das klingt wie aus einem Theaterstück. Ist es das?

Nein, ist es nicht.

Verdammt noch mal, es war gar nicht so leicht, einen Verdacht auf seine Stichhaltigkeit hin zu überprüfen. Dazu kam, dass Göran kein Fremder mehr für ihn war. Wie bloß konnte er Göran dazu bringen, ihm zu erzählen, was er gestern Nacht gemacht hatte?

Ich hab gestern den Rest des Tages ausgespannt, die Sonne genossen, an meine Frau gedacht. Und du?

Bei diesen Worten fiel ihm ein, dass er Letztgenanntes tatsächlich *nicht* getan hatte und auch die versprochene SMS noch ausstand. Es war eine Notlüge (und würde sein Karma hoffentlich nicht versauen), um Göran sanft in die Richtung eines Geständnisses zu drängen. Er würde Katja dafür heute zwei SMS schreiben.

Es war eine herrliche Nacht, weißt du. Weit nach Mitternacht am Meer zu sitzen und dann mit einem fetten Fang nach Hause zu kommen, das ist schon was. Ich will nachher nochmal los. Ist ein guter Platz gewesen. Nachts zu angeln ist in dieser Jahreszeit am besten.

Simon kam sich vor wie ein Idiot.

Wenn du willst, kannst du heute mitkommen.

Es tut mir leid, Göran.

Der lachte aus vollem Hals, als Simon ihm seinen Verdacht gestand, er könne in der Box zumindest einen Teil des gestohlenen Geldes transportiert haben.

Immer schön wachsam sein, was?

Jetzt hör´ doch mal wieder auf zu lachen.

Hast du nicht gerade gesagt, man soll etwas Schönes tun, das neue Kräfte verleiht ?

Ein Lächeln fand jetzt auch in Simons Gesicht wieder ein Zuhause.

Die Pension sah wirklich gelungen aus. Irgendwie hübsch, auf eine nostalgische Art, fand er.

Den kleinen Garten hat Elsa Johansson angelegt, sagte Göran und Stolz klang in seiner Stimme mit.

Wirklich schön hier. Bin gespannt, wie es drinnen aussieht, meinte Simon.

An diesem Punkt wurde er enttäuscht, denn es gab genau zwei Schlüssel für die Tür der Pension. Den einen hatte Axel verwahrt und der andere befand sich im Besitz von Jonte, dem Architekten. Durchs Fenster konnte man wegen der Reflektion des Lichts kaum etwas erkennen. Doch unverrichteter Dinge wieder abzuziehen kam für einen Kommissar nicht in Frage. Aus irgendeinem unbestimmten Grund wollte er nicht Axel nach dem Schlüssel fragen.

Dann fahren wir zu Jonte. Und entschuldigen uns dafür, dass Sonntag ist.

Seid ihr alle so merkwürdig, ihr Deutschen ? Habt ihr etwa die Wochentage erfunden ?

Jonte war gerade mit dem Mittagessen fertig. Seine Frau war nach der Trauerfeier zu ihrer Mutter aufs Festland gefahren und Jonte nutzte die Zeit, um einen neuen Anbau für sein Haus zu planen. Von weitem schon sah er Görans Geländewagen und erkannte den Kommissar, der das Geld für die Pension finden sollte. Ohne Fragen zu stellen, holte er den Schlüssel, bestand aber darauf, selbst mitzukommen. Man konnte nie wissen. Während die beiden Einheimischen über das Wetter sprachen, nutzte Simon die kurze Fahrt für eine SMS: **Die Dinge kommen langsam in Gang. Gib den Kindern einen Kuss von mir.**

Aha, sagte Simon ernüchtert. Das hatte er nicht erwartet. Er stand im Türrahmen und starrte ins Leere. Die Wände sahen stabil aus, die Fensterrahmen fest verankert und das Dach dicht. In der linken hinteren Ecke stand ein großer Kachelofen. Die *stuga*, wie man so ein schwedisches Holzhaus nennt, ließ beinahe nichts zu wünschen übrig. Beinahe.

Wo sind die ganzen Möbel und alles ?

Die beiden Skrönaer sahen sich an.

Das ist deine Aufgabe, das herauszufinden.

Und so erfuhr Simon, dass von dem Geld, das mit der Truhe aus Carlssons Haus verschwunden war, die gesamte Einrichtung für die Pension gekauft werden sollte. Und zwar *bevor* DIE JURY in weniger als drei Wochen hier anreisen würde. Die Skrönaer hatten mit eigenen Mitteln anstelle einer alten Scheune, die vorher hier gestanden hatte, eine kleine Pension errichtet, die einer Person ein vorübergehendes Heim bieten würde. Vorausgesetzt, sie würde noch fertiggestellt.

In dieser Scheune, musst du wissen, hat einst unser Gründervater Schutz gefunden. Gustav Vasa, der König der Nation. Bis es soweit war, musste er eine schlimme Zeit durchstehen. Wir waren einst von den Dänen regiert und Gustav wollte die Unabhängigkeit erreichen. Verstehst du ? Auf der Flucht vor den dänischen Truppen durch das halbe Land, gewährten unsere Vorfahren ihm im August 1520 genau hier Unterschlupf. Und knapp drei Jahre später wurde er zum König gewählt. Bald darauf gab es keine Besatzer mehr im Land.

Ein Unterschlupf für einen flüchtigen Freiheitskämpfer, der später König wurde, also. Simon war beeindruckt.

Unsere kleine Pension soll ein Symbol werden, erklärte Jonte. *Für den Weltfrieden.*

Für den Weltfrieden?

Als gelernter Theaterschauspieler hatte Simon natürlich Sinn für Pathos. Aber das jetzt?

Offiziell hat sich unser Land seit der Völkerschlacht bei Leipzig an keinem Krieg mehr beteiligt. Verstehst du, was ich meine?

Wenn Jonte hier für alle Bewohner der Insel sprach, bekam Simon eine leise Ahnung davon, was ihnen die Fertigstellung dieser Pension bedeutete. Sie glaubten anscheinend wirklich daran, dass sie damit ein gutes Beispiel für Andere abgaben. Ein Hort zum Schutz des Einzelnen in einer Zeit voll blutiger Kriege. So eine Pension passte praktisch in jede Epoche. Wenn sie den Naturgewalten genauso trotzte, wie die Scheune es offensichtlich getan hatte, taugte dieses Symbol vermutlich noch für den Wunsch späterer Generationen. Ihn sich zu erfüllen, lag immerhin in den Händen irdischer Mächte.

Wir zählen auf dich, Simon. Und wenn du Hilfe brauchst, dann lass es uns wissen.

Sollte Simon jetzt zugeben, dass er zwar sein Bestes gab, ohne aber tatsächlich zu wissen, wie man eine verschwundene Truhe mit Geld wiederfand, geschweige denn, einen Mörder aufspürte? VERGESSt nicht, als Schauspieler spiegelt ihr auch die Hoffnungen des Publikums wider.

Ich schaff' das schon, keine Sorge.

Sie setzten Jonte nicht an seinem Haus, sondern an der Kirche ab. Er wollte sich in die Liste für die Kerzenwache eintragen. Den sonntäglichen Morgengottesdienst hatte er jedoch gemieden. Es wurde Zeit, zu Görans Hof zurückzufahren, um noch einen Happen zu essen, bevor Kristian ihn abholen würde.

18

Göran bereitete aus dem Fang von letzter Nacht eine leckere Mahlzeit zu. Er hatte den Barsch ausgenommen und dessen Bauch einfach mit Butter, Zwiebeln und frischen Kräutern gefüllt. So ähnlich wie dem Wolf im Märchen, dem seine Steinfüllung nicht gut bekommen war, hatte auch dieses Tier das nicht überlebt. Im Backofen gegart, hatte es den beiden unverhofften Nachbarn ausgezeichnet geschmeckt. Pünktlich um vier Uhr holte Kristian den Kommissar bei Göran ab. Es würde den ganzen restlichen Tag hell genug für eine Untersuchung des Tatorts sein, sagte er, um sein Verhalten von gestern zu entschuldigen.

Carlssons Haus hat doch elektrisches Licht, oder nicht?

Ich meine, wir sollten auch das Grundstück absuchen. Nach Fußspuren und, naja, so etwas.

Dafür erhielt er das erste Lob seines Vorgesetzten. Und dabei war es gerade mal ihr zweiter gemeinsamer Arbeitstag, freute sich der junge Polizist. Auf der Akademie hatten sie den Anwärtern klargemacht, dass sie damit nur äußerst selten rechnen könnten, selbst wenn sie ihren Dienst gewissenhaft erfüllten. Bisher hatte er keinen direkten Vorgesetzten gehabt. Von Axel mal abgesehen. Es würde ein guter Nachmittag werden, auch wenn er mit seinen Gedanken gerade ganz woanders war. Simon fühlte sich nicht besonders wohl in seiner Haut, als er durch die Tür trat. Das Haus eines Fremden auf den Kopf zu stellen, war ein bisschen so wie damals als Kind, als er heimlich in den Schrank schaute, wo seine Eltern die Geburtstags- und Weihnachtsgeschenke versteckten. Nur dass es sich hier keineswegs um Dinge handelte, die eines Tages ohnehin für ihn bestimmt waren. Die muffige Luft vertrieb diese

Gedanken schnell. Er zog die Vorhänge auf und öffnete ein Fenster im Wohnzimmer. Bevor Kristian intervenieren konnte, war er schon in der Küche und riss auch hier die Fensterläden auf. Mit einem lauten Knall flog die Wohnzimmertür zu, Bilderrahmen auf der Kommode unterm Fenster fielen um und einige Papiere wirbelten durch die Luft.

Vorsicht, Herr Kommissar.

Er hielt ihm ein paar bunte Haushaltshandschuhe hin.

Es ist nicht gut, überall Fingerabdrücke zu hinterlassen. Auf diese Weise wird das Ergebnis verfälscht. Naja, Einweghandschuhe muss ich nachbestellen. Auf der Polizeiwache waren keine mehr. Meine sind fast neu. Ich schau mal, ob Carlsson im Putzschrank noch ein Paar hat.

Simon streifte sich Kristians Putzhandschuhe über und stellte die Fotorahmen wieder auf. So hatte Carlsson als junger Mann also ausgesehen. Die Frau an seiner Seite war wunderschön. Bilder von Kindern oder Enkeln gab es keine.

Wonach genau suchen wir eigentlich?

Kristian streifte sich Carlssons Putzhandschuhe über.

Alles, was dir verdächtig erscheint. Beginnen wir mit dem Wohnzimmer, wies Simon ihn an.

Sie öffneten Schubladen, Schranktüren und schauten unter dem Sofa nach. Nichts. Während Simon die Küchenschränke untersuchte, blätterte Kristian in einem Fotoalbum.

Irgendwas Auffälliges?, fragte Simon mit einer Packung Knäckebrot in der Hand.

Nein, gar nichts.

Viele Vorräte hatte Carlsson in seiner Küche nicht gebunkert. Simon war überrascht, dass der selbst im Wohnzimmerschrank kaum etwas angehäuft hatte. Bei jemandem dieses Alters erwartete er, viel mehr Dinge zu finden. Alte Leute häufen gerne etwas an, dachte er.

Hier, hier ist etwas.

Kristian kam mit den Papieren, die verstreut auf dem Fußboden lagen, in die Küche. Eine alte Stromrechnung, ein Nachweis zum Grundeigentum und etwas Handgeschriebenes. Es schien das Original des Testaments zu sein, das sie in Stigs Büro gesehen hatten. Kristian wunderte sich.

Hier steht gar nichts davon, dass die Stiftung erst kommen darf, wenn die Autorbrücke fertig ist. Da war Stig aber ungenau, erklärte Kristian, nachdem er das Dokument ein zweites Mal gelesen hatte.

Von seinem restlichen Vermögen sollen die notwendigen Reparaturen am Haus finanziert werden. Und dann steht es offen für die Kinder.

War das schlicht Nachlässigkeit oder Absicht des Anwalts, den letzten Willen des Toten zu verfälschen?

Und nun?, fragte Kristian. *Was machen wir damit?*

Das nehmen wir mit, entschied Simon. *Als Beweismittel.*

Dann nahmen sie das Schlafzimmer unter die Lupe. Es war ähnlich eingerichtet wie sein Zimmer im Bauernhaus von Görans Eltern. Neben dem Bett lag fein säuberlich ein Stapel vergilbter Briefe. Er forderte Kristian auf, den obersten zu lesen. Kristians Lippen schienen die Worte zu formen, die per Hand auf das von der Zeit verfärbte Papier geprägt waren. Als er fertig war, las er ihn ein zweites Mal. Bewegt legte er ihn zurück in den Umschlag.

Was ist? Steht ein Hinweis darin?

Nur ein Hinweis darauf, dass seine Frau sehr verliebt in ihn gewesen ist. Dem Datum nach zu urteilen, hat er ihn in seiner Jugend erhalten.

Aus Respekt vor dem Toten, rührten sie die anderen Briefe nicht an.

Wir nehmen sie mit. Für alle Fälle, bestimmte Simon.

Kristian sah sich in dem kleinen Badezimmer um und kam kurz darauf wieder.

Die hab ich im Badschrank gefunden.

Kristian hielt ihm drei verschiedene Medikamenten-packungen hin. Sie hatten beide keinen Schimmer, worum es sich dabei handelte.

Das können wir ganz leicht übers Internet rausfinden, schlug Kristian vor.

Nein, Anders.

Ja wie denn ?, fragte Kristian überrascht, der alternative Polizeimethoden begrüßte.

Wir werden morgen Anders befragen.

Sie würden den Arzt also nicht nur zu den Lebens-gewohnheiten von Carlsson befragen, sondern zugleich auch erfahren, ob er an irgendwelchen Krankheiten litt. Als Nächstes sahen sie sich draußen um. Leider hatte der Regen vor zwei Tagen jegliche Fußspuren fortgewaschen.

Falls es jemals welche gab. Immerhin ist keines der Fenster eingeschlagen worden. Carlsson muss den Täter also rein gelassen haben, schlussfolgerte Simon.

Das erhärtete seinen Verdacht, dass es jemand war, den das Opfer gut kannte.

Das muss nicht unbedingt sein, gab Kristian zu bedenken.

Seine Haustür war eigentlich nie verschlossen.

Als sie das Haus zum zweiten Mal betraten, fiel Kristian etwas auf, das er vorher übersehen hatte. Über dem Sofa im Wohnzimmer hing ein Püppchen mit Knopfaugen. In diesem Moment klingelte Simons Telefon. Es war Robert, sein Agent.

Kristian, sieh dich mal weiter um. Vielleicht fällt dir noch etwas auf.

Simon ging rüber in die Küche und nahm den Anruf an.

Sag mal, wo steckst du denn ? Hast du mir die Freundschaft gekündigt oder warum rufst du nicht zurück ?

Roberts Stimme klang vertraut und der Vorwurf nicht allzu hart, obwohl er Grund dazu gehabt hätte.

Tut mir leid, Mann. Riesenscheiße, was ?

Es sollte eine Art Entschuldigung sein.

Naja, kann man so oder so sehen. Immerhin füllst du gerade die Klatschspalten fast aller deutschen Zeitungen. Schlechte Werbung ist auch eine Werbung.

Robert hatte sich in den letzten drei Tagen mit diversen Journalisten und Schreiberlingen rumplagen müssen. Es bekam wie immer den Charakter eines Selbstläufers. Die einen schrieben bei den Anderen ab und plötzlich gab es neben den Druckversionen am Kiosk zwanzig Internetbeiträge mehr.

In einer Woche interessiert das keine Sau mehr, glaub mir. Ein paar haben immerhin gedruckt, dass du eine Auszeit brauchtest, unprofessionell sei nur, dass du sie dir mitten im Projekt genommen hast, anstatt von vornherein diesen Film nicht zu machen.

Simon lachte unwillkürlich auf, obwohl ihm nicht danach zumute war.

Du stehst eh bald wieder am Set. Lass uns nächste Woche mal was trinken gehen.

Es war an Robert erstaunt zu sein, dass sein Freund und bester Klient das ablehnte. Noch mehr Erstaunen ergriff ihn, als er erfuhr, was der gerade machte. Gespannt hörte er ihm zu.

Das ist nicht dein Ernst ?

Mein voller Ernst.

Bau jetzt nicht noch mehr Mist.

Auch er sorgte sich um die Sicherheit von Simon. Und gleichzeitig wurden Kindheitserinnerungen in ihm geweckt.

Räuber und Gendarm hatte Robert als Kind am liebsten gespielt.

Bist du dir wirklich sicher, dass du gerade das Richtige tust ?

Simon hielt kurz inne. Es war kein echtes Zögern, sondern die Verwunderung über seinen eigenen Mut.

Ja. Bin mir sicher.

Wenn das so ist. Okay. Dann melde dich, wenn du mit dem Fall nicht weiterkommst.

Kristian kam aus dem Wohnzimmer in die Küche gelaufen.

Ich hab was gefunden.

Was ist los ?, fragte Robert aufgeregt.

Ich bin am Tatort.

Na dann, pass auf dich auf.

Die Stimme seines Agenten, besorgt und belustigt zugleich, klang noch ein paar Augenblicke in Simons Ohr nach. Dann war er wieder voll bei der Sache.

Was hast du gefunden ?

Kristian zeigte auf einen blutigen Abdruck, der von einer Hand zu stammen schien. Er war leicht zu übersehen, ein paar dunkle Linien auf dem Fußboden, direkt am Teppichrand. Ein möglicher, vielleicht sogar entscheidender Hinweis auf die Identität des Täters.

Jetzt werden wir die Spurensicherung brauchen, stellte Kristian entgeistert fest.

Nein, anders.

Wie soll uns denn der Arzt dabei weiterhelfen ?

Nicht der Arzt, es gibt einen anderen Weg, meine ich. Wir brauchen einen Bleistift.

Kristian wunderte sich eh bereits, dass sein Vorgesetzter sich bisher keinerlei Notizen machte. Wer weiß, vielleicht verfügte der einfach über ein besonders gutes Gedächtnis. Er zog eine Schublade auf, in der er vorhin ein paar

Schreibwaren fand, nahm einen kleinen Block heraus und einen Bleistift und reichte beides Simon.

Danke, aber den Block brauchen wir nicht.

Kristian sah ihn fragend an.

Wo ein Fingerabdruck, so oft ein zweiter.

Staffel 4 Folge 7. So etwas Ähnliches hatte Kristian auch auf der Polizeihochschule gehört. Im Umkreis dieses Abdrucks würden sie mit etwas Glück ein paar weitere finden. Simon erinnerte sich an eine Folge, in der er mit seinem Kollegen zusammen in der Pathologie eingesperrt worden war. Von einem entflohenen Verdächtigen, der eigentlich bloß eine Leiche identifizieren sollte und sich durch seine Aussagen als mutmaßlicher Täter entpuppte. Es dauerte drei Stunden, bis sie von den Kollegen gefunden worden, weil es keinen Handyempfang im Keller gibt, wo die Pathologie sich befindet. Sie mussten sich irgendwie die Zeit vertreiben und da hatte sein Kommissars-Kollege ihm diesen Trick beigebracht. Simon schnitt die Miene aus dem Holz.

Wir brauchen etwas, womit wir sie ganz fein zermahlen können.

In der Küche hatte er einen Mörser gesehen. Dort fand er auch einen Backpinsel. Ganz leicht und vorsichtig strich Simon das Pulver mit dem Backpinsel über die alten Dielen bis hin zum Türrahmen. Sie achteten darauf, sonst nichts weiter zu berühren.

Und jetzt pusten, forderte er seinen Assistenten auf.

Simon ging beiseite, um das graue Pulver nicht einzuatmen. Dann beugten sie sich vorsichtig über die kontaminierte Fläche. Und da, kaum merklich, zeichnete sich ein vollständiger Fingerabdruck direkt neben dem Fundort der Leiche ab.

Gut gemacht, Kristian.

Das war das zweite Lob seines Vorgesetzten an nur einem Tag. Kristian konnte es kaum fassen.

19

Es war ein erfolgreicher Tag, dachte Simon und starrte an die Dachschräge über ihm. Etwas, das nach einer Tatwaffe aussah, war in Carlssons Haus zwar nicht zu finden gewesen, dafür hatten sie den Fingerabdruck. Jeder von ihnen trug ein Handyfoto davon bei sich. Morgen wollte Kristian ihn nach Stockholm übermitteln, vielleicht gab es dazu einen Eintrag in der zentralen Verbrecherdatenbank. Simon war froh, dass sie nicht den ganzen restlichen Tag für die Untersuchung des Tatorts gebraucht hatten und dass er Görans Angebot annehmen konnte. Es war eine warme und stille Nacht. Die Wellen der Ostsee, die ans Ufer rollten, gaben dem Ort einen unverkennbaren Klang. Göran hatte eine Angel für ihn mitgenommen und zeigte ihm, wie man sie benutzte. Leicht war das keineswegs. Doch als er darauf wartete, seinen ersten Fisch aus dem Meer zu holen, empfand er eine tiefe Ruhe wie schon lange nicht mehr. Es mag eine Stunde oder zwei gedauert haben, während die schmale Sichel des Mondes blass über ihnen hing. Sie schien mitten in den Himmel gemalt zu sein, und die Mitternachtssonne machte scheinbar alles sichtbar. Schweigend saßen die beiden nebeneinander. Nur einmal sagte Göran wie aus dem Nichts: *Wenn es ganz schlimm kommt, sei härter als das Wetter.*

Es war eine Meeresforelle, die um ihr Leben zappelte, als Simon sie aus dem Wasser zog. Und für diese Nacht blieb es die einzige, obwohl sie sich im Schärengebiet zahlreich tummelten. Göran zeigte ihm, wie man einen Fisch tötet und ausnimmt. In Gedanken daran drehte Simon sich auf die Seite. Einschlafen konnte er jetzt nicht. Zum ersten Mal hatte er bewusst ein Lebewesen getötet. Göran hatte leise vor sich hin gesungen und noch an die zehn Fische aus dem Meer geholt, während er still daneben saß und auf die Wellen sah. Es war nicht leicht, jemanden zu töten. Es kam dabei vor allem auf die Motivation an. Doch da war noch etwas Anderes, an das er jetzt dachte. Als sie Carlssons Grundstück verließen, war ihm unweit ein Mann aufgefallen, der das Haus beobachtete. Als Simon ihn ins Auge fasste, entfernte er sich schnell. Bevor er Kristian darauf aufmerksam machen konnte, war die Gestalt verschwunden. Es war ein bärtiger Mann in einer hellblauen Regenjacke gewesen, ungefähr 1 Meter 90 groß und in Gummistiefeln. Er musste Göran dessen Gummistiefel noch zurückgeben, die der ihm fürs Angeln geliehen hatte. Morgen, das würde er morgen machen. Bevor er sich wieder auf die andere Seite drehte, schrieb er seiner Frau die versprochene SMS: **Es ist wunderschön hier. Wir kommen voran.**

20

Eine Ameise krabbelte an Simons Hosenbein hoch. Er beobachtete sie eine Weile und schüttelte sie dann ab, während er draußen auf der Bank darauf wartete, dass Anders ihn zwischen zwei Patienten in die Praxis rief. Kristian hatte ihn dort abgesetzt und fuhr weiter zur Polizeiwache, um potentielle Zeugen in Empfang zu nehmen. Es war kühl geworden und eine Regenfront kündigte sich am Horizont an. Zwei Stunden später saß Simon auf dem Beifahrersitz des Volvo XC70 und besprach mit seinem Assistenten die Entwicklungen des Vormittags. Kein einziger Zeuge war auf der Polizeiwache erschienen. Als Thora die Wache betrat, war Kristians Spürsinn sofort hellwach. Aber sie war nur einen Tag früher als sonst zum Putzen gekommen, weil sie morgen mit ihrer Schwiegertochter zum Arzt aufs Festland fahren wollte. Die Befragung von Anders erwies sich in Bezug auf den Fall als weniger hilfreich als erhofft. Er konnte weder etwas zu Carlssons Freunden und Lebensumständen sagen, noch brachten die Medikamente irgendeinen Aufschluss. *Prostata. Magenbeschwerden. Und zu hoher Blutdruck*, hatte der Arzt die möglichen Beweismittel nüchtern kommentiert. Insgesamt wirkte er recht unfreundlich. Simon vermutete, dass es an den wenigen Patienten lag. Als Anders ihn hereinbat, verließ der letzte gerade die Praxis. In Deutschland stapelten sich die Patienten in den Wartezimmern und wurden im Fließbandtakt abgearbeitet. Vielleicht lebten die Leute hier einfach gesünder ? Er ahnte jedenfalls nicht, welchen tatsächlichen Grund es für Anders´ schroffen Ton geben könne, bis er (wie in Stigs Arbeitszimmer, um seine Nervosität zu überspielen) in einem Ordner zu blättern begann, der geschlossen am äußersten Rand des Schreibtischs lag. Anders war aufgesprungen und riss ihm den Ordner aus der Hand. Da es Simon verdächtig erschien, bestand er darauf, ihn sich genauer anzusehen. Die Zahlen konnte er erkennen, aber er verstand natürlich keines der gedruckten und handgeschriebenen Worte. Seine Schwedisch-Kenntnisse umfassten gerade mal *Hallo* und *Ich möchte ein Bier, bitte*. Der Arzt wand sich von ihm ab und schien zu schrumpfen. Wieso hatte er den Ordner nicht versteckt ?!, ärgerte er sich.

Das hat sich so ergeben. Mit der Zeit, sagte Anders unvermittelt und leise.

Simon sah ihn sehr ernst an. Er hatte nicht die leiseste Ahnung, wovon der Arzt sprach. Anders fühlte sich durchschaut und sprach weiter.

Ich würde keiner Fliege was tun, Simon, das musst du mir glauben. Mit Carlsson hat das nichts zu tun.

Simon nickte stumm (weil er nicht wusste, was er sagen sollte) und aus Anders sprudelte es heraus.

Ich hab schon überlegt, wieder damit aufzuhören. Ehrlich. Aber wenn man einmal damit angefangen hat. Es tut doch niemandem weh, das bisschen Geld.

Und so erfuhr der vermeintliche Kommissar, dass der einzige Arzt des einzigen Ortes der Insel seit Jahren Betrug an den Krankenkassen beging, indem er Leistungen abrechnete, die er nie getätigt hatte. Simon musste das erst einmal setzen lassen. Hing es tatsächlich nicht mit dem Mord an Carlsson zusammen ? Vielleicht hatte der ja Wind davon bekommen und gedroht, Anders anzuzeigen ?

Nein, auf gar keinen Fall. Davon wusste nur Stig.

Stig, der Anwalt ?

Ja, wir sind doch Freunde.

Eine Krähe hackt der anderen kein Auge aus, schoss es Simon in den Sinn. Aber die Krähe ist auch nur ein Vogel. Er würde die Sache auf sich beruhen lassen, schließlich hatte er Wichtigeres zu tun. Er musste den Mörder von Carlsson finden und das Geld. Das Geld also.

Das wird ein Nachspiel haben, sagte er finster.

Irgendetwas musste er darauf ja sagen. Doch es war die Aufgabe von echten Ermittlern, sich um diesen Betrug zu kümmern. Bevor er die Praxis verließ, wollte der Arzt ihm unbedingt noch etwas sagen, was sehr hilfreich für die Aufklärung des Falls sein könne, wie er betonte. Und sprach von Svante Arboga, der *Kräuterfrau*, die eindeutig tatverdächtig erschien, weil sie sich bei den Gemeindeversammlungen zum geplanten Bau der Autobrücke wiederholt kritisch dazu geäußert hatte. Natürlich wollte der Arzt damit schnell von seinen Schandtaten ablenken, aber vielleicht war ja doch etwas daran, meinte Simon. Kristian schüttelte gedankenverloren den Kopf.

Das kann ich mir überhaupt nicht vorstellen.

Er konnte es noch immer nicht fassen, dass dieser Arzt ein Betrüger ist.

Du meinst, diese Frau ist zu so etwas nicht in der Lage?

Svante? Niemals!

Dann fahren wir jetzt zu ihr und finden es heraus.

Simon wusste ohnehin nicht, welcher Spur sie stattdessen nachgehen sollten.

Ich habe eine gesetzlich vorgeschriebene Mittagspause, räumte Kristian ein.

Und ich habe Hunger, trat Simon durch diese geöffnete Tür.

Zehn Minuten später betraten sie das **WASAHUS**. Es war recht leer, da die meisten Skrönaer auf dem Festland arbeiteten und dort ihr Mittagessen zu sich nahmen. Maria freute sich über die unverhofften Gäste und wollte ihnen einen Schnaps auf Kosten des Hauses einschenken.

Das wären ein bis zwei Tatbestände auf einmal, Maria. Trinken im Dienst und mögliche Vorteilsnahme, bremste Kristian sie aus.

Simon war das recht, denn er war nicht annähernd so trinkfest, wie die Skrönaer es offensichtlich sind und wollte nicht unhöflich erscheinen.

Na gut, was wollt ihr essen?, wischte sie sich die Hände an der Schürze ab.

Was gibt's denn?, lächelte Kristian sie an, woraufhin Maria mit einem Lächeln in der Küche verschwand.

Wir haben doch noch gar nichts bestellt, wunderte sich Simon.

Wart's ab, Kommissar. Wenn Maria etwas kocht, dann kannst du ihr keinen Wunsch abschlagen.

Im Handumdrehen standen vor ihnen zwei Schüsseln mit leuchtendgrüner Suppe aus selbstgepflückten Brennnesseln, kurz darauf gefolgt von zwei großen Tellern mit einer bunten Mischung aus Schweinefilet, Kabanossi, Möhren, Zwiebeln und Zucchini mit Schnittlauch und grobem Pfeffer garniert. Simon aß mit großem Appetit, als Maria zwei große Kuchenteller brachte.

Das Rezept habe ich mal von einer Frau von Sandhamn bekommen. Die hatte es von ihrer Großmutter.

Bei Maria bekommst du immer ein Stück Johannisbeer-Pie, der macht süchtig, Kommissar.

Simon sog den Duft des warmen Kuchens ein. Er sah sich im Raum um und zählte an die zwanzig Geweihe an den Wänden, als ihm plötzlich eine hellblaue Regenjacke ins Auge fiel, die über einer Stuhllehne hing.

Maria, wem gehört diese Jacke da?

Gut, dass du fragst, Simon. Die hat Thure Jakobson gestern Abend hier vergessen. Könnt ihr die mit auf die Wache nehmen, Kristian? Ihr seid ja unser Fundbüro.

21

Svante Arboga schien erfreut über ihren Besuch zu sein.

Du warst lange nicht mehr hier, Kristian.

Sie bat die beiden Ermittler in ihr Haus und setzte Tee auf. Von der Küchendecke hingen Unmengen von Kräutern zum Trocknen, die sie im Garten selbst anbaute, wie Kristian Simon zuraunte, als der sich fast den Hals verrenkte.

Ein paar sammelt sie auch im Wald, keine Ahnung was das alles ist, flüsterte der Polizist.

Drogen sind jedenfalls kein Thema hier bei uns auf der Insel.

Alkohol gilt hier offensichtlich nicht als Droge, dachte Simon.

Ihr seid nicht wegen meiner Heilkünste hier. Du wirkst kerngesund und du auch, Kommissar.

Simon sah seinen Assistenten fragend an. Diese Frau kam ihm ein wenig unheimlich vor. Im Vergleich zu den anderen Einheimischen wirkte sie geradezu aufdringlich offen.

Nein, sind wir nicht. Sondern weil wir dich etwas fragen wollen, Svante.

Er überließ das jedoch seinem Vorgesetzten, froh, dass er um die Befragung von Anders drumherum gekommen war. Simon wollte nicht direkt mit der Tür ins Haus fallen, um die Schwere von Svantes potentiellem Tatmotiv zu prüfen. Hatte sie wirklich getötet, um den Bau der Autobrücke zu verhindern ? Oder war es zu einem Unfall gekommen, als sie die Truhe mit dem Geld an sich reißen wollte ? Nichts sprach dagegen, dass eine tragbare Truhe die Tatwaffe sein konnte. Um es sich einfach zu machen, begann er mit der Frage, wie gut Svante den Ermordeten kannte.

Carlsson ? Carlsson war ein guter Freund. Er hat meine Arbeit geschätzt. Und als Anders auf einer Gemeindeversammlung gegen mich wetterte, es sei unwissenschaftliches Hexenwerk, was ich mache, hat er sich für mich eingesetzt. Manchmal half er mir bei kleineren Reparaturen im Haus. Und manchmal blieb er länger.

Das hatte Kristian nicht erwartet. Im Grunde wollte er das auch nicht wissen. Der Dorfälteste mit der Kräuterfrau ? Simon nutzte die Aussage zur Gemeindeversammlung als Stichwort.

Du bist die Einzige im Dorf, die gegen den Bau der Autobrücke ist, oder ?

Die Einzige sei sie nicht, aber die Einzige, die den Mund aufgemacht habe. Natürlich hatte sie nichts gegen eine

Brücke zum Festland. Nur mahnte sie zur Besonnenheit, sprach von der maßvollen Nutzung der Autos und dass zu bedenken sei, dass dann auch die Touristen kämen und mit ihnen die Störung des Ökosystems. Es war genau der richtige Moment, sie nach ihrem Alibi zu fragen.

Wo warst du von Dienstagnacht bis Donnerstagmorgen?

Muss ich diese Frage beantworten, Kristian?

Kristian nickte nur. Und bereute es sofort, als sie davon berichtete, wie sie Dienstagnacht und den gesamten Mittwoch mit Carlsson in ihrem Bett verbracht hatte, bis er am selben Abend wieder nach Hause ging.

22

Auf der Rückfahrt drehte Simon sich immer mal zur Rückbank um, auf der die vergessene Regenjacke hellblau leuchtete. Svante hatte ihre unheimliche Wirkung auf ihn verloren. Im Grunde erschien sie ihm sympathisch mit ihrer offenen Art, vor allem weil sie ihre Meinung auch dann äußerte, wenn sie nicht der Mehrheit entsprach und weil sie offensichtlich gerne lachte. Als Tatverdächtige schied sie aus, obwohl er sie nicht nach Zeugen für ihr Alibi fragen konnte. Der Regen prasselte gegen die Fensterscheiben der Polizeiwache. Inzwischen lag das Ergebnis der Überprüfung des Fingerabdrucks vor. Er stimmte mit keinem der Einträge in der zentralen Datenbank in Stockholm überein. Der Täter war also nicht vorbestraft. Simon hatte Kristian inzwischen von dem Mann in der Nähe des Hauses erzählt. Jetzt warteten sie gespannt darauf, ihn als Nächsten zu befragen. Bei diesem Wetter wird Thure sich wohl kaum auf den Weg ins *Fundbüro* machen, befürchtete Simon, als die Tür sich öffnete. Herein kam ein glatzköpfiger Mann ohne Bart, ungefähr 1 Meter 70 groß.

Grüß dich, Kristian. Kommissar.

Kristian blickte unauffällig zu seinem Vorgesetzten, der den Kopf schüttelte.

Grüß dich, Thure. Du würdest mal noch deinen Kopf vergessen, wenn der nicht angewachsen wäre.

Thure nahm dankend die Jacke entgegen und verabschiedete sich mit einem Nicken. Für heute konnten sie also Feierabend machen. Doch wer war dieser Mann bei Carlssons Haus und was wollte er dort? Aus den Drehbüchern seiner Serie wusste Simon, dass ein Mörder manchmal an den Tatort zurückkehrt.

23

Es tut mir leid, dass nun jemand Anderes die Konsequenzen meines Handelns tragen muss.

Bete zehn Vaterunser, spende dreihundert Kronen für die Heilige Jungfrau Maria und sündige fortan nicht mehr.

Pfarrer Melker war sich nicht sicher, wessen Stimme um diese frühe Stunde in seiner Kirche um Vergebung bat. Ohnehin sicherte das Beichtgeheimnis dem Sünder Anonymität.

24

Die Luft war erfüllt von intensiven Gerüchen nach Harz, modriger Feuchtigkeit und von einer Stille, die sich aus vielfältigen Geräuschen zusammensetzte. Wenn man selbst ganz still war, hörte man, wie das Leben diesen Ort durchdrang. Simon konnte sich nicht erinnern, wann er zuletzt einen Waldspaziergang unternommen hatte. Hier und da sickerte helles Sonnenlicht durch die dichten Kronen der Bäume. Farne und Gräser bildeten einen Teppich, der bei jeder Berührung zu federn begann. Er trug die Schuhe in der Hand, während seine Füße ins weiche Moos traten wie auf eine Decke, die frisch gewaschen war. Kühl und weich. Fruchtbar nach dem Regen der letzten Nacht, eine Zuflucht für müde Wanderer. Er schnitt seinen Gedanken den Weg ab, den sie sich zu suchen begannen und lenkte sie stattdessen auf das Ziel, mit dem er an diesem Morgen das Haus verlassen hatte. Er wollte darüber nachdenken, welche relevanten Ansatzpunkte für mögliche Spuren es gab, um diesen Mordfall aufzuklären. Wenn dabei etwas Sinnvolles in Betracht kam, würde er sich bei Kristian melden, der vorerst die Polizeiwache besetzen sollte. Er genoss die Ruhe und Schönheit des Moments und hoffte, dass ihm etwas Brauchbares einfiel. Im Bemühen darum, konzentrierte er sich darauf, Erinnerungen an alte Drehbücher auszugraben. Die Gegenwart des Waldes mit all seinen sichtbaren und unsichtbaren Lebewesen, die dicht vor seiner Nase und trotzdem im Verborgenen ihr Spiel trieben, ließ es ihm schwerfallen. Er hatte längst einen Urlaub nötig. Schade, dass er nicht mit Katja und den Kindern hier war. Denen würde es gefallen, seufzte er leise. Und als ihm klar wurde, dass er wirklich ganz alleine in diesem Moment hier war, seufzte er laut auf und schrie seinen Namen gegen die hölzernen Wesen, die ihn umgaben. Ein leises Echo regte sich irgendwo in der Ferne. Plötzlich nahm er eine Bewegung wahr. Ungefähr zwanzig Meter von ihm entfernt, sah er jemanden zwischen den Bäumen. Schnell duckte er sich hinter einen dicken Stamm. Wer auch immer das dort war, schien sich nicht von ihm gestört zu fühlen. Derjenige musste seinen Ruf gehört haben, doch offensichtlich versuchte er nicht, unentdeckt zu bleiben. In grobschlächtigen Bewegungen hantierte da ein Mann mit einem großen Spaten. Sein Gesicht konnte Simon nicht sehen. Er beobachtete die Situation von seinem Versteck aus, während die Zweige eines Strauches unangenehm über seine Arme und Beine kratzten. Ganz offensichtlich hatte der Mann ihn nicht gesehen. Ungeniert machte er weiter und zog ungefähr fünf Minuten später einen Sack aus einem Loch im Boden, lud ihn sich auf die Schulter und verschwand. Das durfte doch nicht wahr sein! Was geschah hier bloß? Simon zog seine Schuhe wieder an und stiefelte drauflos. Ein paar Minuten lang versuchte er, den Mann mit dem Spaten und dem Sack einzuholen, doch mit ein paar schnellen Schritten schien der im Dickicht des Waldes verschwunden zu sein. Es war sinnlos, ihn weiter zu suchen. Simon wollte jetzt nur noch zurück zu Görans Grundstück. Nach ungefähr einer Stunde kam er erneut an der Stelle vorbei, an der der Fremde gegraben hatte. Das Loch war genau so groß, dass eine kleine Truhe hineingepasst hätte. Simon war offensichtlich im Kreis gegangen und versuchte den Gedanken zu verdrängen, dass er mit seinen Ermittlungen noch keinen Schritt vorangekommen war. Er schlug jetzt einen Weg ein, der diagonal in die entgegensetzte Richtung führte.

Gehe nie denselben Weg zurück, den du gekommen bist, flüsterte er wie ein Mantra vor sich hin.

Eine kollektive Weisheit, die er seit seiner Kindheit mehrfach gehört hatte. Nach weiteren zwei Stunden und von oben bis unten zerkratzt, verschwitzt und mit Durst in der Kehle, war ihm diese Weisheit schnurzegal. Aufgewühlt überschlugen sich seine Gedanken. Es musste doch irgendeinen Weg geben, der ihn ans Ziel führte! Wütend kam ihm der wütende Anwalt in den Sinn. Genau, sie sollten den Anwalt noch einmal befragen. Aber diesmal richtig. Und wenn der diesmal wieder solch un-kooperative Haltung zeigte, würde er ihm schon zeigen, wer hier der Kommissar ist. Nach einer weiteren Stunde trat Simon auf eine Lichtung, von der aus ein Weg zum Waldrand führte. Links und rechts, wie ein freundliches Spalier, wuchsen hier unzählige Heidelbeersträucher. Es war Jahre her, dass er sich auf einen Waldboden gekniet und die saftigen Beeren von der Hand in den Mund gestopft hatte. Über diesem Geschenk der Natur vergas er völlig die Zeit. Zwei weitere Stunden später kam er mit dunkelrot verschmierten Händen auf dem Hof an. Sein T-Shirt trug er wie einen Sack, gefüllt mit Beeren für seinen Gastgeber. Auf den ersten Blick sah es blutbeschmiert aus. Das Blut des Waldes. Göran stand vor der Werkstatt und sprach mit zwei Jugendlichen, von denen einer an einem alten Motorrad herumhantierte, das dort aufgebockt war. Den anderen, der sich gerade die ölverschmierten Hände an der Jeans abwischte, erkannte er als den Sohn von Gustaf, dem Gastwirt. Simon ging auf die kleine Gruppe zu.

Hej.

Hej Simon, wie siehst du denn aus ?

Erst jetzt spürte er, wie sehr seine zerkratzte Haut juckte. Die beiden Jungen begrüßten ihn freundlich und stellten sich ihm als Niklas und Jan-Henric vor. Im Internet hatten sie die beinahe schrottreife Yamaha Baujahr 1983 entdeckt. Sie werkelten seit Wochen, um das geländegängige Leichtmotorrad wieder fahrtauglich zu machen.

Göran hat uns geholfen, den Bremsbowdenzug zu erneuern, freute sich Niklas.

Und uns gezeigt, wie man neue Dichtungen am Vergaser anbaut, erklärte Jan-Henric.

So wie es in diesem Moment aussah, würde die Maschine schneller wieder fahrtüchtig sein, als er den Fall gelöst hätte, dachte Simon ernüchtert. Er hatte keine Zeit zu verlieren und lief ins Haus, wo sein Telefon lag. Als er den Hof eine halbe Stunde später verließ, hatte sich die junge Frau aus dem Lebensmittelladen zu den Bastlern gesellt. Axels Tochter. Göran kam mit zwei Bier aus dem Haus und stieß mit Jan-Henric an, als sie Niklas´ Hand nahm und mit ihm hinter der Werkstatt verschwand. Kristian wartete bereits am Hoftor auf den Kommissar. Sie fuhren direkt zu Stig. Seine Beobachtung im Wald behielt Simon vorerst für sich. Er konnte Kristian diesen Mann noch viel weniger beschreiben als den Bärtigen.

25

Hej ihr beiden. Was gibt es ?
Stigs Frage hatte den unverkennbaren Unterton eines: Was wollt ihr denn schon wieder hier ?, als er den Nachwuchspolizisten und diesen Fremden aus Deutschland erneut in sein Haus ließ.
Mora, ich bin gleich fertig. Wir können in fünf Minuten fahren, rief er zu seiner Frau in die Küche.
Simon überhörte diese Ankündigung wie einen Hahn, dessen Krähen keine bestimmte Uhrzeit verkündete.
Also ?, stand drohend die Stimme des Anwalts zwischen ihnen und dessen Schreibtisch, hinter dem er sich verschanzte.
Was weißt du über Streitfälle im Ort ?, traute Kristian sich heraus und versuchte (nicht gerade erfolgreich) sich an das ungute Gefühl zu gewöhnen, seinen Nachbarn mit Indiskretion zu begegnen.

Schon mal was von Betriebsgeheimnis gehört?

Wir wollen wissen, ob es Streitfälle im Zusammenhang mit dem Geld für die Pension gegeben hat, entgegnete Simon mit der Gelassenheit des Überlegenen.

Langsam gewöhnte er sich an seine Rolle.

Sagt das doch gleich.

Er schien nachzudenken, was nicht besonders überzeugend wirkte. Offensichtlich hatte er sofort eine Sache im Sinn.

Die Akte Lenart Bengtström.

Mora kam ins Zimmer, um zu sehen, wo ihr Mann blieb. Die fünf Minuten waren längst um. Mit einem Blick gab er ihr zu verstehen, dass er diesen lästigen Besuch gleich wieder los ist.

Lenart gehörte das Grundstück, auf dem die Scheune stand. Er hat es der Gemeinde verkauft, weil die Pension ein Gemeinschaftsprojekt von allen ist. Und jetzt beklagt er sich, man hätte ihn finanziell über den Tisch gezogen. Also wenn ihr mich fragt…

Ich möchte die Akte einsehen, unterbrach Simon ihn.

Er hatte genug von Stigs Kommentaren. Der Anwalt sah ihn erstaunt an. Nach Axel, dem Bürgermeister, war er derjenige im Dorf, der ein Machtwort sprach, wenn es ihm beliebte. Er zögerte, dem Kommissar die Akte zu reichen.

Kristian, sag dem Anwalt, er soll alle Dokumente zum Fall Lenart Bengtström kopieren.

Als Stig eine Bewegung machte, den Ordner auf dem Schreibtisch abzulegen, setzte er nach.

Sofort. In fünf Minuten will ich die vollständigen Unterlagen haben.

Kristian trat einen Schritt auf den Anwalt zu.

Na mach schon, Stig. Wenn wir die Kopien haben, gehen wir.

Während der Anwalt damit beschäftigt war, Blatt für Blatt einzeln und betont langsam auf den Kopierer zu legen, konnte Simon es sich nicht verkneifen, Stig auf dessen

Mitwisserschaft im Falle von Anders´ Abrechnungsbetrug an den Krankenversicherungen anzusprechen.

Übrigens… Anders hat mir von dem Versicherungsbetrug erzählt.

Stig erstarrte wie vom Donner gerührt. Was ??? Sein alter Kumpan Anders hatte diesem Fremden erzählt, dass er aus rein finanziellen Erwägungen diversen Leuten Versicherungen aufschwatzte, die sie niemals für irgendetwas würden nutzen können !? Das würde ein Nachspiel für Anders haben, schwor er sich, bevor er sich an Simon wandte. Seine Mimik verriet nichts.

Achso, das ? Ja. Man kann nie wissen, ob so etwas nicht doch irgendwann eines Tages zu etwas gut ist. Kann doch sein, oder ?

Hatte er sich gerade verhört ? Dieser Anwalt rechtfertigte das eindeutige Vergehen des Arztes ?! Hier schien es von Krähen nur so zu wimmeln. Simon fragte sich in diesem Moment ein weiteres Mal, wohin er bloß geraten war.

Kristian, pack das alles ein.

Und wendete sich an Stig.

Wir haben Wichtigeres zu tun.

26

Simon saß in der kleinen Polizeiwache und studierte die eine Hälfte der Fall-Akte zum Grundstücksankauf der Gemeinde Skröna. Das Verhalten von Stig kommentierte er nicht weiter, denn sie hatten tatsächlich Wichtigeres zu tun. Endlich schienen sie den Ansatz zu einer ersten echten Spur im Falle des ermordeten Carlssons gefunden zu haben. Kristian kochte Kaffee und nahm sich dann die andere Hälfte der Fall-Akte vor.

Ich verstehe nicht, warum Stig uns davon nicht schon am Samstag erzählt hat, meinte Kristian.

Wirklich nicht ?

Simons ironischer Unterton war nicht zu überhören. Kristian zuckte mit den Schultern und tippte auf eines der Blätter. Bei so vielen Seiten Papier und den zahlreichen, dokumentierten Beschimpfungen, die äußerst unterhaltsam zu lesen waren, dauerte es eine Weile, bis etwas Handfestes gefunden war.

Hier steht, dass Axel im Namen der Gemeinde eine Fläche von 700 m² Brachland gekauft hat. Der Preis hat sich am damaligen Marktindex orientiert, entzifferte Kristian.

Simon hielt den Teil mit den Bengtström-Aussagen in Händen. Er reichte die Unterlagen seinem Assistenten, der konzentriert darin blätterte, bis er erneut lächelte.

Aber Lenart sagt, dass es sich um Ackerland handelt, das seit rund sieben Jahren nur deshalb brach lag, damit der Boden sich erholen kann. Er wirft Axel vor, dass der ihm viel zu wenig Geld dafür gab. Den tatsächlichen Wortlaut Lenarts gab Kristian nicht wieder.

Ich verstehe nur nicht, warum er sein Land dann für diesen Preis verkauft hat. Hier ist seine Unterschrift, zuckte Kristian abermals mit den Schultern.

Dann fragen wir ihn wohl besser.

Ja, aber Axel ist um diese Zeit wahrscheinlich nicht mehr im Büro und der Laden schließt auch gleich.

Simons Absicht war es keineswegs, jetzt Axel aufzusuchen. Er hatte das sichere Gefühl, dass es das Richtige war, wegen dieser Sache zuerst bei Lenart an die Tür zu klopfen, anstatt beim Bürgermeister.

Sollten wir Axel nicht trotzdem wenigstens informieren ?

Simon nahm seine Jacke.

Worüber denn informieren ? Als Beklagter weiß er doch, dass Lenart stinksauer auf ihn ist.

27

Ein hölzernes Windspiel klapperte leise vor sich hin. Sie hatten jetzt drei Mal geklingelt, aber im Haus regten sich keine Schritte und niemand öffnete ihnen. Während Kristian vorsichtig im Hühnerstall und beim Kompost nach Lenart schaute, ging Simon einmal um das ganze Haus herum und spähte durch alle Fenster, ohne eine Spur von ihm zu entdecken.

Findest du das nicht auch verdächtig ?, fragte er Kristian, der sich Hühnerkot von seinen Schuhe klopfte.

Eigentlich nicht. Lenart arbeitet auf dem Festland. Vielleicht hätten wir gleich zu Axel fahren sollen ?

Das Grundstück lag wieder still und verlassen da, als sie zum Auto zurückkehrten. Um diese Zeit würden sie auch bei Axel im Büro niemanden mehr antreffen und entschieden sich dafür, im **WASAHUS** nach Lenart zu fragen. Kristian wusste, dass der dort ganz gerne auch unter der Woche mal einen trank und wenn heute nicht, dann konnte ihnen vielleicht jemand der anderen Gäste sagen, wo er sich aufhielt.

Lenart Bengtström ? Den habe ich seit der Trauerfeier am Samstag nicht mehr gesehen, teilte Gustaf ihnen mit und füllte fünf Biergläser gleichzeitig.

Wollt ihr etwas trinken ?

Simon sah Kristian fragend an. Immerhin war es bereits Abend und ihr Dienst für heute damit praktisch beendet. Kristian schaute überrascht zurück. Schon wieder wollte sein Vorgesetzter seine Meinung wissen. Doch, daran würde er sich gewöhnen können.

Für mich ein Halbes, Gustaf, sagte er selbstbewusst.

Für mich auch, Gustaf. Und hast du eine Ahnung, wo Lenart sein könnte ?

Gustaf brachte die vollen Gläser an einen Tisch, wo er kurz mit jemandem sprach, der Simon von Weitem skeptisch betrachtete. Als er wieder an den Tresen kam, brachte er eine Antwort mit.

Lasse, unser Fußballtrainer, meint, dass er es auch nicht weiß. Aber morgen ist Training und Lenart hat noch nie eines verpasst.

Weißt du, wann und wo die spielen, wollte Simon von Kristian wissen.

Na klar, ist ja jeden Mittwochabend.

Gut, dann lassen wir uns dort blicken und vorher sprechen wir mit Axel.

Auf einen halbwegs erfolgreichen Tag, klangen die Gläser aneinander.

28

Diesmal hatte Simon es nicht so spät werden lassen. Noch vor Mitternacht lag er im Bett. Er war hellwach, an schlafen nicht zu denken. So ließ er die letzten Tage Revue passieren. Kristian ist ganz okay, fand er. Ein bisschen mehr Eigeninitiative könnte ihm gut tun, aber wer weiß, was man den Polizisten hier so beibringt. Seine Gedanken wanderten durch den Tag und blieben bei Stig hängen. An irgendetwas erinnerte ihn sein Auftreten, diese Haltung von Gleichgültigkeit und Dominanz. Für einen Moment stand das Bild dieses Regisseurs vor ihm. Er würde also die Szenen mit der Hexenverbrennung, die für morgen im Drehplan gestanden hatten, nicht mitspielen müssen. Ein Gefühl von Erleichterung machte sich in ihm breit. Denn manchmal war er sich nicht sicher, wie sehr die Figuren, die er spielte, ihn selbst und sein Leben tatsächlich beeinflussten. Bekam er manche Rollen nur deshalb angeboten, weil er in einem früheren Leben etwas verbockt hatte und nun die Ebene des Schauspiels ihm die Möglichkeit gab, sein Karma zu reinigen ? Schon manches Mal hatte er sich gefragt, wieso ihm dieses oder jenes Drehbuch angeboten wurde. Es ist kein Zufall, welche Rollen man spielen darf. Darüber hatte er mit Katja oft gesprochen. Seine Frau liebte diese Seite an ihm, daraus machte sie kein Geheimnis. Es war eine der vielen Facetten seiner Persönlichkeit. Bisher war Simon mit seiner Rollenauswahl recht zufrieden gewesen. Würde er es am Ende auch mit dieser Rolle als Kriminalkommissar sein ? Würde es ihm gelingen, sie überzeugend oder vielmehr erfolgreich ausfüllen ? Wo bloß fanden sich neue Ansätze für die Lösung dieses Falles ? Die Verdächtigen waren zu prüfen, ganz klar. Doch wer zählte zu jenen ? Immerhin hatten sie heute einen Anfang gemacht. Wer der Bärtige und der Mann im Wald sind, würde er schon noch herausfinden. Vor allem dieser Anwalt wirkte äußerst verdächtig. Wenn Carlsson sein Grundstück und alles was dazu gehörte per Testament der Kinderkrebsstiftung vermachte, würden durch die Übertragung des Hauses auf einen neuen Eigentümer wahrscheinlich auch die Nebenverträge hinfällig werden. Als er damals sein Haus gekauft hatte, blieb ihm zum Beispiel nur ein Monat Zeit, um die Versicherungen zu kündigen. Hätte er das getan, wäre der Versicherungsmakler seine Jahrescourtage los geworden. War Stig nicht auch der Makler hier im Ort ? Er wusste als Erster davon, dass Carlssons Grund und Boden an die Stiftung übergehen würde, wenn er starb. Wobei das kein Grund wäre, ihn zu töten. Denn die Jahrescourtage war so viel Geld nun auch wieder nicht, dass sich dafür ein Mord lohnte. Es sei denn, er wollte anschließend das Testament zu Gunsten von sich oder jemand Anderem fälschen. Waren sie ihm zuvor gekommen mit ihrem Besuch direkt nach der Trauerfeier ? Simon stand auf und sah durchs offene Fenster in den Nachthimmel, der sich wieder aufzuhellen begann. Vom Wald her schallte der Ruf einer Eule. Er ermahnte sich, endlich schlafen zu gehen. Frisch und ausgeruht würde er morgen mit neuen Ideen die Aufklärung des Falles vorantreiben, redete er sich selbst gut zu. Es war an ihm, den Täter zu finden. Er sollte ausgeruht sein, um der richtigen Spur folgen zu können. Immerhin stand ihm ein Gespräch mit Axel bevor. Und so wie er den kennengelernt hatte, hielt der die Fäden gerne selbst in der Hand.

29

Nein, ihr könnt heute nicht mit Axel sprechen, sagte dessen Sekretärin freundlich und bestimmt.

Und warum nicht ?, wollte Simon seinen Plan nicht so leicht aufgeben.

Weil er nicht da ist.

Viveka Valgrind stellte die kleine Gießkanne ab, mit der sie die Topfpflanzen auf ihrem Schreibtisch versorgte.

Kristian, bitte. Ihr müsst wieder gehen. Ich kann da nichts machen. Oder möchtest du vielleicht mich befragen ?

Sie lächelte ihn auffordernd an, worüber er leicht nervös hinwegsah.

Und wo ist er ?, fragte er sachlich.

Das kann ich euch nicht sagen.

Weil du es nicht weißt oder weil du nicht willst ?, übernahm Simon wieder das Fragen.

Viveka hätte sich beinahe an dem Bonbon verschluckt, das sie sich gerade in den Mund gesteckt hatte. Niemand sonst außer Axel durfte in so einem Ton mit ihr sprechen. Es sah jedoch kaum so aus, als würden dieser Fremde und Kristian sich einfach wegschicken lassen. Sie öffnete eine Datei in ihrem Computer und schien darin zu lesen.

Morgen ist Axel wieder im Büro. Ich kann euch gerne einen Termin geben.

Mit einer Miene, die sowohl Gleichgültigkeit als auch Gönnerhaftigkeit spiegelte, sah sie die beiden an. Simon schnaubte innerlich, aber anders war es wohl nicht zu machen.

Gut, dann gleich morgen Vormittag.

Viveka trug etwas in den Kalender ein.

Dann sehen wir uns morgen wieder, Kristian, rief sie den beiden im Hinausgehen hinterher.

30

Sie beschlossen, es in Axels Laden zu versuchen und fuhren los. Die etwas unbeholfene Flirterei der Sekretärin war nicht zu übersehen gewesen.

War doch eigentlich ganz nett diese Viveka, oder ? Magst du sie ?

Nein, kam prompt und knapp über Kristians Lippen.

Wart ihr mal zusammen ? Oder warum magst du sie nicht ?

Simon dachte sich gar nichts weiter dabei. Er wollte einfach wieder einen leichten Ton in den Beginn des neuen Tages bringen, der ihnen gerade vermiest worden war. Kristian sah seinen Vorgesetzten skeptisch an. Wie konnte der ihm bloß solch persönliche Fragen stellen ?! Es war ihm sowieso schon unangenehm, dass Simon einige der geachtetsten Bürger der Gemeinde befragt hatte, als wären sie Verdächtige. Alles hat seine Grenzen.

Ich habe meine Gründe, war Kristians letztes Wort dazu.

Bis sie an Axels Laden für Lebensmittel und Haushaltswaren ankamen, hing jeder seinen eigenen Gedanken nach.

Nein, mit Axel könnt ihr heute nicht reden.

Der alte Mann im Rollstuhl trank einen Schluck Tee aus seiner Schnabeltasse und stellte sie auf der Holztheke ab.

Mätta, rief er in Richtung eines der Regale, *komm mal her, hier ist dieser komische Kauz aus Deutschland und der Kristian, die wollen mit Axel reden.*

Mit hochrotem Kopf und ein paar Gläsern Marmelade in der Hand, trat Mätta hinter einem der Regale hervor. Sie nahm die beiden Ermittler beiseite.

Was flüstert ihr schon wieder ?, hustete der Alte und wollte zu ihnen rüber rollen, konnte aber die Bremse nicht lösen.

Bitte entschuldige, Simon. Axels Vater ist nicht mehr ganz… ihr wisst schon.

Kristian nickte.

Wir würden gerne mit Axel sprechen, sagte Simon freundlich und so, als wäre nichts gewesen.

Das geht leider nicht. Der ist heute nicht da.

Und wo können wir ihn finden ?

Mätta zögerte einen Moment und stellte die Marmeladengläser in eines der Regalfächer.

Das weiß ich leider auch nicht. Aber ich sage ihm, dass ihr nach ihm gefragt habt.

Simon kaufte eine Packung Kaugummi und zwei Flaschen Wasser, bevor sie unverrichteter Dinge wieder abzogen.

Für dich, hielt er Kristian eine der Flaschen hin. Als eine Art Entschuldigung für seine Fragerei. Kristian nahm das Wasser an, trank es aber nicht. Sie verabschiedeten sich bis zum Fußballtraining am Abend, wo sie Lenart befragen würden. Bis dahin wollte Simon einen Spaziergang durch den Ort machen. Vielleicht lief ihm dabei ein potentieller Tatverdächtiger über den Weg oder er kam dabei auf die eine oder andere Idee, welche Spuren es sonst noch geben könnte.

31

Zehn nach sechs traf Simon am Fußballplatz ein. Auf seinem Spaziergang hatte er mehrmals jemandem nach dem Weg gefragt und nutzte die Gelegenheit jedes Mal für eine spontane Befragung. Kristian schien Recht zu behalten, dass die Skrönaer sich ihm gegenüber nicht offen zu dem Fall äußern würden. Aber die Pension sei eine gute Sache, wurde stets bekräftigt. Es war ziemlich viel Geld, was man da zusammengetragen habe, vermuteten sie. Bedauerlich, dass es nun futsch sei. Der Sohn des einen hatte den Dachstuhl gezimmert, die Schwester des anderen die Gardinen für die Fenster genäht, das Falunrot, in dem das Häuschen leuchtete, hatte einer mit seinen beiden Neffen und seinen Brüdern aufgetragen. Die Leute sprachen über das Wetter auf der Insel, über die Bauarbeiten für die Pension und manche verrieten ihm sogar, welches Essen sie für DIE JURY zubereiten werden. Zu Carlsson befragt, sagte wirklich jeder, dass der ein feiner Kerl gewesen ist. Keiner sagte auch nur das kleinste Bisschen über Feinde, Streitereien oder Ähnliches. Keiner würde einem Nachbarn auch nur etwas Schlechtes wünschen. Und wirklich alle wünschten dem Kommissar Glück bei seinen Ermittlungen. Simon war keinen Schritt weitergekommen. Hinter einer Bilderbuchidylle verbarg sich nicht selten etwas ungeahnt Düsteres, dachte Simon, als er den Fußballplatz erreichte. So jedenfalls waren die meisten Folgen seiner Krimi-Serie aufgebaut. Er streifte diesen Gedanken ab und sah sich um. Kristian war nirgends zu sehen und die Spieler wärmten sich bereits auf. Er ließ seinen Blick über den Platz schweifen. Was… was machte sein Amtskollege denn da ? In Sportklamotten kickte Kristian sich mit einem anderen einen Ball zu. Natürlich half das Kostüm einem Schauspieler, in eine Rolle einzutauchen. Aber sie wollten den Fußballer doch nur befragen. Damit Lenart sich auf die Befragung einließ, brauchten sie doch nicht so zu tun, als wären sie selbst Fußballer. Die Figuren der Commedia del´ arte und manchmal die bei Shakespeare gaben durch ihre Verkleidung vor, jemand zu sein, der sie nicht waren, um in Liedesdingen voranzukommen. Kein Wunder, wenn dabei stets eine Komödie herauskam. Doch was sollte dieses Theater hier auf dem Fußballplatz ? Kristian hatte Simon am Rand des Spielfeldes entdeckt und kam auf ihn zu.

Hej. Lenart ist noch nicht da. Wir befragen ihn doch sowieso erst hinterher ?

Wie, hinterher ? Und warum hast du dich verkleidet ?

Wie „verkleidet" ?

Kristian, lass das Gerede, wir wollen anfangen, rief Lasse zu ihnen rüber. *Stellt euch auf, damit wir die Mannschaften einteilen können*, wies der Trainer seine Spieler an.

Außer Lasse warteten zwölf Männer unterschiedlichen Alters darauf, sich zu zwei Mannschaften zu formieren. Zwei Männer standen einzeln und begannen, nacheinander Namen aufzurufen. Kristian sprintete zu den anderen. Und Simon lief ihm hinterher.

Kristian, du kommst zu uns.

Mist, fluchte Olger, *schon wieder habt ihr ihn im Team.*

Egal Olger, klopfte Arne ihm auf die Schulter, *wir gewinnen trotzdem.*

Lasse betrachtete den Kommissar mit einem kritischen Stirnrunzeln.

Auf dem Platz hast du nichts zu suchen, wenn du nicht mitspielst.

Die Männer betrachteten Simon als hätte er etwas gesagt, dass ihren Trainer beleidigte.

Was will der eigentlich hier?, hörte er einen fragen.

Im Theater nannte man das „Beiseite-Sprechen". Man tat so, als würde man flüstern, sprach dabei aber bewusst so laut, dass auch die Zuschauer in der letzten Reihe es hören konnten. Ein Tropfen Schweiß rann in Simons Nacken.

Wir wollen mit Lenart sprechen. Lenart Bengtström, als wüsste Lasse nicht, um wen es ging.

Der ist heute nicht hier. Oder sieht ihn jemand von euch?

Die Spieler begannen jetzt tatsächlich zu flüstern. Simon fühlte sich hilflos. Da ergriff sein Assistent das Wort.

Was ist, wir machen hier nur unsere Arbeit. Lenart ist nicht da, okay. Reden wir ein anderes Mal mit ihm. Spielen wir jetzt, oder was?

Uns fehlt ein Mann, räumte Olger ein.

Lasse sah seine Spieler sehr ernst an. Und dann den Kommissar.

Du kannst für Lenart spielen, Simon. Du kannst doch spielen, oder?

Wenn es um Fußball ging, hatte er noch nie *Nein* gesagt. Und darum ging es jetzt ja schließlich. Doch bevor er antworten konnte, regte sich merklicher Widerstand unter den Spielern der Heimmannschaft.

Wir kennen den ja gar nicht. Wer weiß, ob der wirklich spielen kann. Sollte der nicht besser das Geld suchen?, war deutlich zu vernehmen.

Gut Leute, ihr dürft entscheiden. Entweder springt er für Lenart ein oder wir losen aus, wer von euch auf die Ersatzbank geht, sprach Lasse ein Machtwort.

Naja, immerhin untersucht er unseren Mordfall. Was soll's, spielen kann doch jeder. Na wenn er auf Lenart warten muss, um das Geld zu finden, kann er ja so lange mitmachen.

Damit hatten die beiden Mannschaften eine Entscheidung getroffen. Und da man einem Kommissar nicht zumuten konnte, in Hemd und Jeans Fußball zu spielen, bekam Simon das Mannschaftstrikot überreicht. In den National-farben Gelb und Blau mit einem leuchtendroten Saum. Rot für das Blut, das ihre Ahnen in vielen Schlachten vergossen hatten. Kristian konnte sich ein Schmunzeln nicht ver-kneifen. Sein Vorgesetzter war in die gegnerische Mann-schaft gekommen. Simon konnte es kaum glauben, dass man ihn trotz der offensichtlichen Zurückhaltung der Skrönaer gegenüber Fremden ein weiteres Mal so plötzlich zu einem der Ihren befördert hatte. Beide Mannschaften stellten sich auf, Lasse legte den Ball in die Spielfeldmitte und gab das Zeichen. Bereits zwei Minuten nach dem Anpfiff gab es das erste Foul.

Hast du das gesehen, Schiri ? So eine Schweinerei, schrie Erik voller Empörung.

Er hatte die lauteste Stimme von allen in seiner Mann-schaft. Lasse übernahm bei ihren Trainingsspielen die Rolle des Schiedsrichters. Es war nie leicht, neutral zu bleiben, aber er gab sein Bestes.

Komm schon, Sven, steh wieder auf.

Sven wand sich am Boden, als hätte ein Pferd ihn getreten. Sein schmerzverzerrtes Gesicht zeigte eindeutig, dass an Aufstehen nicht zu denken war.

Wer von euch war das ?

Ich hab überhaupt nichts gemacht, beschwerte sich Almrik.

Du hast ihm voll das Knie reingerammt, du Arsch, hackte Björn auf ihn ein.

Das stimmt gar nicht, sprang Gunnar für ihn in die Bresche.

Ihr seid doch alle Simulanten, versuchte Almrik sich zu rechtfertigen.

Schiri, das gibt mindestens die gelbe Karte, forderte Ingvar, der jedes Mal mit Sven in einer Mannschaft war.

Almrik, Sven. Gebt euch die Hände, wir wollen weitermachen. Und entschuldige dich gefälligst bei ihm.

Tut mir leid, Mann, nuschelte Almrik in seinen Bart und hielt Sven seine Hand hin.

Sven griff zu und sprang auf, als wäre nichts gewesen.

Dafür haben wir jetzt den Ball, bestand er auf seinem Recht und dribbelte los, im Zickzack um die Anderen, die schon wieder voll dabei waren.

Simon versuchte vergeblich, seine Position zu finden. Irgendwie stürmten die im Ballbesitz alle einfach drauflos aufs Tor der gegnerischen Mannschaft und die wiederum versuchte sich auf Teufel komm raus dazwischen zu drängen.

Gib ab, Sverger, hier rüber, los Mann, schrie Kristian aus vollem Hals.

Im nächsten Augenblick schoss er das erste Tor für seine Mannschaft, das erste Tor dieses Spiels. Unwillkürlich applaudierte Simon, was die Spieler seiner Mannschaft ihm irgendwie übel zu nehmen schienen, denn niemand spielte ihm den Ball zu, bis das nächste Tor fiel. Simon begriff kaum, wie er das gemacht hatte. Der Ball war beim Flanken des Gegners dicht an ihm vorbeigeflogen und irgendwie war er in die Bresche, genauer gesagt in die Flugbahn gesprungen und hatte so für den 1:1 Ausgleich gesorgt. Die Jungs seiner Mannschaft, die in seiner Nähe standen, klatschten ihn ab. Ein erhebendes Gefühl. Das genau zehn Sekunden währte. Nämlich genau bis zu dem Moment, in dem er im Augenwinkel eines hellblauen Fleckes gewahr wurde und kurz darauf des Bärtigen, der sich schnellen Schrittes dem Spielfeld näherte. Simon blieb wie angewurzelt stehen und wurde von Arne und Björn fast umgerannt.

Was ist, spielst du nicht mehr mit ? **Ein** *Tor ist doch noch gar nichts !,* stürmten beide auf das gegnerische Tor zu.

Simons Blick suchte Kristian und fand ihn beim Zuspiel zu Almrik. Er fuchtelte mit den Armen, um ihn auf den Bärtigen aufmerksam zu machen. Als der am Spielfeldrand ankam, pfiff Lasse.

Kurze Pause, Leute. Lenart ist da.

Tut mir leid, aber Herkes Fähre hat mal wieder gemuckert. Ich dachte schon, diesmal gibt sie den Geist auf, entschuldigte er sich, während er gleich vor Ort in sein Trikot schlüpfte und sich die Schuhe zuband.

Aber anstatt jetzt für Simon eingewechselt zu werden, mussten er und Kristian enttäuscht hinnehmen, dass das Spiel ohne sie beide weiterging. Denn der Kommissar bestand auf einer sofortigen Befragung. Eindringlich betrachtete Simon seinen ersten echten Verdächtigen. Da stand er also. Direkt vor ihm. Auge in Auge.

Was wolltest du Lenart eigentlich fragen, Simon ?, riss Kristian ihn aus seinen Gedanken und wischte sich den Schweiß von der Stirn.

Was hast du an Carlssons Haus gewollt ?

Lenart schien zu überlegen, was er darauf antworten sollte, während Simon sich ärgerte, dass er seine Frage diesmal nicht ein bisschen subtiler formuliert hatte, so wie auf der Autofahrt mit Göran.

Was meinst du ?, fragte Lenart.

Ja, was meinst du ?, fragte auch Kristian und trank einen Schluck aus der Wasserflasche, die ihm Simon heute Mittag geschenkt hatte. Immerhin spielte er mit Lenart seit Jahren zusammen Fußball, das hieß, dass der absolut vertrauenswürdig war. Simon feilte in Gedanken an einer anderen

Fragenstrategie. Er hatte den zweiten Schritt vor dem ersten gemacht, das würde er jetzt ändern. Lenart stellte sich offensichtlich dumm, was ihn umso verdächtiger erscheinen ließ. Simon durfte jetzt keinen Fehler machen.

Wir wissen von deinem Streit mit Axel. Das Grundstück für die Pension, du weißt schon.

Hat Axel euch etwa geschickt? Oder Stig?

Lenart ging merklich auf Distanz.

Gewiss nicht, hob Simon die Augenbrauen. *Wir sind hier, weil wir deine Version hören wollen.*

Zu erfahren, was der Bärtige am Sonntagabend in der Nähe des Tatorts suchte, hob er sich für später auf. Im Hintergrund diskutierten die Spieler über ein Seitenaus, wer den Ball als Letzter berührt hatte und wer ihn wieder einwerfen durfte. Lasse blies in die Triller-Pfeife, um Ruhe herzustellen. Als ähnlich redefreudig wie die Spieler entpuppte sich auch Lenart.

Das ist eine abgekartete Sache, da bin ich mir sicher. Axel hat mich voll über den Tisch gezogen.

Und so erfuhren die beiden Ermittler, dass Lenart einen Teil seines Grundstücks, den er sowieso kaum nutzte, an die Gemeinde verkaufen wollte, weil er das Geld brauchte. Es war ihm gerade recht gekommen, dass die alte Scheune dort stand, wo die Skrönaer eine Pension bauen wollten. Sie war so verfallen, dass er sie gerade noch so als Geräteschuppen nutzen konnte. Die Gemeinde hatte ihm eine wirklich hohe Summe dafür geboten, schließlich war der Platz für das Prestigeprojekt ihrer Bewerbung um den Wettbewerbstitel gedacht. Der Vertrag in zweifacher Ausfertigung lag ihm vor und war seinerseits bereits unterschrieben, als Axel eines Nachmittags wie verabredet mit dem Bargeld bei ihm aufkreuzte. Der sollte im Namen der Gemeinde den Vertrag unterzeichnen und das Geld übergeben. Axel allerdings nahm die beiden unterschriebenen Verträge an sich und legte ihm mit einer langen Erklärung des Bedauerns zwei Exemplare eines anderen Vertrages vor. Die Gemeinde sei von dem ursprünglich recht hohen Betrag abgerückt, eine notwendige Umverteilung der Mittel für den Bau der Pension usw. hatte es notwendig gemacht, die ursprüngliche Summe deutlich zu reduzieren. Was sollte er machen ? Lenart brauchte dringend Geld und wenn es fürs Gemeinwohl gut war – was konnte er dagegen sagen. Er unterzeichnete die neuen Verträge, ebenso Axel und erhielt die volle neue Summe in bar. Axel ging und das war alles.

Und weswegen verklagst du ihn ?

Lenart hatte gerüchtehalber gehört, dass Axel es auf irgendein Grundstück auf der Insel abgesehen hatte. Doch woher hätte der das Geld dafür nehmen sollen, wo doch jeder einen bedeutenden Teil von seinem Ersparten in die Pensionskasse eingezahlt hatte ? Jeder so viel er konnte.

Warum wollte Axel gerade jetzt ein Grundstück kaufen und woher nahm er das Geld, frage ich euch.

Lenart sah die beiden herausfordernd an.

Du hast doch selbst gesagt, dass es nur ein Gerücht ist, zuckte Kristian die Schultern.

Naja, jedenfalls klage ich gegen Axel, weil er mir nicht die vereinbarte Summe gezahlt hat.

Von wem hast du denn dieses Gerücht gehört, fragte Simon.

Birger Svärdson hat es mir vor ein paar Wochen im Lebensmittelladen zugeflüstert.

Simons Blick traf sich mit dem von Kristian. Birger war doch derjenige, der auch die Sache mit der Majstang verbockt hatte und von dem es hieß, er würde gerne flunkern. Wahrscheinlich wollte er unbedingt beweisen, wie sorglos er ist, dass er ausgerechnet im Laden von Axel derartige Gerüchte über ihn in die Welt setzte. Simon dachte nach. Was nicht leicht war, denn im selben Moment hatte Almrik ein Eigentor geschossen und die weniger freundlichen Kommentare seiner Mitspieler waren deutlich zu hören.

Sag mal, Lenart, mit Carlsson, was hat dich denn da verbunden ?, versuchte Simon erneut, dessen Aufenthalt in der Nähe des Tatorts anzusprechen.

Mit Carlsson ? Wir haben manchmal zusammen Karten gespielt. Mal hat er gewonnen, mal verloren, zuckte Lenart die Schultern. *Und wenn, war er stets ein guter Verlierer.*

Nicht jeder ist ein guter Verlierer, oder ?

Was meinst du damit, Kommissar ?

Nichts weiter. Aber ich hab dich am Sonntag bei Carlssons Haus gesehen. Ich will nur wissen, was du da gemacht hast.

Nichts weiter. Ich hab im Vorbeigehen gesehen, dass Licht brannte und dachte, vielleicht wühlt da einer in seinen Sachen, den das nichts angeht. Immerhin ist das Geld noch nicht wieder aufgetaucht.

Diese Bemerkung gefiel Simon ganz und gar nicht. Und Kristian auch nicht.

Hör mal, Lenart, wir machen nur unseren Job. Du kannst uns helfen oder es lassen, aber behindere nicht unsere Arbeit.

Bist du etwa noch sauer, weil ich letzte Woche mit meinem Tor euren Sieg vereitelt habe ?, entrüstete sich Lenart.

Ach Quatsch, Schwamm drüber, winkte Kristian ab.

Simon wusste nichts mehr zu sagen oder zu fragen. Zu dritt schauten sie dem fortschreitenden Spiel zu. Die Spieler von Kristians Mannschaft bildeten gerade eine Mauer, weil Sven ein zweites Mal gefoult wurde und daraufhin einen Freistoß erhielt.

32

Dir würde ich auch keinen Kredit mehr geben, flüsterte Stig und schielte zur angelehnten Küchentür.

Kannst ruhig offen reden, Mätta hat den Fernseher laufen.

Axels Frau hatte sich mit ihrem Strickzeug ins Wohnzimmer verzogen, als Stig direkt nach dem Abendessen in der Tür stand. Jedes Mal suchte sie sich irgendwo anders eine Aufgabe, wenn er zu Besuch kam. Stig war eingenommen genug von sich, um es nicht auf sich zu beziehen.

Erzähl mal, wie ist es denn gelaufen?

Axel schnipste einen Krümel vom Tisch, bevor er mit seiner Faust auf die generationengeprüfte Platte schlug. Im Folgenden erfuhr sein Anwaltsfreund (dem es normalerweise stets gelang, ihn aus heiklen Situationen raus zu boxen), dass er jedes auch nur annähernd plausible Argument aufgefahren hatte, um zweieinhalb Wochen vor der Anreise der JURY einen Kredit zu bekommen, der das gestohlene Geld ersetzen sollte. Selbst das Angebot, er dürfe kostenlos und als Erster Gast der Pension sein, hatte den Bankdirektor unbeeindruckt gelassen.

*Dieser Magnus Hansson musste bloß wieder beweisen, dass **er** der Bankdirektor ist*, versuchte Stig ihn zu trösten.

Naja, er hat gesagt, dass er die Gemeindevertreter irgendwann nicht mehr zählen konnte.

Etliche wollten dieser Tage „Schwedens Schönstes Dorf" werden und hatten sich entsprechend um die Gunst der Mitarbeiter der Bank bemüht, damit die ihnen einen Kredit einräumten. Der Topf war längst leer.

Ich hätte mal früher kommen sollen, meinte er. So ein Idiot.

Darauf nahmen beide einen großen Schluck und Axel schenkte nach. Mit keiner anderen Erwartung war er aufs

Festland gefahren, aber versuchen konnte man es ja trotzdem. Und als wäre dieser Ärger nicht schon genug, war auf der Rückfahrt obendrein Lenart Bengtström auf der Fähre gewesen. Axel hatte sich zu Herke gestellt und übers Wetter geredet, während der Fährmann wegen einer heftigen Halsentzündung mit Schweigen antwortete. Er war froh, als Mätta ihn mit dem Abendessen empfing. Ihre Worte trösteten ihn bereits ein wenig.

Aber so ein Bankdirektor ist eben auch nur ein Verbrecher, plauzte er heraus.

Die Krümel tanzten in der Luft, als er erneut mit der Faust auf die Tischplatte hieb.

Deswegen bin ich eigentlich hier, begann Stig das Thema auf den Rechtsstreit zu lenken.

Dieser Kommissar ist bei mir gewesen. Mit Kristian. Zweimal sogar.

Na und, was wollte er? Eine Versicherung abschließen?

Axel konnte plötzlich wieder lachen, ganz im Gegensatz zu Stig.

Hör mal, Axel, sie haben sich die komplette Fall-Akte kopiert.

Axel hielt sein Glas in der Hand, ohne zu trinken.

Und du hast sie ihnen freiwillig gegeben?

Was sollte ich denn machen, schließlich hast du Simon doch als Kommissar eingesetzt.

Aber doch nur für die Mordaufklärung. Er soll die Truhe mit dem Geld für die Pension finden, sonst weiter nichts.

Ja weißt du, der ist wirklich gerissen. Keine Ahnung wie, aber er hat Anders irgendwie dazu gebracht, dass der ihm von meinem Betrug mit den Versicherungen erzählt hat.

Ist doch egal. Für Versicherungsverträge, die den Leuten nichts nützen, ist so einer doch gar nicht zuständig.

Stig schöpfte Hoffnung, dass Simon die Sache auf sich beruhen lassen würde. Aber mit Anders hatte er definitiv noch ein Hühnchen zu rupfen. Und eines musste er Axel besser noch sagen.

Das Testament haben die beiden übrigens auch gesehen. Simon hat extra danach gefragt.

Verdammt nochmal, das ist doch kein Grund, es ihm zu zeigen.

Axel stellte sein Glas ab. Wenn dieser Deutsche auch nur den leisesten Wind davon bekam, was er bei dem Grundstücksstreit tatsächlich zu vertuschen suchte, war er geliefert. Er rechnete sich seine Chancen aus, unentdeckt und ungeschoren davon zu kommen. Stig war der Einzige der davon wusste, dass er Lenart den Vertrag unterschreiben ließ, in dem die ursprünglich mit der Gemeinde vereinbarte Summe stand und danach Lenarts Vertragsexemplar dem Müll zuführte. Bei der Übergabe des Bargeldes, wo Axel den Original-Vertrag selbst erst noch unterzeichnen sollte, hatte er Lenart beide Vertragsexemplare abgenommen. Stattdessen präsentierte er ihm einen zweiten Vertrag, der eine deutlich geringere Kaufsumme für dessen Grundstück enthielt. Mit der Begründung, dass es für die gute Sache eben notwendig sei und allen diene, hatte Lenart sich leicht ruhigstellen lassen. So erhielt er ein offizielles Vertragsexemplar, das zwar gefälscht war, was man dem Dokument selbst aber nicht ansehen konnte. Das Exemplar mit dem Betrag, den die Gemeinde zur Verfügung stellte, lag nun sicher abgeheftet im Gemeindehaus, sodass die Summe, die Axel vom Gemeindekonto abhob, rechtskräftig blieb. Dass er Lenart nur einen Teil davon in bar übergab und einen anderen Teil für sich behielt, konnte ihm niemand nachweisen. Es sei denn, Stig verplapperte sich oder redete aus einem anderen Grund darüber. Er hatte ihm vorsorglich einen Teil der unterschlagenen Summe aus der Gemeindekasse zukommen lassen, damit er sich dessen Loyalität weiterhin sicher sein konnte.

Und du hast dich auch wirklich nicht verquatscht gegenüber Simon oder Kristian ? Auch nicht wegen der Sache mit dem Testament ?

Was denkst du denn, ich schweige wie ein Grab.

Hoffentlich muss ich da nicht nachhelfen, dachte Axel unbestimmt und nur für ein paar Sekunden. Er machte sich vor allem Sorgen um seine bevorstehende Wiederwahl im nächsten Jahr.

Mach dir darüber keinen Kopf. Es will doch außer dir keiner sonst Bürgermeister sein, sprach Stig beruhigend zu seinem Freund.

Axel hegte manchmal den Verdacht, Stig hätte es auf sein Amt abgesehen, hielt es aber im Grunde für ein Hirngespinst an einem seiner schlechten Tage. Heute war solch ein Tag und er wollte dafür sorgen, dass wenigstens der Abend besser verlief. Er ging in die Vorratskammer und kam mit einer ungeöffneten Flasche ohne Etikett wieder, die nicht versiegelt war.

Diese neue Sorte musst du unbedingt probieren.

Es war spät geworden, als Stig zu seinem Auto wankte. Bis zu ihm nach Hause war es nicht weit und er hatte ja das Lenkrad, um sich daran festzuhalten. Ihre Meinung über den deutschen Kommissar hatten beide mehr und mehr lallend einander eindeutig kund getan. Von dem würden sie sich gar nichts gefallen lassen, hier hatte der sowieso nichts zu melden. Und überhaupt, wann fand der endlich das Geld ?! Und wer Carlsson ermordet hatte, wollten sie beide auch ganz gerne wissen. Axel schwankte die Treppe zum Schlafzimmer hoch. Er kroch ins Bett, bemüht, seine Frau nicht zu wecken. Er liebte Mätta wirklich, wurde es in seinem Kopf etwas klarer. Und sie ihn auch. Schließlich wusste sie nicht alles von dem, was er als Bürgermeister so trieb. Er rülpste leise und hielt sich sofort die Hand vor den

Mund. Sollte sie ruhig schlafen, während er umsonst versuchte, die Augen zuzumachen. In seinem brummenden Schädel begannen die Gedanken zu kreisen, angeregt durch den Schnaps, den er illegal von Benka Nilsson bezog. Davon hatte er Stig nie etwas erzählt. Und so sollte es auch bleiben. Er versuchte sich zu erinnern, wie das alles angefangen hatte. In diesem Moment ertönte die Nationalhymne. Axel zuckte zusammen und sprang auf. Das Handy steckte noch in seiner Hose, die er auf den Fußboden neben den Schrank hatte fallen lassen. Er tastete im Dunkeln das Stück Stoff ab. Mätta bewegte sich und seufzte. Er fummelte das Handy mühsam aus der Hosentasche und drückte darauf herum, wobei er das Gespräch ohne Absicht annahm. Seine Frau schlief friedlich auf ihrer Seite des Bettes.

Axel, hörst du mich?

Es war Kristian, der sich entschuldigte, um diese Zeit noch zu stören. Es sei ihm eben erst jetzt eingefallen, den Bürgermeister darüber zu unterrichten, dass Viveka heute Vormittag Simon und ihm einen Termin in Axels Gemeindebüro für morgen Vormittag gegeben hatte. Es ginge um eine Befragung zur Grundstückssache. Schließlich hatte Axel den Polizisten instruiert, ihn auf dem Laufenden zu halten bezüglich der Ermittlungen.

Gute Nacht, Kristian.

Augenrollend beendete er diesen unerfreulichen Anruf. Stig hatte also Recht gehabt, dass dieser Simon ganz schön nervte. Was soll's, das würde er schon hinbiegen, redete er sich ein. Von der Sache mit Benka würde mit Sicherheit nicht die Rede sein. Er kroch zurück ins Bett und versuchte, sich zu erinnern. Langsam tauchte er in seine Vergangenheit ein. Eher zufällig war er damals bei Benka gewesen. Es war einer der Besuche, die er praktisch jedem der Bewohner Skrönas abstattete, um ihnen ihr Wohlwollen für die nächste Bürgermeisterwahl abzuringen. Plötzlich hatte Gustaf geklingelt, worauf Benka mit leisem Erschrecken reagierte und Gustaf vor der Tür warten ließ. Wie jeder im Dorf wusste der Fischer, dass der Bürgermeister und der Gastwirt sich spinnefeind sind. Dass er ein Zusammentreffen um jeden Preis verhindern wollte, erschien Axel im ersten Moment plausibel. Er hatte die Lust an dem Gespräch verloren und ging freiwillig. Im Vorbeigehen sah er drei große, leere Holzkisten neben Gustaf stehen. Und sich von seinem Misstrauen ihm gegenüber leiten lassend, tat er nur so, als würde er von dannen ziehen, stellte sich jedoch stattdessen unter Benkas offenes Wohnzimmerfenster. So hatte er von dem Handel erfahren, den die beiden trieben. Schwarzbrennerei erlaubte sich der Fischer nach Feierabend, soso. Das Gläschen Schnaps, das er ihm vorhin angeboten hatte, war dann wohl Selbstgebrannter. Und zwar der leckerste, den Axel je getrunken hatte. Drinnen klirrten Flaschen aneinander und er hatte sich aus dem Staub gemacht. Ein paar Tage lang war ihm das nicht aus dem Kopf gegangen und er fragte sich, wie er seinen Nutzen daraus ziehen konnte. Gustaf wollte er nicht darauf ansprechen. Das erschien ihm als seiner unwürdig. Und so stattete er ein paar Tage darauf dem Fischer erneut einen Besuch ab. Axel ließ sich einen Schnaps einschenken und betonte dessen besonderen Geschmack. Wie ein höflicher Gast fragte er Benka, wo man solch ein Getränk denn kaufen könne. Der versuchte es anfänglich mit einem *Geschenk von einem Bekannten vom Wochenmarkt auf dem Festland*, konnte seiner Lüge aber nicht lange standhalten, als Axel nachbohrte. Vielleicht hätte er den Wochenmarkt nicht erwähnen sollen, machte Benka sich später Vorwürfe, denn es hatte einige Kritik gehagelt, als der Bürgermeister mit seiner Amtsübernahme den hiesigen abschaffte, auf dem jeden Samstag ein paar der Skrönaer ihre Gartenfrüchte zum Kauf anboten. Axel erklärte natürlich sofort Gustaf zum Anstifter der schlechten Tat usw., denn er wollte etwas von Benka. Ihn anzuzeigen wegen Schwarzhandels machte wenig Sinn, wenn man dabei anderweitig etwas für sich herausschlagen konnte, entschied er. Er versprach Benka (so klang es weniger nach Erpressung), niemandem auch nur ein Sterbenswörtchen von dieser Sache zu verraten, wenn der zwei Dinge für ihn tat. Und zwar erstens, sollte er ihm ab sofort zehn Prozent seines täglichen Fanges verkaufen, wofür er allerdings nur ein Drittel des üblichen Preises erhielt und ganz egal, ob es ein guter oder ein schlechter Tag war und er womöglich seine Großabnehmer deswegen verprellen musste. Seitdem tauchten in Axels Büchern seines Lebensmittelladens keinerlei Ankäufe von fangfrischem Fisch mehr auf, obwohl er nun täglich welchen im Sortiment führte. Damit erhöhten sich seine Tageseinnahmen, ohne dass er diesen Teil seines Handels offiziell aufführte. Geld stinkt nicht, dachte er und es war nicht weiter schlimm, wenn der Fisch es tat, falls mal niemand welchen kaufte und er ihn auf den Kompost warf. Da es für diesen Wareneinkauf keinen Beleg gab, konnte er den Betrag, den er trotzdem dafür ausgab, nicht als Betriebsausgabe deklarieren. Um dieses Manko zu kaschieren, erfand er hin und wieder eine solche. Wie jeder andere aus dem Ort, nutzte auch Axel selbst das Haushaltsprodukte- und Kosmetik-Regal des Ladens, um sich mit den Waren des täglichen Bedarfs zu versorgen. Wer sollte es ihm schon verübeln, dass er für Klopapier und Zahnpasta, für Rasierklingen, Seife und dies und das nicht doppelt bezahlte? Immerhin war es sein Laden und auf diese Weise hatte er ja bereits Geld investiert, um die

Dinge zu erwerben. Seine Frau bevorzugte diese spezielle Markenkosmetik, die er gar nicht im Sortiment führte, und so brauchte er auch dieses Thema ihr gegenüber nicht zu erwähnen. Als er vor zwei Jahren den neuen Grill für den Garten anschaffte, landete der Betrag in der Spalte „Investitionen" seiner Buchhaltung. Und dann war da noch der Urlaub mit Mätta, den er seit Amtsantritt vor sieben Jahren jeweils als Dienstreise abrechnete. In jedem Jahr bereisten sie eine andere Gegend des benachbarten Dänemarks. Im letzten Jahr hatte er am Hafen von Skagen zufällig jemanden von der Stadtverwaltung kennengelernt. Axel hatte dessen Auto beim Ausparken versehentlich gerammt, woraufhin sie friedlich ihre Kontaktdaten wegen der Versicherung austauschten. So war es nur eine halbe Lüge, als er wie jedes Jahr erklärte, dass er diese Reisen ausschließlich deshalb unternahm, um Kontakte zu den Nachbarn zu knüpfen für eine mögliche zukünftige Partnerschaft mit der jeweiligen Gemeinde. Dass die Dänen schon seit Zeiten von Gustav Vasa dumme Hunde sind (von deren Herrschaft sie der Schwedenkönig damals zum Glück befreite), dafür könne er ja nichts. Aber wer weiß, im nächsten Jahr könnte es ja vielleicht klappen, kündigte er nach seiner Rückkehr aus dem Urlaub stets aufs Neue an. Die zweite Sache, die Axel von Benka verlangte, war eine regelmäßige Lieferung des Deliktobjekts auf Kosten des Hauses, sprich der Fischerhütte. Damit hatte Axel immer etwas, das er Zuhause seinen Gästen anbieten konnte. Zu dumm aber auch, dass man hier in Schweden keinen Alkohol verkaufen durfte. Den gab es nur in speziellen Geschäften. So vermied er es zumindest, sich auf eine Stufe mit Gustaf zu stellen, der doch weit unter ihm stand. Wie machte der das eigentlich mit dem Steuerbetrug ? Axel besaß noch immer dieses manuelle Vehikel von Kasse, das sein Großvater angeschafft hatte. Sie durch eine digitale zu ersetzen, kam ohnehin nicht in Frage, solange sein Vater ihm von seinem Rollstuhl aus an der Ladentheke auf die Finger schaute. Mit ec-Karte konnte niemand bei ihm bezahlen, aber da es für sein Geschäft keine Konkurrenz auf der Insel gab, spielte zumindest das keine Rolle. Gustaf dagegen konnte alles so machen, wie er es wollte, verzog Axel sein Gesicht neidvoll zu einer finsteren Grimasse. Für das **WASAHUS** hatte Gustaf so ein modernes Ding angeschafft, als er es nach dem Tod seines Vaters komplett übernahm. Damit konnte man nicht ganz so leicht Abrechnungsbetrug begehen wie mit seinem Kassensystem, glaubte Axel zu wissen, aber möglich war es doch. Die Bestellungen wurden automatisch in die Kasse eingebucht, solange man ein Boniergerät benutzte, wie Maria es tat. Gustaf überließ das seiner Frau, er selbst notierte fleißig per Hand, was die Leute aßen und tranken. Soweit Axel das beurteilen konnte, drehte Gustaf auf diese Weise an den Zahlen. Am meisten aber ärgerte es ihn, dass er für Benkas Schnaps noch immer bezahlen musste, wenn er sich mit seinen Leuten im Wirtshaus traf, um einen zu trinken. Mit diesem Gedanken überkam ihn zugleich eine Müdigkeit. Einen Moment lang dachte er an Finja. Auf seine Familie ließ er nichts kommen. Wehe, wenn das einer wagen würde. Seine Tochter war zu einer hübschen jungen Frau herangewachsen und sein ganzer Stolz. Sie war das einzig Reine in seinem Leben. Wenigstens darauf konnte er vertrauen. Für einen kurzen Augenblick dachte er an die morgen bevorstehende Befragung und verfluchte sich dafür, dass er Simon mit der Aufklärung des Mordfalls betraut hatte. *Einhundertzwanzig-Fünfzig*, flüsterte er wie ein Mantra und zog sich die Decke bis unters Kinn. Mätta schnarchte leise neben ihm. In ein paar Minuten würde er sie dabei an Lautstärke weitaus übertreffen.

33

Als an diesem Morgen das Rot am Horizont seine Farbe verlor und der Himmel einen wolkenlosen Tag ankündigte, zupften Lori und Tessa friedlich ihre morgendliche Portion frischen Grases von der Wiese des Pfarrers. Ida lag noch im Schlaf, während Petter und Lauri wie im lauten Zwiegespräch einander anblökten. Melker hatte den Schafen Namen gegeben, obwohl er sie trotzdem nicht auseinander halten konnte und somit jeden Tag aufs Neue benannte. Er betrachtete seine kleine Herde eine Weile. Ihrer Treue konnte er sich sicher sein, bis sie ihm zuletzt als Kotelett dienen würden. Als er ihren Trog mit frischem Brunnenwasser gefüllt hatte und zum Haus zurücklief, sah er schon von Weitem jemanden an der Kirchentür stehen. Sein Plan schien tatsächlich aufzugehen. Seit Carlssons Trauerfeier am letzten Samstag hatten sich auch die abtrünnigen Skrönaer die angerostete Klinke der schweren Kirchentür in die Hand gegeben. Außer einem war bisher jeder, der sich in Melkers Kerzenritual-Liste eingetragen hatte, pünktlich zu seiner Schicht erschienen und harrte geduldig jeweils zwei Stunden aus, damit der Alte nicht im Dunkeln liegen musste. Malte konnte nichts dafür, dass Herkes Fähre mal wieder nicht so recht wollte und er deshalb seinen Einsatz verpasste. Melker war für ihn eingesprungen. Er war sowieso die ganze Zeit über in der Kirche. Von 8 Uhr morgens bis 6 Uhr abends stand nun das hölzerne Haus offen – länger als jemals. Und wenn alle anderen gegangen waren, löschte er zum Schluss die Kerze. Er konnte schließlich nicht riskieren, seinen Plan zu zerstören, die Leute irgendwie an Gottes Haus zu binden, indem er die Kirche in Flammen aufgehen ließ. Als er näher kam, erkannte er Sture Magnusson, der bereits vor zwei Tagen seine Schicht absolviert hatte. Beim Blick auf die Uhr schüttelte er unwillkürlich den Kopf. Es war erst kurz vor halb 8, eigentlich wollte er jetzt frühstücken. Er wunderte sich über Stures Eifer, dessen Namen er nur aus der Liste kannte, in die sich alle eingetragen hatten, denn die Magnussons waren in den zwanzig Jahren seiner Amtszeit nur aller paar Jahre mal zum Weihnachtsgottesdienst erschienen. Eigentlich stand jetzt Ingmar Christensen auf dem Plan, in einer halben Stunde begann dessen 2-Stunden-Schicht. Vorsichtig näherte sich Melker dem frühen Gast.

Guten Morgen, Pfarrer Melker, sprach Sture ihn an und sah dabei aus, als würde er noch grübeln, ob er weitersprechen sollte.

Guten Morgen, mein Sohn.

Melker schloss die Kirche auf und trat ins Dunkel. Sture folgte ihm, ohne ein Wort zu sagen. Die Anrede mit dem „Sohn" hatte er in seiner Ausbildung gelernt, doch fiel sie ihm an manchen Tagen schwer. Während seines Theologie-Studiums hatte er sich in die Tochter seiner Zimmerwirtin verliebt, aber sein Kind durfte auf keinen Fall das Licht der Welt erblicken. Danach hatte er sich ein Zimmer im Männerwohnheim gesucht. Er wusste nicht, was aus ihr geworden war, doch die ganze Sache war einer der Gründe gewesen, warum er sich um das Amt auf dieser weltab-geschiedenen Insel beworben hatte. Am Altar entzündete er ein Streichholz und brachte die Gedenkkerze zum Leuchten.

In einer halben Stunde wird Ingmar Christensen dich ablösen. Genauso gut könnt ihr aber auch zusammen die Wache übernehmen, wendete Melker sich zum Gehen.

Eigentlich bin ich, wie soll ich sagen, aus einem anderen Grund hier, druckste Sture herum.

Melker sah ihn mit großen Augen an. Wollte er der Kirche vielleicht eine Spende bringen ?

Es ist so, also, es gibt da was.

Worauf wollte der Mann hinaus ? Hatte er etwa unzüchtige Gedanken ? Im Männerwohnheim damals hatte Melker interessante Erfahrungen gemacht, die ganz und gar neu für ihn gewesen sind, aber offiziell ein Tabu blieben.

Ich muss etwas beichten, Pfarrer.

Oh nein, damit wollte Melker auf keinen Fall etwas zu tun haben. Doch Sture redete jetzt einfach weiter, ohne darauf zu warten, dass der Pfarrer ihm den Platz im Beichtstuhl anbot. Melker sich beruhigte als er erfuhr, was Sture tatsächlich an diesem Morgen bewegte. Er erklärte haarklein, dass er Carlsson wirklich und ausschließlich darum gebeten habe, ihm etwas von seinem gespendeten Geld zurückzugeben, weil er es dringend brauchte. Carlsson habe lange mit ihm diskutiert und ihm schlussendlich einen kleinen Teil des Betrages aus der Schatztruhe wiedergegeben, die Sture eingezahlt hatte, nicht jedoch die Summe, die er sich erbat. Fluchend hatte er dessen Haus verlassen.

Aber umgebracht habe ich ihn nicht. Das musst du mir glauben. Damit habe ich wirklich nichts zu tun. Und wer die Truhe mit dem Geld genommen hat, das weiß ich auch nicht. Wirklich nicht.

Der Pfarrer zeigte nach außen keinerlei Regung. Auf keinen Fall wollte er sich die schiere Freude darüber anmerken lassen, dass diese tradierte Sache hier wieder ins Rollen zu kommen schien. Es war die zweite Beichte eines der

147

Dorfbewohner innerhalb einer Woche. In den Jahren zuvor war der Beichtstuhl zentimeterdick eingestaubt.

Ich vergebe dir, mein Sohn. Bete zwanzig Vaterunser, spende einhundert Kronen für den Heiligen Martin und sündige fortan nicht mehr.

Eigentlich wollte er „dreihundert Kronen" sagen, aber wenn Sture tatsächlich in finanziellen Schwierigkeiten steckte, würde er ihn damit nur verprellen. Hinter Sture trat Melker aus der Kirche. Ein paar kleine Wolken hingen am leuchtendblauen Himmel. Es würde ein herrlicher Tag werden, dachte der Pfarrer. Er hatte noch zehn Minuten Zeit um zu frühstücken, bis der nächste Sünder kam.

34

Mitten in der düsteren Finsternis der Nacht hatte Simons Tag begonnen. Nun, um es etwas weniger pathetisch auszudrücken und zugleich die Tatsache zu berücksichtigen, dass die Sommernächte auf Skröna keineswegs lichtlos sind, ist es treffender zu sagen: Simon hatte die halbe Nacht nicht geschlafen. Um 4 Uhr in der Früh saß er putzmunter in seinem Bett, nachdem er sich stundenlang im Halbschlaf hin und her gewälzt hatte. Was zum einen an den offenbar düsteren Geheimnissen dieser (auf den ersten Blick verschlafen wirkenden) Insel lag und zum anderen daran, dass er sich bereiterklärt hatte, diese aufzuklären und ihm der entscheidende Durchbruch bisher nicht gelungen war. Um ganz und gar bei der Wahrheit zu bleiben: er fühlte sich noch sehr weit davon entfernt. Allerdings brachte all das den Vorteil mit sich, dass das alte Bauernhaus von Görans Ahnen jetzt um 8 Uhr morgens in neuem Glanz erstrahlte. Als Simon damals mit Katja zusammengezogen war, hatte sie ihm recht schnell klar gemacht, dass er sich statt ihrer eine Reinigungskraft als Freundin hätte suchen können und dass sie wette, dass diese dann nach Feierabend genauso wenig von ihrer Arbeit wissen wolle wie Menschen mit anderen Berufen. Irgendwann hatte Simon sogar Gefallen daran gefunden, die Pflichten im Haushalt zu teilen. Denn während er auf den ersten Blick mit scheinbar belanglosen Dingen wie staubsaugen, Fenster putzen und abwaschen beschäftigt war, ging er meist in Gedanken den Text des aktuellen Drehbuchs durch und dachte darüber nach, wie er die Haltung seiner Figur in der einen oder anderen Szene noch plausibler und treffender anlegen könnte. Völlig selbstvergessen hatte er eines Tages dreimal direkt hintereinander *Wagen Sie es ja nicht, sonst !!* (mit jeweils anderer Betonung) zu einem Nachbarn gesagt, der wie er selbst gerade den Müll in die Tonne vor dem Haus kippte. Herr Müller nahm ihm das nicht übel, denn der war ein Fan seiner Krimiserie und freute sich stets, wenn Simon einen Smalltalk im Treppenhaus mit ihm führte. Er hatte keine Ahnung, warum Herr Müller das für eine großzügige Geste von ihm hielt, schließlich waren sie doch Nachbarn. Während er ein Zimmer nach dem anderen vom Staub unzähliger Jahre und von zahlreichen Spinnweben befreite, rief er sich vor Augen, was er bereits an Informationen zum Carlsson-Fall in Erfahrung gebracht hatte. Simon hatte bisher nur ein paar Indizien gesammelt und selbst die ergaben wenig Brauchbares, geschweige denn einen stichhaltigen Verdacht, wer der Täter sei. Lenart Bengtström schien einen triftigen Grund zu haben, sich aus der Geldtruhe, die Carlsson verwahrt hatte, bedienen zu wollen. Aber war er auch in der Lage, dafür zu töten ? Er wirkte eher unbeholfen als kaltblütig. Wobei man die Umstände nicht außer

Acht lassen durfte, die einen Menschen in Not zu einer Affekthandlung treiben konnten. Oder hatte vielleicht jemand von der Beziehung zwischen Carlsson und Svante erfahren und Eifersucht drängte ihn zu dieser Tat ? Dann wäre die gestohlene Truhe womöglich tatsächlich nur ein Mittel gewesen, um das eigentliche Mordmotiv zu verschleiern ? Simon wollte keine voreiligen Schlüsse ziehen, sondern vor allem die richtigen Fragen stellen. Er war vom Putzen dazu übergegangen, die Zimmer aufzuräumen, indem er die Dinge auf den Tischen, in den Regalen und Schränken in eine neue Ordnung brachte. In der Küche hatte er eine hölzerne Kaffeemühle entdeckt, mit der man die Bohnen noch per Hand mahlte und kochte Wasser in einem alten Emaille-Pfeifkessel. Das starke Gebräu sorgte dafür, dass er wach blieb. Er rief sich auch die anderen beiden Fragen ins Gedächtnis, die er sich bereits am Tag der Trauerzeremonie zurechtgelegt hatte. Handelte es sich um einen oder um mehrere Täter ? Nach wie vor war beides möglich. Dann gab es entweder zwei Leute mit demselben Motiv oder mehrere hatten sich aus unterschiedlichen Gründen, aber mit demselben Ziel zusammengetan. In Simons Serie allerdings kam das äußerst selten vor. Normalerweise war es ein Einzeltäter, der entweder im Affekt oder lange geplant zum Mörder wurde. Und der wurde fast immer schon am Anfang einer Folge gezeigt. Meist wirkte er zu diesem Zeitpunkt völlig unschuldig. Und die, die sich als besonders verdächtig hervortaten, waren es am Ende meist doch nicht. Vielleicht konnte das ein Anhaltspunkt sein ? Simon wusste allerdings nicht, wie er dieses Erzählmuster auf die Bürger von Skröna übertragen konnte, schließlich kannte er sie kaum. *Alles zu seiner Zeit*, sagte er sich. Er erinnerte sich an einen Drehbuchautor, den er mal bei einem Bergfest kennengelernt hatte. **Alles zu seiner Zeit,** war dessen Leitspruch, wenn der ein Drehbuch erarbeitete. Sie waren beide schon etwas angetrunken, als der Autor aus dem Nähkästchen zu plaudern begann. Er hatte Simon seinen Trick beim Krimischreiben verraten, eine Art Konstrukt, nach dem er die Handlung aufbaute. Sie hatten dabei immer wieder die Gläser gefüllt, sodass er sich nur noch an Bruchstücke davon erinnerte. Also… der Autor überlegte sich zuerst die komplette Geschichte mit allen möglichen und unmöglichen Verdächtigen und war sich natürlich stets im Klaren darüber, wer der eigentliche Täter ist und warum der diesen Scheiß (also jemanden zu töten) überhaupt machte. Wichtig war es, vor allem den Unschuldigen plausible Motive zu geben, damit man den Zuschauer immer wieder auf die falsche Fährte locken konnte. Das sorgte für die richtige Spannung bei der ganzen Sache. Da gab es zum Beispiel diejenigen, die nicht mehr zum Zuge kamen, weil ihnen der schlussendliche Täter bereits zuvorgekommen war. Oder weil sie einfach wesentlich mehr Gründe hatten, solch eine Tat nicht zu auszuführen. Wenn er die Eckdaten des Falles kennt, nimmt der Autor alle einzelnen Elemente und packt die auf ein Mordfallbrett. Besser gesagt auf eine riesige Pinnwand oder ein Whiteboard oder Ähnliches. Jedenfalls kommt jetzt der entscheidende nächste Schritt… Er zeichnet eine Art Sudoku, dieses japanische Zahlenrätsel, und baut die Einzelelemente Schritt für Schritt in dieses Raster ein. Von Anfang an sind für den Zuschauer Informationen da, die nach und nach vervollständigt werden. **Dabei kommt es vor allem darauf an, welche Informationen du erst mal zurückhältst,** hatte der Autor mit einem verschwörerischen Blick seine Ausführungen beendet. Der Blick könnte auch am Alkohol gelegen haben, korrigierte Simon seine Erinnerungen. Als Schauspieler bekommst du ja die fertige Geschichte immer bereits geliefert, bevor der Zuschauer die Auflösung erfährt. Simon trank einen Schluck Kaffee. Bitter. Zu dumm, dass er die Eckdaten hier nicht kannte. Er musste es nun genau andersherum machen. Den gegenwärtigen Zustand betrachten und Rückschlüsse ziehen. Doch welches Motiv für die Tat könnte es geben ? Welch-e Motiv-e womöglich ? Jemand hätte aus einem anderen Grund als Eifersucht wütend auf Carlsson gewesen sein können, egal in welch hohen Tönen alle von ihm sprachen. Und jemand anderes als Lenart hätte finanzielle Probleme haben können. In „Wer zuletzt lacht" aus Staffel 13 führte der Konkurs eines Unternehmens zu einem Mord. Jemand hatte aufs falsche Pferd gesetzt und sich an der Börse völlig verspekuliert. Als er sich eines Nachts verzweifelt Zutritt zum Firmengebäude verschaffen wollte, hatte er im Affekt einen Wachmann getötet. In Staffel 5 gab es einen Fall, in dem eine Frau ihren Mann vergiftete, weil sie glaubte, dass er sie mit einer anderen betrog. Doch er übte einfach einen Zweitjob aus. Er hatte es seiner Frau verheimlicht, weil er sie mit dem zusätzlichen Einkommen in Form eines exklusiven Urlaubs überraschen wollte, bis sie die Reiseunterlagen fand und seine häufige Abwesenheit in den letzten Monaten falsch deutete. Simon erinnerte sich an diese Nachtszene mit künstlichem Regen aus dem Feuerwehrschlauch an einem See. Nachdem die Frau ihren Irrtum erkannte, hatte jemand ihren Selbstmordversuch vereitelt, indem er sie aus dem Wasser zog. Sie gestand diesem Fremden ihre Schuld und der alarmierte die Polizei, die wiederum die Kripo alarmierte. Während die Frau dem Kommissar die Hintergründe ihrer Tat erklärte, stand er frierend durchnässt daneben. Die Garderobiere hatte ihm einen Neopren-Anzug zum Drunterziehen angeboten und er verzichtete darauf, weil er annahm, die vorgestoppten 50 Sekunden würden schnell im Kasten sein. Beim Lesen hatte er diese Szene gemocht. In der Szene zuvor war er mit seinem Kommissars-Kollegen in einer Kneipe, um sich etwas von der Seele zu reden. Er trank mehr, als er sprach und sein Kollege fuhr ihn gerade nach Hause, als der Anruf kam. Im Subtext der Regen-Szene relativierten sich die temporären Sorgen seiner Figur und er brauchte nicht mal Text dafür zu lernen. Aber dann hatte alles länger gedauert als erwartet. Mehrmals war die Kamera mitten im Take ausgegangen, sodass Ersatz herangeschafft werden musste. Zu spät stellt man fest, dass das Rauschen des Feuerwehrregens der Tonabteilung die Arbeit erschwerte, sodass man erst nach zahlreichen Takes entschied, den Dialog im Studio zu synchronisieren. Und nachdem die Continuity sowohl bei der zweiten als auch der dritten Einstellung mehrfach auf Bewegungsanschlüsse der Gastschauspielerin hinwies, die korrigiert werden mussten, war einmal noch ein Hund durchs Bild gelaufen, den die Blocker der Set-Aufnahmeleitung nicht hatten aufhalten können. Alles in allem hatten sie es auf acht bis zwölf Takes pro Kamera-Einstellung gebracht und Simon verbrachte das anschließende Wochenende mit einer Erkältung, Ingwer-Tee und mit Katjas vorzüglicher Hühnersuppe im Bett. Leider jedoch ohne sie. Er stellte die Kaffeetasse ab und ging nach oben ins Schlafzimmer, wo er sein Handy auflud. **Guten Morgen, hier ist alles okay. Bei euch auch ?** Seine Kinder vermisste er genauso sehr wie seine Frau. Doch er hatte den Leuten von Skröna ein Versprechen gegeben und musste diese Aufgabe erfüllen. Beim Aufräumen des alten Bauernhauses hatte er sich gefragt, ob Carlsson seinen Mörder vielleicht deshalb ins Haus gelassen hatte, weil dieser vorgab, etwas in die Truhe einzahlen zu wollen.

Vielleicht ging es hier tatsächlich nur um schnödes Geld. Jeder, der an die westliche Zivilisation angebunden ist, konnte schließlich welches gebrauchen. Vielleicht hatte jemand den Plan ausgeheckt, die Truhe an sich zu reißen und musste dafür Carlsson aus dem Weg schaffen. Wenn er mit seinen Ermittlungen weiter vorankommen wollte, musste er die Leute hier ein bisschen besser kennenlernen. Und mit denen reden, die sie besser kennen könnten. Vielleicht wussten ja die Wirtsleute im **WASA-HUS** etwas über die finanziellen Nöte des einen oder anderen ihrer Mitbürger. Doch wer das Geld gestohlen hatte, war damit womöglich längst über alle Berge. Wozu das Risiko eingehen, dass das Geld gefunden werden und den Täter überführen konnte ? Vielleicht war es ja längst ausgegeben. Hatte jemand beim Gedächtnis-Essen gefehlt ? Oder in der Kirche ? Wie er aus zahlreichen Krimi-Drehbüchern wusste, verhielten sich Verbrecher oft nicht logisch und vor allem anders als sonst. Und genau das verriet sie am Ende. Auf so einer winzigen Insel müsste das doch leicht auffallen. Dieser Gedanke machte Simon zuversichtlich, dass er den oder die Täter bald schon überführen würde. Er brauchte dazu im Grunde nur die Hilfe der Einheimischen, sagte er sich wie ein Mantra. Der Arzt und der Anwalt hatten sich bisher nicht besonders kooperativ gezeigt und Kristian hatte gemeint, dass die Skrönaer nicht gerne mit Fremden reden, nun gut. Doch wenn jemandem an der Aufklärung des Falles gelegen war, dann war es der Bürgermeister, der ihn mit den Ermittlungen betraut hatte. Vielleicht fand sich der Täter ja schneller als gedacht und ihm blieben am Ende doch noch ein paar Tage ganz für sich. Mit diesem Gedanken schlüpfte er in seine Sportklamotten und schnürte seine Joggingschuhe zu. Das Haus strahlte nach seiner Putzaktion neue Energie aus und er wollte beim Sport neue Energie tanken. Es war jetzt drei Minuten nach 8 Uhr und Simon machte sich auf den Weg zum Strand. Göran hatte ihm von einer Abkürzung erzählt, die durch den Wald führte. In Anbetracht der Umstände seines letzten Ausflugs in den Wald, entschied er sich allerdings dafür, die Straße am Meer entlang zu laufen. Schließlich wollte er pünktlich zurück sein, wenn Kristian ihn zum 11-Uhr-Termin im Gemeindehaus abholte.

35

Aus ungeahnter Ferne hell plätschernd, rollten die Wellen der Ostsee leise klatschend an diesem neuen Morgen ans Ufer von Skröna. Gleichförmig und sacht. Als vielfarbiges Geflecht, gesprenkelt mit ein paar Wolkentupfen, streckte sich der Himmel bis zum Horizont. Mit ausgebreiteten Schwingen dahintreibend, kreischte glucksend eine Handvoll Möwen, als schnürte ihnen jemand die Luft ab. Unter Simons Sohlen knirschte es leise, als er die ersten Spuren dieses Tages im weichen Sand hinterließ.

36

Findest du wirklich, dass deine Fragen einem Bürgermeister gegenüber angemessen sind?
Während Axel Wallenberg seine Frage mit einem Unterton nicht zu überhörender Abweisung an Simon richtete, bedachte er zugleich den Dorfpolizisten mit einem vorwurfsvollen Blick. Kristian hatte dem deutschen Kommissar vergeblich diverse Vorschläge zu machen versucht, welche fallrelevanten Erledigungen er in der Zwischenzeit

tätigen könne, als sie am Gemeindehaus ankamen. Simon bestand darauf, dass Kristian an der Befragung des Bürgermeisters zum Grundstücksstreit mit Lenart Bengtström teilnahm. Als ihn vor einer Woche die Nachricht von Carlssons unnatürlichem Ableben erreichte, während er gerade die Bleistifte auf der Polizeiwache anspitzte, hatte sich in seine Betroffenheit zugleich eine leichte Freude gemischt. Keine echte Freude natürlich, kein Gefühl von grenzenloser Leichtigkeit, von innerer Wärme, die auch alles Äußere in hellem Licht erstrahlen ließ. Nein, das eher nicht. Sondern das freudige Bewusstsein, dass er jetzt seinen ersten Mordfall aufklären würde. Allerdings brachte dieser ausländische Kommissar eine gewisse Unruhe in seinen Plan hinein, endlich zu beweisen, was er wirklich drauf hatte. Die Befragung der unangetasteten Oberhäupter der Gemeinde bereitete ihm ein eindeutiges Unbehagen. Und als er den Deutschen vorhin an Görans Grundstück abholen wollte, bat der ihn, sich dessen Rekonstruktion eines möglichen Tatherganges anzusehen. „Zuschauen", hatte Simon tatsächlich gesagt. Dann stellte er sich in Position und sprach mit einer Stimme, deren Tonlage an die von Lenart erinnerte… dass er es ungerecht fände, selbst so viel Geld in die Truhe für die Pension getan zu haben, während der Bürgermeister ihm bloß einen Spottpreis für das Grundstück gezahlt hatte. Dann stellte er sich genau dorthin, wohin er gerade gesprochen hatte und sprach mit der Stimme eines sehr alten Mannes, dass das einmal eingezahlte Geld nun der gesamten Gemeinde diene. Zwei Sekunden später stand er wieder am Platz zuvor und sprach wie Lenart, dass die niedrige Kaufsumme, die ihm die Gemeinde für das Grundstück gegeben habe, bereits genug des Dienstes für das Wohl aller wäre und dass er jetzt wenigstens die Hälfte seines Finanzbeitrages wiederhaben wolle. Mit der Stimme des alten Mannes, in der ein gewisser Nachdruck mitschwang, verwehrte Simon es dem anderen, dessen Platz er sogleich wieder einnahm. Als Lenart stampfte er wütend mit dem linken Fuß auf (wobei er ein paar Gänseblümchen zertrat), verzog sein Gesicht zu einer furchtbaren Grimasse, donnerte heraus, dass das ein Nachspiel haben werde und stieß mit einem heftigen Tritt die Gartenbank um. Dann legte er sich auf den Boden, fasste sich mit schmerzverzerrtem Gesicht an den Hinterkopf und ließ ein deutliches Röcheln vernehmen. Kristian war sprachlos. Er gewann mehr und mehr den Eindruck, dass die Kollegen in Deutschland ganz anders an eine Fallaufklärung herangingen, als er es hier auf der Polizeihochschule gelernt hatte. Die Darstellung des Kommissars war äußerst lebendig gewesen und ließ sogar eine gewisse Authentizität nicht vermissen. Denn als Kristian vor zwei Jahren eine Kneipenschlägerei im **WASAHUS** verhindern musste, war Lenart genauso wütend aufgetreten, wie er es im Garten von Göran gerade erlebt hatte. Eines jedoch machte ihn stutzig.

Carlssons Sofa war doch gar nicht umgestoßen, erinnerte er sich. Simon war es gewohnt, nicht für jede seiner künstlerischen Leistungen frenetischen Applaus oder eine ähnliche Art von Bestätigung zu bekommen. Schon gar nicht, seit er inzwischen fast nur noch beim Film arbeitete, wo das Publikum stets aus einer Gruppe von Leuten bestand, die gerade alle selbst damit beschäftigt waren zu arbeiten, während sie ihm zuschauten. JEDES PUBLIKUM IST ANDERS. UND JEDER IM PUBLIKUM IST GENAUSO EINZIGARTIG WIE IHR ALS SCHAUSPIELER. Da Kristian in diesem Fall sein einziger Zuschauer war, traf es Simon doch ein wenig, dass der das

Offensichtliche nicht erkannte. Carlsson **war** die Garten-bank. Aber er wollte sich mit Kristian nicht streiten.

Ja, schon, aber… Lenart hat das Sofa vielleicht wieder aufgestellt, als wäre nichts passiert. Hat ein bisschen Ordnung gemacht und ist dann einfach gegangen, argumentierte Simon.

Du meinst also, Carlsson ist durch den Tritt vom Sofa gefallen und somit handelt es sich um Totschlag, um Mord im Affekt ?, fragte Kristian interessiert.

Möglich wäre es jedenfalls, sinnierte Simon, stand wieder auf und klopfte sich den Staub aus den Kleidern.

Ohne ein weiteres Wort stiegen sie ins Auto und fuhren zum Gemeindehaus. Der Bürgermeister hatte ihnen beiden einen Stuhl angeboten, doch Kristian blieb vorsichtshalber stehen.

Ich schau mal nach, ob Viveka irgendetwas braucht, räusperte er sich und wandte sich zum Gehen.

Zwei fragende Augenpaare richteten sich auf ihn.

Ich meine, ich befrage mal Viveka, ob ihr irgendetwas aufgefallen ist, korrigierte er sich selbst.

Du kannst sie mal fragen, wo der Kaffee bleibt, knurrte Axel.

Und sie soll bitte alle Unterlagen zu Lenarts Grundstück raussuchen, ergänzte Simon.

Auch er fühlte sich irgendwie unbehaglich in Axels Nähe. Es war nicht zu übersehen, dass der lieber über etwas anderes mit seinem Besucher gesprochen hätte. Abgesehen davon hatte er sich die Unterlagen zur Grundstückssache bereits selbst vorgenommen an diesem Morgen. Viveka war überrascht, als sie 10 nach 8 ins Büro kam und den Bürger-meister dort in Akten vertieft sah. Nach der abendlichen Unterredung mit Stig und dem nächtlichen Anruf von Kristian war er vorgewarnt und vorsichtshalber die Akte noch einmal durchgegangen, um unbedachte Notizen zu entfernen und um ganz nebenbei den größten Teil diverser anderer Akten von seinem Büro ins verschlossene Hinterzimmer umzulagern. Als Kristian die Tür hinter sich schloss, versuchte Axel das Gespräch auf die aktuellen Aktivitäten seiner Mitbürger zu lenken. Jeder von ihnen engagierte sich auf seine Weise für die Gemeinde und die bevorstehende Prüfung durch DIE JURY.

Hab ich dir schon erzählt, dass der Chor unserer Volksuniversität eine Theateraufführung für den Besuch der JURY vorbereitet ?, wechselte Axel bedächtig in eine entspannte Tonlage.

Beim Wort „Theateraufführung" war Simons Interesse sofort geweckt. Wessen Geschichte sollte erzählt werden ? Was durchlebten die Figuren ? In welcher Zeit spielte die Handlung ? Sollte der Zuschauer durch technische Installationen verblendet oder durch die Kunst der Schauspielerei verführt werden ? Immerhin braucht es kein großes Budget, um eine Bühne herzuzaubern. Axel registrierte die Neugier in den Augen des Kommissars und lächelte zufrieden in sich hinein, wie einfach es ihm doch stets aufs Neue gelang, durch ein paar mit Kalkül gewählte Worte sein Gegenüber zu manipulieren.

Davon wusste ich noch gar nichts, platzte Simon freudig heraus. Immerhin betrat er mit diesem Thema sicheres Terrain.

Ja, mein Freund, gluckste Axel vor sich hin, *ich erzähl dir davon.*

Nebenan rumpelte es. Darauf folgte ein Poltern, als wäre etwas zu Boden gefallen. Simons Blick richtete sich auf die Tür und er war im Begriff aufzustehen. Doch Axel konnte jetzt keine Ablenkung gebrauchen.

Lars hat zusammen mit der Gruppe ein Stück geschrieben, das vom Besuch des Gustav Vasa auf unserer schönen Insel erzählt. Der Gründervater unseres heutigen Schwedens war auf der Flucht vor den dänischen Truppen durchs halbe Land gereist und unsere Vorfahren gewährten ihm Unterschlupf, musst du wissen. In seiner Stimme schwang echter Stolz mit.

Da erinnerte sich Simon an die Worte von Jonte, dem Architekten. „Unsere kleine Pension soll ein Symbol werden. Für den Weltfrieden." Deshalb war er hier. Sie zählten auf den vermeintlichen Kommissar, auf ihn, Simon Alexander Franke, um ihr Bauwerk zu vollenden und er hatte es ihnen versprochen. Wieauchimmer er das anstellen würde – es spielte keine Rolle, ob jemand Bürgermeister war oder nicht, wenn es galt, die Wahrheit ans Licht zu bringen. In den Augen der Bürger von Skröna war er der erfahrene Kommissar. Und er wollte sie nicht enttäuschen.

WEnn IHR EUCH SICHER SEID, WELCHE HaLTUnO EURER FIOUR EntSPRICHt, Dann LaSSt EUCH DURCH nICHtS aBLEnKEn. SOnSt WERDEt IHR UnOLaUBWÜRDIO.

Gut, Axel, lass uns über die Pension sprechen und über das Grundstück, konzentrierte er sich wieder.

Axel verstand nicht, wie er die Kontrolle über den Vertreter des Gesetzes verloren hatte, aber es war offensichtlich nicht zu ändern.

Was willst du denn noch wissen ?, brummte er vor sich hin.

In diesem Moment wurde die Tür aufgerissen und Kristian stolperte herein. Seinem Blick war nichts anzumerken, als er sich auf den Stuhl plumpsen ließ, den Axel ihm vorhin angeboten hatte. Viveka kam mit der Kaffeekanne hinterher, goss allen ein (außer Kristian, der höflich dankend ablehnte) und verließ die Männerrunde wieder. Axel holte mit großer Geste die Bengtström-Akte aus dem Regal und legte sie offen vor Simon auf den Tisch.

Es steht alles hier drin, übernahm er wieder die Führung, *alles was du wissen musst.*

Ich möchte wissen, was dran ist an dem Gerücht, du hättest Lenart beim Grundstückskauf übergangen, versuchte Simon das Steuer zu übernehmen.

Es ist ein Gerücht, mehr nicht. Wer hat sich denn sowas ausgedacht ?

Immerhin wurde in Schweden wenig nach außen getragen und jede Ausgabe des **Inselblatt**es, das Lars mit einer Gruppe von Hobby-Journalisten an der Volksuniversität produzierte, wurde nur mit Axels Zustimmung gedruckt. Er sagte sich, dass da nichts durchgesickert sein könne. Oder hatte jemand in seinen Unterlagen geschnüffelt ? Unmöglich ! Den alten Vertrag hatte er noch am Abend der Unterzeichnung auf dem Grill unter ein paar Stücken Wildfleisch vernichtet. Simon konnte auf den ersten Blick nichts Unrechtes erkennen und lieh sich die Akte für die nächsten Tage aus. Axel zeigte sich dabei gönnerhaft und Kristian pflichtete ihm bei, dass es unnötig sei, dass Viveka extra eine Kopie anfertigte. Simons Blick schweifte über die Wände von Axels Büro. Über ein paar Urkunden, deren Inhalt ihm verborgen blieb, thronte ein riesiges Elchgeweih.

Hast du ein Gewehr, Axel ?, fragte Simon.

Natürlich, kam prompt als Antwort.

Ich *wüsste nicht, wer von uns keines hat. Außer vielleicht Svante Arboga. Es sei denn, das von ihrem Mann liegt noch bei ihr auf dem Dachboden.*

Svante ist verheiratet ?, verfolgte Simon aufgeregt in Gedanken bereits eine neue Spur. Ein ausgesprochen eifersüchtiger Ehemann (vielleicht hatten sie sich nur auf Zeit getrennt oder die Trennung war noch ganz frisch) konnte immerhin zu so einem Mord fähig sein. Egal, ob es nun vorsätzlich geschah oder im Affekt. Die Produzenten vom Sender jedenfalls schienen so ein Tatmotiv für glaubwürdig genug zu halten, so oft wie es in den bisherigen 14 Staffeln schon vorgekommen war.

Wann hat sie sich denn von ihm getrennt ?, begann er schrittweise nachzuhaken.

So war es nicht. Er hat sich von ihr getrennt, sagte Axel sachlich. Aber wie sollte es dann eine Eifersuchtstat gewesen sein ? Simons Gedanken kreisten. Vielleicht hatte er einfach die Nase voll von ihren Affären und trennte sich, um einen Schlussstrich unter die Ehe zu ziehen. Und hatte sich im tiefsten Inneren doch noch nicht von ihr gelöst. Dann konnte er logischerweise noch immer eifersüchtig sein. Ja, so ergab es einen Sinn.

Wie oft haben sich die beiden denn noch gesehen ?, war demnach eine plausible Frage.

In den letzten 7 Jahren gar nicht mehr. Erinnerst du dich noch daran, Kristian, wann genau Helge gestorben ist ?, wendete sich Axel an den Polizisten.

Kristian wusste es zwar noch auf den Tag genau, doch damit löste sich Simons mögliche Spur kurzerhand in Luft auf. Axel nutzte die offensichtliche Ratlosigkeit des Kommissars und griff zum Telefon, während er gleichzeitig demonstrativ in einer Mappe blätterte.

Entschuldige Simon, ich muss dann mal weitermachen, versuchte er, den ungebetenen Gast hinauszukomplimentieren.

Wenn noch was ist, kannst du ja wieder einen Termin vereinbaren. Viveka wird euch hinausbegleiten.

Kristian räusperte sich.

Gibt es eigentlich eine Kopie von der Liste der Einzahlungen in die Truhe ?

Überrascht wechselte Axels Blick zwischen Kristian und Simon hin und her. Simon freute sich über Kristians Frage, denn es war eine gute Überleitung zu der, die er selbst stellen wollte.

Hat Carlsson dich über die Höhe der Einzahlungen informiert ?
Axel verschlug es die Sprache, denn die beiden berührten einen wunden Punkt. Vergeblich hatte er versucht, die bisherige Summe der Zahlungseingänge in Erfahrung zu bringen. Carlsson hielt sich eisern an die Verschwiegenheitsvereinbarung, die er mit allen Dorfbewohnern getroffen hatte. Schließlich war er nicht das Finanzamt, von dem die Schweden es gewohnt waren, dass sich jeder dort nach der Höhe des Gehalts von jedwedem erkundigen konnte. Es sollte schlussendlich nur von Belang sein, was am Ende zusammenkam. Schließlich hatte jeder zugesagt, so viel zu geben, wie es ihm möglich war. Zuletzt probierte Axel es am Dienstagabend im **WASAHUS**, aber dieser störrische Alte hatte sich einfach durch nichts unter Druck setzen lassen.

Nein, darüber hat er mir nie etwas gesagt. Ich hab ihn vor ein paar Wochen mal gefragt, aber er war eben manchmal etwas schweigsam. Der gute Carlsson. Möge er in Frieden ruhen. Verdient hat er es sich ja.

Wann hast du denn Carlsson das letzte Mal gesprochen, Axel ?, nahm Simon den Faden auf.
Kristian erinnerte sich noch gut daran, dass er Carlsson mit Axel, Lars und Stig am Dienstagabend noch am Stammtisch sitzen sah. Es war allein schon deshalb auffällig, weil Carlsson nie mit Axel oder einem der anderen vom Stammtisch zusammen trank. Kurz nach 22 Uhr hatte Kristian das **WASAHUS** verlassen, da saßen sie noch zusammen. Carlsson wirkte sehr, sehr ruhig und ernst und Axel bestellte gerade einen Schnaps für ihn. Ruhig und ernst sah Kristian jetzt Axel an, der sich daran erinnerte, den Polizisten dummerweise an diesem Abend dort

gesehen zu haben. Das Gespräch mit Carlsson zu leugnen, würde ihn verdächtig erscheinen lassen.

Gesehen ? Naja, wir haben ein Bier zusammen getrunken. Am Dienstag im Wirtshaus, sagte er wahrheitsgemäß.

Es waren genau drei Biere und Carlsson hatte den Schnaps nicht angerührt.

Und worüber habt ihr gesprochen ?, wollte Simon wissen.

Ach, wir reden nicht viel, wir Schweden. Wir trinken lieber einen zusammen.

Axel war sich sicher, dass Kristian nicht gehört hatte, worüber sie sprachen und wenn er diesem nervigen Kommissar sagen würde, dass er ein weiteres Mal vergeblich versucht hatte, Carlsson zu überzeugen, dass er nach dessen Tod der bessere Eigentümer für dessen Grundstück wäre als so eine anrüchige Stiftung für krebskranke Kinder, würde der nur weitere störende Fragen stellen. Stig war auch dabei gewesen und hätte den Kaufvertrag gleich abgesegnet. Zum Teufel mit diesem Carlsson, warum hatte der sein Testament denn nicht einfach ändern wollen !? Jetzt war es zu spät.

War noch jemand dabei ?, fragte Kristian, der sich erinnerte, Stig und Lars mit am Tisch gesehen zu haben.

Also Stig und Lars, unser Lehrer, antwortete Axel knapp.

Stig würde mit Sicherheit nichts über den Abend verraten und Lars würde er dann schon noch instruieren, dem Deutschen nichts zu sagen.

Wir haben über die Autobrücke geredet. Carlsson gehörte ja zum harten Kern der Gemeinde, seit er das Geld verwahrte. Ein Männerabend, wenn du verstehst, was ich meine. Stig und Lars werden dir das bestätigen, versuchte er Gelassenheit vorzutäuschen und trank seinen Kaffee, um sich nicht doch noch zu verplappern.

Weißt du etwas davon, dass Carlsson sein Grundstück einer Kinderkrebsstiftung vermachen wollte nach seinem Tod ?, fragte Kristian.

Axel spuckte den letzten Schluck zurück in die Tasse und schüttelte heftig den Kopf.

Damit habe ich wirklich nichts zu tun. Da müsst ihr Stig fragen, unseren Anwalt. Carlsson hat nie viel von sich erzählt. So sind wir hier eben.

Er hoffte, dass der Kommissar endlich von weiteren Fragen abließ. Für einen Moment legte sich ein unbestimmtes Schweigen über die Männer im Raum. Draußen klapperten Vivekas Absätze übers Parkett. Simon fragte sich, was er den Bürgermeister sonst noch fragen könnte. Carlsson war der springende Punkt. Was wusste er eigentlich über den Toten, fragte er sich. Zu dumm, dass er nie mal mit echten Kommissaren unterwegs gewesen ist oder mit Polizisten auf Streife gefahren war, wie die amerikanischen Schauspieler, wenn die sich auf eine Rolle in einem Krimi vorbereiten. **Einen Krimi zu erzählen, bedeutet, die Vorgeschichte der Tat zum Gegenstand der Handlung zu machen,** hatte der Drehbuchautor beim Bergfest noch gesagt. Simon musste also die Vorgeschichte in Erfahrung bringen. Und wenn er schon nicht wusste, welche Vorgeschichte der Täter hatte, dann kam er vielleicht mit der Vorgeschichte von Carlsson weiter. So könnte er sich dem Motiv des Täters annähern.

Aber wenn ihr beide schon immer hier lebt, musst du doch irgendetwas über ihn wissen, Axel. Immerhin bist du der Bürgermeister.

Was bildete sich dieser Kommissar eigentlich ein ? So ein Unsinn ! Als Bürgermeister hatte er Besseres zu tun, als sich mit den Befindlichkeiten der Leute auseinanderzusetzen. Bis zur nächsten Wahl war es schließlich noch lange hin.

Da kannst du besser Lars fragen. Der leitet unsere Volksuniversität. Ich weiß nur, dass Carlsson sich dort oft aufgehalten hat.

Und wann kann man Lars dort treffen?

Praktisch jeden Abend, übernahm Kristian ausnahmsweise für den Bürgermeister das Wort.

Beim Hinausgehen klang Simon eine Aussage im Ohr. „Möge er in Frieden ruhen. Verdient hat er es sich ja." Bisher gab es keinen dringenden Tatverdacht gegen Axel. Vielleicht würde er da nochmal nachhaken. Bei allen Unklarheiten, die es momentan in diesem Fall gab, war eines sicher: Um den Kreis der Verdächtigen auf mindestens einen potentiellen Täter sowohl aufzustocken als auch einzugrenzen, war noch einiges an Arbeit zu leisten.

37

Nein, verdammt noch mal! Wir können doch nicht ein Pferd frei auf dem Festplatz herumlaufen lassen, donnerte Lars´ Stimme hinter der Tür.

Wie oft soll ich das denn noch sagen?!

Ja schon, aber Happy Destiny ist wirklich ganz zahm, bat die freundliche Stimme eines älteren Mannes um Verständnis. *Meine Enkelin könnte sie führen. Die bettelt mich seit Wochen darum.*

Kristian konnte sich ein Schmunzeln nicht verkneifen und Simon runzelte fragend die Stirn. Beide trugen die blauen Überzieher aus Plaste über ihren Schuhen, die im Eingangsbereich der Volksuniversität für jeden Besucher bereitlagen. Über der Treppe leuchtete sonnengelb der Schriftzug: AUSTAUSCHEN – LERNEN – NEUES

166

ENTDECKEN, hatte Kristian ihm übersetzt. Auf einer Liste an der Wand war verzeichnet, welche Kurse in welchem Raum heute stattfanden. Sie waren in den ersten Stock gestiegen und als sie den Gang betraten, brauchten sie das Zimmer gar nicht erst zu suchen.

Diese Diskussion haben sie erst letzte Woche im **WASA-HUS** *geführt, so dass es jeder mitbekam*, erklärte Kristian seinem Vorgesetzten, dessen Klopfen drinnen offensichtlich niemand gehört hatte.

Dabei legt Lars größten Wert darauf, dass absolut niemand vor der Premiere erfährt, was genau im Stück passiert.

Als Schauspieler hatte Simon selbst nach jahrelanger Berufserfahrung ein mulmiges Gefühl, in eine Theaterprobe hinein zu platzen. ES SPIELT KEINE ROLLE, WER DU BIST. EINE PROBE STÖRT MAN NICHT.

Nicht mal den Titel wollte er dem Komitee verraten, das für die Planung der Feier am JURY-Tag verantwortlich ist.

Das erinnerte Simon daran, dass er hier die Rolle des Kommissars spielte. Da durfte man praktisch fast alles, sagte er sich. Der Zweck heiligt die Mittel, redete er sich Mut zu und klopfte ein zweites Mal. Diesmal etwas lauter.

Ihr stellt euch hinten auf und Eilif, du kommst von hier, aus dem Publikum. Symbolisch, verstehst du?

Sollten wir nicht erst noch klären, was mit dem Pferd wird?, fragte eine freundliche Frauenstimme.

Niemand rief die beiden herein oder öffnete ihnen die Tür. Jetzt oder nie, nachher sind sie mitten im Spiel, dachte Simon und drückte die Klinke herunter.

Jetzt reicht's aber!

Kristian blieb dicht hinter Simon, der abrupt stehengeblieben war. Eigentlich galt der Ausruf den Darstellern, aber Lars konnte die Energie dieses Moments gut gebrauchen, um die ungebetenen und unangemeldeten Gäste in die Schranken zu weisen. Schließlich befand sich dieser deutsche Kommissar hier auf seinem Hoheitsgebiet.

Was wollt ihr denn hier? Könntet ihr bitte draußen warten?, sagte er schroff.

Automatisch ging Simon zwei Schritte zurück, wobei er fast über Kristian gestolpert wäre.

Wir machen gleich weiter, wendete der Lehrer sich an sein Ensemble aus Laiendarstellern.

In der Zwischenzeit geht jeder von euch nochmal seinen Text durch. Dann trat er vor die Tür, schloss sie hinter sich und sah Simon und Kristian betont gleichgültig an, als würde er schlicht eine Erklärung für ihren unpassenden Auftritt erwarten. Kristian fühlte sich in Lars´ Gegenwart nicht ganz so unwohl wie bei der Befragung von Axel und Stig. Doch er fragte sich, ob er sich gerade verhört hatte, denn Simon entschuldigte sich in aller Form für ihren unangemeldeten Besuch.

Trotzdem müssen wir mit dir reden, sagte der Kommissar vorsichtig.

Lars überlegte ernsthaft, wann er einen freien Termin hatte und lud sie für morgen am frühen Abend zu einem Gespräch in sein Büro am Ende des Ganges ein. Zwei Sekunden später schlug er den beiden die Tür vor der Nase zu. Als sie sich die Überzieher von den Schuhen streiften und nach draußen in die Sonne traten, sah Kristian seinen Vorgesetzten noch immer mit großen Augen an. Lars war der erste der Würdenträger Skrönas, von dem der Kommissar sich abwimmeln ließ. Da weder Simon noch Kristian zu diesem Zeitpunkt etwas Besseres einfiel, als den Leiter der Volksuniversität zu Carlssons Sozialleben zu befragen, um auf eine mögliche neue Spur zu kommen, die endlich zur Ergreifung eines wieauchimmer gearteten

Täters führen würde, beschlossen sie, zum Mittagessen zu Maria zu fahren.

38

Ein leichter Wind wehte über die Insel, die Grillen zirpten und zwei Libellen kreuzten seinen Weg. Simon nutzte das scheinbar endlose Licht des Abends, um eine Runde zu joggen. Am Strand hatte er eine Weile innegehalten und sich auf das Rauschen des Meeres konzentriert. Jeder Gedanke fiel in diesem Moment von ihm ab. Für einen kurzen Augenblick machte er sich völlig frei von allem. Dann zog er seine Schuhe aus und ging das restliche Stück des Weges barfuß zurück zum Haus. Er würde Lars einfach morgen fragen, ob er bei der nächsten Probe zuschauen darf. Es war lange her, dass er zuletzt Teil einer Probe für eine Theateraufführung gewesen ist und auf den berühmten Brettern gestanden hatte. Sie waren sein Sprungbrett zum Film und zum Fernsehen gewesen. Caroline Peters, eine Kollegin von ihm, hat mal gesagt: „Theater ist eine Art Flaschenpost". Da schreibt jemand irgendwann einen Text und schickt ihn auf die Reise. Der es schreibt, hat keine Ahnung, bei wem seine Geschichte ankommt und wann es passiert. Und dann ? Wenn du als Schauspieler diesen Text hier und heute sprichst, präsentierst, verbindest du die Vergangenheit mit der Gegenwart. Die Vergangenheit beeinflusst die Gegenwart und damit auch die Zukunft. Die immer wieder neue Gegenwart. Das Bild des Regisseurs kam ihn ihm hoch, desjenigen, der vor einer Woche seinen Rauswurf veranlasst hatte. Es war nur eine einzige Woche her und doch schienen Lichtjahre seitdem vergangen. Er trat durchs Tor von Görans Grundstück und ging zum alten Bauernhaus. Kein Mensch kann die Vergangenheit ändern, außer vielleicht in den Geschichtsbüchern. Doch jeder Mensch kann die Gegenwart beeinflussen, also die zukünftige Vergangenheit. Und damit er seiner gegenwärtigen Rolle gerecht werden würde und einen Mörder oder wenigstens eine Truhe für die Skrönaer findet, wird er morgen Abend Lehrer Lars zu Carlssons Vergangenheit befragen, sagte sich Simon. Und hoffte, dass der ihn bei der nächsten Probe für die bevorstehende Theateraufführung zuschauen ließ. Er erwartete keine darstellerische Glanzleistung, die auf dieser ART VON GENIALITÄT beruht, WENN SICH EIN MENSCH FREI VON ALLEM MACHT, WENN ER SICH VOLLKOMMEN AUF DEN MOMENT DER GEGENWART EINLÄSST. AUF DIESE WEISE LEGT IHR EUREM GEGENÜBER EURE SEELE OFFEN. DAS IST DIE REINSTE FORM DES SCHAUSPIELS. MIT NICHTS ANDEREM BERÜHRT IHR EUER PUBLIKUM TIEFER. Das war es, was er immer gewollte hatte. Deshalb hatte er den Beruf des Schauspielers gewählt. Um andere Menschen zu berühren. Und das Theater hatte ihm die Freiheit gegeben, sich eine Leichtigkeit zu bewahren. Wenn Shakespeare Recht hatte und jeder Mensch ein Schauspieler ist, dann hatte ja jeder die Möglichkeit – egal ob er am Theater arbeitete oder ob er überhaupt arbeitete – sich diese Leichtigkeit zu bewahren. Sie verlieh einem Menschen ungeahnte Kraft und half ihm stets aufs Neue durch alle Wechselfälle und Wirrungen des Lebens. Mit diesem Gedanken schnappte er sich seine Zahnbürste und sein Handtuch und ging barfuß durch den Garten bis zum Brunnen. Und falls Lars ihm nicht erlaubte, bei der nächsten Probe zuzuschauen, dann würde er eben auf seinem Recht als ermittelnder Kommissar bestehen.

39

Auf den ersten Blick sah es so aus, als würde sie schlafen. Nur ein kurzes Blinzeln verriet, dass sie hellwach war. Für den Hauch eines Augenblicks öffnete sie halb ihre Lider und schloss sie beinahe im selben Moment. Sie kniff sie zu. Mehrmals hintereinander wiederholte sich diese unmerkliche Bewegung ihres Gesichtes. Alles andere an ihr strahlte reine Ruhe aus. Doch diese Bewegungslosigkeit täuschte darüber hinweg, dass sie jederzeit bereit war zum Sprung, wenn es die Umstände erforderten. Simon betrachtete die Katze in einem der Fenster des Erdgeschosses eine Weile. Jedes Mal, wenn sie die Lider zukniff, wirkte es wie ein bestätigendes Nicken, mit dem sie ihm sagte, dass alles gut sei.

Das ist Gunillas Katze, sagte Kristian. *Gunilla leitet den Handarbeitszirkel. Nadelbinden und sowas. Die machen auch die Kostüme für die Theateraufführung.*

Die beiden hatten es sich im Garten der Volksuniversität gemütlich gemacht. Hier in der Sonne ließ es sich besser auf Lars warten als drinnen vor seinem Büro. Er war zum vereinbarten Termin nicht erschienen, doch Kristian war sich sicher, dass er sich bloß verspätet hatte. Lars ließ keine Gelegenheit aus, sich und seine Volksuniversität zu präsentieren, versicherte er seinem Vorgesetzten. Und dass in so kurzer Zeit noch jemand Weiteres das Zeitliche gesegnet hatte, hielten beide für unwahrscheinlich.

Dass in dieser britischen Krimiserie immer gleich drei oder vier Bewohner eines Dorfes vom selben Täter ermordet werden, ist statistisch gesehen doch total unwahrscheinlich, meinte Kristian.

Meinst du „MIDSOMER MURDERS"?

Ja, genau diese.

„INSPECTOR BARNABY" heißt die bei uns in Deutschland.

Schon komisch, auf was solche Drehbuchautoren so alles kommen, meinte Kristian.

Was hältst du überhaupt davon, wie die Leute im Filmgeschäft unsere Arbeit darstellen ?

Kristian schaute ganz gerne mal die eine oder andere Krimi-Serie. Im Fernsehen und auf Netflix. Da passierte wenigstens was. Anders als hier. Zumindest bis vor Kurzem noch. Und es gefiel ihm, dass er mit einem Ranghöheren so entspannt reden konnte. Er freute sich sehr, dass Simon auf die Insel gekommen war. Axel dagegen hörte ihm oft gar nicht richtig zu.

Magst du Krimi-Serien ?

Naja weißt du, Kristian, im Grunde ja. Aber es gibt solche und solche Tage.

Mit so einer Antwort hatte der Nachwuchspolizist nicht gerechnet. Hatte Simon denn keine Lieblings-Serie ?

Und ich bin mir ziemlich sicher, dass die Drehbuchautoren im Grunde viel weniger Entscheidungen treffen bei der Herstellung einer Serie, als man denkt. Da reden so viele Leute rein und ändern die Geschichten, wie es ihnen passt, da haben die Autoren oft gar nichts zu melden. Die kennt ja normalerweise auch kein Mensch. Bei einer Feier hab ich mal mit einem gesprochen, der hat mir erzählt…

Abrupt hielt Simon inne, denn in diesem Moment kam Lars durchs Tor in den kleinen Vorgarten der Volksuniversität geeilt. Dabei hätte Kristian zu gerne gewusst, was ein Kriminalist und ein Autor sich zu erzählen hatten. Vielleicht fand sich ja später eine Gelegenheit, Simon nochmal darauf anzusprechen. Lars kam direkt auf die beiden zu. Mit einem Satz verschwand die Katze vom Fenster.

Entschuldigt bitte meine Verspätung. Ich hatte ein sehr wichtiges Meeting in der Stadt. Hoffentlich bekommen wir bald unsere

Autobrücke. Bevor Herkes Fähre endgültig den Geist aufgibt. Naja, ist ja nicht seine Schuld. Dann schnappt euch mal die Überzieher.
Mit diesen Worten verschwand er im Eingang der Schule.

Na los, wo bleibt ihr denn ?!, rief er mit der unmissverständlichen Aufforderung eines Lehrers an seine Schüler, ihm zu folgen.

Kristian kannte diesen Ton von Lars bereits seit seiner Jugend. Lars hatte damals den Orientierungslauf-Kurs angeboten und er hatte begeistert mitgemacht. Er hielt Lars aufgrund dessen aufgeblasener Art nicht gerade für jemanden, an dem er sich orientieren konnte. Doch das Training führte dazu, dass Kristian mit 16 zum ersten Mal am Lidingöloppet auf Lidingö teilgenommen hatte. Seitdem nahm er fast jedes Jahr am größten Crosslauf der Welt teil, an dem sich 30.000 Läufer auf einer der Nachbarinseln von Skröna versammelten. Dort war er auch seiner ersten großen Liebe begegnet. Er zog sich die blauen Plastetüten über die Schuhe und fragte sich, wieso Simon sich diesen befehlsartigen Ton gefallen ließ. Doch so wie er ihn bisher kannte, konnte es sich bei dessen momentaner Folgsamkeit nur um eine ausgeklügelte Strategie handeln, um schlüssige Ermittlungsergebnisse zu erzielen. Während Simon sich ein Paar Überzieher aus dem Korb im Eingangsbereich nahm, dachte er daran, wie er Lars gegenüber die Notwendigkeit seiner Anwesenheit bei der nächsten Probe vermitteln könnte. Bevor er Luft holen konnte, um etwas zu sagen, begann Lars bereits mit einem Vortrag, mit dem er sie einmal durch das komplette Haus führte.

Merk dir deine Fragen, Simon. Wir kommen später darauf zurück.
Und dann erzählte er davon, wie aufopferungsvoll er sich seit 15 Jahren dafür einsetzte, dass der Betrieb seiner Volksuniversität (neben seiner hauptberuflichen Tätigkeit als Lehrer am Gymnasium auf dem Festland) nicht nur

aufrechterhalten, sondern kontinuierlich um neue Angebote erweitert wurde. Er verschwieg dabei, dass er es vor allem seiner uneingeschränkten Loyalität gegenüber Axel zu verdanken hatte, dass der ihm dafür einen Großteil der Gemeindegelder zur Verfügung stellte.

Man muss mit der Zeit gehen ! Versteht ihr ? Die alten Traditionen bewahren und zugleich Raum schaffen für Neues. Für die Jugend und so weiter, ihr wisst schon.

An jeder Tür blieb er stehen und klopfte kurz an, bevor er diese beiden unerwünschten Besucher ins Innere blicken ließ, sprich: in die einzelnen Kurs-Räume.

Transparenz hat für mich oberste Priorität, sprach er mit königlicher Geste.

Hier seht ihr unsere Zeitungsredaktion. Das **INSELBLATT** *ist nur ein bescheidener Beitrag zur Repräsentation der täglichen Errungenschaften aller Bewohner unseres schönen Skrönas.*

Dass Axel als oberste Zensurbehörde dessen Inhalt kontrollierte und dafür sorgte, dass die ihn betreffenden Nachrichten immer hübsch verpackt oder gelöscht wurden (je nachdem), musste er den beiden Vertretern der Exekutive ja nicht unbedingt auf die Nase binden. Deshalb waren die beiden ja schließlich nicht hier, sagte er sich. Als er die Tür zum Handarbeits-Kurs öffnete, winkte Gunilla ihm zu.

Schön dich zu sehen, Lars. Dotta, jetzt kannst du deine Frage stellen.

Kristian und den Fremden beachtete sie nicht weiter. Dotta, die Eilifs Kostüm herstellte, der in der Aufführung den Gustav Vasa spielen wird, wollte wissen, ob sie statt dem Blau auch einen grünen Stoff verwenden könne.

Dotta, was sind unsere Nationalfarben ?

Ja, aber der blaue Stoff ist fast alle. Du wolltest doch, dass wir das Meer ins Bühnenbild einbauen. Wenn wir es in Rot machen, wirkt es ein bisschen heftig. Blutig, weißt du ?

Lars schien darüber nachzudenken.

Und wenn wir es in Grün machen, erkennt man kaum den Unterschied zum Festland, weißt du. Deshalb wollte ich den grünen Stoff für sein Gewand. Das verschmilzt besser mit den Farben der Umgebung. Schließlich ist er ja auf der Flucht, weißt du ?

Ja, dann nimm das Grün. Der Vorschlag gefällt mir, winkte Lars ihr zu und setzte seinen Rundgang fort, dicht gefolgt von Simon und Kristian.

Es dauerte fast eine Stunde, bis sie endlich in Lars´ Büro ankamen. Doch bis Simon und Kristian endlich zu Wort kamen, verging noch eine weitere halbe. IHR WERDET NUR DANN WAHRE WIRKUNG BEI EUREM PUBLIKUM ERZIELEN, WENN IHR DIE LEUTE IN EUER SPIEL MIT EINBEZIEHT. GEBT IHNEN DIESEN RAUM UND LASST IHNEN DIESE ZEIT. In den vielen Jahren, die seit diesem Schauspielseminar bei seinem Lieblingslehrer vergangen waren, hatte Simon es stets aufs Neue erprobt, wenn er auf der Bühne stand. Und auch wenn ein elektronischer oder digitaler Kasten ihn vom Zuschauer trennte, war er sich dessen stets bewusst. Lars hatte offensichtlich eine andere Einstellung dazu. Bis Simon seine erste Frage stellen konnte, erzählte Lars ihnen noch Etliches zum aktuellen Kursbetrieb, zum Wettbewerb um das „Blaue Band", den die Modellbau-Gruppe vorbereitete und dass er sich mit allen ihm gebotenen Möglichkeiten dafür einsetzte, immer wieder neue Gelder für seine Volksuniversität heranzuschaffen. Simon warf einen Blick zu Kristian, dem der mögliche Subtext dieser Aussage ebenfalls nicht entgangen war. Lars bemerkte selbst, was er gerade gesagt hatte.

Ich habe weder mit dem Diebstahl etwas zu tun, noch mit dem Mord an Carlsson. Da war ziemlich viel Geld in der Truhe, das würde ja auffallen, wenn es hier mehrere neue Kurse gleichzeitig gäbe. Nur böse Zungen würden behaupten, ich bekomme die finanziellen Mittel auf unlautere Weise. Dass es Neider gibt, weil mir das hier alles so gut gelingt, davon könnt ihr ausgehen, beendete Lars mit einem emotionalen Akzent seine ermüdenden Ausführungen.

Woher weißt du, dass „ziemlich viel Geld in der Truhe" war?

Kristian war Simon mit seiner Frage zuvor gekommen. Es war schlicht ein Versuch, sich wach zu halten.

Keine Ahnung. War es das denn nicht?

Von einer Kopie der Liste, auf der die Einzahlungen in die Pensionskasse aufgeführt sind, wusste auch Lars nichts. Und um zu verhindern, dass der Lehrer jetzt seinen Vortrag unvermittelt fortsetzte, fragte Simon direkt weiter.

Welche Neider meinst du denn, Lars?

Da gibt es eigentlich nur einen. Pfarrer Melker gönnt mir einfach nicht, dass ich jetzt den Chor leite. Wenn er seine Sache besser gemacht hätte, dann wären sie wohl nicht zu mir gekommen.

Er verschwieg natürlich, dass er die Mitglieder des ehemaligen Kirchenchors gezielt beeinflusst hatte. Dabei ging es um das vergleichbar angenehmere Raumklima, ein breiteres musikalisches Repertoire, weniger Auftritte am Sonntagmorgen und ein paar zusätzliche Auftritte auf dem Festland.

Außerdem ist er sauer auf mich, weil ich mit dem Chor auch das Theaterstück auf die Beine stelle.

Dass er Melker seine Bitte abgeschlagen hatte, einen Kirchengeschichtlichen Kurs in der Volksuniversität zu platzieren, musste er diesem Fremden hier nicht erzählen. Schließlich wusste er nicht, welche Einstellung der zu Religion und solchen Sachen hatte. Eigentlich war das

„Theaterstück" jetzt genau Simons Stichwort. Doch mögliche Erkenntnisse zu Carlssons Lebensumständen hatten Vorrang vor seinem Wunsch, an der nächsten Probe teilzunehmen.

Und welche Kurse hat Carlsson belegt?

So erfuhren Simon und Kristian, dass er einer der ersten Inselbewohner war, die am Englischunterricht von Akira teilnahmen, dass er den Naturheilkunde-Kurs bei Svante besuchte, die auch Kräuterwanderungen anbot und dass er den Bootswettbewerb um das „Blaue Band" mit initiiert hatte.

Was ist das für ein Wettbewerb?, wollte Simon wissen.

Als die ersten Dampfschiffe von Europa aus den Atlantik überquerten, wurde das schnellste von ihnen mit einem sogenannten „Blauen Band" ausgezeichnet, erklärte Kristian, der sich mehr und mehr gelangweilt fühlte von Lars´ Gerede und mehrmals ein Gähnen unterdrückt hatte.

Dabei versuchte jede Reederei stets die anderen zu übertrumpfen.

Das ist richtig, Kristian. Eigentlich war es aber ein silberner Pokal und den gab es erst in den 30er Jahren des 20. Jahrhunderts. Das „Blaue Band" war ein symbolischer Preis, den die Journalisten erfunden hatten.

DIE JURY sollte mit einem weiteren Programmpunkt gewogen gemacht werden, ihrem Dorf den diesjährigen Sieg zuzusprechen, indem die Mitglieder der Modellbau-Gruppe gegeneinander antraten mit dem Ziel, ihr jeweiliges Boot am schnellsten von der Insel zum Festland zu steuern.

Damit greifen wir eine Kulturen verbindende Tradition auf. Lars strahlte übers ganze Gesicht. *Einhundertzwanzig Meter Fünfzig – einmal um die halbe Welt.*

Die Distanz zwischen unserem Ufer und dem Festlandufer, erklärte Kristian kurz und bündig anstelle von Lars, der das fragende Gesicht des Kommissars nicht registrierte.

Ein weiteres Mal stellte Simon fest, dass die Leute von Skröna offensichtlich Sinn für Pathos haben. Allerdings wurde ihm auch bewusst, dass er hinsichtlich der Spurensuche noch immer keinen Schritt weiter gekommen war.

Weißt du etwas davon, ob Carlsson mit jemandem hier Streit gehabt hatte ?

Nein, davon weiß ich nichts. Nur, dass er mit Manchem befreundet war. Mit Rurik Sjöberg zum Beispiel, der ist auch bei den Modellbauern. Der kennt ihn besser, rede doch mit ihm. Montag. Am Montag treffen sie sich immer in Raum 4.0.

Dann stand er auf und schaltete seinen Computer ein, um den beiden zu zeigen, dass das Gespräch für ihn beendet war. Eigentlich wollte er heute gar nicht mehr arbeiten, sondern endlich zum Spiele-Abend im Erdgeschoss gehen, der bereits vor mehr als einer Stunde begonnen hatte. Als sie vorhin kurz reinschauten, hatte ihn Nore per Zuruf daran erinnert, dass noch eine Vändtia-Revanche von letztem Freitag ausstand. Lars gewann dieses Kartenspiel praktisch jedes Mal, doch er gab den anderen immer wieder eine Chance. Den Computer anzuschalten hielt er jedoch für eine passende Geste. Damit war er schon öfter Leute losgeworden. Axel hatte ihm das beigebracht.

Ach und abschließend, eh ich es vergesse: Carlsson hat auch mal am Computerkurs teilgenommen. In den letzten Monaten kam er recht häufig her und nutzte unseren kostenfreien Internet-Zugang, den ich ermöglicht habe.

Dass er die Gelder dafür von Axel bekam als Gegenleistung dafür, dass er dessen Wunsch nachgekommen war, einen Töpferkurs einzurichten, wollte er nicht erwähnen. Schließlich ging es diesen Fremden nichts an, dass Axel schlicht an dem Brennofen gelegen war, nachdem er einmal das Gemeindehaus beinahe in Schutt und Asche gelegt hatte.

Für Simon war die Befragung allerdings noch nicht beendet. Denn auch Lars hatte am Dienstagabend im **WASAHUS** mit am Tisch gesessen. Und tatsächlich erfuhren der vermeintliche Kommissar und sein Assistent endlich, worum es bei dem Treffen ging. Lars erzählte ihnen alles, was er wusste. Aus genau zwei Gründen. Zum einen hatte auch er Kristian an dem Abend dort gesehen und war sich nicht sicher, was der vielleicht mitbekommen hatte. Und zum anderen dachte er, er könne damit jedweden Verdacht abwenden, dass Axel Carlsson ermordet habe. Lars traute dem Bürgermeister so Einiges zu, nur **das** erschien ihm beinahe als unwahrscheinlich.

Axel hat versucht Carlsson zu überreden, dass der sein Testament ändert.

Simon und Kristian sahen sich an. Stig und Axel hatten also wirklich **gelogen**.

Das Grundstück von Carlsson liegt nahe der Stelle, wo die Autobrücke eines Tages auf die Insel treffen wird. Er will dort eine Filiale seines Ladens eröffnen. Das bringt uns allen etwas.

Was genau, wusste er zwar nicht, aber Axel hatte das immer wieder gesagt.

Jedenfalls hatte Axel dadurch absolut keinen Grund, um... naja, ihr wisst schon. Carlsson ließ sich an diesem Abend nicht überzeugen. Doch Axel ist niemand, der so leicht nachgibt. Und wie soll jemand sein Testament ändern, wenn er tot ist? Versteht ihr?

Was hast du gemacht, nachdem Maria das Gasthaus geschlossen hat?

Bin nach Hause gegangen, schlafen. Allein, falls ihr mich jetzt nach meinem Alibi fragt. Meine Frau hat eine Freundin auf dem Festland besucht, sagte er, ohne dass Simon nach einem Zeugen gefragt hatte.

Den ganzen Mittwoch über war ich in der Volksuniversität. Das können euch einige Leute bestätigen. Ab 21 Uhr war ich Zuhause, da könnt ihr meine Frau fragen. Später am Abend hat Axel mich angerufen. Er wollte, dass wir am Donnerstagmorgen zu Carlsson gehen, um ihn vielleicht doch noch zu überzeugen, dass das Grundstück besser in unserer Hand bleibt, als dass irgendwelche Fremden es bekommen. Stiftung hin oder her.

Es könnte auch ein Ablenkungsmanöver von Axel gewesen sein, meinte Kristian und war sich gar nicht bewusst, was er damit andeutete.

Aber Axel hat das Geld wirklich nicht. Er würde doch niemals eine Straftat begehen, wenn nicht etwas für ihn dabei herausspringt, versuchte Lars Kristians Andeutung zu negieren.

Das war das dritte Mal innerhalb einer Woche, dass es Simon beinahe die Sprache verschlug. Und Kristian hatte zum ersten Mal die Nase voll von dem, was er in den letzten Tagen gehört hatte.

Ich glaube, wir gehen jetzt besser. Und… darauf kommen wir wahrscheinlich nochmal zurück.

Hatte er das gerade tatsächlich gesagt ?, fragte sich Kristian. Simon nickte dem Polizisten bestätigend zu. Das musste erst mal verdaut werden. Auch wenn er inzwischen fast schon die Lust verloren hatte, an einer Probe von Lars teilzunehmen, meldete sich sein Theaternerv unaufhörlich. Jetzt war der einzige Moment, ihn darauf anzusprechen. Darum bitten würde er ihn allerdings nicht mehr.

Danke für deine Kooperationsbereitschaft, sagte er mit ausdruckslosem Gesicht, das seine Gefühle verbarg.

Da es zu meinen Aufgaben gehört, mir ein umfassendes Bild von den personellen Gegebenheiten hier vor Ort zu machen, werde ich an der nächsten Theaterprobe als Zuschauer teilnehmen.

Natürlich, antwortete Lars ohne Umschweife, dem gerade aufging, was er eben über Axel gesagt hatte.

Wir treffen uns morgen um 17 Uhr. Den Raum kennst du ja bereits.

40

Jeder war schon mit einem Bein im Bett gewesen und Lars schlief bereits, als Axel seinen Rundruf startete. Nach allem, was in dieser Woche vorgefallen war, hatte der Bürgermeister kurzerhand beschlossen, eine Versammlung des harten Kerns der Gemeinde Skröna für Samstagvormittag anzuberaumen. Seit zwei Stunden saßen sie an ihrem Stammtisch und diskutierten darüber, ob Simon aufgrund seiner unangemessenen Vorgehensweise von den Ermittlungen abgezogen werden sollte.

Unangemessen ist das richtige Wort, Axel, prostete Stig (der es offensichtlich bewusst vermied, Anders auch nur eines Blickes zu würdigen) ihm bereits zum fünften Male zu.
Die Biergläser hatten sich ein weiteres Mal geleert und Maria brachte eine neue Runde.
Wollt ihr etwas essen? Lars, Kristian? Es gibt Lammfleisch mit Dill.
Jetzt nicht, Maria, danke, untersagte Axel eine derartige Unterbrechung der fortgeschrittenen Diskussion, die sich unaufhaltsam im Kreise drehte.
Genervt nahm Melker seine Hand wieder runter. Sein knurrender Magen war allerdings nicht der Hauptgrund für seine Unzufriedenheit. Sondern die Tatsache, dass er mehr oder weniger der Einzige am Tisch war, der unbedingt wollte, dass Simon weiter ermittelte. Seit dieser Fremde hier für eine gewisse Unruhe sorgte, füllte sich Melkers Kirche mehr und mehr. Per musste jetzt öfter zum Putzen des Bodens kommen, während die Bewohner der Insel den Beichtstuhl von jeglichem Staub befreiten. Jeden Tag kam jemand, um sich von seinen Sünden zu befreien, indem er Melker erzählte, welche er begangen hatte. Einer zum Beispiel hatte sich vor zwei Jahren mal Geld bei einem

Nachbarn geborgt und es bisher nicht zurückgezahlt. Ein anderer hatte sich vor drei Wochen mit seiner Frau gestritten und sie dabei aufs Unflätigste beschimpft, was ihm nun unglaublich leid tat. Zwei hatten in derselben Prüfung im Schuljahr 1993 / 1994 geschummelt. Und lauter solche Sachen. Jeder von ihnen beteuerte, dass er seine Sünde bereue, aber dass er weder mit dem gestohlenen Geld noch mit dem Mord an Carlsson etwas zu tun habe. Und dann sprangen die Taler bzw. die Kronen in den Opferstock. Gestern waren gleich sieben Leute hintereinander dagewesen. Dem Jungen, der seinen kleinen Bruder verpetzte, weil der die Sahne ausgelöffelt hatte, die eigentlich für den Kuchen bestimmt war, brummte er nur fünf Kronen auf – als symbolische Geste. Die anderen sechs mussten jeweils 100 bis 300 Kronen geben. Den Vater, der sein Kind geschlagen hatte, ließ er 700 Kronen zahlen. Noch hatte Melker es nicht gezählt, aber er war äußerst erfreut darüber, dass die Kasse seiner Kirche sich so unerwartet füllte. Er würde nicht zulassen, dass die Leute jetzt wieder fernblieben. Wenn er diesen deutschen Kommissar dafür in Kauf nehmen musste, dann war das eben so. Und im Gegensatz zu den Anderen am Tisch hatte der ihn gar nicht behelligt. Während Stig und Anders (angeführt von Axel) sich eindeutig für die Einstellung der Ermittlungen aussprachen, schwankte Lars im Spannungsfeld eines „vielleicht" hin und her. Ob er ihn auf seine Seite ziehen konnte, ausgerechnet Lars, dem er in manchem stillen Gebet Tod und Teufel wünschte ? Und was war eigentlich mit Kristian ? Ihm hatte man noch gar nicht die Gelegenheit eingeräumt, sich dazu zu äußern. Vielleicht würde seine Meinung ja den Arm rumreißen ?! Melker hatte die Leute von Skröna nie ganz verstanden. Und ebenso wenig, dass diese nicht selten das Armdrücken als Entscheidungshilfe heranzogen.

Wenn ich das richtig sehe, meldete er sich ein weiteres Mal zu Wort und sprach diesmal betont langsam, wie er es im Rhetorik-Kurs während des Theologie-Studiums gelernt hatte, *wenn ich das richtig sehe, haben wir noch keine Stimmenmehrheit in dieser Sache erreicht.*

Ja und ?, monierte Axel.

Wie heißt dieses Wort gleich nochmal, diese Art zu leben heutzutage ?

Alle sahen Melker ratlos an und zuckten mit den Schultern.

Du meinst das Zölibat, lachte Anders kurz und laut auf.

Ich meine dieses Wort... dieses... es beginnt mit „D", glaube ich. Es fiel ihm beim besten Willen nicht ein.

Du meinst „Diplomatie", ganz klar.

Äh... nein, Axel.

Du willst doch nicht etwa „Diktatur" laut aussprechen?, setzte Axel nach.

„Dakapo", schlug Lars vor.

Was soll das denn sein ?, schüttelte sich Stig, als hätte der Lehrer etwas Unanständiges gesagt, was so gar nicht zu ihm passte.

Das bedeutet „Wiederholung", kommt aus der Musik.

Alle nickten anerkennend.

Das klingt... nein, nein, das klingt irgendwie... nein, das ist es nicht.

Du meinst „Darwinismus", oder ?

Nein, Anders. Es ist irgendwas... irgendwas mit... so ähnlich wie „demonstrieren" oder so.

Du meinst das Wort mit „K" ? Wir leben im „K-a-p-i-t-a-l-i-s-m-u-s". Ende, Aus. Bei uns wird nicht demonstriert. Auf unserer besten aller Inseln ? Das wäre ja noch schöner !

Ohne dir widersprechen zu wollen, Axel, aber ich glaube, er meint „D-e-m-o-k-r-a-t-i-e".

Und damit hatte Kristian das Wort ergriffen. Als Einziger von ihnen hier war er direkt an den Ermittlungen beteiligt. Und so kränkte es ihn nicht wenig, dass er zu dieser Sache noch nicht gehört worden war. Axel war es nicht gewohnt, dass der Nachwuchspolizist in seinem Beisein sprach, ohne dazu von ihm aufgefordert worden zu sein. Doch da die Hälfte der Stimmen bereits ihm gehörte, nahm er es einigermaßen gelassen auf.

Gut, dann sprich, Kristian. Aber es ist ja wohl klar, dass dieser Simon seine Kompetenzen bereits eindeutig überschritten hat.

Kristian sah sich um. Fünf Familien aßen zu Mittag. Ein paar Kinder tobten lachend durch den Raum. Maria und Gustaf trugen lecker duftende Teller an ihnen vorbei. Ein paar Spieler vom Fußballverein diskutierten mit Lasse. Vier Mitglieder des Chores saßen am Tisch hinten am Fenster und sangen ein Dankeslied, das für einen Moment den gesamten Raum erfüllte. Gustafs Sohn kam mit ölverschmierten Händen herein und verschwand in der Küche. Ruhig betrachtete Kristian die Männer am Stammtisch. Auf der Akademie war ihm das Bewusstsein vermittelt worden, dass er als Polizist für den Schutz seiner Mitmenschen sorgen und Leid von ihnen abwenden solle.

Wenn wir die Ermittlungen einstellen, werden wir das Geld nie finden. Geschweige denn, den Mord an unserem Dorfältesten aufklären. Also... ich finde...ich finde... wir können es unseren Mitbürgern nicht antun, jetzt aufzugeben.

Axel hob die Augenbrauen und verdrehte die Augen. Kristian reagierte nicht darauf. Außerdem war er sich sicher, dass er von Simon noch etwas lernen konnte.

Das finde ich auch, meldete sich der Pfarrer zu Wort.

Ja, Melker, da seid ihr aber nur zu zweit, warf Stig ein und vermied es, Lars anzusehen, an dessen abschließender Meinung zumindest ein „Unentschieden" hängen würde.

In diesem Moment betrat Simon das **WASAHUS**. Als er Kristian am Stammtisch sah, ging er direkt auf ihn zu. Vergeblich hatte er seit einer Stunde versucht, ihn telefonisch zu erreichen und sich dann zu Fuß auf den Weg gemacht, um Gustaf und Maria zu befragen. Sie waren die Wirtsleute auf Skröna und damit war die Wahrscheinlichkeit recht hoch, dass sie ihm etwas über Carlsson erzählen konnten. Der Spaziergang hatte ihm gut getan und er grüßte freundlich in die Runde. Kristian war der Einzige, der zurückgrüßte. Keiner der Anderen würdigte ihn eines Blickes.

Wir haben hier etwas Wichtiges zu besprechen, war das einzige Wort, das man an ihn richtete. *Das verstehst du sicher.*

Es klang eindeutig nach einer Aufforderung wieder zu gehen. Axel hatte ihn dabei nicht mal angesehen.

Wir haben dann auch etwas zu besprechen, Kristian.

Der Polizist nickte kurz und Simon wandte sich Richtung Tresen. Er war sich sicher, dass seine Stimme gerade ein wenig gezittert hatte. Ein ungutes Gefühl beschlich ihn. Schloss man ihn erneut aus, während er sein Bestes gab? Er wollte ihnen doch nur helfen, den Wettbewerb zu gewinnen! Vielleicht bildete er sich diese subtil formulierte Ablehnung nur ein? Wer weiß, vermutlich besprachen sie bloß Dinge, die das Fest betrafen und noch geheim bleiben sollten. Er bemerkte nicht, dass die Männer am Stammtisch ihn beobachteten.

Habt ihr denn wenigstens schon irgendeine Ahnung, in wessen Besitz sich unser Geld jetzt befindet?, zog Axel die Aufmerksamkeit aller wieder auf sich, während sein Blick auf den Kommissar gerichtet blieb.

185

Dass der Maria ansprach, die daraufhin in der Küche verschwand und mit Gustaf zurückkam, weckte sein Interesse. Simon schien diesem Idioten irgendwelche Fragen zu stellen. Natürlich ! Warum war er da nicht gleich drauf gekommen ?! Simon befragte auch Gustaf ! Und womöglich würden dabei dessen Verfehlungen ans Tageslicht kommen. Axels Stimmung wandelte sich schlagartig.

Ich habe gerade darüber nachgedacht, wandelte sich kurzerhand seine Tonart, *was von deiner Argumentation zu halten ist, Kristian. Von allen Seiten betrachtet – kann ich dir zustimmen. Es geht hier schließlich um das Wohlergehen all unserer Mitbürger und die Zukunft unseres schönen Skrönas. Aus diesem Grund können wir die gesamte Verantwortung nicht dir allein übertragen. Es versteht sich schließlich von selbst, dass so ein Kommissar mehr Berufserfahrung hat als ein Absolvent der Akademie. Also, wer ist dafür, dass wir Simon weiterhin unser Vertrauen schenken ? Lars, sag schon !*

Lars hatte sich bisher nicht getraut, eindeutig Stellung zu diesem Vorgang zu beziehen. Nachdem was ihm gestern am Ende der Befragung unbewusst über die Lippen gekommen war, hoffte er inständig, dass Simon es für sich behielt. Immerhin hatte der Axel bereits befragt. Da würde schon nichts mehr schiefgehen. Es wäre sicher das Beste, Axel jetzt ganz schnell zuzustimmen. Außerdem würde er Simon heute Abend bei der Theaterprobe begegnen. Und wenn der ihn fragen würde, weswegen er seines Amtes enthoben war… was sollte er dann sagen ?

Ich sehe es genauso wie du, Axel.

Gut gemacht. Und du, Stig ?

Stig und Anders sahen sich sprachlos an. Für den Hauch eines Augenblicks waren sie wieder Verbündete – nachdem Anders sich völlig vor den Kopf geschlagen fühlte, als Stig ihn vorhin vor dem Gasthaus zur Seite nahm. Er hatte nichts von dem verstanden, was Stig ihm vorhielt. Warum hätte er diesem Fremden denn etwas von Stigs Versicherungsbetrug erzählen sollen ? Beleidigt wegen solch ungerechtfertigten Vorwurfs, hatte er sich ohne eine Antwort umgedreht und beschlossen, vorerst kein weiteres Wort mit ihm zu wechseln.

Also wenn du mich fragst, Axel, antwortete Anders anstelle Stigs jetzt mit unerwarteter Vehemenz, *mir ist es egal. Mehr habe ich dazu nicht zu sagen.*

Melker freute sich, dass die Waagschale sich ohne sein weiteres Zutun nun auf seine Seite neigte.

Wir haben fünf von sechs Stimmen, Axel. Das reicht doch, rief er freudig aus.

Was ist denn nun mit dir, Stig ?

Aber anstatt auf Axels wiederholte Frage zu antworten, zuckte er mit den Schultern, stand auf und verließ mit einer halbgemurmelten Verabschiedung das Gasthaus. Keiner (außer Anders) konnte sich einen Reim darauf machen. Wer weiß, vielleicht war Stig ja eingefallen, dass Mora mit dem Essen auf ihn wartete.

Also Leute, dann machen wir es so. Ihr ermittelt weiter, Kristian. Und falls dieser Simon an der falschen Stelle etwas von dem ausplaudert, was er weiß, dann…

Vorsichtshalber schnitt Lars Axel das Wort ab.

Dann würde ihm sowieso keiner glauben, weil er nicht von hier stammt, beendete er Axels Satz.

Er hatte gar nicht daran gedacht, dass es eine weitere Spitze gegen Melker war. Doch der hatte schon gar nicht mehr zugehört. Der Pfarrer dachte gerade darüber nach, ob er die 300 Kronen, die er den meisten Sündern als Buße auferlegte, generell auf 400 erhöhen sollte. Er hörte deswegen auch nicht, wie Axel in die Runde fragte, ob irgendeiner von ihnen das Geld aus eigener Tasche aufbringen könne, um die Pension einzurichten. Der Bürgermeister erwähnte diesen Punkt nur deshalb, damit sich nachher keiner beschwerte, falls dieser Gast-Kommissar noch mehr Leichen ausgrub, die sie lieber begraben wissen wollten. Die verschämten Blicke, die sich auf ihn richteten, beachtete er nicht weiter. Natürlich ahnte der eine oder andere, dass Axel es sich leisten konnte, das gestohlene Geld zu ersetzen. Doch niemand wollte ihn dahingehend verärgern, wenn er irgendwann mal wieder von ihm profitieren wollte. Und damit hatte ihre Besprechung ein Ende gefunden. Jeder legte ein paar Scheine auf den Tisch, als sie das Gasthaus verließen. Axel warf noch einen Blick über die Schulter zu Gustaf, der noch immer von Simon befragt wurde. Zu gerne hätte er gewusst, was jetzt ans Tageslicht kam, doch so wie er seinen alten Feind kannte, wusste auch der, wie man ein Geheimnis für sich behielt.

Kristian suchte sich einen Platz an einem der Tische in der Nähe des Tresens und wartete darauf, dass Simon seine Befragung beendete. Als der sich zehn Minuten später zu ihm setzte, knurrte ihm zwar der Magen, aber er ließ sich von Maria nur ein Glas Wasser bringen, während Simon mit großem Appetit das Lammfleisch aß.

Hast du keinen Hunger?, fragte Simon kauend.

Nein, nein, sagte Kristian und dachte an die Fähre, mit der er in einer knappen Stunde aufs Festland übersetzen wollte. *Wie ist es denn gelaufen mit Gustaf? Heute haben wir ja eigentlich keinen Dienst. Weiß er etwas von der Truhe oder von... Carlsson?*

Besonders viel konnte Simon in dem Gespräch mit dem Gastwirt nicht erfahren. Doch was der ihm erzählte, bestätigte die Aussage des Lehrers. Gustaf meinte, er habe an dem Dienstagabend zufällig im Vorbeigehen (als er eine neue Runde Getränke brachte) aufgeschnappt, dass Axel Carlsson zu überreden versuchte, ihm sein Grundstück zu verkaufen. Kristian wunderte sich über Gustafs Geschichte, denn der schickte stets Maria zu den Leuten am Stammtisch und hielt sich selbst von ihnen fern.

Es ist bekannt, dass Gustaf und Carlsson befreundet waren. Wenn es einen echten Streit zwischen Carlsson und dem Bürgermeister gab, wüsste er es. Und er hätte es sogar dir gesagt. Entschuldige, du weißt schon.

Schon okay.

Simon hatte es längst akzeptiert, dass er wie ein Gast auf dieser Insel behandelt wurde. Schließlich war er das auch und einem Gast zeigte man nur ungern seine weniger guten Seiten. Außer von dieser Testamentssache erfuhr er in der Befragung noch, dass Carlsson ein fröhlicher und zäher Mensch war, hilfsbereit und mit einem starken Rückgrat ausgestattet, das manch Einem sauer aufstieß. Von ernsthaften Streitigkeiten wusste Gustaf jedoch nichts, nur dass es irgendwelche Unstimmigkeiten in der Modellbau-Gruppe gab, aber das sei nichts Ungewöhnliches. Trotzdem würde Simon da am Montag mal genauer nachhaken. Es hatte keinen Anhaltspunkt gegeben, die Befragung mit dem Gastwirt und dessen Frau fortzusetzen. Als Kristian ein paar Kronen auf den Tisch legte für das Wasser und sich verabschiedete, wendete sich Simon wieder seinem Essen zu, das inzwischen kalt geworden war. Dabei beschlich ihn das Gefühl, beobachtet zu werden. Tatsächlich schien die Familie, die drei Tische weiter saß, über ihn zu sprechen. Doch dass er Inhalt der Geschichte war, die der Mann offensichtlich seiner Frau und seinen Kindern gerade mit großen Gesten und vielsagender Mimik erzählte, konnte er sich beim besten Willen nicht vorstellen. Schließlich kannte er diesen Mann genauso wenig wie dieser ihn. Simon wusste nicht, dass es der Besitzer von Nero war, dem Polizeihund, der vor Kurzem an der Gicht verstarb. Ebenso wenig hörte er, wie der darüber sprach, dass der deutsche Kommissar lauthals im Wald seinen eigenen Namen geschrien hatte und sich dann plötzlich hinter einen Baum hockte, als er selbst gerade dabei war, den Hund wieder auszugraben, nachdem der Pfarrer ihm gänzlich unerwartet erlaubte, Nero doch noch auf dem Friedhof der Kirche zu beerdigen. Die Kinder lachten laut und bunt durcheinander und die Eltern lachten mit, als Simon sein Essen bezahlte und in die Mittagssonne nach draußen trat.

41

Es war ein herrlicher Samstag. Das Getreide wogte leicht im Wind hin und her, leuchtend Gold mit ein paar roten Farbtupfen. Darin herumtoben durften die Kinder nicht, doch das Verbot hielt sie nicht davon ab, sich ein paar Mohnblumen zu pflücken und Kränze daraus zu flechten, die später ihre kleinen Köpfe zierten. Einzelne Schwalben leisteten den Möwen über dem Meeresufer kreisend Gesellschaft und lachend, schwatzend und schmatzend versammelten sich die Menschen in ihren Gärten, wo sie sich an reich gedeckten Kaffeetafeln zusammenfanden. Manche von ihnen waren von einer ungewohnten Unruhe erfüllt, die sie bewegte, seit sie dem Pfarrer erklärten, dass sie mit Carlssons Ermordung wirklich nicht das Geringste zu tun hatten und genauso wenig Schuld trugen am Diebstahl der Truhe mit den Ersparnissen aller Bürger Skrönas. Genau lässt es sich nicht mehr feststellen, doch es war wohl der kleine Junge (der sein Sparschwein leerte, um die fünf Kronen für die Kirche zu opfern, weil er seinen

Eltern die Sache mit der Sahne verraten hatte), der als erster echte Buße tat für seine Sünde. Er ging zu seinem Bruder und entschuldigte sich bei ihm dafür. Dann erzählte er seinen Eltern, dass er selbst zweimal von den Süßigkeiten genascht hatte, die für das Sommerfest in der Schule seines großen Bruders gedacht gewesen sind. Sie schauten ihn sehr ernst an und erklärten ihm, dass es wichtig ist, etwas zu teilen, anstatt alles für sich zu behalten, wenn man es nicht braucht und nicht nutzt. Doch es ist unrecht, sich etwas zu nehmen ohne das Einverständnis desjenigen, dem es rechtmäßig gehört. Man weiß nicht, wer der Nächste war, doch an diesem Nachmittag kamen in manchen Häusern und Gärten auf der Insel nicht nur wunderbar duftende Zimtschnecken und auf der Zunge zergehende Schokoladen-Punschrollen auf den Tisch, sondern auch so manche, über lange Zeit still und heimlich gehütete Entschuldigung für mehr und für weniger schwerwiegende Taten, die die Leute von Skröna bereits viel zu lange mit sich herumtrugen. Das führte zu Überraschung bei den Einen, einem Streit bei den Anderen und bei den Nächsten zur sofortigen Versöhnung. Endlich offen miteinander zu sprechen, führte erstaunlicherweise bei allen zu einer Erleichterung, mit der zuvor keiner von ihnen gerechnet hatte. Mit weniger guten Gefühlen allerdings, setzte sich Anders an den Tisch seiner Großmutter und Mora fand keine Antwort darauf, warum ihr Mann schweigsam wie nie war, seit er von der Besprechung aus dem **WASA-HUS** wiederkam. Axel hingegen erklärte Mätta gegenüber hocherfreut, dass nun endlich auch Gustaf sein Fett abbekommen würde.

Der Kommissar wird schon noch rausbekommen, welches Geheimnis der hütet, sagte er zufrieden, nachdem er sich den Mund abgewischt und Mättas Backkünste gelobt hatte.

Er achtete nicht darauf, dass Finja die Zimtschnecke wieder auf ihren Teller legte, ohne abgebissen zu haben und einen verschwörerischen Blick mit ihrer Mutter wechselte. Während Lars nach einem Stück Kuchen seine Frau alleine im Garten sitzen ließ, um sich auf die heutige Theaterprobe vorzubereiten und Melker im Beichtstuhl sitzend auf den nächsten Sünder wartete, nutzte Simon den Nachmittag, um sich schwimmend im Meer abzukühlen. Untertauchen und wieder auftauchen. Das Ufer des Festlands schien ihm näher, als den meisten Skrönaern. Er freute sich auf die Theaterprobe heute Abend. Schade, dass er nicht mitmachen durfte. Aber das war schließlich nicht der Grund, warum man ihm ausnahmsweise gestattete, mit dabei zu sein. Er hatte eine Aufgabe zu erfüllen, deren Erfolg noch in weiter Ferne zu liegen schien. In zwei Wochen würde DIE JURY hier anlanden. Bis dahin gab es noch Einiges zu tun.

42

„Deshalb werde ich bis zum Ende auch in den
härtesten Schicksalsschlägen ungebrochen bleiben,
und in der Treue zu mir selbst
die Erfüllung meines Lebens suchen
und auch sicher finden.
Wenn das Herz vor Leid zerspringen will,
dann wird es
sich in einem unbändigen Stolz aufbäumen
gegen all das,
welches es zu zerbrechen versucht.
Es wird allen Belastungen trotzen,
weil es stärker ist als sie.“

In dem kleinen Saal war es still geworden. Eilif zupfte vor Aufregung an seinem Bart und sah gebannt in die Runde, während Lars in aller Ruhe etwas in sein Textbuch notierte. Keiner der Mitspieler sagte ein Wort. Und Simon hatte keines der Worte verstanden. Die Absprachen zwischen Lars und allen Mitspielern wurden aus Respekt gegenüber dem ausländischen Mordfallermittler zwar auf Englisch geführt, aber natürlich inszenierten sie das selbstverfasste Theaterstück über den Kampf des ersten schwedischen Königs für die Freiheit seines Landes in ihrer Muttersprache. Bei der Premiere in zwei Wochen würde er sowieso der einzige Tourist sein. Ungeachtet dessen hatte ihn der Monolog von Gustav Vasa in der Vollmondnacht am gegenüberliegenden Ufer von Skröna beeindruckt. SEID WAHRHAFTIG – ODER LASST ES SEIN, erinnerte er sich an die Auswertung des ersten Szenenvorspiels zu Beginn seines Studiums. Sein Lehrer hatte die Darstellung seines Romeos damals deutlich kritisiert, weil er AUSSERHALB DER ROLLE IM TRÜBEN FISCHTE. Diese Worte schmerzten ihn umso mehr, da er auf der Bühne in Gedanken bei einer Kommilitonin gewesen war, die ihm eine Stunde vor Aufführungsbeginn unerwartet den Laufpass gegeben hatte. Sie führten die Szene auf, in der sich Romeo und Julia zum ersten Mal begegneten. Wenn sie den Stückanfang gespielt hätten, als Romeo in Liebeskummer schwelgt, wäre er definitiv authentisch gewesen. AN DIESER STELLE TRENNT SICH DIE SPREU VOM WEIZEN ! EGAL WAS IHR GERADE SELBST DURCHMACHT – AUF DER BÜHNE DURCHLEBT IHR DAS SCHICKSAL EINES ANDEREN. SEID BEI DER SACHE. WENN NICHT, SO BRAUCHT IHR DIESE BRETTER GAR NICHT ERST ZU BETRETEN. Simon kannte den Darsteller des zukünftigen Königs genauso wenig wie die anderen Leute aus der Theatergruppe. Und obwohl er unbeholfen wirkte, während er jetzt vom einen Bein aufs andere trat und auf ein Feedback aus dem Publikum wartete, hatte dieser Eilif sich kurz zuvor noch wahrhaftig in seine Rolle vertieft. Auch ohne den Text zu verstehen, fühlte Simon sich berührt von dessen Rede. Unwillkürlich klatschte er Beifall. Lars legte sein Textbuch beiseite und drehte sich zu ihm um, woraufhin er das sofort unterließ.

Gut Eilif, das können wir so lassen. Aber wenn du übers Meer zur Insel rüber schaust, dann halte die Hand etwas höher, damit alle deine Augen sehen können.

Lars wusste nicht, dass Eilif sich vor zwei Tagen den Ellenbogen verstaucht hatte. Eilif sagte nichts dazu. Zum einen, weil Lars Widerspruch nicht gerne duldete und zum anderen würde das in zwei Wochen sowieso verheilt sein.

Ist gut, Lars, antwortete er knapp und erleichtert.

Lars geizte stets mit Anerkennung, doch wenn er nichts weiter kritisierte, dann kam das einem Lob gleich.

Kurzer Umbau. Die Sache mit dem Pferd besprechen wir jetzt nicht nochmal. Verstanden? Das machen wir später. Nächste Szene überspringen wir und machen weiter mit dem Auftritt der Fischersfamilie, die den König erschöpft und durchnässt am Ufer entdeckt. Denkt vor allem daran, dass sie nicht wissen, wie Gustav Vasa aussieht und ihn erstmal für einen Fremden halten, der ohne Erlaubnis ihre schöne Insel betreten hat. Sie sind nicht froh darüber, ihn hier zu finden.

Erneut drehte er sich kurz zu Simon um.

Man soll sehen, dass sie ihn als eine Bedrohung empfinden. Deshalb rufen sie das Dorf zusammen.

Für die nächsten zweieinhalb Stunden lehnte sich Simon im wahrsten Sinne des Wortes zurück und folgte gespannt den Vorgängen auf der Bühne. Bevor alle Mitspieler sich zur Probe eingefunden hatten, umriss Lars ihm kurz den Inhalt des Stückes. Nicht ohne den Kommissar an dessen

Schweigepflicht zu erinnern. Trotz der fremden Sprache konnte Simon den Worten der Darsteller etwas entnehmen, das ihn an die Handlung fesselte. Und das Herz ging ihm dabei auf. Sie waren alle Laien in diesem Metier, doch die Spielfreude, mit der sie die Bühne ausfüllten, kam der von Profis gleich. Vielleicht lag es daran, dass sie hier einen entscheidenden Teil der Geschichte ihrer Insel, gleichwohl der ihres Landes präsentierten? Simon hielt nicht viel von Patriotismus, da er oft genug missbraucht wurde, um Kriege zu rechtfertigen. Doch der unbedingte Wille, Abhängigkeiten zu überwinden und Freiheit zu erlangen, war ihm so nah wie kaum etwas. Seine Freiheit bedeutete ihm genauso viel wie seine Verantwortung. Katja, schoss es ihm in den Sinn. Und die Kinder. Wann hatte er ihr zuletzt die täglich versprochene SMS gesendet? Ein Lächeln huschte über sein Gesicht. Sie wusste inzwischen wohl, dass sie sich keine Sorgen um seine Sicherheit hier auf der Insel zu machen brauchte, denn sie fragte nicht nach. Trotzdem griff er zum Handy. **Wie geht es den Kindern? Bei mir alles gut. Die Leute lieben es hier, Theater zu spielen.** Er war schon dabei, das Telefon wieder wegzustecken, als er einen vorwurfsvollen Blick von Lars erntete. Sein Schulterzucken mit gesenktem Blick sollte Lars eine Entschuldigung vermitteln. Die Art, wie Lars mit den Darstellern der Theatergruppe sprach, gefiel ihm nicht besonders, aber der war schließlich genauso wenig ein Profi wie einzelne Regisseure, die es nicht so sehr mit der Wertschätzung der Schauspieler hielten. Doch alle schienen zu wissen, wie sie Lars zu nehmen hatten. Nach der zweiten Nacht-Szene in der Scheune beendete er die heutige Probe.

Geht schon mal vor. Ich will mit Goesta noch kurz über seinen neuen Text sprechen.

Während alle ihre Stückexemplare einpackten und fröhlich schwatzend zur Tür schlenderten, stand Simon etwas verloren im Raum. Wo gingen denn alle hin ? Er würde einfach warten, bis Lars das Gespräch mich Goesta beendete. Als er den anderen hinterher schaute, wurde ihm wieder bewusst, weswegen man ihm erlaubt hatte, der Probe beizuwohnen. Er war noch ganz im Bann des Bühnenzaubers und es war nichts passiert, dass ihn in seinen Ermittlungen voranbrachte. Mal sehen… vielleicht gab ihm Lars noch die Gelegenheit, ihn zu den Mitgliedern der Theatergruppe zu befragen. Im Moment schien er mit diesem Goesta über einen Text zu sprechen, den dieser handschriftlich verfasst hatte. Lars´ Körpersprache entnahm er, dass ihm der Text zusagte. Schlussendlich überließ Goesta ihm diesen, nahm seine Sachen und verließ den Raum. Lars registrierte Simons fragenden Blick.

Wir gehen nach der Probe immer ins **WASAHUS**. *Ich hoffe, du bist mit deinen Ermittlungen vorangekommen. Einen guten Abend, Simon.*

Simon ließ die eindeutige Verabschiedung im Raum verhallen. Das war die Gelegenheit ! Und tatsächlich gelang es ihm, Lars zu überreden, auch dort dabei sein zu dürfen. Was schlicht daran lag, dass der noch immer ein schlechtes Gewissen hatte wegen seiner ungewollten Aussage über die kriminellen Machenschaften des Bürgermeisters und weil er es nicht zu einer weiteren Diskussion mit dem Kommissar kommen lassen wollte.

43

Es war erneut ein recht langer Abend im einzigen Wirtshaus von Skröna geworden. Simon gähnte, drehte sich auf die andere Seite und zog sich die Decke über den Kopf. Es war bereits Sonntagmittag, aber den Schlaf hatte er nach letzter Nacht wirklich nötig. Mit der gleichen Leidenschaft, wie die Darsteller der Laienspielgruppe kurz zuvor die kleine Bühne in eine ganze Welt verwandelt hatten, schwatzten und tranken sie bei Gustaf und Maria, was das Zeug hielt. Als Lars und Simon das Gasthaus betraten, sangen sie schon zusammen.

Eines unserer Trinklieder. Von unserem Nationaldichter Bellmann. „Wer heut noch frech den Schnabel wetzt und glaubt ein großer Herr zu sein, pass auf der Schreiner hobelt jetzt grad schon an deinem Schrein", übersetzte Lars ungerührt. *„Scheint das Grab dir tief und dumpf sein Druck: à la vot´, so nimm noch einen Schluck und noch einen hinterher, und rasch noch zweie, dreie mehr, dann stirbt sich´s nicht so schwer."*

Sie holten sich jeder einen Stuhl an die Tafel, die aus zusammengestellten Tischen bestand, während der Gesang immer lauter wurde, den Lars jetzt allerdings nicht mehr übersetzte. So offen über den Tod zu singen, war Simon unter den allgemeinen Umständen merkwürdig vorgekommen. Wer weiß, vielleicht war es ihre Art, die Tatsachen zu verarbeiten ? Das **WASAHUS** war bis auf den letzten Platz besetzt gewesen. Ob der Mörder in diesem Moment unter ihnen weilte ? Von allen unerkannt sein Bier trank mit schlechtem Gewissen ? Die Männer und Frauen huben ohrenbetäubend zum Refrain an. Nach ein paar weiteren Runden, hatte ihm Ludvig, der Darsteller eines der Bauern, erzählt, dass die anderen Gäste an dieses Spektakel gewöhnt sind und wussten, dass die Theatergruppe gerade von einer Probe kommt. So ging es schon ein halbes Jahr einmal in der Woche.

Jetzt, wo das Fest für DIE JURY und damit unsere Aufführung immer näher rückt, haben sie aufgehört ihre Späße darüber zu machen, dass wir nicht einmal unseren Familien erzählen dürfen, was im Stück passiert. Sie sind seit einer Woche sowieso vor allem daran interessiert, ob es dir gelingen wird, Carlssons Truhe mit dem Geld zu finden. Daran hängt nämlich unser Sieg oder die Niederlage im Wettstreit um das schönste Dorf unseres Landes.

Simon hatte daraufhin zwei, drei tiefe Schlucke von dem Bier genommen, das Maria ihm gerade gebracht hatte. Der Druck, der auf ihm lastete, war während der Theaterprobe ganz unmerklich von ihm gewichen. Er hatte sich leicht gefühlt und frei. Und dann war plötzlich alles wieder dagewesen. Ludvig hatte ihm auf die Schulter geklopft.

Gut, dass du da bist. Du schaffst das schon.

Und weil ihnen klar war, dass auch so ein Kommissar mal eine gedankliche Pause von seiner Arbeit braucht, fragten sie ihn nach seiner Meinung zu ihrer Inszenierung.

Nur nichts weitererzählen, Kommissar, lachte ihm die Darstellerin der Fischersfrau zu.

Lars, der inzwischen auch nicht mehr ganz nüchtern war und mit Goesta nochmal über den Text diskutierte, bekam nichts davon mit, wie Simon die Glaubwürdigkeit der Darstellung lobte.

Wie jeder von euch dem Fremden das erste Mal gegenüber tritt, da läuft einem ein Schauer über den Rücken. Die Feindseligkeit des einen und die Neugier des anderen, sind eine spannungsreiche Mischung.

Alle hörten ihm aufmerksam zu.

Und als sich dann bei den ersten Leuten ein Fünkchen Mut zeigt, in Frage zu stellen, ob der Fremde tatsächlich ein Dieb ist oder ein Mörder, der Unterschlupf sucht auf der Flucht vor gerechter Strafe, da geht einem das Herz auf.

Mit diesen Worten sah Simon in jedes einzelne der ihm lauschenden Gesichter. Hatte einer von ihnen dringend Geld gebraucht? Hatte bei dem Wort „Mörder" einer zu oft geblinzelt oder ging eine unmerkliche Bewegung durch den Körper eines anderen ? Doch alle lächelten ihn nur an. Einer hatte gleich eine neue Runde für alle bestellt und der nächste stimmte ein neues Lied an. Simon zog sich die Decke vom Kopf und sprang aus dem Bett. In einer Woche erwartete Axel, dass das Geld wiedergefunden ist. Und er ? Lag nur faul im Bett herum ! Barfuß stieg er die Stufen hinab und kochte sich Kaffee. Ein leichter Wind strich durch den Garten, als Simon sich an der Pumpe wusch, um einen klaren Kopf zu bekommen. Er rief sich in Erinnerung, was Lars ihm zuletzt über Carlsson gesagt hatte. Die Modellbaugruppe traf sich am Montag. Gut, das musste bis morgen warten. Aber sagte Lars nicht auch, dass er häufig das Internet in der Volksuniversität genutzt hatte ? Die Überprüfung des Suchverlaufs könnte ihnen nützliche Hinweise bringen. Fünfmal im Abstand von jeweils einer Stunde versuchte er vergeblich, seinen Assistenten zu erreichen. Gut, dann musste auch das bis morgen warten.

44

Inzwischen war die Nachmittagssonne blasser geworden und der Himmel hatte sich mehrfach verfärbt. Melker war im Grunde froh darüber, dass er den weiteren Ermittlungen dieses deutschen Polizisten seine Zustimmung erteilt hatte. Es war bereits nach 18 Uhr und er löschte das Licht der Kerze, die nur ein einfacher Trick gewesen ist, um mehr Bürger von Skröna zurück in den Schoss der Kirche zu locken. Es hatte geklappt. Doch so war es nun auch dazu gekommen, dass er inzwischen nicht nur mehr über sie erfuhr als in den vielen vergangenen Jahren, sondern auch mehr, als ihm eigentlich lieb war. Er wusste einfach nicht so recht damit umzugehen, dass sie ihm so viel Privates und Persönliches erzählten und fühlte sich überfordert damit, dass manche sich sogar einen Rat von ihm erbaten. Als Seelsorger war er zwar ausgebildet, aber er hatte nie so recht Erfahrung darin gesammelt. Konnten sich denn die Menschen nicht gegenseitig helfen ? Jetzt, wo sie ihn vollends unerwartet mit ihren Ängsten überfielen, brauchte er eine Lösung, wie damit umzugehen sei. Das Beste wäre es (sagte er sich, als er die Kirchentür hinter sich schloss und zu seinem Haus spazierte), wenn er ihnen irgendwelche Verhaltensregeln auferlegte, irgendetwas Allgemeingültiges. Nur für den Fall, dass nochmal jemand nach seinem Rat fragte. Er wusste wenig mit dem Leben und den Sorgen der Menschen anzufangen. Doch wenn er ihnen nicht nur sagte, dass Gott allen Sündern vergibt, wenn sie nur recht fromm beten und ein finanzielles Opfer darbringen, sondern ihnen auch allgemeine Vorschriften machte, an die sie sich halten sollen, würde er ihnen das Leben erleichtern. Wer sich an Regeln und Vorschriften hält, ohne diese nach ihrem Sinn zu hinterfragen, braucht nur selten selbst zu denken. Wer sich stets auf höhere Mächte beruft, der hört auf, seine Verantwortung als individueller Teil der Gesellschaft zu tragen. Und das ist wohltuend, da würde ihm jeder beipflichten. Oder etwa nicht ? Von der Weide her hörte er das Blöken seiner Schafe, als er ins Haus ging, um sich sein Abendmahl zu bereiten.

45

Wenn ich euch das sage, dann macht das bitte auch so, versuchte Kristian die Zweifler zu beruhigen, die es lieber gesehen hätten, wenn der dorfeigene Polizist sie zu Carlsson und den internen Vorgängen in der Modellbau-Gruppe befragt hätte als so ein Fremder. Keiner hatte konkret etwas gegen Simon, aber man konnte ja nie wissen. Im Grunde wollten sie gar nicht dazu befragt werden und wendeten sich wortlos wieder ihren Werkbänken zu, um ihren Schiffen den letzten Schliff zu verpassen. In weniger als zwei Wochen würde das große Wettrennen um das „Blaue Band" stattfinden. Und jeder von ihnen wollte es gewinnen.

Wollt ihr, dass der Fall so bald wie möglich aufgeklärt wird oder nicht ?, setzte er lautstark nach.

Keiner wagte es, zu widersprechen. Die meisten waren ohnehin vor allem erstaunt, dass Kristian überhaupt in diesem Ton mit ihnen sprach. Jeder kannte ihn als ruhig und freundlich. Niemand hatte ihn jemals laut, geschweige denn wütend erlebt.

Ihr redet mit dem Kommissar und ich erledige andere fallrelevante Aufgaben. Keine Diskussion.

Und damit nickte er Simon kurz zu, drehte sich um und schritt Richtung Computerplatz davon. Dass er tags zuvor nicht erreichbar gewesen ist, hatte sein Vorgesetzter freundlicherweise nicht angesprochen. Der sah sich nun mit einer Gruppe von fünf Männern zwischen 30 und 70 Jahren konfrontiert, die weder seine Funktion noch seine Absicht auch nur ansatzweise so ernst zu nehmen schienen wie die Arbeit, mit der sie gerade beschäftigt waren. Obwohl der Raum höchstens 30 m² maß – ein Bruchteil der riesigen Säle, wo er spielend sein Publikum in Bann gezogen hatte – musste er schließlich von einem zum anderen gehen, um für wenigstens ein paar Augenblicke die Aufmerksamkeit eines Einzelnen zu gewinnen. Die Modelle schienen allesamt Nachbauten historischer Schiffe zu sein. Beeindruckende Ozeanriesen in Miniaturformat, ein bis zwei Meter lang. Überall lagen Holzspäne herum und an manchen Stellen war der Fußboden von einer feinen Schicht Holzmehl bedeckt. Es roch nach Lösemitteln, vermutlich von den farbigen Lasuren und dem Leim, der auf den Tischen stand. So hatte es auch in der Werkstatt der Bühnenbauer gerochen, die er als Student manchmal besuchte, weil eine Freundin von ihm dort arbeitete. „Hier entstehen hunderte Welten – ständig neu", erinnerte er sich an ihre Worte. Es war beeindruckend, was Kopf und Herz und Hände der Schreiner und Schlosser, der Maler und Plastiker erschufen und doch war deren Arbeit anders strukturiert als die des Szenenbildners, dessen Assistenten und der Requisiteure, die für seine Krimi-Serie zuständig sind. Ebenso wie die Kostümbildner und deren Assistenten und Garderobieren, standen sie unter einem viel stärkeren Zeitdruck und zauberten manchmal unter den schwierigsten Bedingungen, an ständig wechselnden Drehorten und manchmal in letzter Sekunde immer wieder etwas aus dem Hut, womit sie dankbare Regisseure begeisterten. Während sie außerdem noch darauf achten mussten, dass nicht jeder am Set die Dekorationen und Requisiten anfasste und vielleicht durcheinanderbrachte, während gerade ein Umbau geschah, damit die Kameraabteilung eine weitere relevante Perspektive der gerade durchgespielten Szene drehen konnte. Man *drehte* noch immer die einzelnen Einstellungen eines Bildes aus dem *Drehbuch*, dabei wurde längst alles digital aufgezeichnet. Kein Assistent bewegte mehr eine Kurbel. Es lief kein Zelluloidband mehr durch die Kamera so wie noch bis in die Anfangsjahre des neuen Jahrtausends – seit die Lumières am Ende des 19. Jahrhunderts in Lyon einen Fotoapparat weiterentwickelt hatten und damit etwas Wunderbares erschufen, dessen Zauber ungebrochen weiterexistierte. Ein Hammer fiel mit einem

Knall zu Boden und riss Simon aus seinen Gedanken. Die Männer arbeiteten an ihren Werkbänken, als hätten sie seine Anwesenheit längst vergessen. Mit wem aber sollte er zuerst sprechen? Zwei von ihnen waren ihm bereits beim Gedächtnis-Essen aufgefallen. Der mit den blonden langen Haaren und dem Lederarmband, der etwas jünger zu sein schien als er selbst, hatte dem großen mit den weißen Haaren und dem roten Bart wortlos eine Münze neben den Teller gelegt. Der besah sie lange und ließ sie dann in der Brusttasche seines Hemdes verschwinden. Was hatte Kristian nach dem Trauergottesdienst gesagt? Dass der ein Freund von Carlsson sei? Umso besser! Ihn würde er zuerst befragen. Wie war gleich sein Name? Zu dumm, dass er sich gar keine Notizen machte, weil er sich stets auf sein Gedächtnis verließ.

Entschuldigung, ähm, was für eine schöne Arbeit. Was baust du denn da?

Der Mann drehte ihm noch immer den Rücken zu, als wäre niemand sonst hier.

Das ist das schnellste Schiff der Atlantik-Route, jahrelanger Rekordhalter.

Erst mal abwarten Rurik, murmelte der Mann neben ihm hörbar.

Rurik? Auch Lars hatte gesagt, dass Rurik mit Carlsson befreundet war.

Was willst du denn, Snorre?, konterte Rurik leicht gereizt.

Ich sage nur, dass noch nicht aller Tage Abend ist.

Jetzt fangt ihr nicht auch noch an, mischte sich einer ein, der im gleichen Alter wie Simon zu sein schien und gerade ein winziges Rettungsboot an Deck seines Schiffsmodells festklebte.

Kümmer' dich um deinen eigenen Kram, Toke, antwortete Rurik in einem Ton, der keinen Widerspruch duldete.

Hör mal, Rurik, wir versuchen hier alle unser Bestes. Keiner kann was dafür, dass du Carlsson nicht mehr beweisen kannst, dass dein Boot schneller ist als seins.

Immerhin hat Carlsson ja nun tatsächlich als erster das andere Ufer erreicht, meinte Björn, den Simon vom Fußballspiel kannte und der in diesem Augenblick die Werkstatt betrat.

Du halt´ dich zurück, du Jungspund, hielt Rurik ihm entgegen. Dieser Rurik musste schwer getroffen sein vom Tod seines Freundes, so gereizt wie er mit jedem hier sprach. Simon erschien es besser, unter vier Augen mit ihm zu sprechen.

Entschuldige bitte, Rurik, räusperte sich Simon, den die Männer auf unerklärliche Weise nicht wahrzunehmen schienen, *könnten wir draußen ein paar Worte wechseln?* Rurik sah ihn skeptisch an und schaute dann in die Runde.

Kommt nur nicht auf die Idee, ihr könntet mich in den zwei Minuten abhängen. Ich bin gleich wieder da.

Im Hinausgehen stieß Simon beinahe mit einem glatz-köpfigen Mann in blauer Regenjacke zusammen.

Entschuldigt Leute, sagte der etwas außer Puste und hängte seine Jacke an einen Wandhaken.

Thure hat die Zeit vergessen, witzelte der mit der Münze.

Du würdest noch mal deinen Kopf vergessen, wenn der nicht angewachsen wäre, meinte schmunzelnd der Grauhaarige, der bisher noch gar nichts gesagt hatte.

Anea wollte mich nicht ohne Abendessen gehen lassen. Und dann arbeitete jeder an seinem Schiffsmodell weiter, als wäre nichts gewesen.

Es tut mir leid um deinen Freund, Rurik, begann Simon seine Befragung mit angemessener Anteilnahme.

Wovon redest du, Kommissar? Ist Birger etwas zugestoßen?, reagierte der aufgebracht.

Nein, äh... ich meine... nein, keine Ahnung. Wie kommst du darauf? Ich meine... ich spreche von Carlsson, fing Simon sich wieder.

Wer behauptet denn sowas? Solchen Quatsch hat Birger bestimmt nicht erzählt!

Simon wollte sich nicht daran gewöhnen, dass es ihm wiederholt die Sprache verschlug.

Äh... ist er nicht dein Freund?

Nein, der bestimmt nicht, möge er in Frieden ruhen. Wir waren Gegner, wenn du so willst. Er tat ja immer so, als könne er kein Wässerchen trüben. Aber wenn du mich fragst.

Gegner, ja? Wie denn das?

Na, was soll ich sagen. Wir waren Konkurrenten, Gegner, Feinde, nenn es wie du willst. Ich hätte ihn bestimmt ausgestochen bei unserem Wettbewerb. Aber er...Naja, jetzt macht er ja nicht mehr mit.

Dann griff er in seine Hosentasche und holte eine Münze hervor.

Hier, sieh mal. Leif hat als erster seine Wettschulden beglichen. Die meisten haben auf sich selber gesetzt. Leif und Björn darauf, dass Carlssons Schiff auf jeden Fall vor meiner „Queen Mary" ans Ufer gelangt.

Konnte im Wettstreit um einen Sieg bei einem Modellboot-Rennen das Motiv für einen Mord liegen?

Was meinst du damit: Carlsson tat immer so, als könne er kein Wässerchen trüben?

Na der war immer zu allen freundlich, hat sich nie mal mit jemandem geschlagen, nicht mal ein böses Wort. Selbst wenn ich ihn noch so provoziert habe. Das ist doch nicht normal! Der muss doch irgendwas vor uns verheimlicht haben.

Rurik schien etwas einzufallen.

Als wir damals anfingen, letztes Jahr, da fehlte eines Tages die Hälfte von Tokes Konstruktionszeichnung. Er musste nochmal von vorne anfangen. Und vor vier Wochen, da war plötzlich ein Loch im

Rumpf von Björns Schiff. Und vor zwei Wochen, er stockte und überlegte kurz. *Genau, vor zwei Wochen fehlten auf einmal die Zündkerzen am Motor von Nores „Normandie". Das muss man sich mal überlegen, so schwer wie diese Einzelteile für unsere Modellschiffe zu bekommen sind !*

Mit vor Unschuld triefendem Blick sah er Simon an.

Sowas würde doch keiner machen, zeigte er in den Raum. *Aber Carlsson ? Naja, fragen kannst du den jetzt ja nicht mehr.*

Habt ihr euch denn mal gestritten ? Hier oder außerhalb der Volksuniversität.

Ach, natürlich nicht. Provoziert hab ich ihn fast jeden Montagabend, das geb ich zu, aber er hat ja nie weiter drauf reagiert. Und außerhalb ? Da hab ich freiwillig kein Wort mit ihm gewechselt.

Simon ließ Ruriks Aussage fürs Erste so stehen. Während er ein Schutzmittel gegen Holzfäule auf den Rumpf seiner „Queen Mary" auftrug, sprach Simon mit jedem der Männer einzeln vor der Tür, ob ihnen eine Auseinandersetzung zwischen Rurik und Carlsson aufgefallen sei. Nore, der Grauhaarige, sagte, dass er eindeutig gehört habe, wie Rurik dem Toten angekündigt hatte, ihm etwas Schlimmes anzutun.

Naja, genau genommen lebte er da noch. Das war vor zwei Wochen. Rurik hob die Hand und sagte „etwas Schlimmes, glaub mir, Carlsson".

Um nicht erneut etwas zu vergessen, hatte Simon sich ein Blatt Papier und einen Bleistift geben lassen und notierte exakt diese Worte. Vielleicht war es nur eine Frage der Übersetzung, immerhin ist Englisch nicht Nores Muttersprache, sagte er sich. Wer würde schon unter Zeugen jemandem einen Mord androhen ? Tokes Aussage schien das tatsächlich zu relativieren.

Er hat beinahe jede Woche davon gesprochen, dass es sicher schlimm sein wird für Carlsson, wenn dessen Boot einen Schlag bekommt vom Kielwasser der „Queen Mary".

„Einen Schlag bekommt", notierte Simon.

Thure war unkonzentriert, denn er hatte heute die Kupplung für den Motor mit der Post erhalten und wollte keine Minute für den Bau seines Schiffes verlieren. Oder gab es einen anderen Grund für seine Nervosität?

Tut mir leid, Simon, aber ich hab davon nicht viel mitbekommen. Rurik ist nicht der Freundlichste von uns, das stimmt. Aber gestritten? Carlsson habe ich nie mit jemandem streiten sehen.

Ich weiß nicht, überlegte Björn.

Kann sein, dass Rurik vorhatte, etwas an Carlssons Boot zu beschädigen. Vielleicht meinte er das mit seiner Drohung? Hier sind immer mal wieder ein paar komische Dinge passiert. Mal fehlten plötzlich Bauteile, ein anderes Mal war eine tiefe Schramme in der Aufkimmung von einem und meins hatte plötzlich ein Loch im Rumpf. Jeder nimmt das hier sehr ernst. Wir wissen nicht, wie das passiert ist. Doch außer Ruriks und Carlssons Boot waren alle irgendwann mal betroffen.

Carlsson war immer sehr hilfsbereit, setzte Snorre einen anderen Fokus.

Für ihn war das eher ein Spaß, was wir hier machen. Die Kleinigkeiten hatten es ihm angetan, nicht die Geschwindigkeit. Details der Konstruktion, weißt du. Mir hat er zum Beispiel geholfen, an eine Zeichnung der „Great Western" ranzukommen. Ein Dampfschiff, das schneller war als seins. Er hat die „Sirius" nachgebaut. Das erste Schiff, das nur mit Dampf betrieben den Atlantik überquerte. Nur zweimal insgesamt. Dann fuhr sie zwischen Cork und Glasgow. Ein Zweimaster von 1837. Willst du es sehen?

Snorre führte den Kommissar zu einem großen Schrank. Es war einer der beiden, in dem die Mitglieder der Gruppe ihre Modelle aufbewahrten.

Normalerweise ist er verschlossen. Wir öffnen ihn nur, wenn wir uns hier gemeinsam treffen.

Mit einer feierlichen Geste klappte er beide Türen auf. Und da stand – prachtvoll – ein einzelnes Schiff. Mit vollen Segeln, weit ausladend, einem Schornstein und zwei mächtigen Schaufelrädern.

Carlsson hatte sein Modell natürlich mit Benzinmotor konstruiert. Fertig war der schon. Ihn einzubauen hatte er keine Zeit mehr bekommen.

Alle legten für einen Augenblick ihre Werkzeuge aus der Hand. Sie schauten auf das Schiffsmodell, keiner sagte ein Wort. Simon sah von einem zum anderen. Auch Rurik schien betroffen, ohne jeden Groll. Hatte er gar ein schlechtes Gewissen? Sich nicht mehr mit jemandem versöhnen zu können, weil der jetzt tot ist? Nun, sagte sich Simon, Rurik wirkte eher wie jemand, der gerne im Streit mit anderen lebt. Oder hatte er plötzlich ungewollt eine Grenze überschritten? Noch konnte Simon nichts beweisen, aber immerhin war es eine Spur. Als er den Bleistift zurückgeben wollte, fiel ihm ein, dass er Lejf noch nicht befragt hatte.

Viel hab ich dazu nicht zu sagen, Kommissar. Rurik ist einfach sehr ehrgeizig, er hat öfter an seinem Boot gebaut, als jeder von uns. Jedenfalls weiß ich, dass er auch an anderen Tagen hier war, nicht nur zu unseren Gruppentreffen. Und dass er immer jemandem braucht, mit dem er sich streiten kann.

Simon bedankte sich bei ihm und drückte ihm den Bleistift in die Hand. Bevor er sich jedoch verabschieden konnte, kam Rurik auf ihn zu und wollte ihm unbedingt noch etwas sagen.

Weißt du eigentlich, dass unser Bürgermeister den Lenart betrogen haben soll, als er dessen Grundstück für die Gemeinde ankaufte?
Seine Augen verengten sich zu Schlitzen.
Ich meine ja nur.
Simon schaute ihn skeptisch an. Dann verabschiedete er sich mit einem Gruß in die Runde. Ihm fiel spontan kein passender Seemannsgruß ein, deshalb wünschte er ihnen allen einfach gutes Gelingen und noch einen angenehmen Abend. Auf der Treppe kam Kristian ihm entgegen. Er hatte tatsächlich etwas zu Carlssons Internet-Recherchen herausgefunden.

46

Kristian hatte haarklein alle Adressen der Internetseiten notiert, die Carlsson innerhalb der vergangenen vier Wochen aufrief, während Lars vergeblich versuchte, ihm dabei über die Schulter zu schauen. Letztendlich bat Kristian ihn darum, ihm einen Kaffee zu bringen. Beide waren darüber gleichermaßen erstaunt. Und während Lars kopfschüttelnd zum Automaten im ersten Stock gegangen war, sagte sich Kristian, dass der es schließlich für die Lösung des Falles tat. Es war gar nicht so leicht, überhaupt fündig zu werden. Doch dank des Buches, in das sich jeder mit Name und Unterschrift, Datum und Uhrzeit von bis eintragen musste, brachte Kristian es auf immerhin zehn Seiten, die er mit Sicherheit dem Toten zuordnen konnte. Jetzt saß er mit Simon am Computer der Polizeiwache, wo sie die einzelnen Seiten aufriefen. Ein paar davon waren in englischer Sprache. Die anderen Seiten übersetzte Kristian für Simon. Wirklich schlau daraus wurden beide nicht.

Offensichtlich hat er sich für Schmetterlinge interessiert, hätte ich nicht gedacht, meinte Kristian schulterzuckend, ohne etwas Verdächtiges daran finden zu können.

Und hier… hier erfährt man alles über Seebestattungen. Die Hinterbliebenen bekommen offensichtlich eine Seekarte. Da werden die Koordinaten der Urne eingezeichnet, las Kristian.

Dann rief er die nächste Seite auf. Es war die Homepage der SAS Scandinavian Airlines.

Carlssons Suchanfrage wird leider nicht mehr angezeigt, erklärte Kristian enttäuscht.

Simon hatte nichts anderes erwartet. Überraschenderweise gehörte die nächste Seite auch einer Fluggesellschaft.

Alitalia ? Was hatte Carlsson mit Italien zu schaffen ?

Kristian sah Simon fragend an, dessen Mimik so viel sagte wie „Woher-soll-ich-das-denn-wissen-?". Die anderen Internetseiten, die laut Datum und Uhrzeit eindeutig von Carlsson aufgerufen worden waren, verwiesen auf Oldtimer-Messen in Lidköping und Rättvik, auf Online-Poker und den Versandkatalog einer Firma, die sowohl Kleidung als auch Kosmetik, Einrichtungsgegenstände und Elektronik verkaufte und auf verschiedene Saatgutsorten.

Hast du schon mal von „Paul Robeson" gehört ?, fragte Kristian verwundert.

Na klar, das war ein afroamerikanischer Schauspieler. Er war auch Sänger. Und Bürgerrechtler.

Achso ? Kristian war beeindruckt von der Allgemeinbildung des Kommissars.

Dann haben die Russen eine Tomatensorte nach ihm benannt ?

Eine Tomatensorte ?

Hier gibt's auch eine „Reisetomate".

Es war unglaublich, wie viele unterschiedliche Samen vermutlich uralter Gemüsesorten es dort zu kaufen gab. „Wunder von Kelvedon" und „Nutterbutter", „Golden

Bantam" und „Bright Lights". Sie klickten sich durch das gesamte Angebot, bis ihnen wieder einfiel, weswegen sie kurz nach halb Elf noch immer hier am Computer der Polizeiwache saßen. Auf Kristians Liste stand nur noch eine Internetadresse.

Was ist „NASDAQMXNORDIC"? Ein Buchstabencode?
Kristian sah Simon an, als dämmerte ihm etwas.

Eher ein Zahlencode.
Buchstabe für Buchstabe tippte er auf die Tastatur.

Sieh selbst.
Die Sinuskurve unter der Überschrift „Market Overview" sagte es eindeutig.

Ist das etwa die schwedische Börse?

Ganz genau, blitzte es in Kristians Augen auf.

Was hältst du davon, Simon?
Konnte es tatsächlich sein, dass Carlsson selbst etwas mit dem Verschwinden des Geldes zu tun hatte? Dass seine Weste doch nicht so weiß war, wie beinahe jeder im Ort behauptete? Wenn sie mit ihren Ermittlungen vorankommen wollten, durfte kein Gedanke vorschnell verworfen werden. Warum geht einer an die Börse? Was könnte Carlsson dazu bewegt haben?

Wenn man nur die Tatsache betrachtet, dass Carlsson mit der Truhe für die Pension im Besitz einer Menge an Geld war…

… dann konnte er verleitet worden sein, an der Börse zu spekulieren, beendete Kristian den Satz.

Und vielleicht hat er in großem Stil verloren, weil er auf die falsche Aktie gesetzt hat und…

… und jemand aus dem Dorf hat das herausgefunden…

… oder Carlsson hat es jemandem gebeichtet…

… und der…

… oder ein anderer…

… hat ihn vor Wut…

211

… oder aus Verzweiflung…

… erschlagen, schloss Kristian ernüchtert diesen Gedankengang.

Es könnte aber auch anders gewesen sein, meinte Simon.
Sieh doch nur mal die beiden Fluggesellschaften. Italien? Was hatte Carlsson denn mit Italien zu tun?

Denkst du an die Mafia?, fragte Kristian betont leise.

Naja, wenn er so viel Geld hatte, kann es doch genauso gut auch sein, dass er sich auf krumme Geschäfte mit der Mafia eingelassen hat. Und die sitzt doch bekanntlich in Italien.

Die Mafia sitzt weltweit, korrigierte Kristian vorsichtig seinen Vorgesetzten.

Das hatte er auf der Polizeihochschule gelernt. Simon schien sich daran nicht zu stören, dass Kristian darüber mehr wusste als er selbst, stellte er beruhigt fest.

Na dann… ist es ja umso wahrscheinlicher, überlegte er laut. *Und dann wollte er da wieder aussteigen, weil ihm klar wurde, wie zerstörerisch deren Machenschaften sind. Und das hat denen nicht gepasst. Peng.*

Vielleicht wollte er mit dem Geld auch einfach bloß eine Reise nach Italien machen, kombinierte Kristian die Fakten in eine andere Richtung.

Carlsson hat sein ganzes Leben hier auf der Insel verbracht. Vielleicht wollte er einfach mal…

Vielleicht hatte er eine Geliebte in Italien und die war gierig geworden…

… oder er wollte sich von dem Geld ein Auto kaufen. So einen Oldtimer. Die kosten ein Vermögen, wenn die restauriert sind.

Und wenn er billig einen gekauft hat und ihn dann kostengünstig restaurieren lassen wollte von jemandem, den er kennt?

Simons nächster Gedanke war: Göran. Aber dort stand nirgendwo ein Oldtimer rum. Hatte Göran ihn bereits weiterverkauft? Hatten die beiden gemeinsame Sache gemacht. Er traute sich nicht, diesen Gedanken laut auszusprechen.

Da käme nur Göran in Frage, meinte Kristian.

Und außerdem habe ich das Bargeld noch vor zwei Wochen gesehen. Das kann nicht sein.

Du hast das Geld gesehen?

Naja, nur ganz kurz. Ich hab noch etwas eingezahlt. Carlsson hat die Truhe geholt und da konnte ich es kurz sehen. Es schien wirklich eine Menge zu sein.

Kristian starrte auf die Internet-Seite der schwedischen Börse.

Er hat die Truhe geholt? Wo stand sie denn?

Keine Ahnung.

Kristian rief die anderen Suchergebnisse noch einmal auf.

Er bot mir einen Kaffee an, ging aus der Küche und kam dann mit der Truhe wieder zurück. Ich weiß nicht, wer alles wusste, wo er die Truhe aufbewahrt hat. Der eine oder andere mit Sicherheit.

Simon überlegte kurz. Der Täter muss es gewusst haben. Doch wenn er die Leute jetzt befragte, wo genau Carlsson die Truhe aufbewahrt hatte, würde es ihm vermutlich keiner sagen. Denn wer es wusste, machte sich schließlich verdächtig.

Und Online-Poker? Kommt dir das nicht auch verdächtig vor? Da könnte er eine Menge Geld verloren haben, schlug Kristian als möglichen Zusammenhang vor.

Simon schüttelte den Kopf.

Woher wollen wir eigentlich wissen, ob Carlsson das Geld verschleudert hat? Kann es nicht ebenso gut sein, dass er versucht hat, das Geld zu vermehren? Und möglicherweise ist es ihm ja gelungen. Und vielleicht hat das ja jemand herausgefunden. Undsoweiter.

Für einen Moment starrten beide wortlos auf den Monitor. Schließlich ließ sich keine ihrer Theorien beweisen und inzwischen waren es nicht mal mehr zwei Wochen, bis DIE

JURY ihr Dorf unter die Lupe nehmen würde. Gab es nicht naheliegendere Tatmotive? Hatte nicht Axel Carlsson mehrfach unter Druck gesetzt, sein Testament zu ändern und der hatte sich jedes Mal geweigert? An Lars´ Aussage gab es keinen Zweifel und Stig und Axel selbst hatten es zu vertuschen versucht. Vielleicht war Axel zu weit gegangen? Natürlich konnte es der Bürgermeister gewesen sein. Vielleicht hatte ihm ja bloß die Zeit gefehlt, jemand anderen zu beauftragen?

Ich werde nochmal mit Axel reden, entschied Simon.

Und diesmal werde ich ihn nicht um einen Termin bitten.

47

Willst du Axel wirklich des Mordes beschuldigen?

Kristian wirkte skeptisch, als er Simon am Dienstagmorgen an Görans Hof abholte.

Ob ich will oder nicht… Axel ist eindeutig tatverdächtig, fasste Simon die Sache zusammen.

Vielleicht hast du ja recht, meinte Kristian, dem es vor allem darum ging, Simon vor dem Jähzorn des Bürgermeisters zu warnen.

Aber pass auf dich auf, ja?

Simons Mimik formulierte ein Fragezeichen.

Naja, ich meine nur. Wenn ich dran denke, wie oft er sich mit Gustaf in die Wolle gekriegt hat.

Mit Gustaf? Wieso denn das?

Das kann ich dir nicht sagen, es weiß ja niemand. Die konnten sich einfach noch nie leiden. Ich meine… überhaupt nicht. Deshalb machen sie einen Bogen umeinander, wann immer sie sich über den Weg laufen.

Das war neu für Simon. Auf der restlichen Autofahrt ging es ihm nicht aus dem Sinn. Vielleicht konnte er genau diesen Umstand nutzen, um ans Licht zu bringen, was Axel mit dem Mord an Carlsson zu schaffen hatte. Denn womöglich war der Besuch beim Dorfältesten am Morgen von Simons Ankunft tatsächlich ein Ablenkungsmanöver von Axel, wie Kristian vermutete? Der wartete diesmal im Auto. Simon würde diese Unterredung alleine führen, ohne Zuschauer. Schließlich wollte er mit seinem Verdacht keine Wellen schlagen, denn vielleicht war ja alles ganz anders, wer weiß. Ganz harmlos begann er das Gespräch mit einer Frage nach dem Elchgeweih, das über Axels Schreibtisch hing.

Deshalb störst du mich um diese Zeit beim Arbeiten?

Es sollte weniger abweisend klingen, als es das tat. Auf Axel wirkte Simons Erscheinen wie ein Überfall und so verrutschte ihm seine gewohnte Maske der Diplomatie ein wenig. Auf die Schnelle war ihm einfach kein glaubwürdiger Grund eingefallen, um dieses Gespräch auf einen späteren Zeitpunkt zu vertagen. Oder um es zu unterbinden.

Wenn du es unbedingt wissen willst, gut. Es ist ein Familienerbstück. Mein Urgroßvater hat ihn geschossen. Es ist der letzte bisher gesichtete Elch auf unserer schönen Insel.

Das Stichwort „Familienerbstück" kam Simon wie gerufen.

Familie bedeutet euch viel hier in Schweden, oder?

Axels Augen begannen zu glänzen. Wer weiß, vielleicht wollte der Kommissar ja nur ein bisschen mit ihm plaudern, beruhigte er sich. Smalltalk war er als Lokalpolitiker gewöhnt.

Aber natürlich. Meine Frau Mätta kennst du ja bereits. Sie ist eine unschätzbare Stütze für mich und unser Geschäft.

Simon tastete sich weiter an den kritischen Punkt heran.

Deine Tochter habe ich auch kennengelernt.

Zum Glück wusste er, dass Axels Tochter und Gustafs Sohn ein Liebespaar sind. Wenn die Väter zerstritten waren, war das sicher ein Reizthema für Axel.

Ja, meine Finja ist mein Augapfel, lächelte er.

Simons Hände ballten sich vor Aufregung zu Fäusten. Das erste Mal in seinem Leben stand er einem mutmaßlichen Mörder gegenüber. Jeden Moment war es soweit. Gleich hatte er Axel da, wo er ihn haben wollte. Es würde das einzige Mal in seinem ganzen Leben sein, dass er jemanden verhaftete.

Nun, Axel, stimmt es, dass du dich leicht bei einer Sache aufregst, wenn sie dir etwas bedeutet?

Ach was, wer sagt denn so etwas?, fand der Bürgermeister zurück ins diplomatische Fahrwasser und nahm (wie zum Beweis ohne zu zittern) seine Kaffeetasse in die Hand.

Nun, ich glaube das ja auch nicht. Wieso solltest du aus der Haut fahren, dass dieser störrische Alte sein Testament nicht zu deinen Gunsten geändert hat, wenn es dir gar nichts ausmacht, dass Gustafs Sohn mit deiner Tochter zusammen ist?

Totenstille folgte. Dann flog die Kaffeetasse mitten durch den Raum und knallte durchs Fenster. Geschafft, dachte Simon und rieb sich die schmerzende Hand, da wo ihn der Kaffee getroffen hatte. Axel war außer sich. Gleich würde sein Geständnis aus ihm herausplatzen!

Den Carlsson habe ich nicht ermordet !!!

Axels Gesicht glühte rot. Verbrannte Erde.

Okay. Gut. Ich geb es zu, schrie er drauflos.

Ich hab Lenart betrogen. Dieser Vollidiot hat es doch nicht anders verdient! Geldstrafe? Meinetwegen!! Kein Problem! Setz dich mit meinem Anwalt in Verbindung. Den kennst du ja. Aber dem Carlsson… der… dieser… das war ein alter Trottel. Ich hab ihm immer wieder Geld angeboten für das Testament. Er wollte einfach nicht. Verdammt noch mal! Aber dem Carlsson? Dem hätte ich doch nie was antun können! Ehrenwort!!

Simon war sich nicht sicher, wie viel er auf das „Ehrenwort" des Bürgermeisters geben konnte. Dieser Gedanke kam ihm im selben Moment, als Axel polternd an ihm vorbeirauschte und Türen knallend das Büro verließ.

48

Was war denn da los?, fragte Kristian vorsichtig, als Simon wieder ins Auto stieg.

Laut schimpfend hatte er Axel aus dem Gemeindehaus stolpern, in sein Auto steigen und davondüsen sehen. Er war kurz versucht, ihn zu verfolgen. Immerhin hätte es sein können, dass er den Mord gestanden hat und dann zu flüchten versuchte. Der Polizist wollte jedoch auf die Anweisung seines Vorgesetzten warten.

Ich glaube, er war es nicht, sagte Simon ernüchtert.

Und wieso? Bist du dir da so sicher?

Er hat zugegeben, dass er Carlsson unter Druck gesetzt hat. Tatsächlich! Und dass er Lenart betrogen hat. Er hat es zugegeben. Er war völlig außer sich und hat lauthals rumgeschrien. Da wäre ihm der Mord doch automatisch über die Lippen gekommen. Meinst du nicht?

Kristian musste trotz der soeben zu Tatsachen gewordenen Vermutungen unwillkürlich grinsen.

Was hast du denn gemacht, dass unser Bürgermeister seine Fassung verloren hat?

Na ich habe seine Gelassenheit bewundert. Weil es ihm ja ganz offensichtlich nichts ausmacht, dass der Sohn seines Feindes der Freund seiner Tochter ist.

Fassungslos sah Kristian seinen Vorgesetzten an.

Das hast du ihm gesagt ??

Ich wollte ihn nur ein bisschen provozieren mit diesem Thema. Und hab´ ihm dabei ins Gesicht gesagt, dass wir von der Sache mit dem Testament wissen.

Kristian schwieg einen Moment. Und dann erzählte er Simon von der mündlichen Anweisung, der sich alle Skrönaer beugten, damit Axel niemals etwas von dieser Liebesbeziehung erfuhr.

49

Während Axel freundlich lächelnd wartete, bis die beiden Kunden seinen Laden verließen und anschließend von seiner Frau erfuhr, dass Finja heute mit einer Freundin aufs Festland gefahren sei (immerhin habe sie Schulferien und solle nicht jeden Tag hier mitarbeiten), fuhr Kristian direkt ins **WASAHUS,** nachdem er Simon an Görans Hof abgesetzt hatte. Er machte ihm klar, dass es eine reine Vorsichtsmaßnahme und höchstgradig notwendig sei, denn der Bürgermeister würde den Gastwirt auf jeden Fall zur Rede stellen. Da es sich hier ausschließlich um eine dorfinterne Angelegenheit handele, die nicht das Geringste mit dem Fall zu tun habe, sei es besser, wenn Simon die Zeit anderweitig nutze. Kristian verbrachte den restlichen Tag am Tresen und harrte dem, was da kommen mochte. Abwechselnd bestellte er Wasser und Saft. Es war unabdingbar, dass er nüchtern blieb. Um keine schlafenden Hunde zu wecken, sprach er jedoch weder mit den Wirtsleuten, geschweige denn jemand anderem ein Wort über den heutigen Vorfall im Gemeindehaus. Es war bereits weit nach 20 Uhr und Axel war noch immer nicht aufgetaucht.

50

Seit Stunden saß Axel im Wohnzimmer seines Hauses. Benkas Schnaps schmeckte ihm heute ganz und gar nicht. Mätta war eine Runde spazieren gegangen und noch immer nicht zurückgekehrt. In aller Deutlichkeit hatte sie ihm gesagt, dass sie nicht erwarte, dass ihre Tochter eines Tages das Familiengeschäft übernimmt.

Ich will, dass meine Tochter glücklich ist !, war ihr letztes Wort zu dieser Sache.

Axel hatte nicht einmal daraufhin etwas gesagt. Dass Mätta hoffte, ihre Tochter auf dem Heimweg an der Fähre abzupassen, wusste er ebenso wenig, wie er sich erklären konnte, wie es nur so weit hatte kommen können, dass sein Nachwuchs sich mit dem Feind einließ. Als er kurz nach 21 Uhr die dritte Flasche ohne Etikett öffnete, hörte er das Knarren der Haustür. Finja war schon seit ein paar Stunden wieder auf der Insel und zum Abendbrot bei der Familie ihrer Freundin geblieben, ohne auch nur zu ahnen, was sie selbst Zuhause erwartete. Es wurde ein sehr kurzes Gespräch. Nun, im Grunde war es nicht einmal das. Axel schrie seine Tochter ununterbrochen an und ließ sie selbst keinen einzigen vollständigen Satz zu ihrer Beziehung mit Niklas sagen.

Du hast deine Familie verraten !, war Axels vorletztes Wort zu dieser Sache.

Dann erteilte er ihr Hausarrest bis zum Ende dieser Woche. *Oder nein, du verlässt dieses Haus nicht mehr bis zur Anreise der JURY. Und jetzt ab auf dein Zimmer !*

Eure blöde alte Fehde geht mich überhaupt nichts an ! Das ist eure Sache !, schleuderte sie ihrem Vater entgegen und verließ den Raum, der ihr plötzlich düster erschien.

Axel blieb das nächste Wort im Halse stecken. Um das **WASAHUS** würde er bis zum Ende seines Lebens einen großen Bogen machen, formte sich ein schwacher Gedanke in seinem alkoholgetränkten Hirn. Finja setzte sich auf ihr Bett und dachte nach. Nur ganz kurz. Dann nahm sie ihren Rucksack und öffnete den Kleiderschrank, während sie gleichzeitig auf die Wahl-wiederholung ihres Handys tippte. Etwas später hörte sie vom Erdgeschoss her ihre Eltern streiten. Dann war es plötzlich still und kurz darauf klopfte jemand an ihrer Tür. Die Stimme ihrer Mutter, die halb freundlich, halb besorgt ihren Namen sagte, tat ihr gut. Doch das spielte jetzt keine Rolle mehr. Sie wollte die eine Stunde um Mitternacht herum nutzen, um auf Zehenspitzen aus dem Haus zu schleichen. Bereits auf der Treppe hörte sie lautes Schnar-chen vom Wohnzimmer her. Ihr Vater schlief, aber ebenso konnte er jeden Moment aufwachen. Leise ging sie zurück in ihr Zimmer und öffnete das Fenster. Im Film knoteten die Leute Bettlaken aneinander, hatte sie mehr als einmal gesehen. Sie nahm ihre Sachen und atmete tief die frische Nachtluft ein. Ein paar Grillen zirpten und der Ruf eines Kauzes schallte vom Wald herüber. Dann kletterte sie aus dem Fenster. Draußen begann es bereits wieder hell zu werden.

51

Dann war alles ziemlich schnell gegangen letzte Nacht. Göran hatte den Tank der alten Yamaha befüllt und in Windeseile alle Schrauben nachgezogen. Jan-Henric brachte ihnen einen Kompass und sein Jagdmesser und umarmte die Freunde zum Abschied. Göran schnallte eine Wolldecke auf die Sitze, wer weiß, ob ihre Schlafsäcke sie genug wärmen würden.

Wir haben uns, lächelte Finja die beiden dankbar an.

Niklas gab ihr seinen Rucksack, den er mit Essensvorräten aus der elterlichen Küche vollgepackt hatte.

Wir sehen uns wieder, sagte er zuversichtlich zu den beiden und trat entschlossen mehrmals das Gaspedal durch.

Mit einem weithin hörbaren Knattern entfernten sie sich von Görans Hof. Die andauernde Helligkeit machte ihnen die Fahrt leicht, bis sie irgendwann absteigen und die Maschine durch den Wald schieben mussten.

Wir finden es, vertrau´ mir, erklärte Niklas immer wieder, wenn er kurz stehenblieb, um sich zu orientieren.

Wie lange ist es her, dass du dort gewesen bist?

Niklas konnte sich nicht mehr genau daran erinnern. Vielleicht mit 8 oder 9 Jahren, war er das letzte Mal mit seinem Vater an der alten Hütte gewesen. Sein Vater hatte sie zusammen mit seinem besten Freund bei einem ihrer Streifzüge durch den Wald entdeckt. Eines Tages (Niklas konnte es kaum glauben, dass sein Vater selbst mal ein kleiner Junge war) hatten sie Unterschlupf vor einem Unwetter gesucht und waren quer durch den Wald gerannt, als sie plötzlich vor dieser Hütte standen. Sie war leer, ein bisschen baufällig und bot ihnen unerwartet Schutz vor Blitz und Donner und dem peitschendem Regen. Damals hatten sie sie zu ihrem Versteck erklärt. Niemand konnte ihnen etwas anhaben, wenn sie dort waren. Sie hatten sie wieder in Schuss gebracht, ein paar einfache Möbel gezimmert und Lebensmittelvorräte angelegt. Man konnte ja nie wissen.

Und von da aus haben sie die Gegend erkundet, manchmal sogar ihre Hausaufgaben dort gemacht. Doch am liebsten haben sie die

Geschichten berühmter Seefahrer gelesen und sich vorgestellt, selbst welche zu sein und neue Länder zu entdecken.

Plötzlich blieb Niklas stehen.

Es muss hier ganz in der Nähe sein.

Er zeigte auf eine Baumreihe, die im Halbrund stand. Als wären die Birken genau so angepflanzt, um zu ihren Füßen eine Bühne zu formen. Er lehnte die Yamaha an einen der Stämme und ging langsam weiter.

Was ist denn aus dem Freund geworden?

Der ist abgehauen mit 18. Hat die Insel verlassen und ist nie zurückgekommen.

Finja stellte sich vor Niklas hin.

Das ist traurig. Findest du nicht?

Niklas legte ihre Arme um sie und drückte ihr einen Kuss auf die Stirn.

Keine Sorge. Ich warte so lange, bis du mit der Schule fertig bist. Ohne dich gehe ich nirgendwohin.

Dann nahm er ihr den schweren Rucksack ab und legte ihn auf die moosbewachsene Erde.

Komm, lass uns weitersuchen. Wir haben es gleich geschafft.

Finja sah sie zuerst und hätte vor Aufregung beinahe losgeschrien. Niklas kam ihr mit einem Kuss zuvor, um sie anschließend daran zu erinnern, dass sie sich auf der Flucht befanden und besser keinen Lärm machten.

Aber dein Vater, der wird uns doch mit Sicherheit hier finden.

Mein Vater sagte damals, dass er mir die Hütte einfach nur mal zeigen wollte, aber nie wieder hierher kommen wird. Wir sind also sicher.

Sie hatten die morsche Tür aufgestemmt und mit der Taschenlampe den Raum ausgeleuchtet. Muffige Luft drang ihnen entgegen und alles hing voller Spinnweben. Kot und andere Spuren von Kleintieren zeichneten Muster auf den Boden und das wenige Mobiliar. Es war bereits kurz nach 4

Uhr, als sie ihre Schlafsäcke auf dem Moos vor der Hütte ausrollten. Die Tür ließen sie offen, damit die frische Luft des neuen Tages hineinwehen konnte. Schließlich sollte das hier für mindestens und überhaupt (und-so-weiter) ihr Zuhause werden.

52

Simon stand barfuß am Brunnen und putzte sich die Zähne, während er sich den Schlaf aus den Augen rieb. Er war selbst erstaunt, wie tief und fest er die letzte Nacht geschlafen hatte (nur einmal hatte er ein weit entferntes Knattern vernommen), nachdem Axel so aus der Haut gefahren war. Die Zahnbürste kreiste in seinem Mund. Vielleicht war gerade das der Grund, warum er jetzt so zuversichtlich in den neuen Tag blickte ? Immerhin war ihm der Bürgermeister die ganze Zeit über auf unerklärliche Weise verdächtig erschienen. Nun konnte er ihn als potentiellen Täter ausschließen. Allerdings stellte ihn das vor neue Fragen. Er hatte bereits mit allen… Nein, hatte er nicht ! Einer aus dem Kern der Gemeinde war bisher weder von ihm noch von Kristian befragt worden, wurde ihm bewusst. Und es verdarb ihm die Freude auf den Tag, dass er dieses Versäumnis nun nachholen musste. Melker, der Pfarrer, war der Letzte, mit dem er hätte sprechen wollen. Und Kristian konnte er nicht damit beauftragen, denn der hatte keine Zeit, weil er bei dem Gespräch zwischen Axel und Gustaf unbedingt dabei sein wollte. Irgendwie würde er das Gespräch mit dem Pfarrer schon alleine meistern.

Es ist nur ein Mann, der aus einem alten Buch rezitiert, sagte er sich wie ein Mantra, als er das kalte Wasser auf die Wiese spuckte.

Im Grunde machst du ja das Gleiche, dachte er, nur dass du alle Texte stets auswendig lernst. Und dass bei dir das Buch jedes Mal ein anderes ist, fügte er in Gedanken hinzu. Er schlenderte zurück ins Haus und fluchte, als er auf eine Distel trat. **Wäre bestimmt lustig geworden, wenn du den Bürgermeister verhaftet hättest**, empfing ihn eine Nachricht von Katja. **Wünsche dir einen wunderschönen Tag, mein Held. Ach und... die Kinder wollen wissen, ob du ihnen was mitbringst aus Schweden.** Gestern war das erste Mal gewesen, dass er seiner Frau einen Einblick in die Ermittlungen gewährt hatte. Ihre Leichtigkeit war genau das Richtige, was er an diesem Morgen brauchte. Als er sich zu Fuß auf den Weg machte, kam Göran aus dem Haus. Mit einem kurzen Nicken grüßten sich die beiden. Fünf Minuten später hatte Göran ihn mit dem Geländewagen eingeholt.

Soll ich dich ein Stück mitnehmen?

Simon war froh, dass Melker nicht der erste Mensch sein würde, mit dem er an diesem Tag persönlich sprach und stieg in den Geländewagen.

Guter Tag für einen Spaziergang. Ist euer Dienstauto kaputt?

Ach nein, Kristian hat heute anderes zu tun, erklärte Simon.

Er will unbedingt bei einem Gespräch zwischen dem Bürgermeister und dem Gastwirt dabei sein.

Seit wann reden denn die beiden freiwillig miteinander?

Keine Ahnung. Es hat wohl damit zu tun, dass ich gestern dem Bürgermeister gegenüber die Beziehung seiner Tochter mit Gustafs Sohn erwähnt habe.

Du hast waaasss?!! Du warst das???

Unwillkürlich trat Göran auf die Bremse.

Ja, tut mir leid. Wie sollte ich denn ahnen, dass das geheim ist?, sagte Simon schuldbewusst.

Schweigend saßen die beiden nebeneinander. Göran wischte sich einen Schweißtropfen von der Stirn und Simon knetete verlegen die Hände.

Hast ja Recht, ergriff Göran das Wort. *Das konntest du nicht wissen.*

Und jetzt?

Jetzt hoffen wir mal, dass sich alles zum Guten wendet. Wo soll ich dich eigentlich absetzen?

Als er Simon zehn Minuten später vor dem Pfarrhaus absetzte, kam Melker aufgeregt angelaufen.

Das wird schon, nickte Göran Simon beim Aussteigen zu und fuhr seines Weges.

Gut, dass du da bist, Kommissar, empfing Melker ihn mit großer Geste.

Diese Begrüßung hatte Simon keineswegs erwartet und fragte sich, was der Grund von Melkers Aufregung sei. Wenige Augenblicke, nachdem Melker ihn in die Kirche führte und einen Platz anbot, war er bereits schlauer. Er hatte sich noch gar keine konkrete Frage überlegt, die er dem Pfarrer stellen wollte, doch angesichts dessen, was dieser ihm ganz unvermittelt offenbarte, war das auch gar nicht nötig. Simon hörte sich Wort für Wort an, wie der Pfarrer seinem Unmut Luft machte und wenn es in dieser Manier so weiterging, dann würde Melker vermutlich bald zu fluchen beginnen. Anfangs verstand Simon nicht, was er da hörte und versuchte, die wild ausgerufenen Worte des Pfarrers zu ordnen, um zu verstehen, was dessen Missfallen hervorgerufen hatte. Langsam gelang es ihm. Die Leute von Skröna waren einer nach dem anderen in die Kirche gekommen, um das Licht zu Carlssons Ehren leuchten zu lassen. Und dann hatten sie angefangen, dem Pfarrer ihre Sünden zu beichten. Oder vielmehr das, was sie dafür hielten. Manche hatten mit Kleinigkeiten aus ihrer Kindheit angefangen und kamen nun jeden Tag mit etwas Anderem. Jeder hatte etwas auf dem Herzen, von dem er glaubte, jemandem damit geschadet, ihn verletzt, hintergangen, ausgenutzt zu haben. Alle bereuten ihre Sünden und der Pfarrer bereute, dass er ihnen noch immer Gehör schenkte.

Sie erzählen mir all ihre Sorgen. Doch keiner will es gewesen sein. Keiner will es gewesen sein. Alle waschen ihre Hände in Unschuld.

Simon konnte es kaum fassen. Der Pfarrer war wütend auf die Menschen, die Trost und Zuspruch bei ihm suchten. Was Simon davon hielt, dass sie das taten, stand auf einem anderen Blatt. Doch was der Pfarrer ihm jetzt vorschlug, das war einfach ungeheuerlich.

Simon, bitte, setz´ dem ein Ende. Wenn ich dir bei den Ermittlungen helfen kann, dann sag es. Ich erzähle dir alles, was die Leute sich bei mir von der Seele reden. Du wirst schon etwas dabei finden, um den Mörder zu entlarven.

Erschöpft beendete der Pfarrer seinen Vortrag. Er merkte nicht, wie eisig das plötzliche Schweigen zwischen ihnen war. Simon gab sich alle Mühe, wenigstens halbwegs freundlich zu erscheinen.

Hat irgendjemand den Mord gestanden ?

Nein.

Hat irgendjemand gesagt, wo er das Geld versteckt hat ?

Nein.

Hat irgendjemand erzählt, dass er Streit mit Carlsson hatte ?

Nein. Wieso ? Von Carlsson hat überhaupt niemand etwas erzählt.

Und warum erzählst du mir all das ? Dir haben die Leute es anvertraut und du hast nicht das geringste Recht, ihr Verhalten zu bewerten !

Melker starrte Simon an, als der tief Luft holte.

Oder was glaubst du, wer gibt dir das Recht dazu ?

Ja Gott, der gibt mir das Recht dazu. Er hat doch mich und meine Glaubensbrüder als seine Stellvertreter erwählt, sein Wort unter den

Menschen zu verkünden, um sie auf den rechten Weg zu führen. Was ich dir gerade verkündet habe, dient dem Wohl Aller hier. Vorausgesetzt du machst etwas daraus und findest endlich den Schuldigen.

Simon musste keine Sekunde überlegen, wie er seine nächsten Worte intonierte.

Falls es Gott wirklich gibt, will der mit deiner Kirche sicher nichts zu tun haben.

Melker sah ihn mürrisch an.

Wenn Gott wirklich all die Macht hat, von der du sprichst, dann würde er sich niemals vor den Karren deiner Kirche spannen lassen. So ein Alpha-Tier spricht immer für sich selbst. Oder hast du dir diesen Gott bloß ausgedacht, wie so eine riesige Pappfigur eines Schauspielers, wie die Verleiher sie manchmal anfertigen lassen, um einen Film zu vermarkten?

Einen kurzen Augenblick lang überlegte Melker, von welchen Pappfiguren der Kommissar sprach. In diesem Moment verließ Simon angewidert dieses historische Gebäude.

53

Der Tag verstrich unter einer strahlenden Sonne. Während Mätta aufs Festland fuhr, um ein paar Erledigungen zu tätigen, während Axel in seinem Laden stand (nah genug, um falls nötig seine abtrünnige Tochter an ihren Hausarrest zu erinnern, wohlwissend, dass sie auf ihrem Zimmer vermutlich Rotz und Wasser heulte) und still wie ihn keiner kannte die Regale auffüllte, während sich manche Nachbarn gänzlich unerwartet für vergangene Taten beieinander entschuldigten, während Kristian ungeduldig das Schlimmste erwartete und das nächste Glas Wasser bestellte, machte Simon einen langen Spaziergang am

Strand, um die Worte des Pfarrers wenigstens halbwegs zu verarbeiten. Melker prangerte all seine Mitmenschen an. Wie konnte jemand bloß so denken ? Sicher, wenigstens einer unter ihnen hatte ein furchtbares Verbrechen begangen. Doch auch der hatte möglicherweise mehr Gründe als nur das schnöde Geld. Es ging Simon nicht darum, diese Tat zu entschuldigen, sondern einzig und allein darum, wenigstens ein echtes Motiv zu finden, um dadurch den Täter entlarven zu können. Seit er diese Aufgabe auf sich genommen hatte, fühlte er sich zum ersten Mal hilflos. Vielleicht sollte er jetzt mit Kristian über die weiteren Ermittlungsschritte sprechen ? Doch da er sich noch immer nicht bei ihm gemeldet hatte, stand dieses Gespräch zwischen Gustaf und Axel wohl noch aus. Ein paar Möwen kreisten rufend über ihm, als würden sie ihn auslachen. Vielleicht riefen sie ihm auch den Namen des Täters zu, wer weiß das schon. Warum hatte er sich bloß auf all das eingelassen ? Es war ein wundervoller Sommertag, die Wellen der Ostsee schwappten schwungvoll ans Ufer und am Horizont sah er zwei Schiffe fahren. Nach wenigen Stunden hatte er die Insel einmal umrundet. Hier, irgendwo hier im Umkreis von gerade mal zehn Quadratkilometern befand sich des Rätsels Lösung. Vier Tage blieben ihm noch, um den Täter rechtzeitig zu überführen oder um wenigstens die kleine Truhe mit dem Geld zu finden.

54

Es war genau 20 vor 6, als Kristian nicht nur wusste, dass er zum ersten Mal seit dem Abschluss der Polizeihochschule das Fußballtraining verpassen würde, sondern auch, dass jetzt der Moment gekommen war, in dem er möglicherweise einen handfesten Streit verhindern musste. Als Mätta ihren Mann um kurz nach 5 im Laden abgelöst hatte, ging der nach oben und klopfte an die Tür seiner Tochter. Vielleicht war sie ja bereit, sich bei ihm zu entschuldigen, sagte er sich. Als ihn nach einer Minute noch immer niemand hereinbat, hatte er kurzerhand die Tür geöffnet – um erschrocken festzustellen, dass das Zimmer leer war. Ihm kam der einzig logische Gedanke: seine Tochter hatte Unterschlupf im Haus des Feindes gefunden. Daraufhin hatte er sein Gewehr geladen und war ins Auto gestiegen, wo es jetzt auf der Rückbank lag, als er sich vor der Tür des **WASAHUS** aufbaute.

Komm raus, wenn du dich traust, du elender Feigling!
Kristian war der Erste, der vor die Tür trat. Ein paar neugierige Gäste taten es ihm gleich. Gustaf drängelte sich durch die Leute nach vorn.

Hol meine Tochter her oder ich schwöre dir!
Mach nicht so einen Lärm, du alter Sack, du vergraulst meine Gäste!
Vergraulen ließen die sich ganz und gar nicht, im Gegenteil. Kristian hatte alle Hände voll zu tun, sie dazu zu bringen, wieder ins Haus zu gehen. Dass es hier nichts zu sehen gäbe und solche Sachen, konnte er nun tatsächlich nicht behaupten. Aber dass sich die beiden selbst um ihre Angelegenheit kümmern würden, war ein Argument, dass bei den Skrönaern immer wirkte. Außerdem konnten sie das Geschehen ebenso gut von drinnen durch die Fenster mit verfolgen. Kristian stellte sich mit dem Rücken zur Tür und fixierte die beiden Streithähne.

Hol deinen Sohn her! Er hat kein Recht auf meine Tochter!
Du kannst auf deinen Politikerversammlungen rumschreien wie du willst, Axel Wallenberg! Aber hier hast du nichts zu sagen! Das ist

mein Grund und Boden ! Steig wieder in dein Auto und verschwinde !!

Axel biss sich auf die Lippen. Dann ging er zu seinem Auto. Kristian stieß einen Schrei aus, als Axel das Gewehr von der Rückbank nahm. Gustaf wurde plötzlich ganz ruhig.

Verschwinde von hier oder ich schwöre dir !

Axel legte an und zielte auf den Kopf seines Feindes.

Nimm sofort das Gewehr runter, Axel, schrie Kristian ihn an und stellte sich (ohne nachzudenken) genau in die Schusslinie.

Schieß doch, na los, du alter Feigling !

Axel entsicherte das Gewehr, ohne Gustaf dabei aus den Augen zu lassen und zielte erneut.

Nimm das Gewehr runter, Axel.

Kein Zittern in der Stimme verriet Kristians Anspannung, als er einen Schritt auf ihn zu machte.

Geh weg da, Junge. Aus dem Weg !

Axel, ich warne dich. Leg das Gewehr weg.

Jetzt hol schon dein Gewehr, Eriksson. Dann gibt es ein faires Duell !

Hast du ANGST vor einem Kampf Mann gegen Mann ?, ballte Gustaf die Fäuste.

Axel schnaubte verächtlich.

Hol sofort meine Tochter her oder du wirst es bereuen !

Axels Finger am Abzug zitterte.

Deine Tochter ? Woher soll ich wissen, wo die ist ?

Kristian ging vorsichtig weiter auf Axel zu.

Bleib stehen, Junge ! Ich warne dich.

Axel, jetzt beruhige dich doch, versuchte der Polizist einen anderen Ton.

Hast du gewusst, dass dein Sohn und meine… Gib es zu ! Du wusstest es die ganze Zeit !

Nur noch ein paar Schritte, dann wäre Kristian bei Axel angelangt.

Natürlich hab ich es gewusst, du alter Esel!

Geh beiseite, Kristian!

Ich hab es die ganze Zeit gewusst. Nur wegen deiner Tochter war mein Sohn noch auf der Insel.

Axel, ich zähle jetzt bis drei, sagte Kristian betont ruhig. *Dann legst du das Gewehr weg. Eins...*

Und jetzt ist er verschwunden.

... zwei...

Du hast alles kaputt gemacht, du elender Schwachkopf, schossen die Worte und Tränen aus Gustaf heraus.

... drei!

Axel sah an Kristian vorbei seinem Feind ins Gesicht. Dann nahm er langsam das Gewehr runter. Kristian nahm es ihm ohne Widerstand aus den Händen.

Du bist Schuld an allem, schrie Axel. Seine Wut hatte sich keinesfalls gelegt. *Und weißt du was?! Wir Wallenbergs haben viel mehr Land als ihr Erikssons. Ich hab nur weniger angegeben wegen der Steuern. Als ich Bürgermeister wurde, hab ich den Grundbucheintrag geändert. Damit du es weißt!*

Gustaf wischte sich verstohlen die Tränen aus dem Gesicht.

Das hab ich auch gewusst, du Trottel. Ich hab dich nur nicht verraten.

Jetzt wusste es immerhin nicht nur der Polizist, sondern auch alle Inselbewohner, die soeben Zeuge des unerwarteten Dialogs geworden waren, den ihr Bürgermeister gerade mit einem beliebten Gemeindemitglied geführt hatte. Kristian führte den Bürgermeister zum Polizeiauto. Es war das erste Mal überhaupt, dass seine Handschellen zum Einsatz kamen. Das Gewehr behielt er in der Hand, während er mit Gustaf sprach.

Nein, ich will ihn nicht anzeigen, sagte der. *Er ist schon gestraft genug.*

Kristian verstand zwar nicht, warum Gustaf sich sicher war, dass Axel niemals auf ihn geschossen hätte, aber ohne Opfer kein Verbrechen, hatte er an der Hochschule gelernt. Immerhin gab es noch einen anderen, wesentlich dringlicheren Fall zu lösen. Er würde Axel laufen lassen müssen. Doch erst an der Polizeiwache, wo er das Gewehr vorerst verwahren wird. Bevor Kristian mit dem Bürgermeister auf der Rückbank losfuhr, hatte Gustaf noch etwas zu sagen.

Du hast ab sofort Hausverbot, Axel Wallenberg.

Axel wendete seinen Blick ab. Das Holz, das er an diesem Abend hackte, würde für mindestens zwei Winter reichen.

55

Seit einer Stunde saß Axel in seinem Büro im Gemeindehaus und nippte an einer Tasse inzwischen kaltem Kaffee. Er hatte die Nacht hier verbracht, weil er die Vorwürfe seiner Frau nicht länger ertragen konnte. Eine Suchmeldung war sein konstruktivster Vorschlag gewesen, doch auch den hatte Mätta abgeschmettert. Ihre Tochter sei klug genug, um auf sich selbst aufzupassen, hielt sie ihm vor. Dass zudem Niklas auf sie aufpasste, empfand er keineswegs als beruhigend. Offensichtlich hatte er kein Vertrauen in die Jugend von heute.

Dann solltest du dich mal fragen, ob deine Zeit als Bürgermeister vorüber ist, meinte sie. *Die Kinder sind die Zukunft unserer Gesellschaft. Wenn wir kein Vertrauen in sie haben und sie keines mehr in uns, dann sind wir es, die etwas falsch gemacht haben.*

Daraufhin schloss sie die Schlafzimmertür von inne und ohne dass es einer sah, wischte Axel sich ein paar Tränen

weg. Dann hatte er sich zu Fuß auf den Weg ins Gemeindehaus gemacht. Sein Auto stand noch immer vorm
WASAHUS, doch da wollte er sich mit Sicherheit
an diesem Abend nicht mehr blicken lassen. Viveka steckte
ihren Kopf ins Zimmer.

Stig ist am Telefon. Darf ich durchstellen?

Axel starrte vor sich hin. Kurz bevor sie die Tür ohne eine
Antwort wieder schließen wollte, nickte er. Er ließ das
Telefon auf seinem Schreibtisch eine Minute klingeln, bis er
das Gespräch annahm.

Na, wie läuft es bei dir, du alter Haudegen?

Hmm, gab Axel unverbindlich zur Antwort. Er wusste
selbst nicht, wie ihm war. Dieses Spektrum an Gefühlen,
das ihn gerade heimsuchte, war ihm bisher gänzlich
unbekannt gewesen.

*Hör mal, das wird schon wieder. Wenn deine Tochter nur halb so
gerissen ist wie du, dann brauchst du dir keine Sorgen zu machen.*

Axel war sich nicht sicher, ob er seine Tochter als „gerissen" bezeichnen würde, auch wenn sie ihn so schamlos
hintergangen hatte. Stig sprach ungefragt weiter.

*Mach dich nicht verrückt deswegen. Willst du eine gute Nachricht
hören?*

Axel ließ seinen alten Kumpan einfach reden. Auch wenn
er nur mit halbem Ohr zuhörte.

*Jetzt lass dich nicht hängen, ja. Das mit dem Testament bekommen
wir schon irgendwie hin.*

Sein Anruf war ein Versuch, Axel auf andere Gedanken zu
bringen.

*Fälschen können wir es jetzt zwar nicht mehr, weil Simon und
Kristian es gesehen haben, aber wir können es auf jeden Fall
anfechten.*

Hmm, war alles, was Axel hervorbrachte. Es reichte
seinem Anwalt, um fortzufahren.

Da gibt es einige Möglichkeiten, wie zum Beispiel die „krankhafte Störung der Geistestätigkeit". Damit kommen wir bestimmt durch, vertrau mir. „Bewusstseinsstörung" und „Geistesschwäche", wodurch Carlsson nicht in der Lage war, „die Bedeutung einer von ihm angegebenen Willenserklärung einzusehen", wäre der sicherste Weg, um die Angelegenheit für uns zu gewinnen.

Es folgte gedehntes Schweigen.

Axel?

Lass es gut sein. Mir ist heute nicht danach, vereitelte Axel den wohlwollenden Plan seines Freundes.

Der Anwalt wusste nicht, was er dazu sagen sollte. Offensichtlich ging es seinem Freund heute wirklich schlecht. Und er wollte ihn aufheitern. Gut, dass er gestern spät abends noch im **WASAHUS** gewesen ist.

Kein Mensch hat da groß über diesen Vorfall gesprochen. Sie reden bloß darüber, wie du damals kurz nach Amtsantritt beinahe das Gemeindehaus abgefackelt hast und wie sie alle geholfen haben, den Brand zu löschen und das Haus wieder aufzubauen. Sie lachen darüber, dass du zu blöd warst, den Kamin richtig anzuheizen. Aber mach dir keine Sorgen – sie wissen nicht, wie das damals passiert ist. Keiner kommt darauf, dass du damals einen Haufen Unterlagen von illegalen Geschäften dort verbrannt hast.

Weil selbst das seinen Stammtischfreund nicht aufzuheitern schien, beendete Stig das Telefonat. Schließlich hatte er auch noch andere Mandanten zu beraten.

56

Kristian entschied sich dafür, seinem direkten Vorgesetzten nichts weiter von den gestrigen Vorgängen zu erzählen, da sie mit dem eigentlichen Fall nichts zu tun hatten und weil sie ohnehin langsam aber sicher in Zeitnot gerieten, wie Simon ihm gerade erklärte.

Was schlägst du vor?

Es war mehr eine rhetorische Frage, doch Kristian fühlte sich davon angestachelt. Axel fragte ihn nie nach seiner Meinung. Was er von seinem eigentlichen Vorgesetzten halten sollte, darüber war er sich mittlerweile keineswegs mehr sicher.

Wollen wir nochmal an den Tatort gehen? Vielleicht haben wir ja irgendetwas übersehen?

Simon begrüßte den Vorschlag des Polizisten, der Einweghandschuhe nachbestellt hatte, die inzwischen eingetroffen waren. Auf jeden Fall hatten sie vergessen, ein polizeiliches Siegel an der Tür anzubringen, stellten sie fest, als sie am Tatort eintrafen. Auf diese Weise hatte sie nun auch nach Carlssons Tod jedem seiner Mitbürger offen gestanden. Vorsichtig betraten sie das Haus, als könne er sich gestört fühlen. Sie gingen gemeinsam durch jeden Raum – das Schlafzimmer, die Küche und zuletzt nahmen sie das Wohnzimmer nochmal genauestens unter die Lupe. Doch es gab nichts Auffälliges und nichts, das sie nicht schon beim ersten Mal gesehen hatten. Simon stockte. Etwas, das sie schon gesehen hatten? Er zeigte auf die Wand gegenüber dem Sofa.

Fällt dir etwas auf, Kristian?

Ein Nagel war dort in die Wand geschlagen. Ein bloßer Nagel, ohne dass ein Bild oder sonst etwas daran hing. Simon versuchte sich zu erinnern. Hatte dort nicht ein Püppchen gehangen? Ja, ein Püppchen. Selbstgenäht sah es aus. Mit riesigen Knopfaugen.

Das Püppchen fehlt, glaube ich, bestätigte Kristian dessen Erinnerungsvermögen.

Simon kannte sich nicht besonders gut aus mit Voodoo-Zauber, doch in einer Folge der Serie hatte er es damit zu tun bekommen. Jemand hatte einen Autounfall gebaut, bei dem er ums Leben gekommen war und seine Nachbarin hatte ausgesagt, dass es kein Unfall gewesen sei. Er hatte kurz zuvor Streit mit seiner Freundin gehabt und die hatte ihm eine selbstgebastelte Puppe geschenkt. Später stellte sich heraus, dass sie einige Zeit in Westafrika gelebt hatte, wo sie mit den Flüchen des Voodoo-Zaubers in Berührung gekommen war. Ihr Freund bekam es zu spüren.

Meinst du, das Püppchen hat mit unserem Fall zu tun?

Möglich wäre es doch? Wer könnte sich denn hier auf der Insel mit Voodoo-Zauber auskennen? Svante Arboga vielleicht?

Kristian musste unwillkürlich lachen.

Wie kommst du denn darauf?

Na vielleicht hatte Carlsson noch andere Geliebte und es war am Ende doch eine Eifersuchtstat?

Und wie kommst du auf Voodoo-Zauber? Da schlachten sie doch ein lebenden Hahn, oder so?, meinte Kristian sichtlich verwundert.

Na, das Püppchen. Das ist doch eindeutig!, setzte Simon zu einer halbwegs plausiblen Erklärung an.

Ich kann mir wirklich nicht vorstellen, was Gunillas Püppchen mit Carlssons Tod zu tun haben soll, sagte Kristian nüchtern.

Gunilla, ja?, registrierte Simon den Namen einer weiteren Verdächtigen.

Also es haben sich einige Leute maßlos aufgeregt wegen der Puppen, aber das daran einer gestorben wäre, halte ich für unwahrscheinlich. Vor allem war Carlsson jemand, da musste schon wirklich was passieren, bis der sich mal aufregte.

Simon verstand nicht, warum Kristian die neue Spur so schnell und so beiläufig verwischte.

Sollten wir das nicht wenigstens mal überprüfen?

Aber wozu denn ? Gunilla hat es doch offensichtlich bereits selbst getan.

Und dann erklärte er dem Kommissar, dass die Leiterin des Handarbeitszirkels in Vorfreude auf die Anreise der JURY kleine Puppen der Heiligen Brigitta genäht hatte, die den jeweiligen Besitzern Glück bringen sollen. Als Beraterin von Adligen und zweier Päpste hatte Brigitta von Schweden zu Lebzeiten als Friedensstifterin gewirkt. Die Knopfaugen, die Gunilla ausgesucht hatte, sollten ihre große, friedliche Seele darstellen.

Manche Leute meinten, diese Knopfaugen wirken gespenstisch. Und da hat sie alle gebeten, ihr die Püppchen wiederzubringen, damit sie stattdessen die Augen aufsticken kann. Carlssons Püppchen hat sie dann wohl selbst geholt.

Simon war enttäuscht, dass sich hinter der fehlenden Miniaturfigur an der Wand nicht mehr verbarg.

Gunilla fand es bloß ärgerlich, dass die Leute aus ihrem Handarbeitszirkel nicht gleich den Mund aufgemacht hätten, um ihre Meinung zu äußern, denn jetzt hatte sie doppelte Arbeit damit.

Simon fand es ärgerlich, dass sie Carlssons Haus wieder verließen, ohne einen Schritt vorangekommen zu sein. Es fühlte sich an, als wäre er nach der ganzen Suche schlussendlich in eine Sackgasse geraten.

57

Nicht für jeden auf der Insel war dieser Tag von Enttäuschung geprägt. Als Finja und Niklas sich abends am Lagerfeuer vor ihrem neuen Zuhause aneinander kuschelten, konnten sie es beinahe noch immer nicht fassen, was sie heute erlebt hatten. Zusammen hier draußen in der Natur zu sein, war das Beste, das ihnen passieren konnte.

Niemand außer ihnen hatte die Elchkuh gesehen, die mit ihrem Kalb ungefähr dreißig Meter entfernt im Dickicht des Waldes an ihnen vorüber zog.

58

Der Morgennebel hing noch über den Wiesen, als Elsa Johansson vom Fahrrad stieg. Sofia reichte ihr den Kuchen, den sie hinten im Anhänger den ganzen Weg bis zu Görans Grundstück gut festhielt, ohne auch nur einmal davon zu naschen. Göran kam gerade aus dem Haus, um sein Tagwerk zu beginnen. Erfreut und verwundert blieb er stehen und Elsa ging – mit dem Kuchen voran – auf ihn zu.

Guten Morgen, Göran.

Guten Morgen, Elsa.

Wie geht es dem Kommissar?

Gut.

Wir sind auf dem Weg aufs Festland.

Ja.

Sofia winkte Göran mit einem breiten Lächeln, das zwei große Zahnlücken offenbarte und ihm ein Lächeln entlockte.

Der Kindergarten. Und meine Arbeit, weißt du.

Ja, ich weiß.

Wir haben einen Kuchen für den Kommissar gebacken. Wir wünschen ihm, dass er gut vorankommen möge mit seinen Ermittlungen.

Das ist wirklich nett von euch.

Jetzt lächelte auch Elsa. Das konnte Simon sehen, der gerade das Dachfenster schloss und nicht umhin konnte, die beiden zu beobachten. Sie sahen ein bisschen steif aus, wie sie da standen und miteinander sprachen. Dass sie dabei lächelten, ließ ihn für einen Moment die Sorgen hinsichtlich seines eigenen Tagwerks vergessen, die ihm auch im Traum keine Ruhe gelassen hatten. Nach ein paar weiteren Minuten ermahnte Simon sich, dass das Gespräch vermutlich nichts mit dem Fall zu tun habe und schnappte sich seine Zahnbürste. Als er in den Garten kam, fuhr die Frau gerade vom Hof. Er winkte Göran ein *Guten Morgen* zu, als der über die Wiese auf ihn zukam.

Das war Elsa Johansson, klang seine Stimme ganz weich. *Sie hat dir einen Kuchen gebacken. Mit weißer Schokolade.*

Und mit Heidelbeeren, freute sich Simon.

Göran hatte bereits gefrühstückt.

Ein Stück Kuchen geht immer, grinste Simon ihn an. *Besonders wenn er von einer so schönen Frau kommt.*

Ohne darauf zu antworten, nahm Göran sein Taschenmesser und schnitt für jeden ein großes Stück vom Kuchen. Sie setzten sich auf die Holzbank vor seinem Haus und aßen schweigend. Jeder von ihnen hing seinen eigenen Gedanken nach.

59

Zwei Stunden später sog Simon auf der Polizeiwache den Duft von frisch dampfendem Kaffee ein, trank vorsichtig einen Schluck des heißen Gebräus und sprach mit Kristian über ihre weitere Vorgehensweise. Wenn sie nicht bald einen Erfolg bei der Ergreifung des Täters aufzuweisen hätten, dann würde der Sieg im Ringen um den Wettbewerbstitel ohne jeden Zweifel einem anderen Dorf zugesprochen werden, meinte Simon. Und mit „bald", meinte er praktisch sofort. Vielleicht waren sie bisher zu lasch vorgegangen, zu nachsichtig mit den Verdächtigen ? Mit Sicherheit hatten sie irgendetwas übersehen. Kristian bezweifelte, dass der Pfarrer als Mörder in Frage kam, auch wenn er dessen Äußerungen gegenüber dem Kommissar ebenso wie dieser als sehr fragwürdig einstufte.

Für ihn wäre es schließlich ein Kinderspiel gewesen, die Leiche verschwinden zu lassen, gab er zu bedenken.

Unser Friedhof ist sein Hoheitsgebiet. Stattdessen hat er darauf bestanden, Carlsson in der Kirche aufzubahren.

Und zu welchem Zweck ?, spielte Simon den Ball direkt zurück.

Du glaubst doch nicht im Ernst, dass der Pfarrer jemanden tötet, um ein paar mehr Leute in die Kirche zu locken ?

Simon kaute auf seiner Unterlippe. Das Theater der Neuzeit (wusste er noch von der Schauspielschule), hatte sich aus dem Kirchenspiel entwickelt. Sowohl Simon als auch Melker kannten sich mit Inszenierungen aus. Für das Gelingen einer Aufführung würde Simon sich ein Bein ausreißen. Würde Melker dafür sogar töten ? Kristian erinnerte sich plötzlich, dass der Pfarrer am Sonntagabend vor dem Mord die Insel verlassen hatte. Er hatte ihn am Fährsteg gesehen, als er selbst vom Festland zurück auf die Insel kam. Ein Anruf bei Herke und der Pfarrer war aus dem Schneider. Der Fährmann erinnerte sich noch haargenau daran, dass er Melker erst am Donnerstagmittag (nachdem der Leichnam entdeckt worden war) auf die Insel übersetzte. Er hatte kein Geld dabei und ihn tatsächlich darum gebeten, die Überfahrt anzuschreiben.

Und jetzt ?

Kristian hob und senkte die Schultern, wobei er tief ein- und ausatmete.

Wir müssen nochmal mit Lenart reden, fiel es Simon wie Schuppen von den Augen.

Er ist der Einzige, der ein starkes Motiv hat.

Und was ist mit Rurik ? Es gibt doch Zeugen die gehört haben, dass er Carlsson gedroht hat !

Sie beschlossen, zuerst zu Rurik zu fahren. Lenart würde nicht vor Nachmittag von der Arbeit zurück auf der Insel sein. Kristian schaltete das erste Mal in seiner Polizeilaufbahn die Sirene am XC70 an. Wenn wir die Verdächtigten unter Druck setzen, dann gestehen sie vielleicht doch, war der Tenor ihrer Diskussion. Stirnrunzelnd schaute Rurik aus seinem Küchenfenster. Er saß am Tisch und werkelte an der Fernsteuerung seines Schiffsmodells. Lauthals beschimpfte er den Kommissar und dessen *Handlanger*, als Kristian ihn abführte. Es war das zweite Mal in einer Woche, dass Kristian von seinen Handschellen Gebrauch machte. Fünf Stunden später starrte Rurik noch immer schweigend aus dem Fenster der Polizeiwache. Dann klingelte das Telefon. Sie hatten Herke aufgefordert sie zu verständigen, wenn Lenart auf die Fähre kommt.

Du fährst, wies Simon Kristian an.

Ich bleibe mit dem anderen Verdächtigen solange hier.

Eine Dreiviertelstunde später war Kristian mit Lenart zurück. Der Hüne hatte sich gewehrt und Kristian Gewalt angedroht. Beide hatten ein rotgeschwollenes Auge, als sie die Wache betraten. Letztendlich hatte sich Lenart der staatlichen Gewalt gebeugt. Kristian kühlte seine linke Hand in einer Schüssel mit kaltem Wasser.

Und jetzt ?

Diese Frage von Lenart hielten sowohl Simon als auch Kristian für berechtigt. Und sie befreite Rurik aus seinem Schweigen.

Was soll das hier überhaupt werden ?

Ebenso wie bereits von Rurik, nahm Kristian auch von Lenart Fingerabdrücke und übermittelte sie zum Abgleich mit dem Abdruck vom Tatort an das zentrale Labor in Stockholm.

Wenn ich ein bisschen Druck mache, sind wir morgen bereits schlauer.

Rurik bedachte Kristian mit einem finsteren Blick, während Lenart sich einen geringschätzigen Kommentar nicht verkneifen konnte. Mit zwei Tatverdächtigen gleichzeitig auf so engem Raum konfrontiert zu sein, zwang Simon (der sich in diesem Moment sein Versprechen vor Augen hielt, das er den Dorfbewohnern vor genau zwei Wochen gegeben hatte) zu einer Entscheidung.

Hierbleiben können sie nicht. Wir müssen sie irgendwo anders unterbringen und getrennt befragen, sprach er das Offensichtliche aus.

Da kommt ja wohl nur die Volksuniversität in Betracht, schlug Rurik vor und malte sich eine Fluchtmöglichkeit aus.

Lars war auf dem Festland unterwegs, um noch ein paar Erledigungen für die morgige Theaterprobe zu tätigen. Doch auch ohne ihn gab es an diesem späten Freitagnachmittag in Skrönas Volksuniversität zahlreiche Schaulustige, die die Inhaftierung ihrer beiden (mehr und weniger beliebten) Nachbarn mit verfolgten. Die Sirene, die den ganzen Weg entlang gejault hatte, lockte die Leute an die Fenster. Der Gitarrenlehrer unterbrach das Spiel seines Schülers und die Frauen aus dem Handarbeitszirkel, die sich im Hausflur gerade die blauen Fußbodenschoner über die Schuhe zogen, traten nach draußen in den Vorgarten. Sie glaubten ihren Augen nicht zu trauen, als sie Lenart und Rurik in Gewahrsam sahen.

Was soll denn das hier werden, Kristian?, hörte man Gunillas tiefe Stimme durch das Getuschel.

Sie ging wie alle anderen einen Schritt zur Seite, um eine Gasse für die kleine Gruppe zu bilden. Simon bahnte sich zielstrebig einen Weg ins Gebäude. Plötzlich hielt er es für passend, die beiden Tatverdächtigen genau hier unterzubringen. Es war **das** Öffentliche Gebäude im Ort schlechthin. Und schließlich diente er der Öffentlichkeit, sagte er sich, auch wenn ihm gerade etwas mulmig dabei zumute war. Mit einem Blick über die Schulter fragte er Kristian: Wohin jetzt mit den beiden ? Kristian warf einen Blick auf die Raumplanung im Eingangsbereich.

Oben sind zwei freie Zimmer.

Mit einem gewissen Abstand folgten ihnen die Frauen, bis Kristian Gunilla einen warnenden Blick zuwarf. Sie rief ihre Truppe zusammen und verschwand mit ihnen im Atelier im Erdgeschoss. Oben steckten der Gitarrenlehrer und zwei Schüler den Kopf aus der Tür. Ein Wink von Kristian genügte und sie schlossen die Tür wieder von innen.

Hier, sagte Kristian. *Und hier direkt nebenan.*

Sie führten Lenart in den Arbeitsraum, in dem an anderen Tagen das **Inselblatt** entstand und Rurik wurde in der Bibliothek platziert. Sie war für jeden zugänglich, solange das Haus offen stand.

Werden wir ja sehen, wenn jemand kommt, winkte Kristian ab. *Schicken wir dann eben weg.*

Sicherheitshalber hatte er noch ein zweites Paar Handschellen eingesteckt. Trotzdem verlor Rurik nicht seine Hoffnung, von hier flüchten zu können.

Werden wir ja sehen, flüstere er vor sich hin, als Kristian ihn an einen der Tische kettete.

Simon war sich nicht sicher, ob überhaupt eine Fluchtgefahr bestand, doch die Handschellen ließen ihr Unterfangen äußerst gewichtig aussehen. Schließlich war es das auch. Wenn jedoch einer von ihnen tatsächlich Mörder war, dann ließ er es sich in keinster Weise anmerken. Ein kalter Schauer durchlief ihn. Da er wusste, dass Kristian mit Lenart ganz gut zurechtgekommen war, übernahm er die Befragung des Alten aus der Modellbaugruppe.

Wie oft soll ich es denn noch sagen ?! Ich hätte Carlsson nicht zu töten brauchen. Mein Boot ist sowieso das Schnellste von allen.

Ist dir klar, dass du den Wettbewerb sabotiert hast ?, bluffte Simon und verwies auf die bevorstehende Anreise der JURY in der nächsten Woche.

Rurik sah Simon erschrocken an. Mit dieser Frage hatte er nicht gerechnet. Woher um alles in der Welt wusste dieser Fremde denn davon, dass er die Boote seiner Konkurrenten eins nach dem anderen beschädigt hatte ?

Ich habe dazu nichts weiter zu sagen, flüchtete er sich in die Verzögerung.

Damit hast du nicht nur Carlsson, sondern die Zukunft aller hier auf dem Gewissen, sagte Simon unbestimmt.

Er überlegte, ob eher ein freundlicher oder ein vorwurfsvoller Ton den Verdächtigen zum Gestehen seiner Tat führen würde. Sein Serienkollege sprach die Delinquenten meist zuerst auf aggressive Weise an, um ihnen dann mit vorgetäuschtem Verständnis zu begegnen, bis zuletzt das Geständnis aus ihnen herauströpfelte. Oft waren es nur ein Halbsatz oder eine Geste des Befragten, der dem Kommissar den übermächtigen Hinweis darauf gab, dass derjenige das andauernde Lügen nicht länger durchhielt. Dann reichte ein einziger, gezielter Impuls und es brach aus ihm heraus. Wie lange würde es dauern, bis er Rurik an diesen Punkt brachte ? Er beschloss, den Satz mit dem Gewissen fürs Erste im Raum stehen zu lassen, denn Ruriks erschrockener Blick ließ ihn vermuten, dass ihm die Tragweite seines Handelns langsam aufzugehen begann. Es wäre das Beste, ihm dafür etwas Zeit zu geben. Trotz dessen, dass Rurik Carlsson offensichtlich verabscheute, konnte es eine Affekthandlung gewesen sein. Das schlechte Gewissen sollte vollends von ihm Besitz ergreifen. Dann würde er den Mord oder wenigstens den Diebstahl gestehen. Plötzlich formte sich ein klares Bild vor Simons innerem Auge. Und was, wenn Lenart das Geld gestohlen und Rurik den Mord verübt hätte ? Er sah es genau vor sich. Vielleicht hatten die beiden – jeder mit seinem ganz persönlichen Motiv – sich ja zusammengetan, abgesprochen, die Tat akribisch geplant ?

Ich bin gleich zurück, sagte Simon und bohrte seinen Blick in Rurik, der erschrocken zurückwich, soweit es die am Tisch fixierten Handschellen zuließen.

Nebenan befragte Kristian Lenart gerade zu dessen finanzieller Situation.

Du kannst wirklich nicht behaupten, du hättest das Pensionsgeld nicht gebraucht, fasste der Polizist nüchtern zusammen.

Aber deswegen hätte ich doch keinen Mord begangen !

Du vielleicht nicht, sprach Simon ihn mit festem Blick an.

Was soll das heißen ? Wer war es denn ? Warum bin ich dann überhaupt hier ?!

Erzähl du es uns, sagte Simon sachlich.

Ratlos blickte Lenart zu Kristian, der ebenso wenig verstand, worauf sein Vorgesetzter hinauswollte.

Axel hat immerhin gestanden, dass er dich beim Grundstückskauf betrogen hat.

Lenart starrte Simon fassungslos an.

Ich hab's doch gewusst, dieses Schwein von einem Bürgermeister !, riss er an den Handschellen.

Er bedachte die beiden mit einem Wortschwall wüster Flüche und trat wild um sich. Kristian musste unwillkürlich an Simons Rekonstruktion des Tatherganges in Görans Garten denken.

Und genau so bist du dann auf Carlsson losgegangen, als er dir das Geld verweigerte. Gib es doch einfach zu!

Abrupt hielt Lenart inne. Tränen standen ihm in den Augen.

Ja, verdammt nochmal. Ich hab ihn angeschrien und beschimpft. Er solle sich jemand anderen zum Karten spielen suchen. Soll er doch bloß noch Schach spielen. Auf so einen Freund könne ich verzichten. Ich habe ihm viele schlimme Dinge gesagt.

Die Handschellen hinderten ihn daran, sich die Tränen wegzuwischen.

Wisst ihr wie das ist, wenn man sich mit einem Freund streitet und es nicht wieder gut machen kann?

Das musste der Moment vor dem Mordgeständnis sein, sagte sich Simon und überlegte fieberhaft, was nun zu tun sei.

Und als du dann deine Rede gehalten hast bei diesem verfluchten Gedächtnis-Essen, da hätte ich am liebsten die Zeit zurückgedreht, schluchzte Lenart.

Ja, das verstehe ich, sagte Simon ruhig und verständnisvoll, während sein Herz ihm bis zum Hals pochte.

Dankbar sah Lenart ihn an.

Wenn ich nicht so wütend gewesen wäre und wenn ich bei ihm geblieben wäre und wenn wir einfach weiter Karten gespielt hätten, dann wäre ich vielleicht dagewesen, als der Mörder kam und ich hätte die Tat verhindern können. Es tut mir alles so leid.

Unsicher sah Kristian Simon an. Was sollte das bedeuten? War Lenart emotional so überwältigt, dass er die Tat aus seinem Gedächtnis gelöscht hatte? Lenart war in sich zusammengesunken. Kristian löste ihm die Handschellen und gab ihm ein Taschentuch. Nachdem er ihn wieder fixiert hatte, berieten sie sich vor der Tür.

Das können wir nicht als Geständnis gelten lassen, stellte Kristian fest.

Was ist mit Rurik ?

Ich weiß nicht. Ich DENKE, seine Gewissen regt sich langsam. Soll ich mal mit ihm reden ?

Simon dachte nach. Manchmal war es besser, den Dingen etwas Zeit zu geben. Einen Abend zumindest, eine Nacht vielleicht.

Ich schlage vor, wir lassen sie über Nacht hier. Kannst du hier Wache halten ?

Kristian bestätigte seinem Vorgesetzten, dass er die Anweisung verstanden hatte.

Morgen Vormittag befragen wir sie dann nochmal.

Als Simon die Volksuniversität verließ, folgten ihm zahlreiche Augenpaare hinter den Fenstern. Es waren mehr geworden, denn der Spieleabend hatte bereits begonnen und ein, zwei Neugierige, die vorhin die Polizeisirene hörten, hatten sich bereits auf den Weg gemacht.

60

Simon lief zu Fuß zurück zu seinem Domizil. Er stand noch immer unter dem Eindruck der Ereignisse der letzten Stunden. Seinen Urlaub, dachte er, als er Görans Hof betrat, hatte er sich definitiv anders vorgestellt. Unterwegs waren ihm ein paar Einheimische begegnet. Mit einer gewissen Zurückhaltung hatten ihn die Leute gegrüßt. Hatte er das Richtige getan ? Erschöpft und aufgekratzt zugleich, setzte er sich auf die Wiese vorm alten Bauerhaus. Wie würde es jetzt weitergehen ? War der Täter nunmehr in Gewahrsam ? Würde die Nacht in der Volksuniversität einen von beiden dazu bringen, sich endlich mitzuteilen ? Simon fühlte sich allein wie lange nicht mehr. Wenn er auf der Bühne stand oder vor einer Kamera, war er stets Teil eines Teams, in dem jeder eine Rolle ausfüllte, die nur deshalb Sinn ergab, weil alle ihre Rollen spielten. Egal ob auf oder hinter der Bühne, ob vor oder hinter der Kamera. Wenn er etwas auf dem Herzen hatte, konnte er stets mit dem Regieassistenten sprechen, falls der Regisseur gerade mit anderen Teammitgliedern sprach oder anderweitig beschäftigt war. Hier war Simon ganz und gar allein auf sich gestellt. Bei Göran brannte Licht, doch wie hätte der ihm helfen sollen? Was wäre, wenn sich herausstellte, dass weder Lenart noch Rurik für das Verbrechen verantwortlich sind? In zwei Tagen musste dieser Fall gelöst sein. Das hatte Axel ihm damals unmissverständlich deutlich gemacht. Würde einer der beiden morgen Vormittag gestehen? Immerhin könnte es sich auch ganz anders abgespielt haben. Simon kannte nur einen Bruchteil der Bewohner dieser Insel und diese nicht mal annähernd gut. Im Grunde hätten alle ein Motiv haben können. Es lag an Simon, wie die Handlung jetzt weiter verlaufen würde. Das war er als Schauspieler nicht gewöhnt. *Das ist der Job der Autoren, verdammt nochmal*, fluchte er leise vor sich hin. Normalerweise stand nicht nur der Täter bereits fest, sondern ebenso, dass man den am Ende fassen würde – bevor Simon seine Rolle zu spielen begann. Als er Axel damals seine Zusage gab, hatte er es sich nicht etwa leichter vorgestellt als es jetzt war, den Fall zu lösen, sondern er hatte gar nicht darüber nachgedacht. Und weit und breit gab es hier keinen Autor, den er bitten konnte, ihm die Logik dieses Falles zu erklären. Jemand, der ihm helfen würde, damit sich trotz allem endlich doch noch alles zum Guten wendete. In Görans Haus ging das Licht aus. Er sollte jetzt besser schlafen gehen, sagte sich Simon, um ausgeruht zu sein für die Herausforderungen, die ihn morgen erwarteten.

61

Als Simon recht früh an diesem Samstagmorgen die
Volksuniversität betrat und sich ein Paar Schuhüberzieher
aus dem Korb im Eingangsbereich nahm, hörte er Stimmen
im Treppenhaus. Da er die Nacht über immer wieder wach
gewesen war, hielt er es für eine Halluzination aufgrund
von Schlafmangel, bis ihm auf der Treppe zwei Frauen
begegneten, die ihn freundlich grüßten. Die beiden
gehörten zum Handarbeitszirkel, erinnerte er sich schwach.
Sie trugen Schüsseln in der Hand und unterhielten sich
angeregt. Was hatte das zu bedeuten ? Diese Frage stellte er
sich ungefähr ein Minute später erneut, als er glaubte,
seinen Augen nicht zu trauen. Ihm boten sich folgende
Momentaufnahmen: im Redaktionsraum des **INSELBLATT**es
hatte man Tische zusammengerückt, auf denen ein gut
genutztes Büffet aufgebaut war; Kristian schlief auf einem
kleinen Sofa in der Ecke des Raumes; ein paar Einheimische spielten Karten; zwei weitere luden sich gerade
Essen auf die Teller; jemand drängelte sich mit einer Kanne
duftenden Kaffees an Simon vorbei in den Raum; Rurik saß
an einem der Tische und frühstückte; in der mit Kissen
ausstaffierten Sitzecke der Bibliothek lag Lenart und
schnarchte vor sich hin; auf einem Tisch standen ein paar
leere Flaschen, deren Etiketten Simon zwar nicht entziffern
konnte, doch mit Sicherheit war da nicht bloß Wasser drin
gewesen. Anders als bei Dreharbeiten gewöhnlich, wo der
Set-Fotograph einzelne Momente eines gerade abgedrehten
Bildes von den Darstellern nachstellen ließ, um diese
Eindrücke für die Öffentlichkeit oder das Archiv des
Produzenten festzuhalten, handelte es sich hier weder um
eine Inszenierung, noch um Momente, die Simon in
Anbetracht der gestrigen Umstände als wiederholenswert

ansah. Was war denn hier passiert ? Was hatte sich Kristian nur dabei gedacht ?! Rurik warf Simon einen finsteren Blick zu, als der an ihm vorbeilief, um den Polizisten zu wecken.

Darf ich vielleicht einen Kaffee trinken ?, zog Kristian sich die Schuhe an.

Nein, darfst du nicht !

Hast du schon gefrühstückt ?

Kristian wies mit der Hand zum Büffet, woraufhin er einen finsteren Blick seines Vorgesetzten erntete. Nachdem er den beiden Tatverdächtigen auf Simons Weisung hin wieder Handschellen angelegt hatte und die anderen Einheimischen das restliche Essen in Schüsseln und Dosen verpackten und den Schauplatz verließen, erhielt Simon einen groben Abriss der Vorgänge, die sich nach seinem Verlassen der Volksuniversität gestern Abend ereignet hatten. Simon glaubte, seinen Ohren nicht zu trauen. Als er ging, sind bereits die Leute vom Spieleabend und die Frauen des Handarbeitszirkels im Haus gewesen. Man hatte den Spieleabend kurzerhand in die Redaktionsräume verlagert – zu viele Fragen waren aufgekommen. Warum war Rurik verhaftet worden ? Und was hatte der Fremde von Lenart gewollt ? Rurik ließ man eine ganze Weile allein in der Bibliothek sitzen. Snorre und Thure von der Modellbaugruppe kamen regelmäßig am Freitagabend in die Volksuniversität, um Schiffe versenken zu spielen und das eine oder andere Brettspiel. Sie vermuteten schon lange, dass Rurik für die Defekte an den verschiedenen Booten verantwortlich ist. Wurde er verhaftet, weil man ihm endlich auf die Schliche gekommen war ? Nach und nach füllten sich die beiden Räume, die eigentlich als behelfsmäßiges Untersuchungsgefängnis gedacht waren. Immer mehr Leute aus Skröna kamen, um den beiden Gesellschaft zu leisten. Einige hatten die vorbeifahrende Polizeisirene gehört, andere waren von denen angerufen wurden, die schon dort waren. Und jeder hatte etwas zu Essen mitgebracht.

Die Volksuniversität ist ein Ort für alle Bürger, erklärte Kristian die Situation.

Es war unmöglich, die vielen Leute wieder wegzuschicken.

Als Rurik Kristian irgendwann um Zettel und Stift gebeten hatte, nahm der an, dass er jetzt ein Geständnis bekam. Doch Rurik hatte inzwischen bloß seine Fluchtpläne aufgegeben und wollte an letzten entscheidenden Details für seine „Queen Mary" tüfteln. Und als Kristian dann Lenart Zettel und Stift hinlegte, damit er sein Geständnis aufschreiben könne, hatte der sich bei ihm bedankt und gesagt, dass er jetzt eine Liste aufstellt von Dingen, die er noch innerhalb dieses Jahres erledigen will.

Niemand weiß, wie viel Zeit er bekommt, kommentierte Lenart seine Absicht.

Später hatten der Musiklehrer und seine Schüler etwas zum Besten gegeben.

Alle haben getrunken und gesungen. Am auffälligsten war jedoch, dass manche Leute miteinander sprachen, die sich seit Jahren aus dem Weg gegangen waren. Und dann haben ein paar gesagt, dass auch ein Polizist sich mal ausruhen muss und sie aufpassen würden, dass Rurik und Lenart solange hier bleiben. Kristian lächelte. *Und das sind sie ja auch.*

Lenart kam gähnend ins Zimmer und ging zum Büffet.

Guten Morgen, Kommissar. Guten Morgen, Kristian.

Seine Stimme klang etwas heißer.

Ach und Lars war gestern noch kurz hier, fiel es dem Polizisten wieder ein.

Er hat mich gebeten dir auszurichten, dass du dir heute keine Umstände wegen der Theaterprobe zu machen brauchst.

Da Simon nicht auf Anhieb wusste, was er zu all dem sagen sollte, ging auch er ans Büffet und nahm sich eine Zimtschnecke. Kristian verstand das als allgemeine Erlaubnis und goss sich Kaffee ein.

Gut, reden wir nochmal, wandte Simon sich kauend an die beiden Tatverdächtigen.

Hinsetzen !

Es musste doch rauszukriegen sein, ob einer von ihnen der Täter war, fluchte er (still) vor sich hin. Hatte er sie eigentlich schon nach ihren Alibis für die Mordnacht gefragt ? Lenart rieb sich die Augen und seinen Schädel. In Anbetracht der besonderen Situation, hatte er gestern Abend mehr als üblich getrunken.

Ich habe mich mit meiner Frau gestritten. An diesem Abend vor zwei Wochen und an vielen anderen.

Kristian und Rurik sahen ihn mit großen Augen an. Die Ehe von Lenart und Mila galt gemeinhin als Vorzeige-beziehung im Ort.

Wie, gestritten ?, fragte Kristian vorsichtig nach.

Sie hat gesagt, sie will sich scheiden lassen. Wieder zeigten sich Tränen in seinen Augen.

Ich verstehe einfach nicht warum ! Dabei hat sie nicht mal einen Anderen.

Vielleicht nehmt ihr euch mal eine Auszeit ? Und seht dann weiter, schlug Kristian vor.

Was soll das denn bringen ? Entweder liebt sie mich oder sie tut es nicht.

So einfach ist das nicht immer, Lenart.

Kristian stand auf und brachte ihm eine Tasse Kaffee.

Warum hast du das nicht gleich gesagt ?

Es war mehr eine Feststellung von Simon als eine Frage.

Das ist ein stichhaltiges Alibi, das wir ganz einfach prüfen können.

Du sagst einfach „einfach", als wäre das einfach, schüttelte Lenart den Kopf.

Wir reden hier nicht offen über unsere Probleme. So einfach ist das, kommentierte Rurik Lenarts Eingeständnis.

Für einen Moment schwiegen alle vier Männer. Jedem ging etwas Anderes durch den Kopf.

Und was ist mit dir?, unterbrach Simon die Stille.

Auch Rurik fiel es alles andere als leicht, sein Alibi für die Mordnacht zu gestehen.

Ich war hier, räusperte er sich.

Hier im Redaktionsraum?

Rurik starrte kurz an die Decke, ohne seinen Kopf zu heben.

Nicht hier. In der Volksuniversität. Nachts eben.

Kristian und Simon sahen sich an. Ihr Verdacht bestätigte sich gerade.

Es tut mir ja auch leid. Keine Ahnung, was mich geritten hat, die Boote der anderen zu sabotieren.

Simon hatte gar keinen Ausdruck dafür, wie enttäuscht er darüber war, dass sich in Carlssons Fall beide als unschuldig erwiesen. Und Kristian meinte, dass sie sie jetzt freilassen müssen. Schulterzuckend sah er zu Simon.

Wir fahren euch jetzt nach Hause.

Kristian und Simon standen auf, gingen zur Tür und nickten den beiden ehemaligen Tatverdächtigen zu.

Auf geht's.

Rurik nahm seine Jacke. Und Lenart starrte auf das Stück Kuchen auf seinem Teller.

Mila hat mir trotzdem etwas zu Essen gebracht, rieb er sich die Augen, als müsse er noch immer die Müdigkeit vertreiben.

Auf dem Weg nach draußen wagte Simon einen letzten Versuch, etwas über Carlssons Privatleben zu erfahren.

Wisst ihr vielleicht, wer Carlsson gut gekannt haben könnte?

Rudvald, meinte Lenart, *Rudvald Eklund.*

Ja, bestätigte Rurik, *frag ihn. Die kennen sich schon ihr ganzes Leben.*

62

Ein kalter Wind wehte über die wolkenverhangene Insel, als Kristian die Männer nach Hause fuhr. Keiner von ihnen sagte ein Wort. Genauso schweigsam hatte Mätta ihren Mann beim Frühstück angetroffen. Axel zog sich den Reißverschluss seiner Jacke bis unters Kinn, während er zu Fuß Richtung **WASAHUS** ging. Sein Auto stand noch immer da und inzwischen war er absolut nüchtern. Dort würde er sich sowieso nie wieder betrinken – schließlich hatte Gustaf ihm Hausverbot erteilt. Doch so ein Spaziergang würde ihm heute gut tun. Im Innersten hoffte er, unterwegs seiner Tochter zu begegnen. Dabei war er sich sicher, dass sie und ihr nichtsnutziger Freund längst die Insel verlassen hatten. Er kam an mehreren Grundstücken vorbei, doch keine Menschenseele war zu sehen. Vielleicht saßen sie gerade beim Mittagessen ? Die ganze Familie gemeinsam. Eltern und Kinder, Großeltern und Enkel. Axel fühlte sich verlassen. Doch niemand konnte ihm verbieten, einen Blick auf das Haus seines Feindes zu werfen. Vielleicht tauchte seine Tochter ja dort wieder auf ? Er stand bereits eine halbe Stunde vor dem Gasthaus, als Maria mit einem Stuhl und sehr ernstem Blick nach draußen kam.

Hättest du auf ihn geschossen ? Sei ehrlich !

Betreten schaute Axel zu Boden und schüttelte den Kopf. Dann sah er ihr direkt in die Augen.

Nein, Maria. Niemals.

Maria ging hinters Haus und stellte den Stuhl an einen leeren Vierertisch. Ohne ein Wort ließ sie Axel stehen, der den Mut fasste, sich zu setzen. Zwanzig Minuten später kam sie mit einem Glas Bier wieder. Sie stellte es ihm hin und setzte sich dazu. Von Weitem wirkte es wohl wie ein Stillleben mit zwei Personen. Dann ergriff Maria das Wort.

Vor knapp zwei Jahren stand sie hier. Genau hier. Und drohte uns allen, sollte dir jemals einer von uns verraten, dass die beiden ein Paar sind.

Zwei Jahre schon ?, fragte Axel leise.

Ich hatte ja keine Ahnung, zu welchen Ausdrücken Mätta fähig ist. Wir haben uns alle nur angeschaut. Es war klar, dass wir dieses Gebot niemals brechen würden. Und dass sie erwartete, dass Gustaf und ich ihre Anweisung nach und nach allen übermitteln, die zu uns ins Gasthaus kommen.

Axel schaute Maria an.

Und wenn ihnen etwas passiert ist ?

Niklas ist ein sehr verantwortungsvoller Junge. Er achtet bestimmt gut auf seine Freundin. Glaub mir.

Mit diesen Worten stand Maria auf und ging ins Haus. An der Tür stand Gustaf und sah Axel lange schweigend an, bevor er ihm den Rücken kehrte. Der Wind hatte unterdessen die Wolken vertrieben und ließ die Sonne wärmend scheinen. Axel fror noch immer.

63

Ja, er war gestern Mittag kurz hier. Nein, es gab keinen weiteren Streit zwischen den beiden. Es ist bestimmt nichts weiter passiert, beendete Maria den Anruf und deckte den Frühstückstisch.

Mätta machte sich Sorgen, weil Axel am Abend nicht nach Hause gekommen war. Sie nahm die Autoschlüssel und fuhr los. Tief im Inneren hoffte sie, unterwegs ihrer Tochter zu begegnen. Doch so wie sie Niklas kennengelernt hatte, war sie sich sicher, dass er gut auf Finja aufpassen würde. Sie fuhr direkt zum Fährsteg, wo Herke in der Sonne saß und ein Kreuzworträtsel löste.

Nein, Axel ist gestern nicht mitgefahren. Und meine erste Fahrt heute geht in zwanzig Minuten.

Mätta sah Herke direkt in die Augen. Er verstand ihre Frage auf Anhieb.

Nein, die beiden müssen noch auf der Insel sein. Bei mir sind sie nicht mitgefahren. Und ein anderes Boot hätte ich doch gesehen.

Zehn Minuten später parkte Mätta vorm Gemeindehaus. Axel saß in seinem Büro und rührte in seiner Kaffeetasse. Seine Augen waren verquollen und rot. Mätta setzte sich vor ihn hin.

Komm nach Hause.

Ein tiefer Seufzer entrang sich Axels Kehle.

Ich bin an allem schuld, sagte er, ohne seine Frau dabei ansehen zu können.

Mätta sah sich im Büro um. Axels Schuhe lagen auf dem Sessel und eine Decke lag unterm Schreibtisch. Er hatte offensichtlich auf dem Fußboden geschlafen.

So kommt sie auch nicht eher zurück. Komm nach Hause.

Meinst du, sie kommt zurück?

Sie schenkte ihrem Mann ein kurzes Lächeln. Ein Gefühl von Zuversicht schlich sich in sein Herz.

Und wir müssen noch immer einen Wettbewerb gewinnen, sagte er mit einem Hauch neuer Kraft.

Ich werde deswegen eine Gemeindeversammlung für nächste Woche einberufen.

Als sie sich auf den Weg nach Hause machten, erklärte Mätta ihm, dass sie das für eine gute Idee hielt. Und dass sie noch einen Ort finden müssen, wo die stattfinden soll.

64

Die alte Hütte im Wald sah mittlerweile richtig gemütlich aus, nachdem Niklas und Finja sie in den letzten Tagen einmal komplett auf den Kopf gestellt hatten. Alles was drinnen herumstand und lag, nahmen sie in die Hände, trugen es heraus, betrachteten es fragend, ob es noch einem Zweck diene und ob sie es gebrauchen konnten. Ob es noch funktionierte oder zu reparieren sei. Zusammen hatten sie den ganzen Raum bis in die letzten Ecken geputzt, die Fenster weit geöffnet und die Möbel repariert. Und so war binnen Kurzem alles zu einem einfachen Heim geworden, was man vorher nur ein verstaubtes Chaos hätte nennen können. Tagsüber streiften sie durch den Wald und hatten dabei eine Stelle gefunden, wo die Bäume fast bis ans Ufer reichten.

Wir hätten schon längst mal hier herkommen sollen, meinte Niklas und starrte weiter in den Himmel.

Hätte, hätte – Fahrradkette, grinste Finja ihn von der Seite an.

Sieh mal da, zeigte Niklas auf eine der langsam dahinziehenden Wolken.

Sieht aus wie ein Drachen.

Ja, stimmt. Und ein bisschen… ein bisschen wie…

Die Wolken zogen weiter ihren Weg durch den Himmel, in beständiger Veränderung, als ginge sie all das, was sich direkt unter ihnen auf der Erde abspielte, rein gar nichts an.

… wie ein Huhn.

Nein, wie eine Katze, protestierte Finja.

Niklas beendete ihren Protest mit einem Kuss.

Los jetzt, aufstehen, mahnte er. *Ein Essen kocht sich nicht von allein.*

Auf ihrem Weg zurück zur Hütte sammelten sie auf, was die Bäume im Laufe ihrer Wandlung ihnen überlassen hatten. Sie nahmen nur Aststücke von Birken mit. Niklas hatte ihr erklärt, dass man am besten Birkenholz aufschichtete, wenn man über dem Lagerfeuer etwas kochen wollte. Aus Steinen hatten sie eine Feuerstelle errichtet. Niklas achtete darauf, dass sie nicht nur den Rand begrenzten, sondern auch den Boden darunter dicht mit Steinen abdeckten, um ihn nicht zu beschädigen und um zu verhindern, dass das Feuer sich im Erdreich ausbreitete. In den letzten paar Tagen konnte er zeigen, was er Zuhause gelernt hatte. Gleich am ersten Tag machte er einen halben Blaubeer-Crumble, einen ohne die Butterstreusel obendrauf. Zu den Lebensmitteln, die er mitnahm, hatte er eine gusseiserne Pfanne gepackt. Darin konnte man so ziemlich alles zubereiten, was man zum Überleben draußen in der Natur brauchte. Gemeinsam hatten sie die blau-violetten Beeren gesammelt und dann staunend zugesehen, wie die mit Mehl und Zucker vermengten Früchte in der Pfanne vor sich hin blubberten. Heute Abend sollte es Backkartoffeln geben, mit Karotten und mit Schinken, den sein Vater nach dem Rezept seines Großvaters räucherte. Eigentlich wollten sie tagsüber eine paar Fische fangen, doch dann hatten sie die Zeit am Ufer mit anderen Dingen verbracht. Die Kartoffeln wickelten sie in Alufolie und legten sie direkt in die Glut. Als sie halbgar waren, legte Niklas ein paar Karotten dazu. Sie würden sie von der verbrannten Schale befreien, bevor sie sie später aßen. Die meisten Gerichte würzten sie mit Heusalz und mit Senfsauce. Beides hatte Niklas in der elterlichen Küche SELBST zubereitet. Wenn sie weiter sparsam blieben, würden ihre Vorräte noch ein Weilchen reichen. Während sie ihrem Essen dabei zusahen, wie es langsam gar wurde, blieb von ihnen unbemerkt, dass Anders, der Arzt, und Solveig, die Frau des Lehrers, sie auf ihrem Weg zurück ins Dorf beobachteten.

65

Und warum nimmt man kein Nadelholz für ein Lagerfeuer ?, wollte Simon wissen, klopfte sich den Staub aus den Kleidern und versuchte, das Harz von seinen Händen zu kratzen.

Na weil Fichte und Tanne beim Brennen Teer absondern und Harze, die du dann im Essen hast, erklärte Göran ihm und schichtete weitere Scheite aus seinem Holzvorrat zu einer Feuerstelle auf.

Außerdem verteilt Birke die Hitze gut.

Simon war froh gewesen, als Göran ihm am Nachmittag anbot, die Woche mit der wohligen Wärme eines Lagerfeuers ausklingen zu lassen. Nach den letzten Ereignissen in der Volksuniversität, fühlte er sich einfach nur noch ratlos und beschämt, wenn er daran dachte, dass er den Menschen hier versprochen hatte, einen Mord aufzuklären. Gestern war er kurz davor gewesen, Robert anzurufen. Schließlich hatte der ihm seine Unterstützung bei der Lösung dieses Falles angeboten. Robert war immer für ihn da – als Agent und als Freund. Doch Simon hatte keine Idee, wie der ihm bei dieser Sache hätte helfen sollen und so legte er das Telefon wieder weg. Um dann kurz darauf Katja anzurufen. Wenn er sich ganz sicher sei, meinte sie, dass er wirklich alles gegeben habe, dann ist es trotzdem gut. Kein Mensch kann alles können, das sei unmenschlich, waren ihre tröstenden Worte. Im Laufe seines Lebens war ihm mehr und mehr bewusst geworden, dass jeder selbst

die Herausforderungen bewältigen muss, die sich ihm
bieten. Und dass Freunde nicht dazu da sind, einem seine
Verantwortung abzunehmen. Davon war er längst über-
zeugt. Manchmal war das Einzige was sie tun konnten,
einen einfach bloß zu verstehen. Und das wiederum konnte
das Größte überhaupt sein. Er lief im Wald umher und
sammelte auf, was er an Holz tragen konnte. So kannte er
es aus seiner Kindheit. So hatten sie es gemacht, um dann
ein Lagerfeuer zu entfachen. Mit jedem Gedanken hatte er
sich ein weiteres Stück Holz auf den Arm geladen. Als er
gerade nach dem nächsten Aststück griff, sah er eine
Schnecke daran hochkriechen. Vom moosigen Boden
wagte sie sich auf die weiße, rissige Fläche nach oben.
Simon hockte sich hin, presste die Holzstücke an seinen
Bauch und schaute ihr zu auf ihrem Weg, den sie nicht zu
überblicken vermochte. Aber wer weiß das schon.
Millimeter für Millimeter bewegte sie sich voran. Und als
hätte jemand an der Lautstärke gedreht, vernahm er
plötzlich ganz deutlich das Gezwitscher der Vögel und ein
Summen von fliegenden Insekten. Hielt die Schnecke inne
auf ihrem Weg ? Simon tat es selbst für ein paar
Augenblicke und merkte es kaum. Bis er Göran wie aus
weiter Ferne nach ihm rufen hörte. Simon hielt das Holz
umklammert und richtete sich auf. Als er zurück zur
Lagerfeuerstelle lief, kam ihm eine Idee. Die Idee, mit der
man alles retten konnte. Mit der man den Wettbewerb trotz
allem noch immer gewinnen würde. Gewinnen konnte.
Hocherfreut trug er alles zu Göran und lud es neben den
aufgeschichteten Birkenhölzern ab. Göran hielt die meisten
Holzstücke jedoch für ungeeignet. Simon ließ sich davon
nicht beirren und nahm sich vor, eine Nacht über seine
Idee zu schlafen, um sie dann weiter auszubauen.

66

Danke, sagte Finja.

Wenn du willst, erzähle ich dir heute wieder eine Geschichte. Zum Beispiel eine von unseren Vorfahren.

Niklas schaute in den Himmel über ihnen.

Ich frag mich, wie die sich an den Sternen orientiert haben, als sie übers Meer fuhren, sagte er und legte seine Arme um seine Freundin.

Das frag ich mich auch. Von den Sternen kann ich dir nur nichts erzählen, das wäre reiner Blödsinn.

Ich mag Blödsinn.

Jetzt sei still und hör' die Geschichte, die meine Mutter mir oft erzählt hat, als ich klein war:

Auf einer Insel gab es eine Handvoll Häuser. So wenige, dass man kaum von einem Dorf sprechen konnte. Sie waren umgeben von dichtem Wald und in jedem lebte eine Familie miteinander. In jedem Jahreslauf kam der Winter mit frostiger Kälte und eine kristallene, weiße Decke breitete sich über die ganze Gegend. Die Kinder spielten lachend im Schnee, wenn die Männer auf die Jagd gingen. Bald alt genug, nahmen die Väter die Kinder dazu mit. Tag und Nacht wechselten sich in stetem Wandel ab und die Holzstapel hinter den Häusern wurden kleiner und kleiner. Eines Tages - völlig unerwartet - kam ein mächtiger Riese aus dem Wald. Barfüßig stapfte er durch den tiefen Schnee und erhob gewaltig seine

Stimme gegen die Menschen in den Häusern. Wild schlug er um sich und keiner blieb verschont von ihm. Weder Tier, noch Natur. Die Menschen fürchteten um ihr Heim, ihr Leben und niemand wusste, wie dem Riesen Einhalt zu gebieten war. Sie verschanzten sich hinter den Fenstern ihrer Häuser und zitterten Tag und Nacht. Die Kinder bekamen Angst, weil sie die Angst ihrer Eltern spürten. Und sie beschlossen, der Gewalt ein Ende zu bereiten. Irgendwann musste auch ein Riese schlafen, sagten sie sich und blieben selbst heimlich wach. Dann eines Nachts sahen sie, wie der Riese gähnend zum Waldrand lief. Wenn er schlief, wollten sie ihn überwältigen. Doch was sie dann sahen, änderte ihren Plan. Der Riese legte sich nicht einfach bloß hin, nein. Aus seiner Haut schlüpfte ein kleines Männlein. Es streifte das hässliche Kleid des Riesen ab und zitternd legte es sich darauf, wie auf eine Decke. Der neue Morgen kam, das Männlein erwachte und wollte wie eh und je in seine Verkleidung schlüpfen. Plötzlich stand eine Gruppe von gerade mal fünf Kindern vor ihm und gerade mal so groß wie es selbst. Und anstatt ihn anzubrüllen und ihn zu schlagen, wie sie es von ihm kannten, luden die Kindern ihn in die Häuser ihrer Eltern ein. Um gut zu essen, um gut zu trinken und um gute Unterhaltung zu finden. Die *einzige Bedingung, die sie stellten, war: er solle das Kleid des Riesen verbrennen.*

Und dann ?, fragte Niklas.

Das Männlein war mit der Zeit müde geworden, das schwere Kleid des Riesen zu tragen. Es fühlte sich lange schon einsam und es hatte Hunger und es hatte Durst. Es ging mit den Kindern ins Dorf und als ihre Eltern das Männlein sahen, verloren sie ihre Angst und baten ihn in ihre Häuser. Und aßen gut und tranken gut und hatten gemeinsam gute Unterhaltung.

Eine Weile saßen sie schweigend beieinander.
Das ist eine schöne Geschichte. Sie erinnert mich an meinen Vater, sagte Niklas plötzlich.
Ist der Freund deines Vaters nicht mal zu Besuch wiedergekommen ?, fragte Finja.
Nein, niemals, hat er gesagt.
Niklas zog Finja enger an sich, denn trotz des Feuers kroch langsam die Kälte der Nacht heran. Für den Rest des Abends brauchten sie keine Worte mehr, während das Lagerfeuer langsam herunterbrannte.

67

Der Hering hatte vorzüglich geschmeckt. Göran wickelte ihn dafür in Zeitungspapier und weichte die Päckchen ein paar Minuten lang in Wasser ein. Es dauerte ungefähr eine halbe Stunde, bis das Papier in der Glut zu brennen begann. Als jeder von ihnen sein Päckchen auswickelte, blieb die Fischhaut am Papier kleben. Mit Wacholderbutter, die Göran selbst gemacht hatte und Preiselbeeren auf Knäckebrot serviert. So etwas hatte Simon noch nie gegessen. Ein echtes Gefühl von Urlaub kam in ihm auf. Das erste Mal seit dem Tag, als der Bürgermeister und der Arzt morgens vor seiner Tür gestanden hatten. Er begann sich zu fragen, ob es ein Fehler war, dass er ihnen damals seine Hilfe zusagte, als er plötzlich dieses unheimliche Schnaufen vernahm, das er schon in seiner ersten Nacht auf der Insel gehört hatte. Simon sprang auf.

Was ist das ?, fragte er flüsternd.

Das ? Das ist bloß Odin, sagte Göran kopfschüttelnd. *Setz dich wieder, sonst verschreckst du ihn vielleicht.*

Odin verschrecken ?, schoss es Simon durch den Kopf. Odin war der bedeutendste Gott der Germanen und der Nordmänner. Nach allem, was er jemals über ihn gehört hatte, würde den Nichts und Niemand verschrecken können. Er war der Vater aller nordischen Götter. Simon hatte irgendwann mal eine Reportage darüber in der arte-Mediathek gesehen.

Setz dich doch wieder, Simon. Was ist denn mit dir ?

Ja glaubst du denn, dass die Geschichten wahr sind ?

Die von Gott Odin, meinst du ?

Ja, flüsterte Simon erneut und sah sich vorsichtig um.

Nun ja, Odin ist in unserer Mythologie zum Beispiel der Kriegsgott.

Vielleicht sind es ja auch bloß Geschichten, die die Menschen sich ausgedacht haben ? Und sich von Generation zu Generation weitererzählen.

Ein Igel, der sich angegriffen fühlt und zusammenrollt, der hat schon etwas recht Kriegerisches an sich mit all seinen stachligen Lanzen.

Simon runzelte verwirrt die Stirn und Göran sprach
schulterzuckend weiter.

Die Natur ist schließlich unser allmächtiger Gott. Kein Mensch
kann sich einen Igel ausdenken. Da ist er ja. Sieh nur!

Als Simon in die Richtung schaute, in die Göran zeigte, sah
er einen dunklen Fleck auf der Wiese, der laut schnüffelnd
ein Stück näherkam. Unwillkürlich ging er einen Schritt auf
ihn zu, woraufhin der Fleck die Richtung änderte. Und
Simon überkam ein Lachen. Tief aus seinem Bauch
kommend, schüttelte es ihn kräftig durch. Ein Igel? Erleichtert wischte er sich ein paar Tränen aus dem Gesicht.
Und seine Idee von vorhin kam ihm in den Sinn. Ob doch
noch alles gut wird? Was würde Göran davon halten? Er
begann, ihm davon zu erzählen. Während das Feuer nach
und nach herunterbrannte, sprachen sie noch immer
darüber. Göran hielt Simons Idee für sinnvoll. Und als der
Himmel langsam wieder hell zu werden begann, nahm sich
jeder noch eine weitere Decke und rollte sich zusammen,
fast so wie ein Igel. Simon erinnerte sich nicht daran, wann
er zuletzt im Freien übernachtet hatte, gähnte laut vor sich
hin und schlief bald ein.

68

Als Gustaf am Montagmorgen aus dem Haus trat,
bewaffnet mit einem Besen, um den Weg zu kehren, auf
dem seine Gäste zu ihm gelangten, regte sich plötzlich ein
schlechtes Gefühl in ihm. Der leichte Nieselregen, der in
der Nacht einsetzte, wurde von eben auf jetzt stärker,
tropfte rauschend vom Himmel und landete klatschend in
dicken Blasen mitten auf den verwitterten Steinfliesen, die
zum Eingang seines **WASAHUS** führten. Der

leichte Unmut, den er empfand, wandelte sich mit einem Mal in beißende Wut, die einen in die Eingeweide kneift und das Hirn vernebelt, ohne dass auch nur ein einziger Schluck Alkohol dabei im Spiel ist. Gustaf blinzelte, schloss die Augen und öffnete sie wieder. Die Gestalt, die sich in ungefähr 10 Metern Entfernung in sein Blickfeld geschoben hatte, war jedoch nicht verschwunden. Wie ein böses Omen stand sie unbeweglich da und starrte ihn an. Starrte ihn irgendwie hilflos an. Gustaf nahm den Besen, drehte der unerwünschten Erscheinung den Rücken zu und ging ins Haus.

Was will der denn schon wieder hier, Maria?!

Maria sah aus dem Fenster und zuckte die Schultern.

Keine Ahnung, ich weiß es nicht.

Du hast doch gestern mit ihm gesprochen, sagte er in unüberhörbar vorwurfsvollem Ton.

Unmerklich schüttelte Maria den Kopf, wischte sich die Hände an der Schürze ab und hob stirnrunzelnd die Augenbrauen.

Was denn?! Der hat auf mich geschossen! Wenn der nicht bald wieder verschwindet, dann...

Dann was?

Maria sah ihn an. Mit dieser Ruhe, die ihm unbegreiflich war. Und die ihm immer wieder gut tat. Doch heute war ihm das egal.

Geh raus und schick ihn weg. Oder ich mach das. Das könnte ihm allerdings nicht so gut bekommen.

Maria schaute ihn unbeirrt an.

Rede mit ihm.

Nein.

Gustaf drehte sich um, ging in die Küche und weiter in die Trockenkammer, wo er anfing, die Vorräte zu zählen. Hauptsache er machte irgendetwas, das ihn ablenkte. Er hatte gerade das 63. Ei gezählt, als die Tür hinter ihm geöffnet wurde.

Komm mal mit, winkte Maria ihm mit einem zaghaften Lächeln.

Jetzt sei nicht so.

Auf der Schwelle der Haustür stand Axel mit gesenktem Blick.

Ich will hören, was du zu sagen hast, sprach Maria ihn mit resoluter Stimme an.

Gustaf verschränkte die Arme vor der Brust und sah ihn feindselig an.

Wir wollen hören, was du uns zu sagen hast, sagte Maria, *bevor du uns Löcher in den Boden starrst.*

Axel wischte sich den Regen von der Stirn und räusperte sich mehrmals.

Entschuldigung, nuschelte er vor sich hin.

Was ?!, haute Gustaf ihm entgegen.

Ich... das war...nun...

Maria rollte auffordernd mit den Augen.

Axels *Ja, es tut mir leid*, hallte leise gegen die Hauswand.

Und ?!, baute Gustaf sich vor ihm auf.

Was willst du jetzt hier ?

Axel ging alles Mögliche durch den Kopf. Er hatte seine Tochter verloren und wusste nicht, was er tun konnte, um irgendetwas daran zu ändern.

Es geht darum, dass... darum... man muss einsehen, wenn man verloren hat. Oder ?

Vorsichtig riskierte er einen Blick auf seinen Feind.

Gustafs stemmte die Hände in die Hüfte.

Allerdings.

Axel versuchte, die Gedanken an ihre beiden Kinder für einen Moment zu verdrängen. Schließlich war er hier wegen der Gemeindeversammlung, die er für morgen Abend einberufen wollte. An ihrer Fehde änderte das nichts.

Vielleicht ist ja doch noch etwas zu retten, trug er betont freundlich vor.

Was meinst du damit ?, fragte Maria.

Die Zukunft unserer Gemeinde steht auf dem Spiel. Und…

Und was ?, fragte Gustaf herablassend.

Und es ist an uns, sie zu retten.

Die fragenden Blicke der Erikssons nutzte Axel, um ihnen sein Vorhaben zu erläutern. Und schlussendlich hatten weder Maria, noch Gustaf etwas dagegen einzuwenden, dass sich morgen Abend die Dorfbewohner erneut hier bei ihnen versammeln sollten. Diesmal lag es an allen, an jedem der Bewohner Skrönas, darüber zu diskutieren und abzustimmen, ob man von der Teilnahme am Wettbewerb „Schwedens Schönstes Dorf" nun zurücktreten solle oder ob man trotz der widrigen Umstände sein Glück wagen würde. Immerhin sei der Bau des Holzhauses an Stelle der alten Scheune auch ohne die komplette Einrichtung einer Pension bereits ein wertvoller Wettbewerbsbeitrag.

Gut, dann morgen Abend, verabschiedete Gustaf den noch immer ungebetenen Gast.

Doch auch ihm lag alles daran, dass sie die Brücke zum Festland bekamen. So wäre der Weg zu ihnen leichter für seinen Sohn, der mit seiner Freundin fortgezogen war. Es gab keinen Grund, dass Niklas nicht wiederkommen würde, auch wenn sie seit Tagen nichts von ihm gehört hatten. Als Gustaf die Tür hinter diesem abgehalfterten Armleuchter von Bürgermeister schloss, war Maria ans Telefon geeilt, um Mätta zu berichten, dass ihr Mann halbwegs bei Verstand und anscheinend gesund wiederaufgetaucht war und um von ihr zu erfahren, dass ihre Kinder sich offensichtlich noch auf der Insel befanden.

69

Simon bedankte sich für den Tee und wärmte seine Hände an der Tasse, die Rudvald Eklund ihm gerade reichte. Nachdem er ziemlich früh am Morgen durch einen Regenschauer geweckt worden war, blieb ihm kaum Zeit, sich wenigstens durch ein Frühstück aufzuwärmen, da Kristian heute überpünktlich eingetroffen war, um ihn zur Befragung des Freundes von Carlsson abzuholen. Akira, die ihnen bei der interkulturellen Verständigung helfen würde, saß mit ihm im Wagen am Hoftor und Simon wollte sie nicht warten lassen. Sie fuhren einmal quer über die Insel ans südwestliche Ufer und überholten dabei Axel. Im gleichmäßigen Rhythmus des hin- und her- winkenden Scheibenwischers sahen sie, wie er allein zu Fuß durch den prasselnden Regen die Straße entlanglief, mit einer Mappe unterm Arm. Jetzt saßen sie in der warmen Wohnstube des Mannes, der Carlsson seit seiner Kindheit kannte, wie Akira für Simon übersetzt hatte. Rudvald wirkte traurig, als er sprach. Er war kaum drei Jahre jünger als sein alter Freund und der hatte ihn jetzt zurückgelassen.

Und ihr habt euch jeden Donnerstag gesehen ?, war Simon erstaunt.

Seit vielen Jahren schon, an diesem Tag.

Akira übersetzte weiter, dass sie sich manchmal auch öfter sahen. Doch am Donnerstag spielten sie zusammen Schach. Anschließend ruhte die Partie eine Woche und dann ging es weiter, bis das Spiel zu Ende war.

Der eine nahm immer die Figuren des anderen mit, die er ihm im Laufe eines Abends abgenommen hatte. Wenn wir eine neue Partie begannen, brachten wir die Figuren wieder mit.

Aber wir haben keine einzige Schachfigur bei Carlsson gefunden, übersetzte Akira Kristians Aussage, der wegen Simon English sprach.

Ja. Weil er in diesem Spiel keine erobert hat.

Rudvald stand auf und holte eine kleine, mit folkloristischem Muster verzierte Holzkiste. Darin lagen sechzehn feingeschnitzte, weißlackierte Figuren als würden sie schlafend darauf warten, dass ein neues Spiel begann. Rudvald nahm den König heraus, betrachtete ihn eine Weile und legte ihn wieder hinein.

Bei unseren letzten Treffen schien es, als wäre Carlsson in Gedanken. Irgendwo anders, weit weg.

Er nahm die winzige, weiße Königin aus der Truhe und stellte sie auf den Tisch.

Immer wieder sprach er von ihr.

Von wem ?, übersetzte Akira Simons Frage.

Von seiner Frau. Seiner verstorbenen Frau. Das hatte er lange nicht gemacht. Es war Jahre her, dass der Krebs sie mit sich nahm.

In den nächsten Minuten gab es für Akira nichts zu übersetzen. Alle tranken Tee. Rudvald ergriff als erster wieder das Wort.

Carlsson war mein bester Freund. Und sie seine beste Freundin. Schon immer.

Auch Akira wartete still darauf, dass er weitersprach.

Ich hab am Donnerstag auf ihn gewartet. Als ich dann von der Einladung ins **WASAHUS** *erfuhr, hab ich es geahnt.*

Er sah aus dem Fenster in weite Ferne.

Ein Freund gehört dir nicht. Kein Mensch gehört einem anderen. Lerne loszulassen und du wirst ein glücklicher Mensch sein.

Akira nickte dem Kommissar und Kristian zu. Sie war sich sicher, dass sie Rudvalds Worte richtig übersetzte.

Und wenn du es so machst... so wie diese beiden Kindsköpfe, da kann ja nichts Gutes bei rauskommen.

Äh… was…wovon spricht er da ?

Simon hoffte, dass Akira eine angemessene Übersetzung dafür finden würde. Deuteten Rudvalds Worte etwa ein Tatmotiv an ?

Na von unserem Bürgermeister, diesem Tunichtgut und seinem Freund Gustaf.

Kristian hätte beinah seine Tasse fallenlassen. Akira stockte und sah den alten Mann mit großen Augen an.

Was hat er gesagt ??

Und nachdem sich Kristian und Akira vergewisserten, dass sie Rudvald richtig verstanden hatten und dass dann die Übersetzung für Simon exakt mit dem Original übereinstimmte, erzählte Rudvald ihnen die Geschichte von der Freundschaft von Gustaf und Axel.

Ein Wildfang war das, dieses Gespann. Schon von klein auf.

In Rudvalds Gesicht zeigte sich ein leises Lächeln der Erinnerung.

Sie streiften über die Insel, als würden sie die ganze Welt erkunden. Und es kam vor, dass sich der Vater des einen beim Vater des anderen beschwerte, dass ihm schon wieder ein paar Lebensmittel abhanden gekommen waren. Ob es bei ihnen zuhause nicht genug zu Essen gäbe und so Sachen. Gustafs Vater gehörte damals ja noch das **WASAHUS** *und Axel führt sein Lebensmittelgeschäft ja nun auch schon in dritter Generation. Die Jungen waren die besten Freunde und gingen gemeinsam durch Dick und Dünn. Sie prügelten sich sogar für den anderen, keiner ließ etwas auf den anderen kommen. Und als sie dann schon fast volljährig waren, ging mit einem Mal alles in die Brüche.*

Kristian hörte gebannt zu und Akira konnte kaum schnell genug für Simon übersetzen.

Sie hatten begonnen, ein Boot zu bauen. Ein altes Holzboot, das sie eines Tages herrenlos am Strand fanden und wiederaufzubauen versuchten. Ihre Väter taten, als wüssten sie von all dem nichts. Denn

die wollten, dass sie deren Geschäfte weiterführten und einfach warten,
bis die Jungen ihres Planes überdrüssig wurden. Doch Axel und
Gustaf sprachen von unseren Ahnen, den Warägern. Das waren
Wikinger, Krieger und Händler. Ihnen nachzueifern war ihr Antrieb
und so nahm das Boot langsam Gestalt an. Nach Amerika wollten
die beiden. Gott weiß, warum. Aber sie hatten es sich nun einmal in
den Kopf gesetzt und hielten um alles daran fest. Sie würden rudern.
Selbst einen Segelmast errichteten sie, wie bei den Langschiffen der
Wikinger. Und sie würden rudern. Als es fast fertig war, beschlossen
sie, einen Motor einzubauen. Schließlich wollten sie nicht erst in drei
Jahren dort ankommen. Sie besorgten sich einen auf dem Festland.
Woauchimmer sie den aufgetrieben haben mochten. Sie hatten sich
schon Seekarten organisiert, wetterfeste Kleidung und Kisten für
Vorräte. Angeln wollten sie, den größten Teil der notwendigen
Nahrung auf der Reise selbst erbeuten. Glaubt mir, ich hab es ihnen
auszureden versucht.

Akira wartete nicht, bis einer der Ermittler eine Frage stellte
und tat es selbst. Dann übersetzte sie Rudvalds Worte
weiter für den Gast aus Deutschland.

Weil sie da draußen draufgegangen wären. So völlig schutzlos den
Naturgewalten ausgesetzt. Diese Kinder. Sie haben mir doch von
ihren Plänen erzählt, weil sie meinen Rat wollten. Ich hab mein
Leben lang als Hochseefischer gearbeitet. Die hätten nicht lange da
draußen überlebt. Aber wer reisen will, soll reisen. Nur sie waren
einfach zu verbohrt in ihrem jugendlichen Drang.

Und was ist dann passiert?, fragte Akira.

Es war mitten im Sommer, ein paar Tage, bevor sie in See stechen
wollten. Da starteten sie zum ersten Mal den Motor, probehalber. Es
kam zu einer Explosion. Keine sonderlich große, doch das Boot ging
sofort in Flammen auf und sie retteten sich ins Wasser. Es war wohl
ein Schock für sie. Denn danach hat man sie tagelang nicht gesehen.

Und dann?, fragte Kristian.

Dann gar nichts weiter. Ein paar Wochen darauf ging Axel auf die Handelsschule und Gustaf auf die Hotelfachschule. Keiner redete auch nur ein Wort mit dem anderen, wenn sie sich am Wochenende auf der Insel über den Weg liefen. Das ist alles, wovon ich weiß.

Akira übersetzte für Rudvald Simons Dank, dass er sich die Zeit für dieses Gespräch genommen habe. Und sein Beileid für den Verlust des guten Freundes.

Solange wir an jemanden denken, haben wir ihn nicht ganz verloren, verabschiedete sich Rudvald von seinen jungen Besuchern.

Ich glaube nicht, dass uns das hilft, den Fall aufzuklären, meinte Kristian auf dem Weg zum Auto.

Nein, das nicht, antwortete Simon.

Aber es sagt mir, dass wir nach vorne schauen sollten und nach einer anderen Lösung suchen, um den Plan des Dorfes zu retten.

70

Das Gemurmel verstummte, als Axel zusammen mit Mätta das **WASAHUS** betrat und die Blicke der Inselbewohner wanderten unwillkürlich zu Simon, der mit Göran und Kristian an einem der hinteren Tische saß. Als der Bürgermeister gestern von Haus zu Haus ging, um seine Mitbürger zur heutigen Versammlung einzuladen, befürchtete Mancher von ihnen, dass es eine weitere Leiche gab. Andere hofften, dass Simon das Geld gefunden hatte, mit dem sie die Pension fertigstellen wollten. Und zu guter Letzt gab es diejenigen, die zugleich hoffend und bangend die Bekanntgabe des Mörders erwarteten. Ein paar fragten sich außerdem, wie es wohl im Hause Wallenberg gerade zuging, denn inzwischen hatte es die Runde gemacht, dass die Tochter des Bürgermeisters mit dem Sohn des Gastwirts durchgebrannt war. Und nicht wenige fragten sich, ob sie heute noch ein böses Schauspiel erleben würden, in dem deren beider Väter die Hauptrolle spielten. Nur ein paar Minuten zuvor noch hätte ein stiller Gast beobachten können, wie Leute hier miteinander lachten, die in den letzten Monaten kaum mal miteinander gesprochen hatten und wie sich einer bei einem anderen entschuldigte, bedankte oder sich nach dessen Wohlergehen erkundigte. Maria und Gustaf jedenfalls war das nicht entgangen und er unterließ einen geringschätzigen Kommentar, als Axel vor die versammelte Gemeinde trat.

Liebe Mitbürger, begann er und wirkte weniger zuversichtlich als bei all seinen anderen Auftritten.

Wie ihr wisst, haben wir einen ausländischen Fachmann beauftragt, unseren Mordfall zu lösen, dessen Aufklärung uns die Möglichkeit wiederbringen sollte, als „Schwedens Schönstes Dorf" auserwählt zu werden.

Unwillkürlich richteten sich alle Blicke auf Simon, der in diesem Moment seine Maskenbildnerin vor Augen hatte. Sie zauberte ihm stets mit der allgrößten Freundlichkeit und den passenden Materialien ein Gesicht, das zu seiner Rolle passte. Wieso war sie jetzt nicht hier, um ihn im Handumdrehen unerkannt in der Menge verschwinden zu lassen?

Simon, wie er sich nennt, hat diese Aufgabe leider nicht bewältigt, zementierte Axel mit finsterer Stimme in den Boden des Gastraumes, in dem Simon in diesem Moment am liebsten versunken wäre.

Auf die augenblickliche Totenstille folgte ein Gemurmel, das Kristian schlussendlich unterbrach.

Aber von uns hat es auch keiner geschafft, die Truhe und den Mörder zu finden.

Er wollte seinem Kollegen damit zu Hilfe kommen. Rangordnungen spielten jetzt keine Rolle mehr.

Und ich kann sagen, dass er sein Bestes gegeben hat.

Das Beste ist manchmal eben nicht gut genug, konterte Axel.

Es entspann sich eine Diskussion quer durch den Raum, der Simon nicht folgen konnte, weil sie jetzt auf Schwedisch geführt wurde. Alles schien ihm plötzlich unwirklich, bis ihm bewusst wurde, dass man ihn weder direkt angriff, noch dass er im Erdboden versunken war.

Es tut mir leid, stand er unwillkürlich auf und die Blicke richteten sich wieder auf ihn.

Ich weiß, dass ihr auf mich gebaut habt und was für euch auf dem Spiel steht. Glaubt mir, ich habe es mir nicht leicht gemacht.

Stig und Anders bezweifelten das lautstark und konnten sich dabei kaum bremsen.

Jetzt lasst ihn doch mal ausreden, wurde Kristian richtig laut, worüber sich nun auch die Leute wunderten, die nicht Teil der Modellbau-Gruppe waren.

Es stimmt. Ich habe weder den Mörder finden können, noch die Truhe mit eurem Geld. Doch braucht man wirklich noch mehr Geld, um die Pension, diesen Hort des Friedens fertigzustellen ?

Keiner sagte ein Wort. Die einen, weil sie die Hoffnung aufzugeben begannen, die anderen, weil neue Hoffnung in ihnen aufkeimte und ein paar waren sprachlos, weil sie diesen Fremden schlicht für verrückt hielten. Simon sah in fragende Gesichter und Göran nickte ihm von der Seite zu. Er konzentrierte sich und sprach jetzt weiter mit dem Gestus eines einfachen Mannes, der in einer dunklen Nachkriegsstunde seine Mitmenschen zum Wiederaufbau ihrer zerstörten Stadt aufrief.

Um ein kleines Haus einzurichten, einen Platz zum Verweilen und zum Schlafen, braucht es da nicht vor allem eines ? Möbel, eine Handvoll nur und ein paar Gebrauchs-Gegenstände ?

Und einen Platz zum Kochen !, hob Gustaf die Hand, während er dazwischen rief.

Alle anderen sahen Simon fragend an. Was wollte der denn ? Natürlich wussten sie das selbst, schließlich hatten sie die unterschiedlichsten und auch die teuersten Möbelkataloge gewälzt und in einer Versammlung Anfang Juni, noch bevor das Haus fertig war, bereits eine Auswahl getroffen, welche sie dafür kaufen würden.

Und hat denn nicht jeder mehr als genug davon ? Gibt es denn nicht in jedem Haus etwas, das sich entbehren lässt ? Das ein jeder von euch abgeben kann ?
Die Leute sahen sich gegenseitig an.

Ein Stuhl ? Einen Tisch ? Ein Bett ? Ein paar Teller und Tassen ? Wenn jeder etwas gibt, das er hat und wenn wir alles zusammentragen, dann wird die Pension längst fertig sein, bevor die Jury sich auf die Reise hierher begibt !
Erneut kam ein Gemurmel auf, aus dem sich Zwischenrufe hervorhoben, die für Simon unverständlich blieben. Sein Vorschlag hatte die Leute tatsächlich angeregt und in ihrer Muttersprache tauschten sie sich bereits in Windeseile darüber aus. Göran nickte ihm zu und Axels Mimik verhieß ihm ein „da-hast-du-ja-nochmal-Glück-gehabt". Als Axel das Wort ergreifen wollte, wurde die Tür zum Gastraum geöffnet und Herke kam herein, zusammen mit einem anderen Mann. Die Skrönaer richteten ihre Blick zur Tür und nickten den beiden kurz und freundlich zu, ohne jedoch ihre aufkommende Diskussion zu unterbrechen. Axel nutzte die Gunst der Stunde und riss die Führung wieder an sich, indem er die Diskussion unterbrach und ohne weitere Umstände erklärte, dass sich die Leute morgen Vormittag im Gemeindehaus melden sollen mit einer Liste all der Dinge, die sie für die Pension zur Verfügung stellen können. Obwohl er das im Hinblick auf Simons rettende Idee respektsvollerweise auf Englisch sagte, hörte der gar nicht zu, was Axel sagte. Denn der

Mann, der eben mit Herke das **WASAHUS** betrat, sah diesem Krister Henriksson, dem schwedischen Schauspieler, der für seine Darstellung des Kommissars Wallander berühmt war, verdammt ähnlich. Er wollte nicht unhöflich erscheinen und anstatt ihn weiter anzustarren, sah er Göran an.

Das ist Krister, sagte der beiläufig. *Das wolltest du doch wissen. Freust du dich, dass deine Idee von allen sofort angenommen wird? Ich hab dir gesagt, dass sie wirklich gut ist.*

Natürlich konnte Simon es kaum fassen, wie sich das Blatt so plötzlich für ihn wendete, doch noch weit weniger, einen echten Kollegen hier an diesem Ort fern von allem anzutreffen. Als die Versammlung sich in allgemeines Wohlgefallen aufzulösen begann, standen Göran und Simon auf, um sich auf den Weg zum Hof zu machen. An der Tür holte Krister Henriksson sie ein.

Hej Göran.

Die beiden begrüßten sich herzlich.

Das ist übrigens Simon.

Hej Simon, nickte er ihm zu. *Was ist denn heute hier los? Wollt ihr eure Möbel verscherbeln?*

Oh nein, grinste Göran seinen alten Bekannten an.

Draußen vor der Tür erfuhr Krister, der seit knapp zehn Jahren ein Ferienhaus auf der Insel besaß, nicht nur von den letzten Vorfällen, die sich auf Skröna ereignet hatten, sondern obendrein, dass ein deutscher Kollege bei Göran zu Gast war.

Wir können morgen gerne ein Bier zusammen trinken, wenn du willst, schlug er Simon vor und verabschiedete sich.

Als Göran den Geländewagen in Gang setzte, begann sich in Simons Kopf alles zu drehen. Dabei hatte er keinen einzigen Tropfen Alkohol angerührt.

71

Die Sonne stand hoch am Himmel, als Simon sich am
Brunnen die Müdigkeit aus den Augen rieb und den Schlaf
aus den Knochen wusch. Er hatte tief und fest geschlafen,
von einer Erschöpfung überwältigt, die einen überkommt,
wenn man eine schwere Hürde gemeistert hat. Göran war
damit beschäftigt, eine Kommode auf die Ladefläche seines
Wagens zu hieven und eine Kiste mit wer-weiß-was-für-
Dingen. Als er vorm Gemeindehaus vergeblich einzu-
parken versuchte, hatte sich bereits eine Schlange bis raus
auf die Straße gebildet. Jeder hatte sich noch gestern Abend
einen Überblick darüber verschafft, welche Dinge er besaß,
welche er entbehren mochte und was davon sich für die
Einrichtung eines kleinen Hauses für gute Gäste eignete.
Und anstatt erst umständlich eine Liste anzufertigen, wie
Axel es verlangte, hatten sie ebenso wie Göran ihr Hab
und Gut gleich mitgebracht. Der Platz vor dem Gemeinde-
haus sah aus wie ein Trödelmarkt. Tische jeder Größe,
Sessel und Stühle, zwei Sofas, drei Küchenschränke, eine
Anrichte, ein Fernsehschrank, zwei Betten, vier Matratzen,
unterschiedlichste Regale und ein Badschränk-chen, ein
Kinderbett, Kochgeschirr jeder Art, Decken, Kissen, Teller,
Tassen, Krüge und Kannen, Bilderrahmen, Spiegel, zwei
Stehlampen, drei Kommoden, zwei Kleider-schränke, eine
Kleidertruhe, ein Schreibtisch, stapelweise Handtücher,
Kisten mit Besteck, mehrere Teppiche unterschiedlicher
Größe und Struktur, zahlreiche Vorrats-behälter, eine
Saftpresse, ein Nudelholz, Schneidebretter, Tischdecken,
Schüsseln in allen Farben… Es sah aus, als würde ein
Möbelhaus seine Lagerbestände anpreisen. Unge-duldig
warteten die Leute darauf, dass jemand kam und ihre
Waren begutachtete. Und damit sie sich so wohl wie

möglich dabei fühlten, verwandelten sie die Wartezeit einfach in eine Fika – das schwedische Kaffeekränzchen. Fröhlich unterhielten sie sich über dies und das. Manche hatten Kaffee in Thermoskannen dabei, andere hatten Gebäck mitgebracht und belegte Brote. Axels Büro war noch immer verschlossen und auch Viveka wusste nicht, warum er nicht bereits längst erschienen war. Sie versuchte ein weiteres Mal, ihn ans Telefon zu bekommen, als er vor dem Gemeindehaus vorfuhr. Nicht er jedoch stieg aus seinem Auto, sondern Mätta und Jonte. Sie hatten sich mit Axel darauf geeinigt, dass sie beide gemeinsam die Auswahl der Einrichtungsgegenstände für das Prestigeobjekt der Insel treffen würden. Und waren keineswegs überrascht, als sie die umfassende Ansammlung kostenfreier Optionen erblickten. Nachdem Mätta sich bei ihren Nachbarn für deren Engagement bedankt hatte, begannen sie ohne viel Zeit zu verlieren ihren Rundgang quer über den temporären Einrichtungsmarkt. Sie wählten in erster Linie die Möbel aus, an denen noch nicht der Zahn der Zeit genagt hatte. Dadurch verringerte sich die Auswahl jedoch nur ein wenig. Noch immer standen zwei Sofas und zwei Küchenschränke zur Verfügung, drei Kommoden und zehn Stühle, vier Sessel und zwei Esstische, ganz zu schweigen von einer Handvoll Teppichen, den Stapeln an Handtüchern und den vielen Küchensachen, die alle noch wie neu aussahen und praktisch unbenutzt waren.

Wer hat das Kinderbett mitgebracht ? Du, Astrid ?, wunderte Mätta sich. *Aber deine Tochter ist doch gerade mal acht Wochen alt !?*

Ja schon, aber das hatten wir gekauft, bevor uns Freunde aus Stockholm eins selbst gebaut haben.

Jonte und Mätta sahen sich um und sahen die Erwartung in den Augen ihrer Nachbarn. Die, deren Sachen ausgeschlossen worden waren, sahen enttäuscht aus. Doch schließlich konnte, sollte und wollte die Pension nicht mit Krempel angefüllt werden. Das Angebot an Einrichtungs-Gegenständen war noch immer zu reichlich, als dass sie alles hätten verwenden können. Leise sprachen die beiden miteinander, dann ergriff Mätta erneut das Wort.

Wer ist dafür, dass wir alle gemeinsam die Auswahl treffen?

Allgemeiner Beifall war die Antwort. Und dann wurde jeder, dessen Sachen noch zur Auswahl standen, von Jonte und Mätta aufgefordert, etwas darüber zu erzählen. Darüber zu sprechen, was ihn selbst mit den Dingen verband, die er hier anbot. Einer sprach davon, dass er das Sofa gekauft hatte, weil das Muster ihn an das des Sessels erinnerte, in dem seine Großmutter stets saß und aus ihrer Jugend erzählte, wenn er sie besuchte. Sein altes Sofa war noch gut und so hatte er dieses hier in ein kaum genutztes Zimmer gestellt. Eine Frau sprach von den Farben der Handtücher, die sie vor Monaten kaufte, ohne sie zu brauchen, weil die sie an die Farben denken ließen, in die die Insel sich im Herbst hüllte. Und so ging es über Mittag hinaus weit in den Nachmittag hinein, bis endlich für jedes Ding eine Entscheidung getroffen worden war.

72

Gegen Mittag hatte Maria Mätta auf dem Handy angerufen, um ihr zu sagen, dass sie den Holzofen beisteuern können, auf dem schon Gustafs Eltern kochten und der an kühleren Tagen und im tiefen Winter angenehme Wärme spendete. Vor Jahren schon hatten sie ihn irgendwo ganz hinten in die Garage geräumt und mit der Zeit vergessen. Es sei ihnen beiden eine Ehre, wenn er einem neuen Zweck in der

Pension dienen würde. Dann hatte sie Krister und Simon ein zweite Runde Bier gebracht. Sie waren heute ihre einzigen Gäste. Und sie wunderte sich, wieso Krister so gesellig mit einem Kommissar war, den er gestern zum ersten Mal in seinem Leben gesehen hatte. Konnte er vielleicht etwas zur Aufklärung des Falles beitragen? Gleich darauf verwarf sie diesen Gedanken wieder. Krister kam fast jeden Sommer für ein paar Wochen auf die Insel und manchmal auch übers Wochenende. Zuletzt war er im März hier gewesen. Zu gerne hätte sie gewusst, worüber die beiden sprachen.

Und jeder glaubt, du wärst ein echter Kriminalkommissar?

Krister konnte sich ein Lachen nicht verkneifen.

Gesagt hab ich das nie. Ich hab's ihnen einfach nicht ausreden können. Schade eigentlich, dass ich keiner bin. Vielleicht hätte ich ihnen sonst wirklich helfen können.

Meinst du denn nicht, dass du das getan hast? Denk doch mal an gestern Abend.

Naja, schon. Nur sieh mal, hätte ich Axel nichts von der Beziehung seiner Tochter erzählt, würde sein Haussegen jetzt nicht schief hängen und er hätte Gustaf wohl kaum mit einer Waffe bedroht.

Ihm war nicht im Geringsten bewusst, was er sonst noch angeregt hatte in den knapp drei Wochen, seit er sich auf der Insel aufhielt.

Nun, mein Freund. Weißt du, was ich meinen Studenten an der Theaterhochschule in Stockholm immer wieder sagte?

Simon war beeindruckt.

Du hast Schauspielunterricht gegeben?

Ja. Doch darum geht es jetzt gar nicht. Es geht darum, was unsere Aufgabe als Schauspieler ist. Was es bedeutet, das wir machen.

Wir schlüpfen in die Rolle eines Anderen und werden damit Teil einer Geschichte, die den Menschen erzählt werden soll, sagte Simon wie selbstverständlich.

Wir machen die Gefühle und Gedanken der Menschen sichtbar.
Gleichwohl wie diese beschaffen sind. Wir zeigen, wie sie handeln und
warum sie etwas tun. Damit die Menschen einander besser verstehen
lernen.

73

Noch am selben Abend hatten die Skrönaer das sichere
Gefühl gehabt, dass alles gut werden würde, auch wenn die
Pension noch immer leer stand. Und Göran hatte Simon
und Krister beim gemeinsamen Abendessen in seinem
Haus erzählt, wie Mätta und Jonte die Umsetzung der
Ausgestaltung des Innenraumes planten. Sie erklärten sich
zuständig für deren Organisation und hatten bereits
Anweisungen gegeben, wer wann mit welchem Teil am
Donnerstag vor Ort sein sollte. Unwillkürlich hatte sich das
Bild dreier Teammitglieder vor Simons inneres Auge
geschoben. Das des Produktionsleiters, des Ersten Auf-
nahmeleiters im Büro und das des Set-Aufnahmeleiters. An
diese Drei hielten sich die Mitarbeiter aller Departments
einer Filmproduktion besser, wenn sie wollten, dass alles in
angemessener Zeit wirklich glatt lief. Diese Leute konnten
selbst einem Regisseur Druck machen. Sie hatten Göran
gefragt, ob er ihnen beim Möbeltragen helfen könne, auch
wenn seine Kommode nicht ausgewählt worden war. Und
Elsa hatte daraufhin angeboten, belegte Brote für alle zu
machen. Das Bett war das erste, das gebracht wurde. Und
es stellte sich beinahe als das Stück heraus, das am
schwersten zu platzieren war. Die Stuga – das Ferien-
häuschen – war zweistöckig gebaut worden, so wie Jonte es
entworfen hatte. Die Grundfläche von 28 m² bot Raum
genug, um es sich hier gemütlich zu machen, ohne sich

allzu beengt zu fühlen. Das Erdgeschoss bestand (neben einem winzigen Bad) schlicht aus einem Raum, der zugleich Wohn-, Koch- und Essbereich miteinander verband, während sich darüber, direkt unterm hölzernen Schrägdach, der Schlafraum befand, den man über eine schmale Treppe erreichte, die aus zwei Absätzen bestand. Nachdem sie das Bett in seine Einzelteile zerlegt, nach oben gebracht und wieder aufge-baut hatten, wurde pünktlich das nächste Einrichtungsteil geliefert. Mit ein paar feierlichen Worten öffnete Gustaf die Doppeltür seines Lieferwagens. Gustaf hatte Lasse und Björn mitgebracht und zu fünft hievten sie das gute Stück aus dem Wagen.

Wohin jetzt damit ?, fragte Gustaf aufgeregt.

Als Jonte die Träger mit einer Geste gen Rückwand gehen hieß, sah er plötzlich, was er bei der Planung vergessen hatte. Er rief seine Frau an, damit sie ihm unverzüglich sein Werkzeug brachte. Eine Stunde später war der Ofen fest im Haus verankert, nachdem Jonte ein Loch in die Hauswand gesägt hatte, damit man ihn auch benutzen konnte. Das Ofenrohr ragte stabil in den Sommerhimmel. Unterdessen war die Anrichte gebracht worden, die Schubfächer ent-hielt, worin sich ein paar Vorräte, Besteck und zwei, drei Töpfe und Pfannen gut unterbringen ließen. Elsa und Mätta schraubten gerade zwei Regale an die Wand, die später Teller, Tassen und Gläser füllen sollten, als mit großer Verspätung die Kleiderkommode gebracht wurde, weil Astrids Tochter unerwartet Fieber bekommen hatte. Lasse und Björn waren dageblieben, als Gustaf davonfuhr, um auf dem Festland einzukaufen, was für die Feier am Samstag noch gebraucht wurde. Die vier Männer hievten das schwere Stück endlich die Treppe hoch bis ganz nach oben. Vor lauter Aufregung hatte sich sonst keiner weiter an den Zeitplan von Mätta und Jonte gehalten und so sammelten sich vor dem Garten, den Elsa bereits im April angelegt hatte, fünf Stühle, ein Sofa, ein kleiner Esstisch und ein noch kleinerer Couchtisch, drei Steh-lampen, eine antike Waschschüssel mit passender Kanne, ein Spiegel und ein paar Kartons mit lauter Küchensachen und anderen Dingen, die man sowohl im Alltag als auch im Urlaub gebrauchen konnte. Und während die Einrichtung sich Schritt-für-Schritt vollzog, beendeten auch Toke und Leif bald ihre Arbeit hinterm Haus. Jonte hatte sie bei Tagesanbruch die Bretter abholen lassen, die er seit Wochen in seiner Werkstatt aufbewahrte und ihnen eine Konstruktionszeichnung in die Hand gedrückt. Durch die Unruhe, die der Mord an Carlsson auslöste, hätte er fast das Wichtigste vergessen. Am frühen Nachmittag präsentierten die beiden Modellbauer dem Architekten das fertige Trockenklo. Und während Mätta und Elsa noch das Bett bezogen und ein paar Kissen auf dem Sofa drapierten, begann Jonte mit seiner Inspektion. Der Brunnen spendete bereits Wasser, als hier noch die alte Scheune stand, das Trockenklo brauchte nur noch einen Eimer und ein bisschen Grünschnitt oder Sägespäne und auf dem Ofen ließ sich im Handumdrehen immerhin schon mal Wasser kochen. Sie setzten sich alle in den Garten, tranken den eben frischaufgebrühten Kaffee und aßen genüsslich die belegten Brote. Nach einer Weile stand Elsa auf und strich sich ihr Kleid glatt.

Ich muss los, Sofia abholen.

Als sie aufs Fahrrad stieg, drehte sie sich kurz um und lächelte wie zufällig Göran an. Niemand bemerkte, dass sich dessen Wangen leicht röteten. Alle schauten erleichtert in die Zukunft.

74

Auf Skörna wurde lange nicht mehr so viel geräuchert und geschmort, gedünstet und gebacken, wie in den nächsten 24 Stunden. Selbst für das diesjährige Mittsommer-Fest hatten die Bewohner der Insel sich nicht so ins Zeug gelegt, um sich beim Feiern von ihrer besten Seite zu zeigen. Ohne ein ausgezeichnetes Essen war eine Feier schließlich kein Fest. Wenn die Tische sich nicht unter den leckersten Speisen bogen, würden sie DIE JURY keinesfalls überzeugen können, sie zum diesjährigen Sieger zu küren. Dass mehr als 100 andere Dörfer mit ihnen um die Prämie rangen, spielte für sie in diesem Moment keine Rolle. Sie rührten Marinaden an und legten Fisch und Fleisch darin ein, andere pökelten beides. Sie ernteten selbstangebautes Gemüse aus ihren Vorgärten, das sie würfelten oder in Scheiben schnitten, in Wasser erhitzten, brieten oder pürierten. Sie pflückten Beeren, kneteten Teig und schlugen Sahne steif. Stampften Butter und würzten sie mit Knoblauch und Kräutern. Die natürlichen Zutaten veränderten bei all dem ihre Form und Konsistenz, meist auch ihre Farbe und wandelten ihren Geschmack. Für das Smörgåsbord, das Buffet, waren alle zusammen verantwortlich. Gustaf würde den Grill anfeuern. Er hatte Wacholderzweige besorgt, die er am Samstag befeuchten und dann direkt in die Glut legen würde, um Fisch und Fleisch eine besondere Note zu verleihen. Am Freitagmorgen setzte leichter Regen ein, doch da sich das Wetter auf Skröna sowieso dauernd änderte, machte sich keiner Gedanken deswegen. Als am Mittag dann ein Sturm aufkam, sagten sich die Leute, dass es ihnen dadurch umso leichter fiel, sich auf die Aufgaben zu konzentrieren, die in der Küche auf sie warteten. Diejenigen, die am Freitagnachmittag noch Zutaten besorgen mussten, die sie in Axels Laden nicht bekamen, begannen zu fluchen, weil der Sturm von Stunde zu Stunde stärker geworden war und Herkes Fähre von hohen Wellen gepeitscht wurde. Als Herke am Freitagabend die letzten Leute vom Festland auf die Insel übersetzte, war er froh, ins Trockene zu kommen. Im **WASAHUS** sah er Krister mit diesem deutschen Kommissar sitzen. Immerhin, dachte er, hat der uns doch noch geholfen. Das war so ziemlich die einhellige Meinung fast aller Einheimischen zu diesem fremden Gast. Als Maria dem Fährmann einen Schnaps zum dritten Bier bringen wollte, hatte der Sturm solche Kraft entwickelt, dass plötzlich die Tür aufflog. Niemand kam herein, doch Herke nahm seine Jacke und lief los durch den prasselnden Regen, runter zum Steg. Nur um sicher zu gehen, dass die Fähre sich nicht aus der Vertäuung löste.

75

Es mochte eine Stunde oder mehr seitdem vergangen sein, als es an Görans Tür hämmerte. Als er öffnete, fand er sich Herke gegenüber – regendurchweicht, frierend und völlig außer Atem.

Du musst mitkommen, Göran.

Göran sah ihn fragend an und wischte sich an der Hose das Mehl von seinen Händen. Er war gerade dabei, Blaubeer-Bullar zu backen.

Die Fähre!

76

Triefend vor Nässe stand Simon mit Krister in Carlssons Wohnzimmer.

Und woher weißt du, wo er den Schmuck seiner Frau aufbewahrt hat?, fragte Simon flüsternd.

Jetzt, wo er sich auch ohne offizielle Erklärung seiner Rolle als amtierender Kommissar enthoben sah, kam er sich im Haus des Ermordeten wie ein Einbrecher vor. Oder zutreffender gesagt: wie ein Eindringling. Denn schließlich war es nicht ihre Absicht, den Schmuck von Carlssons Frau zu stehlen, sondern sie wollten ihm den bringen. Als sie vorhin zusammen einen trinken waren, erzählte sein Schauspielerkollege ihm, dass er Carlsson gekannt hatte. Und dessen Frau Brigitta. Nachdem sie gestorben war, hütete Carlsson ihren Schmuck wie einen Schatz. Als Krister ihn eines Tages mal wieder besuchte, hatte er den Schmuck hervorgeholt und ihm gezeigt. Ein Künstler verstünde solche Nostalgie wohl am besten, meinte der zu ihm. Und wenn jetzt nun also bald der Pathologe käme und wenn es dann auch eine richtige Beerdigung gab, wäre dieser Schmuck eine angemessene Grabbeigabe. Simon fand das irgendwie romantisch und stimmte sofort zu, sich trotz des Unwetters auf den Weg zu Carlssons Haus zu machen. Jetzt kam es ihm irgendwie unheimlich vor, als er Krister dabei half, das Sofa beiseite zu schieben und dann den Teppich aufzurollen. Im Holzboden darunter wurde eine Klappe sichtbar. Krister hockte sich hin. Sie war unverschlossen. Als er sie öffnete, hockte Simon sich ebenfalls hin und leuchtete mit der Taschenlampe seines Handys in die Vertiefung im Boden.

Wieso zwei Kästen?

Sie holten beide heraus und stellten sie auf den Wohnzimmertisch. Beide waren mit einem farbigen Muster überzogen und ebenfalls unverschlossen. Das kleinere Kästchen enthielt einen Ring, zwei Armreifen und drei Ketten. Der Ring war aus Holz und ohne jede scharfe Kante. Außen rötlich, innen hell und eine feine türkisfarbene Linie, ein Inlay, umlief ihn in der Mitte wie ein Band.

Ihr Ehering. Sie hat ihn nie abgelegt.

Simon erinnerte sich, dass er genau so einen an Carlssons Hand gesehen hatte. Sie rührten nichts davon an und klappten das Kästchen wieder zu. Der andere Kasten war größer und ähnelte mehr einer Truhe.

77

Versuchte jemand in letzter Minute, den Wettbewerb zu boykottieren ? Schließlich war der Mörder noch nicht gefasst, raunte Herke, als er und Göran im Fahrerhaus der Fähre für kaum fünf Minuten dem heftigen Regen auswichen.

Das hilft uns jetzt auch nicht weiter, entgegnete Göran.

Als Herke an den Steg kam, rissen Wind und Wellen an ihr. Morgen Vormittag wollte DIE JURY vom Festland übersetzen. Er wollte keine böse Überraschung erleben und überprüfte die Taue. Kein Grund zur Sorge. Jahrzehntelange Gewohnheit und tägliche Routine ließen ihn ins Fahrerhaus steigen und den Motor starten. Rausfahren konnte bei diesem Wetter sowieso keiner. Er hoffte inständig, dass der Sturm bis morgen früh weiterzog und die Wolken mit sich nahm. Von eben auf jetzt wurde das zu seiner kleineren Sorge. Beide Motoren starteten und blieben augenblicklich wieder stehen. Herke schaltete sie ein weiteres Mal ein und ein weiteres Mal und ein weiteres Mal. Doch kaum liefen sie an, blieben sie wieder stehen. Und nichts wies auf eine Störung hin.

Ein Fehler und das ganze System streikt, fluchte er leise vor sich hin.

Doch was war der Fehler ? Wurde zu wenig Kühlwasser durch den Kreislauf gepumpt ? Die Armaturen im Fahrerhaus gaben keinen Hinweis darauf. Bei diesem Wellengang stieß er sich mehrmals den Kopf im Maschinenraum. Doch auch hier zeigte die Kühlwasserstand-Anzeige keinen Mangel. Dann war er zu Göran gelaufen, so schnell er konnte. Inzwischen hatten sie die Kühlwassermenge erneut überprüft, hatten die Siebfilter ausgebaut, Algen und Muscheln vom Edelstahl geschrubbt und sie wiedereingebaut. Es war weit nach Mitternacht und noch immer gab keiner der Motoren einen Mux von sich. Die Wolken verfinsterten den Himmel, der für Sekunden immer wieder von Blitzen durchzuckte wurde und es war bitterkalt. Die Männer waren durchnässt bis auf die Haut und langsam kroch ihnen die Übelkeit in den Rachen.

Ich hab mich so gefreut auf die Autobrücke, würgte Herke sie herunter. *Ich will in Rente gehen.*

In Rente gehen ?, würgte nun auch Göran.

Ja. Und mal verreisen.

Dann lass uns das Ding wieder in Gang bringen. Wir müssen die Pumpen prüfen.

Bei all dem Lärm, den Sturm, Gewitter und Wolkenbruch hervorriefen, war die akustische Kontrolle des Kühlsystems nicht gerade leicht zu bewerkstelligen. Doch auch hier lag der Fehler nicht, stellten sie schlussendlich fest. Göran stieß sich die Rippen, als er die Kugelhähne im Maschinenraum überprüfte. Sie waren offen, das Kühlwasser floss unge-

hindert. Und Herke hatte erst gestern den Dieseltank aufge-
füllt. Auch daran lag es nicht. Wenn Göran nicht stets einen
kühlen Kopf bewahren würde, wäre es zum Verzweifeln
gewesen. In weniger als sieben Stunden würde DIE JURY
am Ufer des Festlands darauf warten, ihrer Insel einen
kritischen Besuch abzustatten. Die Männer hielten sich an
der Reling fest und sahen sich ratlos an.

Alle haben sich dafür angestrengt und jetzt hier dieser Dreck !,
übertönte Herkes Fluch Sturm und Donner.

Da kam Göran eine Idee.

Was ist mit den Seekästen ?, rief er Herke zu, während er ans
andere Ende der Fähre wankte, als ein Blitz für Sekunden
den Himmel erhellte.

Komm her und leuchte mal hierhin.

In dem Rohr, das von dem Kasten an der äußeren Back-
bordwand abging, waren ein paar Algen zu sehen. Im
Kasten selbst hingen Messingrohre direkt im Meerwasser.
Das destillierte Wasser, das durch sie hindurch gepumpt
wurde, kühlte die Motoren.

Andere Seite, wies Göran ihn an und schrie auf.

Herke ließ die Taschenlampe fallen und griff augenblicklich
nach dem Mechaniker, der durch eine ruckartige Bewegung
der Fähre von Bord ging. Mit aller Kraft hielt er Göran
schier unendlich lange fest, bis der die Reling zu fassen
bekam. Mit Herkes Hilfe hievte er sich wieder hinauf. Sie
tasteten nach der Taschenlampe, die ebenso wie Göran den
Sturz unbeschadet überstanden hatte. An der Steuerbord-
seite zeigte sich ihnen das gleiche Bild.

Maschinenraum, rief Göran die nächste Anweisung.

Er schraubte die Flanschverbindung auf, die zwei Rohre
miteinander verband, von denen eines direkt in den
Seekasten führte. Im Steuerbordkasten hatten sich ein
Plastebeutel verfangen und ein Stück Ast, der wohl von

einem Baum gerissen worden war. Der Backbordkasten war sauber. Sauber und durchlässig. Durch den Dreck im Steuerbordkasten gab es dort Lufteinschlüsse. Das Wasser im Pumpkreislauf wurde nicht mehr ausreichend gekühlt. Der eine Motor blieb stehen und mit ihm der andere. Die Temperaturanzeige des Kühlwassers war schon seit Monaten defekt. Eine weitere Stunde später liefen die Motoren wieder. Und der Sturm ebbte ab.

78

Ich sehe was, das du nicht siehst, das hat die Farbe…grün, grinste Finja Niklas an.

Sehr lustig, schob Niklas das Motorrad weiter und wies mit dem Kinn nacheinander auf verschiedene Bäume und Sträucher, was Finja wiederholt mit einem Kopfschütteln beantwortete. Es war kurz nach 9 Uhr morgens und langsam näherten sie sich dem Waldrand. Ihr Kühlschrank (die Stofftasche, die sie an einem Ast befestigt und nahe dem Ufer ins Wasser gelegt hatten) war leer und ihre Vorräte in der Hütte gingen ebenfalls zur Neige.

Vielleicht wäre es besser gewesen, abends ins Dorf zu gehen, meinte er.

Keine Sorge, die sind doch alle schon auf dem Festplatz. Um 10 trifft DIE JURY dort ein. Die sind längst alle dabei, ihn schön herzurichten, meinte sie.

Sie waren müde und durchgefroren von der letzten Nacht. Der Sturm hatte durch jede Ritze gepfiffen, eines der Fenster war zersprungen und das Dach mussten sie unbedingt mal regenfest machen. Bei jedem Blitz war sie zusammengezuckt und er hatte gemeint, dass alles gut werden würde. Sie liefen barfuß über das feuchte Moos. Alles roch irgendwie frisch an diesem Morgen.

Was ist es denn nun ?, fragte er ungeduldig.

Das, sagte sie und zog ihm ein Blatt aus dem Haar.

Von Weitem sahen sie die ersten Häuser.

Solange uns niemand sieht !, gab er ihr einen Kuss.

Wir machen es so wie besprochen. Bis gleich.

Finja sollte ein paar Gläser mit eingelegtem Obst und Gemüse aus dem Laden ihrer Eltern holen, ein paar frische Klamotten, neue Batterien für die Taschenlampe, trockene Streichhölzer und anderen Kleinkram, während Niklas sehen wollte, was sich in der elterlichen Küche noch so auftreiben ließ. Immerhin würde ein großer Teil der frischen Lebensmittel beim heutigen Fest verbraucht werden. Der Festplatz lag in der Mitte des Dorfes, nicht weit vom Vasa-Denkmal entfernt. In einer knappen halben Stunde wollten sie sich dort treffen. Dann würde auch DIE JURY zusammen mit allen Bewohnern Skrönas den Platz bevölkern, ihr Vater würde eine Begrüßungsrede halten und dann würde der Rundgang durchs Dorf beginnen, dessen wichtigste Station die Pension sein wird. Anschließend sollte das Theaterstück – von dem kein Mensch außer Lars und den Darstellern wusste, wie es hieß – aufgeführt werden und dann würde man endlich essen und trinken und musizieren und tanzen. Finja bedauerte es ein wenig, dass sie das alles verpassen würde. Doch nur so konnte sie verhindern, ihrem Vater zu begegnen. Hoffentlich findet Niklas etwas zu Essen, das eine Weile haltbar ist, dachte sie, packte in Windeseile alles zusammen und machte sich auf den Weg zum Vasa-Denkmal. Es musste so 5 vor 10 sein, schätzte sie, als sie dort ankam. Weit und breit war niemand zu sehen. Alle waren auf dem Festplatz, DIE JURY längst eingetroffen und Niklas würde auch bald hier sein. Das dachte sie zumindest, als plötzlich Axel aus der Richtung des Festplatzes gelaufen kam. Es war zu spät, um sich hinter dem Gustav Vasa-Gedenkstein zu verstecken. Er hatte sie offensichtlich bereits gesehen.

Scheiße, fluchte sie leise.

Wegzulaufen war sinnlos. Dann würde Niklas sich wundern, wo sie blieb. Auf den letzten Metern ging Axel langsamer, als würde er sich vergewissern wollen, dass er sich nicht nur einbildete, seine Tochter mit schmutzigen Knien und zerzausten Haaren vor sich zu sehen, so wie sie als Kind oft vom Spielen heimgekommen war.

Schön, dass du es dir anders überlegt hast, sagte er vorsichtig und lächelte sie unbeholfen an.

Er war erleichtert, sie wohlauf zu sehen und froh, dass sie sich offensichtlich mit ihm versöhnen wollte.

Was denn anders überlegt ?, sagte sie schroff.

Schön, dass es dir gut geht. Geht es dir gut ?

Ja. Es geht mir gut. Warum auch nicht ?

Man kann ja nicht wissen. Immerhin warst du doch mit diesem Eriksson Jungen fort, oder ?

Was soll denn das heißen ? Es geht mir doch gut, w-e-i-l ich mit ihm zusammen bin !

Naja, jetzt ist das ja vorbei. Du bist ja wieder zur Vernunft gekommen.

Was meinst du denn damit ?

Na du hast doch die Sache mit ihm beendet und bist zu uns zurückgekommen, meinte Axel verwundert.

Wieso sollte ich das tun ? Wir sind ein Paar. Und ich bin glücklich mit ihm !

Aber ich wollte doch immer, dass du es mal besser hast als ich !

Das hab ich doch ! Während du dich mit seinem Vater immer nur streitest, verbringe ich die beste Zeit meines Lebens mit Niklas.

Axel lief rot an.

Na wenn das so ist, dann bleib doch wo du bist. Dann hau doch ab und renn´ in dein Unglück ! Bei mir brauchst du dich nicht wieder blicken zu lassen.

Auch Finjas Wangen leuchteten jetzt rot auf.

Na wenn das so ist, dann willst du wohl auch dein Enkelkind verstoßen, dass in mir heranwächst ?!

Erschrocken sah Niklas von Weitem, wie Axel ausholte und Finja eine schallende Ohrfeige verpasste. Das ging eindeutig zu weit ! Er rannte los und baute sich gar nicht erst groß auf vor seinem idiotischen Schwiegervater. Finja blieb die Sprache weg, als Niklas plötzlich zwischen ihr und ihrem Vater stand und dem mit voller Wucht eine knallte. Es dauerte ein paar Sekunden, bis Axel realisierte, dass er geschlagen worden war. Dann holte er mit der Faust aus und schlug erneut zu. Niklas wich dem Schlag aus und schob Finja aus der Reichweite ihres Zweikampfes. Inzwischen kamen ein paar Leute vom Festplatz gelaufen, die schauen wollten, wo DIE JURY denn blieb. Auch Gustaf war unter ihnen und sah, wie Axel seinem Sohn einen linken Haken verpasste. Sofort stand er auf dem Platz und stellte sich zwischen die beiden. Dieser Armleuchter hatte längst eine aufs Maul verdient, dachte er noch kurz und ballte die Fäuste. Die, die helfen wollten, die Rauferei zu beenden, wurden mit einem Mal selbst in einen Kampf verwickelt, der sich immer lauter ausbreitete, so dass noch mehr Leute vom Festplatz gelaufen kamen. In kürzester Zeit hingen ein paar Ärmel in Fetzen, waren Knöpfe abgerissen, Haare zerrauft und das Rot so einiger Gesichter entsprang nicht mehr allein der Anstrengung des um sich greifenden Boxkampfes, sondern war mehr und mehr den Flecken geschuldet, die dieser auf ihnen hinterließ. In weniger als zehn Minuten waren alle Männer handgreiflich und schwitzend ins Geschehen involviert, während die

Frauen einen Ring um sie bildeten. Manche von ihnen feuerten ihren Mann an und die Söhne, Manche einen Freund und Andere wiederum versuchten vergeblich zu schlichten. Als Kristian mit Simon und Krister eintraf, war es zu spät, um den Leuten zu sagen, dass Görans Geländewagen in Sichtweite kam. Es war vereinbart worden, dass Göran Herke und die drei Mitglieder der JURY zum Festplatz fahren sollte. Niemand außer Kristian, Simon und Krister bemerkte, dass eine Frau und zwei Männer aus dem Wagen stiegen, die interessiert das Geschehen verfolgten, ohne dass man an ihren Mienen hätte ablesen können, was sie dabei dachten. Simon sah ungläubig auf die sich prügelnde Masse. Auf ihn wirkte das alles unwirklich, wie die Probe für eine Filmszene, in der ein Haufen unterbezahlter Komparsen zu unscheinbaren Helden einer Choreografie wurden, die der Zweite Regieassistent spontan entwickelt hatte. Das Sounddesign, das in der Postproduktion solchen Vorgängen typischerweise nachträglich unterlegt wird, ist weit entfernt von den tatsächlichen Geräuschen, dachte er, während er auf den wilden Beweis direkt vor sich blickte. Es dauerte weitere fünf Minuten, bis Kristian Axel davon abhalten konnte, Gustaf erneut zu schlagen. Kristian wich Axels nächstem Schlag aus und zerrte an dessen Arm. Erschrocken sah der Bürgermeister jetzt Mikael Fransson, den Leiter der JURY, der auf seine Armbanduhr schaute. Abrupt hielt er inne und musste deshalb einen weiteren Schlag von Gustaf einstecken. Weil sein Gegner nicht zurückschlug, hielt nun auch Gustaf inne, bis nach und nach die Ankunft der JURY von allen Frauen und Männern wahrgenommen wurde. Plötzlich war es totenstill. Keiner sagte ein Wort und keiner bewegte sich. Außer denen, die husteten, um ihre Atemwege wieder frei zu bekommen oder sich vor Schmerzen an dieses oder jenes Körperteil fassten. Auch Axel war erstarrt. Als Bürgermeister sollte er für die Einwohner Skrönas deren Fels in der Brandung sein. Er räusperte sich immerhin. Dann lächelte er Mikael Fransson an, den Historiker, und Pippa Lundström, die stellvertretende Chefin des Tourismusverbandes und Thorben Longholm, den Landschaftsarchitekten. Sie alle waren bereits vor drei Jahren hier gewesen und sahen den Bürgermeister jetzt mit großen Augen erwartungsvoll an. Alle anderen taten es ihnen gleich. Axel räusperte sich erneut, lächelte noch ein weiteres Mal und klopfte (ohne weiter nachzudenken) Gustaf auf die Schulter. Dann schüttelte und klopfte er ein bisschen an ihm herum und klopfte auch sich selbst den Staub aus den Kleidern. Unwillkürlich taten alle Frauen und Männer es ihm nach.

Die bösen Geister, sagte Axel laut und zuversichtlich.

Wie bitte ?, fragte Mikael Fransson.

Ein Ritual. Wir machen das jedes Jahr. Alle kommen zusammen und verscheuchen die bösen Geister, die während unserer Mittsommer-Feier noch nicht von der Insel verschwunden sind.

Gustaf runzelte die Stirn, als er vorsichtig Axel einen Blick von der Seite zuwarf. Die Vertreter der Prüfungskommission sahen sich erstaunt an. Jeder der Drei notierte sich etwas in ein kleines Heft. Axel und Gustaf hielten die Luft an. Und konnten es eine Minute später ebenso wie alle anderen Skrönaer kaum fassen, dass der Historiker ihnen ein großes Lob für ihr ganz offensichtlich lebendiges Traditionsbewusstsein aussprach.

Liebe JURY, sagte Axel daraufhin und vergaß zugleich seine Tage zuvor ausgeklügelte Rede.

Dann wollen wir unseren Rundgang mal beginnen.

Mikael Fransson lächelte still vor sich hin und Pippa Lundström und Thorben Longholm grinsten sich kopfschüttelnd an. Langsam fanden Familien und Freunde wieder zueinander und so formierte sich eine Gruppe, die hinterm dem Bürgermeister, dem Gastwirt und der JURY in angemessenem Tempo durch das Dorf schritt. Mittendrin gingen Niklas und Finja Hand in Hand, die jetzt keinen Grund mehr sahen, warum sie auf die heutige Feier verzichten sollten. Krister war im vorderen Teil der Gruppe ins Gespräch mit Maria vertieft, die die neuesten Neuigkeiten aus seinem Berufsleben erfahren wollte. Zu guter Letzt ging Simon zwischen Göran und Kristian. Der Polizist glaubte, seinen Ohren nicht zu trauen, als er hörte, was Simon ihnen beiden gerade erzählte. Wie konnte es sein, dass das verschwundene Geld die ganze Zeit über in Carlssons Haus gewesen ist ? Göran reagierte weniger aufgeregt als Kristian. Ihm schmerzten noch immer die Rippen von gestern Nacht und etwas Schlaf fehlte ihm außerdem.

Zweihunderttausend Kronen ?, fragte ich erstaunt, berichtete Simon.

Krister meinte, dass das so knapp 20.000 Euro sind. Wirklich, so viel Geld ?

Es war mal viel mehr. Das meiste ist doch schon in den Bau der Pension geflossen. Das ist praktisch der Rest, erklärte Göran ruhig.

Und wo ist es jetzt ?, wollte Kristian wissen.

Im alten Bauernhaus. Hab die Truhe in den Küchenschrank gestellt.

Den Teil, wie erbärmlich er sich gestern Abend fühlte, dass das Geld die ganze Zeit zum Greifen nahe war und er es nicht hatte finden können, verschwieg Simon. Beim Einschlafen hatte er an den Schneideraum gedacht, wo ihn ein freundlicher Cutter eines Tages mal bei seiner Arbeit zuschauen ließ. Diese Leute waren es, die das Handwerkszeug besaßen, den Verlauf einer Geschichte zu fixieren, in Absprache mit dem Regisseur. Dass Produzenten, Programmdirektoren und Film-Verleiher letztendlich darüber bestimmten, was veröffentlicht wurde, war eine andere Sache. Doch ohne jeden einzelnen Menschen des Teams waren diese Bestimmer im Grunde nichts. Egal wie das Drehbuch einst gestaltet worden war – erst im Schneideraum entscheidet sich, wie das entstandene Bildmaterial zusammengesetzt wird. Simon hatte sich in dieser Nacht den freundlichsten Cutter der gesamten Branche gewünscht, der ihm zuliebe die gestrige Entdeckung der Truhe an die Stelle vorverlegte, als er und Kristian den Tatort zum ersten Mal untersuchten.

Und wenn jemand Krister und dich gesehen hat ?, gab der Polizist zu bedenken.

Nein, nein, das glaub ich nicht. Bei dem Sturm war doch keiner weiter unterwegs, antwortete Simon knapp.

Naja, Herke und ich schon, dachte Göran still für sich. Als typischer Schwede wollte er sich nicht groß hervortun, auch wenn er immerhin dafür gesorgt hatte, dass DIE JURY heute überhaupt anreisen konnte. Und Kristian dachte darüber nach, ob der Mörder nicht doch noch das Geld an sich reißen konnte.

Ich verstehe nur nicht, warum Carlsson dann ermordet wurde, wenn der Täter das Geld gar nicht hat, dachte Kristian laut nach.

Vielleicht war es ja wirklich eine Affekthandlung, weil Carlsson das Versteck nicht preisgab, meinte Simon.

Oder es ging gar nicht um das Geld, mutmaßte der Polizist.

Die Leute vor ihnen liefen plötzlich langsamer. Sie hatten jetzt fast die Kirche erreicht. Über die Köpfe der Leute hinweg sah Göran, wie Pfarrer Melker vergeblich versuchte, Axel etwas zuzuflüstern. Mikael Fransson war anscheinend ins Gespräch mit Stig vertieft und Anders sprach angeregt mit Pippa Lundström, während Thorben Longholm den Kirchenbau betrachtete, an dem der Zahn der Zeit nagte. Die ganze Dorfgemeinde kam zum Stehen.

Verdammt noch mal, Axel, zischte Melker zwischen seinen Zähnen hervor.

Wir können die nicht in die Kirche lassen! Die Eistruhe!, trafen seine Worte den Bürgermeister wie ein Schlag.

Axel erstarrte erneut zu einem Fels. Und Melker wusste die Gunst der Stunde bestens für sich zu nutzen.

Liebe JURY, sprach er anstelle Axels, *wie wir wissen, haltet ihr unseren historischen Kirchenbau für eine echte Rarität. Deshalb haben wir alle gemeinsam beschlossen, sie für die Nachwelt zu erhalten und von Grund auf zu sanieren.*

Alle außer der JURY sahen aus, als hätte auch sie gerade der Schlag getroffen. Axel knirschte mit den Zähnen.

Dieser verdammte Pfarrer, murmelte er unhörbar vor sich hin.

Und weil wir nun mitten dabei sind, sprach Melker ungerührt weiter, *ist der Innenraum unseres wunderschönen Bauwerkes im Moment eine unansehnliche Baustelle. Wir zeigen euch das sanierte Haus gerne im nächsten Jahr. Doch ein anderes Haus werdet ihr jetzt gleich bewundern können,* übergab Melker das Wort wieder an den Bürgermeister.

Erleichtert und erbost zugleich, nahm Axel diesen Kelch an, den der Kirchenvertreter ihm hier reichte, während jeder der drei Juroren sich etwas in sein kleines Heft notierte.

Seit eurem letzten Besuch, lieber Mikael, liebe Pippa und lieber Thorben, haben wir weder Kosten noch Mühen gescheut und ein Haus des Friedens auf unserem bescheidenen Eiland errichtet, übernahm er wieder die Führung.

DIE JURY horchte auf und die ganze Gruppe setzte sich in Bewegung. Nach einer Viertelstunde erreichten sie bei strahlendem Sonnenschein den Platz, an dem einst die alte Scheune stand.

Hier, müsst ihr wissen, erklärte Axel mit großer Geste, *hat über Jahrhunderte eine Scheune ihren Platz gehabt. Von deren Bedeutung wird euch unsere Theatergruppe nachher Kunde geben.* Zu dumm, dass auch er nicht wusste, wie das Stück hieß, das im Anschluss an die Besichtigung aufgeführt werden solle. Doch welchen Aufwand die Inselbewohner betrieben hatten, um die kleine Pension zu errichten, war ihm sehr wohl bewusst.

Seht diese Stuga, die jedem Gast unvoreingenommen Herberge sein soll, als ein Zeichen unserer Weltanschauung. Diese kleine Pension gilt uns als Symbol für den Weltfrieden, sagte er feierlich und bekam einen Hustenanfall.

Gustafs Hiebe waren ganz schön kräftig gewesen, spürte er jetzt schmerzhaft und beeindruckt zugleich. Dann gab er Jonte ein Zeichen, die Tür aufzuschließen. Als Axel kurz nach halb 10 auf dem Festplatz erfuhr, dass der sein Exemplar des Schlüssels zu Hause vergessen hatte, gab es eine lange Diskussion zwischen den beiden, die etliche Schuldzuweisungen enthielt. Kurz vor 10 Uhr war Axel dann losgelaufen, um seinen Schlüssel zu holen. Bekanntermaßen kam er jedoch nicht weit. Und da Jonte sein Exemplar inzwischen geholt hatte und weil er in allen Diskussionen, die sowohl die Entwurfszeichnungen, als auch die Kosten und die Ausführungsplanung der Pension betrafen, am Ende immer Recht behielt, ließ Axel ihm schlussendlich den Vortritt. Erneutes Erstaunen ergriff DIE JURY. Als Jonte sie einzutreten hieß, bot sich ihnen das gemütliche Bild einer kunterbunten Villa im Miniaturformat.

Alle haben mit ihrem persönlichen Eigentum dazu beigetragen, hustete Axel erneut.

Besonders freuten sich die Skrönaer, die im Inneren des Hauses etwas entdeckten, das einst ihnen gehörte.

Fühlt euch wie Zuhause, hörte man die Stimmen von vielen, die bangend und hoffend beobachteten, wie die Juroren ihr Bauwerk genauestens unter die Lupe nahmen.

Erneut notierten sie etwas in ihre kleinen Hefte und Pippa und Thorben machten Fotos. Wie schön, dass im Garten bereits Erdbeeren und Kräuter wuchsen. Simon stand etwas abseits und betrachtete das Geschehen. Die Pension sah tatsächlich sehr einladend aus. Doch ein Gedanke ging ihm die ganze Zeit über nicht aus dem Sinn. Die Leute wirkten so aufgeregt, dass sie ganz vergessen zu haben schienen, dass einer von ihnen ein Mörder war. Noch immer verriet derjenige sich nicht. Kein unbedachtes Wort von einem von ihnen und keine falsche Geste. Wie berechnend musste jemand sein, der mitten unter ihnen weilte und fröhlich tat und dabei in Wahrheit ein eiskalter Mensch war ? Simon fragte sich das noch, als DIE JURY längst von ihren Plätzen aus den Vorgängen folgte, die sie ins Jahr 1520 zurückversetzte. **Schwedens Rettung,** hatte Mikael Fransson sich den Titel des Theaterstückes in sein Heft notiert. Gebannt verfolgten die Juroren inmitten aller Bewohner des Dorfes (außer denen, die auf der Bühne gerade ihr Bestes gaben) die Handlung, die mit einem Pferd begonnen hatte, das sich nicht von der Stelle rührte. Das Mädchen, das die Zügel hielt, hob und senkte die Schultern und zeigte ein ratloses Gesicht, bis der Darsteller des Gustav Vasa genervt seinen Monolog unterbrach und dem Tier einen kräftigen Tritt in den Hintern verpasste, sodass es in Trab verfiel und das Mädchen Mühe hatte, mit ihm mitzuhalten. Mikael Fransson hatte kein komödiantisches Stück erwartet, als Axel, der neben ihm saß, ihm vor Beginn zuraunte, dass hier historische Ereignisse um den Schwedenkönig inszeniert worden sind. Der Darsteller des Schwedenkönigs vergas offensichtlich, an welcher Stelle er seinen Monolog unterbrochen hatte und begann deshalb nochmal von vorne. In einer unvergleichlichen Choreografie war er schwimmend ans Ufer der Insel gelangt und inzwischen hatten die Fischerfamilie, die ihn am Ufer fand, und deren Nachbarn ihn in eine Scheune geschleppt. Pippa hatte Thorben zugeflüstert, dass die Rolle mit einem schlankeren Mann wesentlich besser besetzt wäre. Jedenfalls wäre es für die anderen Darsteller besser gewesen, hatte er zurückgeflüstert und Pippa biss sich auf die Lippen, um nicht laut loszulachen. Gerade stellte sich heraus, dass die Scheune dem Jarl gehörte. Das war im Mittelalter der königliche Statthalter einer Landschaft und in Axels Augen praktisch eine Art Bürgermeister. Er hatte Lars zusätzliche Gelder für die Inszenierung versprochen, wenn der die Geschichte so schrieb. Erfreut rieb er sich jetzt die Hände. Der zukünftige Schwedenkönig, der sich auf der Flucht vor seinen dänischen Häschern befand, vergewisserte sich bei der Frau des Jarls, ob er hier wirklich sicher sei. Sie nickte ihm zu und reichte ihm einen Krug mit Wein. Lars hatte darauf bestanden, dass der Krug mit Wasser gefüllt sein muss. Vom Zuschauerraum aus könne man schließlich nicht sehen, ob es sich um Wasser oder Wein handele. Diesen Umstand nutzte Eilif für sich und bat Mila Bengtström, Lenarts Frau, ihm in dieser Szene den Wein einzuschenken, den er heimlich mitgebracht hatte. Immerhin konnte eine kleine Stärkung zwischendurch nicht schaden. So würde er es jedenfalls Lars erklären, falls der davon erfuhr. Nacheinander kamen vier weitere Darsteller auf die Bühne. Zwei Ehepaare, gefolgt von zwei Kindern. Sie waren neugierig geworden, was in ihrem Dorf vor sich ging. Einer der Männer trat an den Bühnenrand und Benka Nilsson klatschte unwillkürlich. Noch vor zwei Tagen litt sein Cousin Skalde an fürchterlichen Halsschmerzen, doch wenn es drauf ankam, gab er stets alles. DIE JURY war einhellig begeistert, wie gut dieser heisere Sprachgestus den Zweifler charakterisierte, den der Mann hier darstellte.

Wer sagt uns denn, dass dieser Fremde sich nicht bloß als Gustav Vasa ausgibt? Woher wisst ihr denn, dass er tatsächlich der ist, der uns von der Tyrannei der Dänen befreien will? Glaubt ihr ihm denn, dass er...

In diesem Moment brach Skalde die Stimme weg.

Genial, flüsterte Pippa Thorben zu.

Der eine oder andere riskierte im selben Moment einen kurzen Blick auf diesen deutschen Kommissar, der gerade leise mit Krister sprach. Wer weiß, warum die sich so gut verstanden. Immerhin waren sie alle beide Gäste auf der Insel. Unterdessen wurde ein Pappmond an einer Schnur am seitlichen Bühnenrand nach oben gezogen. Die Leute auf der Bühne begannen zu gähnen und ihre Köpfe aneinander zu lehnen. Einer von ihnen nieste unüberhörbar. Gustav Vasa nahm ein weiteres Mal den Krug, trank einen tiefen Schluck und begann zu erzählen. Die Leute auf der Bühne und die Zuschauer davor richteten sich gleichermaßen auf. Er erzählte von Unterdrückung und Knechtschaft, von den vielen Menschen, denen er auf seiner Flucht quer durchs Land begegnete. Von Hilfsbereitschaft und Nächstenliebe. Von Leid und Elend und von einer unstillbaren Sehnsucht nach Freiheit und Selbstbestimmung. Jemand schnäuzte in sein Taschentuch und Astrids Tochter fing an zu schreien. Astrid wollte keinen Augenblick der Handlung verpassen und stillte Emma an Ort und Stelle. In der Scheune des Jarls kam Bewegung auf. Die Männer, Frauen und Kinder standen auf, räkelten und streckten sich, Mila gab Eilif noch eine weitere Decke und alle verließen die Scheune. Alle bis auf eine der Frauen. Viveka wunderte sich, denn ihre ältere Schwester Victoria hatte ihr gar nicht erzählt, dass sie in der Theatergruppe mitmachte. Eilif breitete die Decke über Victoria und sich und dann schloss sich der Vorhang. Nach mehr als fünf Minuten rutschten die Leute unruhig auf ihren Stühlen rum, bis Lars aufgeregt nach vorne kam und erklärte, dass das Stück noch weitergehe. Hinter der Bühne mühte man sich derweil, den Vorhang wieder zu öffnen, der sich irgendwo verhakt hatte, bis der Jarl und seine Frau vor die Bühne kamen (wobei sie beide ein Lachen unterdrückten) und jeder eine der Stoffhälften aufklappte und mit einem Knoten an der jeweiligen Bühnenseite befestigte. Dann gab es eine weitere Nacht, in der Eilif Geschichten von seinem Leben als FREIHEITSKÄMPFER erzählte und wieder verbrachte er die Nacht mit Vivekas Schwester. Diesmal ließen sie den Vorhang wo er war. Schließlich konnte sich jeder denken, was erzählt werden sollte, als Eilif die Decke über sie beide breitete und Victoria praktisch fünf Sekunden später wieder darunter hervorkam und die Scheune verließ. Als die Männer und Frauen für eine weitere Nacht zusammenkamen, erzählten sie dem Gustav Vasa von ihrem Leben auf der Insel. Von ihrem Tagwerk und ihren Mühen. Von ihren Freuden und ihrer Sehnsucht nach Freiheit und Selbstbestimmung. Als diesmal der Pappmond erschien, die Leute die Scheune verließen und Eilif die Decke ausbreitete, stopfte Victoria sich ein Kissen unters Kleid. Der Pappmond wechselte seinen Platz mit einer blau-gelben Sonne und die beiden kamen unter der Decke hervor. Sowohl Eilif als auch Victoria schritten mit dickem Bauch bedächtig von der Bühne. Bedächtig schritt nun der Jarl, gespielt von Rudvalds Sohn Tormod, mit seiner Frau, gefolgt von Eilif und Victoria, hinter der Bühne hervor. Sie stellten sich direkt vor die Bretter, die für die Skrönaer einen weiteren Schritt zum möglichen Wettbewerbssieg bedeuteten. Eigentlich sollte Alvars Enkelin Pia jetzt das Pferd bringen, dass Tormod dem Eilif schenken würde. Doch weit und breit waren weder sie noch das Pferd zu sehen. Dann muss es eben auch so gehen, sagte sich Tormod und passte spontan seinen ursprünglichen Monolog an, indem Gustav Vasa und die Zuschauer erfuhren, dass am Ufer des Festlands ein Verwandter des Jarls ein Pferd für ihn bereithielt. Dass der Fischer mit seinem Boot ihn jetzt dorthin rudern würde, entsprach wieder seinem eigentlichen Text. Aufs Stichwort brach Victoria in Tränen aus. Typisch, dachte Viveka genervt, das hat sie früher schon immer gemacht, wenn es mal nicht nach ihrem Willen ging, damit sie ihn am Ende doch bekam. Aber diesmal funktionierte es offensichtlich nicht. Gustav Vasa verabschiedete sich von ihr, denn so ein Kampf für die Freiheit könne keine Rücksicht auf persönliches Glück nehmen. Dann ging er rechts außen entlang hinter die Bühne und Victoria verschwand entlang der anderen Seite ebenfalls hinter der Bühne. Eilif war froh, dass das mit dem Pferd nicht geklappt hatte, denn eigentlich hätte er vom Festplatz reiten sollen. Er hatte während der Aufführung allerdings so viel Wein getrunken, dass er so schnell wie möglich aus dem Blickfeld der Zuschauer verschwinden musste. Mila und Tormod lösten die Knoten am seitlichen Bühnenrand und so schloss sich der Vorhang. Einen Augenblick später trat Liva Lundholm vor den Vorhang, direkt an den Bühnenrand. Lasse war mehr als stolz, dass seine 16jährige Tochter den Schlussmonolog sprechen durfte. Das, was sie jetzt vortrug, ließ die Zuschauer unwillkürlich manchen verpatzten

Moment vergessen, der sie innerhalb der letzten Stunde zum Lachen gereizt hatte. Es war Goestas Text und keiner hatte eine Änderung daran vorgenommen:

„Wer ist der Geist, der das Leben will ergründen,
In Glück und Schmerz den rechten Weg zu finden?
Wie oft ist um uns dunkle Nacht,
In der vergeblich wir das Helle suchen,
Erdrücken will uns dunkle Macht,
Die keine Götter sondern Teufel schufen.
Vom Sturm sind Herz und Seel umtobt,
Ruhlos ist ihr Fühlen, Denken.
Doch brechen kann sie keine Not,
Solange sie sich Kraft und Liebe schenken.
Der dunklen Nacht folgt auch ein Morgenlicht
In dem sie wieder Frieden finden.
Dort, wo das Licht die Nacht durchbricht,
Wird jener Geist uns neues Leben künden."

Keiner sagte ein Wort. Kein Klatschen unterbrach die Stille, die sich in diesem Moment über den Festplatz legte. Bis Mikael Fransson aufstand und Thorben Longholm aufstand und Pippa Lundström zu klatschen begann und plötzlich alle in ihren Applaus einfielen. Die drei Juroren sahen sich an und nickten sich unübersehbar zu. Axel klatschte umso lauter, auch wenn er sauer auf Lars war, der im Stück nicht erwähnt hatte, dass die Frau, mit der Gustav Vasa drei Nächte verbrachte, eine direkte Vorfahrin von ihm gewesen ist. Natürlich wusste kein Mensch, was damals tatsächlich passierte, als der spätere Schwedenkönig auf seiner Flucht hier verweilte, doch eben deshalb hätte es genau so sein können. Endlich schickte Lars seine

Darsteller vor die Bühne, die sich wieder und wieder verbeugen mussten, während sie nach 10 Minuten darauf hofften, dass ihre lieben Freunde und Nachbarn endlich das Klatschen sein lassen mochten und sich stattdessen einen Platz an einem der Tische suchten, auf denen Schüsseln und Platten mit den leckersten Speisen um die hungrigen Mäuler konkurrierten. Nach und nach verteilten sich die Leute fröhlich um die Tische. Simon und Krister sprachen mit den Darstellern, die sich besonders über Kristers Feedback freuten. Immerhin war er ein Profi. Aber dass der Kommissar ihre Leistung lobte, freute sie natürlich auch. Besonders Ludvig, der sich nach der Probe mit dem Kommissar unterhalten hatte. Offensichtlich nahm niemand mehr es Simon übel, dass es ihm nicht gelungen war, den Mörder zu überführen. Und es schien ihm, als würde tatsächlich niemand mehr an den Mord denken oder daran denken wollen. Alle waren froh über Simons Idee mit den Möbeln und in ausgelassener Feierlaune. Jetzt konnte nichts mehr schiefgehen, es sei denn, den Juroren schmeckte das Essen nicht. Doch das war ausgeschlossen bei dieser reichlichen Auswahl. Alle hatten das Gefühl, als würde die Bewertung der JURY recht gut ausfallen. Axel war sich sogar sicher, dass eine Aussicht auf wenigstens den dritten oder den zweiten Platz bestand, wenn nicht ohnehin sogar... doch diesen Gedanken schob er schnell beiseite. Ein bisschen abergläubig war auch er. Zufrieden ließ er seinen Blick über den Platz schweifen. Seine Tochter mit diesem Eriksson zu sehen, war der einzige Dorn in seinem Auge. Aber was sollte er machen ? Er konnte von Glück reden, dass ihm dieser Quatsch mit dem Geisteraustreiben eingefallen war, sonst ständen sie jetzt dumm da. Und die Sache mit der Kirche war ja noch mal gut gegangen. Abgesehen davon, dass er diesen alten Bretterhaufen nun auf Kosten der Gemeinde sanieren lassen musste. Für einen Moment verdarb es ihm den Appetit. Die Scheune hatten sie wenigstens komplett abreißen können. An deren Stelle stand nun etwas Neues und wirklich Schönes. Dafür könnte er Jonte endlich mal einen Dank aussprechen, fiel ihm plötzlich ein. Er nahm sich einen Teller vom Buffet, schlängelte sich zwischen den Tischen hindurch, klopfte Jonte auf die Schulter und setzte sich für einen Moment zu ihm und dessen Frau. Gustaf stand inmitten einer Wolke aus Rauch und Hitze am Grill und strahlte übers ganze Gesicht. Axel hatte vorhin ganz schön was einstecken müssen von ihm, freute er sich und ebenso freute er sich darüber, dass seine Freunde und Nachbarn ordentlich zulangten und es sich schmecken ließen. Die Bühne war inzwischen von ein paar Musikern in Beschlag genommen worden. Das Programm bestand aus Volksliedern und Interpretationen moderner Popsongs gleichermaßen. Sein Blick suchte seinen Sohn. Auch für ihn und Finja freute er sich. Gustaf hatte das Mädchen schon immer gemocht. Er fand, dass sie gut zu seinem Sohn passte. Warum stand der jetzt auf und ging… ging Richtung Bühne ? Vor Jahren hatte er ihm mal Gitarrenunterricht bezahlt, aber irgendwann war dieses Hobby wieder eingeschlafen, erinnerte sich Gustaf. Niklas ging direkt auf Stellan Hallgren zu, den Gitarrenlehrer. Zu Gustafs Überraschung reichte Stellan Niklas eine Akustikgitarre und schloss sie an einen Verstärker an. Niklas schlug ein paar Akkorde an. Dann stellte er sich das Mikro zurecht und erhob seine Stimme.

„Come gather ´round people wherever you roam –
and admit that the waters around you have grown."

Jan-Henric stellte sich auf einen Stuhl und ließ seine Handykamera laufen. Allein Maria und Gustaf schauten sich auf YouTube in den nächsten Wochen mindestens fünfzig Mal an, was Niklas jetzt hier sang und Bob Dylan in dem Jahr schrieb, als sie beide auf die Welt kamen.

„Come writers and critics –
who prophesize with your pen –
and keep your eyes wide."

Manche Leute unterbrachen ihre Gespräche, um dem Lied zu lauschen.

„Come senators, congressman – please heed the call –
don't stand in the doorway – don't block up the
hall".

Pippa tanzte ausgelassen mit Anders und Thorben, der gerade neben Axel stand, gratulierte dem Bürgermeister zu so viel künstlerischem Talent in seiner Dorfgemeinde.
Ja, wir sind alle sehr stolz auf unseren Niklas, antwortete Axel, ohne mit der Wimper zu zucken.
Immerhin sah er dem restlichen Verlauf des Tages gelassen entgegen. Alle waren in bester Stimmung und die Ausgelassenheit der Skrönaer berührte die drei Juroren sehr, die sich mal da und mal dort zu jemandem setzten, um einen umfassenden Eindruck von der gesamten Dorfbevölkerung zu gewinnen. Als Niklas die Gitarre zurückgab, die Bühne verließ und zum Buffet ging, kreuzte Lars seinen Weg, was von Anders nicht unbemerkt blieb. Der flirtete schon den ganzen Tag bewusst mit der stellvertretenden Chefin des Tourismusverbandes. Und zwar vor allem deshalb, damit er nicht vor aller Augen zu viel Zeit mit Lars´ Frau Solveig

verbrachte, mit der er seit Jahren eine Affäre hatte. Dass sein Verhalten zudem die Entscheidung der JURY möglicherweise positiv beeinflusste, sah er als optionalen Bonus an. Dass jetzt aber Niklas mit Lars sprach, beunruhigte ihn. Da er und Solveig die beiden Teenager zusammen im Wald gesehen hatten, war es äußerst wahrscheinlich, dass die beiden auch sie zusammen gesehen hatten. Wenn Niklas Lars jetzt davon berichtete, war es sicher besser, sofort jedweden Verdacht auszuräumen, damit ihnen die Sache nicht um die Ohren flog. Er wartete, bis Niklas weiterging und lief dann direkt rüber zu Lars. Wenn er schon ins offene Messer rannte, dann doch wenigstens, um es Lars aus der Hand zu nehmen.

Hör mal, Lars, sprach er ihn kumpelhaft an.

Das abends im Wald mit deiner Frau, das war so, dass sie mir geholfen hat, ein paar Kräuter gegen Bluthochdruck für meine Patienten zu sammeln. Sie hat doch mal so eine Kräuterwanderung bei Svante mitgemacht. Dieses Kräuterzeug ist gar nicht alles so schlecht, wie ich immer dachte.

Lars verstand kein Wort von dem, was Anders sagte. Seine Frau war doch letzte Wochen jeden Nachmittag zu einer Freundin gegangen, die die Grippe hatte, um ihr im Haushalt zu helfen und war immer erst spätabends von dort wiedergekommen. Als es ihm plötzlich zu dämmern begann, lud er Anders unumwunden ein, sich mit zu ihm und seiner Frau an den Tisch zu setzen und gemeinsam zu essen.

Ist doch schon bald Jahre her, dass wir dich mal zum Essen zu uns eingeladen haben. Warum unterhalten wir uns nicht mal wieder alle miteinander?

Anders brach der Schweiß aus. Er nahm sich einen Teller vom Buffet und als er Lars an den Tisch folgte, blickte er ernüchtert in Solveigs erschrockenes Gesicht und dem

Unausweichlichen entgegen. An einem der anderen Tische saß Kristian mit ein paar von den Fußballspielern, die sich gegenseitig beim Wetten überboten, wie viele Tore er in dieser Saison noch schießen würde. Es war das erste Mal, dass sie ihm direkt sagten, dass sie ihn für den Talentiertesten unter ihnen hielten. Umso mehr wunderten sie sich, dass er kaum mal lächelte.

Mach dir nichts draus, sagte Almrik aufmunternd.

Der Kommissar hat den Täter schließlich auch nicht gefunden. Du machst den Job doch grad mal ein Jahr. Du wirst schon noch allen beweisen, was du drauf hast.

Hast du ja schon, meinte Olger.

Du hast dich Axel entgegengestellt.

Alle lachten. Und stimmten Olger kopfnickend zu.

Danke, aber das ist es gar nicht, senkte Kristian den Kopf.

Wie konnte es denn sein, dass einer von ihnen heute traurig war ?! Dagegen mussten sie unbedingt etwas tun und fragten Kristian, was denn mit ihm los sei.

Naja, druckste er herum, *eigentlich besuche ich samstags immer einen Freund auf dem Festland.*

Ist doch kein Grund traurig zu sein, wunderte sich Gunnar.

Hättest ihn doch heute zu uns auf die Insel einladen können.

Ich weiß nicht, sagte Kristian vorsichtig.

Na ist doch egal, dass es heute um unser Dorf geht, bestätigte Arne.

Ein Freund von einem von uns ist auch unser Freund.

Naja, er ist nicht irgendein Freund.

Wie meinst du das ?, fragte Sven.

Nach und nach dämmerte es ihnen und stirnrunzelnd sahen sie Kristian an. Jeder trank sein Bier und keiner sagte mehr etwas. Kristian hielt sich mit beiden Händen an seinem Glas fest und schaute irgendwohin in die Menge. Die meisten Leute aßen, andere tranken und sprachen fröhlich

311

miteinander. Einige tanzten und am Nachbartisch stimmte einer ein Trinklied an.

„Helan går – sjung hopp fallerallan lallan lej".

„Helan går – sjung hopp fallerallan lej", fielen an den Tischen drum herum alle mit ein. Außer den Fußballern.

Die Liebe geht manchmal seltsame Wege, sagte Olger als erster von ihnen etwas.

Genau, schaut euch doch die beiden da drüben an, sagte Almrik und zeigte auf Elsa, die Göran gerade zum Tanzen aufforderte.

Ich wette, dass jeder dachte, dass Göran sich nicht die Bohne für Frauen interessiert.

Stimmt, meinte Arne.

Da hast du recht, ergänzte Sverger.

Kristian trank einen Schluck und sah die anderen an.

Bist du glücklich ?, fragte Gunnar und hob sein Glas.

Ja, sehr.

Das ist alles, worauf es ankommt. Unglückliche Paare gibt es schon genug.

Darauf hoben alle ihre Gläser und stießen mit Kristian an.

Bring ihn halt mal mit oder so, meinte Almrik vorsichtig.

Und damit war das Thema abgeschlossen. Der Tag begann, sich langsam dem Ende zu neigen. Obwohl jeder aß, was das Zeug hielt, gab es noch immer so viel zu Essen, dass man die Feier noch auf den Sonntag ausdehnen konnte. Immerhin fand dann der Bootswettbewerb statt, zeitgleich mit der Abreise der JURY. Also konnten sich morgen alle nochmal zum Feiern zusammenfinden. Niklas hatte etwas mit ein paar Freunden getrunken, während Finja ihren Freundinnen unter anderem von der Elchkuh und ihrem Kalb erzählte. Jetzt standen sie in der Nähe des Lagerfeuers, das entzündet worden war, nachdem Gustaf den Grill löschte.

Ganz schön mies von deinem Vater, dass er dich geohrfeigt hat, meinte Niklas plötzlich.

Es hat ihn ja auch mächtig überrascht, was ich zu ihm gesagt hab, lächelte Finja.

Du hast ihm also gesagt, dass wir die Insel auf jeden Fall verlassen werden?

Ich hab ihm gesagt, dass ich schwanger bin von dir.

Niklas musste sich verhört haben. Oder etwa nicht? Der Anflug eines Lächelns erschien auf seinem Gesicht.

Und... und... seit wann weißt du es? Geht es dir gut?

Finja lachte und umarmte ihn ganz fest.

Aber ich bin doch gar nicht schwanger. Das hab ich nur gesagt, damit er weiß, dass es mir ernst ist mit dir.

Niklas löste sich von ihr und suchte ihre Augen.

Bist du jetzt sauer auf mich?, fragte sie ihn.

Naja. Sauer? Ich finde, wir sollten diese Lüge einfach ganz schnell aus der Welt schaffen.

Axel, Gustaf, Maria und Mätta sahen, wie ihre Kinder den Festplatz verließen. Hoffentlich, dachten beide Mütter und Väter, würden sie sie bald wiedersehen. Die beiden Frauen saßen bereits seit weit mehr als einer Stunde im Gespräch zusammen an einem der Tische, registrierten überrascht ein paar Dorfbewohner. Und die anderen Dorfbewohner beobachteten verwundert, wie Axel sich jetzt zu Gustaf stellte. Die beiden wurden weder laut, noch gifteten sie sich an. Nur zu gerne hätte jeder gewusst, was sie miteinander sprachen. Mikael Fransson und Pippa Lundström stellten sich auch ans Lagerfeuer und Thorben Longholm setzte sich neben Per, der ein Glas Limonade trank. Thorben fragte den jungen Mann, was ihm hier in seinem Heimatort am besten gefiel. Per freute sich, denn sonst fragte ihn nie jemand nach seiner Meinung. Ohne zu zögern sagte er, dass er die Kirche putzt und es am schönsten findet, dass er

Carlsson nun jeden Tag sehen kann. Schon zu dessen Lebzeiten mochte er den Dorfältesten sehr gerne.

Keiner weiß, wer ihn erschlagen hat. Aber seit er in der Eistruhe hinterm Altar liegt, kommen die Leute viel öfter in die Kirche.

79

Eine knappe halbe Stunde später hatten sich die Skrönaer am Ufer versammelt und sahen schweigend zu, wie die Fähre sich dem Festland näherte. Mikael Fransson war Diplomat genug gewesen, um sich noch auf dem Festplatz mit ein, zwei höflichen Worten von Axel zu verabschieden.

80

Die Sonne, die an diesem Morgen gleißend hell die Insel überstrahlte, empfanden manche der Bewohner als Hohn. Andere fanden nur, dass sie in keinster Weise zum aktuellen Geschehen passte. Trostlos wirkte der Festplatz auf die, die eben ankamen, um die Ordnung wenigstens dadurch ein wenig wieder herzustellen, indem sie ihn aufräumten. So, wie sie ihn gestern Abend abrupt verlassen hatten, lag er jetzt vor ihnen. Ein großer Teil des übriggebliebenen Essens war inzwischen hinüber. Und das, was noch gut war, wollte keiner mehr anrühren. Per verstand nicht, warum gestern alle so plötzlich gegangen waren, doch niemand nahm ihm das übel. Und die Leute der Modellbaugruppe sahen nicht ein, warum sie auf ihren langersehnten „Wettbewerb um das Blaue Band" hätten verzichten sollen. Ein paar Neugierige waren mit ihnen ans Ufer gekommen. Manche wollten damit auch das Bild vertreiben, das für den anderen Wettbewerb stand, den sie gänzlich unerwartet von einem Moment auf den anderen nun so eindeutig verloren hatten. Dass Krister und Simon spontan die geldgefüllte Truhe holten und Axel überreichten, hatte weder ihn noch irgendeinen Anderen aufmuntern können.

Was sollen wir denn jetzt noch damit ?, klang seine Stimme tiefdeprimiert.

Die Autobrücke bekommen wir ja doch nicht.

Dann nehmen wir es eben für die Sanierung der Kirche, schlug Melker vor, wobei er darauf achtete, sich seine Freude nicht anmerken zu lassen.

Nach und nach zogen sich die Leute in ihre Häuser zurück. Gut geschlafen hatte keiner von ihnen. Auch Simon nicht. Die drei Wochen, in denen er ursprünglich an einem Fernsehfilm hatte mitwirken sollen, waren verstrichen und auch für ihn wurde es nun Zeit, nach Hause zu gehen. Zu fahren, vielmehr. Und zu fliegen, undsoweiter. Von Kristian hatte er sich bereits während der Feier verabschiedet. Simon war irgendwann an den Tisch der Fußballer gegangen, die Kristian gerade für irgendetwas *Viel Glück* und *Alles Gute dafür !* wünschten. Er fand, es gehörte sich nicht, nach dem Grund zu fragen und vermutete, dass es mit dessen Arbeit als echter Polizist zu tun hatte und der Ergreifung des Täters, die noch immer ausstand. Immerhin waren die Leute respektvoll genug, Simon sein Versagen nicht unter die Nase zu reiben. Rückblickend betrachtet, erschien ihm die Zeit auf Skröna irgendwie doch wie eine Art Urlaub. Immerhin bedeutete „Urlaub" eine Auszeit vom Alltag. Nun war es Zeit, sich dorthin auf den Weg zu machen. Wie das alles hier in ihm nachwirken wird, würde sich noch zeigen. Göran und Krister begleiteten ihn bis zur Fähre. Eigentlich sollte DIE JURY jetzt auch hier sein.

Schnell schoben sie diesen Gedanken wieder fort. Der Knall, den der Schuss aus Lars´ Waffe verursachte, markierte den Start des Wettrennens, das nun offensichtlich doch mehr als das halbe Dorf mit verfolgte.

Danke, Göran !, reichte Simon ihm die Hand.

Göran sah ihn an, schlug ein und schüttelte sie lange.

Tut mir leid, wenn ich Mist gebaut habe, sagte Simon.

Göran sah ihn noch immer an.

Du hast es wahrscheinlich nicht bemerkt, aber deine Ermittlungen haben Einige hier dringend gebraucht, sagte er und lächelte dabei. Dann wünschte er ihm eine gute Reise und ging davon in die Richtung, aus der Elsa und Sofia gerade gelaufen kamen. Krister klopfte Simon auf die Schulter.

Schön, dass du da warst, sagte der Schauspieler.

81

In den nächsten fünf Wochen drehte sich die Welt weiter jeden Tag um sich selbst. Und wie jedes lebende Wesen es tat, hoffte auch sie, dass sich in ihrem Universum die Dinge mehr und mehr zum Guten wendeten.

82

Bereits seit ein paar Tagen stand Simon wieder am Set seiner Krimiserie. Er freute sich, die vertrauten Gesichter zu sehen und routiniert hatte er in sein Element gefunden. Manchmal dachte er mitten am Tag an seine Reise nach Skröna, auch wenn die Einzelheiten mehr und mehr zu verblassen begannen. Als er sich nach dem Mittagessen gerade in seinen Wohnwagen zurückziehen wollte, weil die nächste Szene ohne ihn gedreht wurde, kam der Regie-assistent eilig angelaufen. Welche kurzfristige Änderung gab es denn jetzt zu besprechen ?, fragte er sich, als der ihm das Set-Telefon in die Hand drückte.

Du hast fünf Minuten, Simon, dann brauche ich es wieder, ließ er ihn stehen.

Konnte das wahr sein ? So klar, als stünde er neben ihm, begrüßte ihn Krister. Simon wäre beinahe aus allen Wolken gefallen.

Wie hast du... ?

Es sei leicht gewesen, ihn über das Produktionsbüro zu erreichen, meinte Krister.

Abgesehen davon, dass sie mir zuerst nicht glauben wollten, wer ich bin, lachte er.

Und nachdem er sich nach dem Wetter in Deutschland erkundigte hatte, erzählte er Simon ohne Umschweife, was sich in den letzten Wochen auf einer kleinen schwedischen Insel von gerade mal zehn Quadratkilometern Größe ereignet hatte:

Gleich am Montag nach seiner Abreise (und der der JURY am Tag zuvor), hatte Axel die Behörden in Stockholm informiert. Den Tatort könne man vergessen, meinten die Ermittler, der sei inzwischen durch zu viele sekundäre Spuren verunreinigt. Doch der Pathologe machte eine interessante Entdeckung, die zweifelsfrei belegt, dass Carlsson an einem Herzinfarkt gestorben ist. Die blutige Verletzung hatte er sich bei dem dadurch verursachten Sturz zugezogen. Fremdeinwirkung sei vollständig ausge-schlossen. Axel, Anders, Lars, Stig, Gustaf und Göran mussten sich nun wegen Störung der Totenruhe verant-worten. Allen voran jedoch Melker. Außer Gustaf und Göran hatten alle zu bestreiten versucht, an der Sache mit der Eistruhe beteiligt gewesen zu sein. Doch als der Pfarrer endlich erkannte, dass zu leugnen in seinem Fall so gar keine Chance hatte, verriet er die Anderen vom Stammtisch. Weil Göran freiwillig mit den Behörden kooperierte, erlegte man ihm die mildeste Strafe auf. Axel und Melker trafen wegen ihrer mittelbaren Täterschaft schwerwiegendere Konsequenzen. Kurze Zeit darauf beschwerte Axel sich bei allen darüber, dass ihn offensichtlich jemand beim Finanzamt verpfiffen hatte wegen seiner falsch angegebenen Grundstücksgröße. Dass er sich allerdings sicher war, dass nicht Gustaf der verräterische Übeltäter sei, machte es ihm ein kleines bisschen leichter, jetzt nicht nur eine saftige Geldstrafe wegen der Sache mit Carlsson aufgebrummt zu bekommen, sondern auf einen Schlag auch zigtausende Kronen Grundstückssteuer nachzahlen zu müssen. Simon glaubte, seinen Ohren nicht zu trauen. Konnte das tatsächlich wahr sein? Von Weitem sah er den Regieassistenten winken, der offensichtlich das Set-Telefon zurückhaben wollte. Doch Krister hatte noch mehr zu erzählen. Auch wenn die Skrönaer nicht tratschten, berichtete er Simon weiter, so hatte sich doch die Nachricht, dass jemand Gustaf und Axel zusammen beim Angeln draußen in einem Ruderboot gesehen hatte, in Nullkommanichts im Dorf verbreitet.

Das Beste aber, hörte Simon ihn durchs Telefon lachen, *das kommt noch.*

In den letzten drei Wochen war nach und nach aufgedeckt worden, dass mehrere Gemeinden, die ebenfalls im Wettbewerb konkurrierten, in krumme Geschäfte mit einer Bank verwickelt sind. Und so bekommen die Skrönaer nun doch noch ihre Autobrücke. Am nächsten Wochenende feiert „Schwedens Schönstes Dorf" das dritte große Fest in diesem Sommer.

Und Mätta hat mich gebeten, dich einzuladen, schloss Krister seine Ausführungen.
Wenn du willst, kannst du in der Pension übernachten, sagt sie. Als deren erster Gast.

**Ende
(und Anfang liegen immer nah
beieinander)**

Textnachweise

Die Monologtexte des Theaterstückes auf den Seiten 192 und 306 stammen aus einem Brief von Gerd Alexander Gustav Salis an seine Frau – Im Felde, den 3. April 1945. Zu diesem Zeitpunkt, zwei Wochen vor seinem Tod im Gefecht, war er 24 Jahre alt.

Die Liedzeilen auf Seiten 308 und 309, gesungen von Niklas, gehören Bob Dylan: „The times they are a-changin". Am 13. Januar 1964 wurde dieses Original erstmals veröffentlicht und seitdem bisher 41 Mal von Musikern aus der ganzen Welt gecovert. Die Version von Fort Nowhere (2019) berührt mich neben Dylan´s am meisten.

Bei dem Text des Trinklieds auf Seite 312, handelt es sich um die beiden Anfangszeilen des bekanntesten schwedischen Schnapslieds „Helan går".

Zwei schwedische Kochbücher haben die genannten Gerichte inspiriert: „Schärensommer. Meine Lieblingsrezepte" von Viveca Sten und „Das Lagerfeuerkochbuch. 95 Gerichte für draußen" von Niklas Ekstedt, das mir genau zu dem Zeitpunkt „über den Weg lief", als ich schrieb, wie Finja mit ihrem Niklas in den Wald abtaucht.

Der Textauszug auf Seite 74 entstammt „Gamla Moder Jord", einem traditionellen schwedischen Frühlingslied.

Die Verse auf Seite 10 stammen aus der Feder von Friedrich Schiller, der sein Theaterstück „Kabale und Liebe" nannte, das am 13. April 1784 uraufgeführt wurde.

Den auf Seite 288 beschriebenen Ehering fand ich auf https://michelwald.de/. Rosenholz & Ahorn Türkis. Wunderschöne Ringe aus Holz für alle, die sich trauen.

Danksagung

Als das Manuskript am letzten Tag des Jahres 2018 in Bristol inhaltlich vollständig und sprachlich in einer vorläufigen Fassung vorlag, dankte ich innerlich zutiefst denen, die während des Schreibprozesses mit mir an diese Geschichte geglaubt haben. Jenen, die mich mit ihrem Fachwissen dabei unterstützten, möchte ich hier von Herzen DANKE sagen. André Herrmann, mögen deine beruflichen Herausforderungen deiner Gelassenheit und deiner Freundlichkeit nie etwas anhaben. Patrick Tondera, dir danke ich für deine unglaubliche Geduld, mir die technischen Details von Schiffen zu erklären und diese zu zeigen, während du zig Projekte gleichzeitig gestemmt hast. Möge dir für alle weiteren nie die Puste ausgehen. Mein Dank gilt ebenso deiner Frau, die mich wie du auf notwendige technische Korrekturen im Manuskript hingewiesen hat. Eure Gastfreundschaft berührt mich noch immer. Dethart von Normann, Ihnen als ehemaligem Finanzamtsleiter danke ich sehr dafür, dass Sie mir die Gelegenheit gaben, Einblicke in die Arbeit der Steuerfahndung zu gewinnen. Die Gespräche mit Ihnen zu Film und Literatur waren mir eine große Freude. Und euch, Christoph Kukula und Eike Goreczka von der 42film GmbH, kann ich gar nicht genug danken, dass ihr die Idee hattet, meine Geschichte von einem verschlafenen Dorf irgendwo in der deutschen Pampa ins europäische Ausland zu verlagern und obendrein einen echten Schauspieler auftreten zu lassen. Seitdem sind Jahre ins Land gegangen und die Welt hat sich weiter jeden Tag um sich selbst gedreht. Wie jedes lebende Wesen es tut, hofft auch sie, dass die Dinge sich mehr und mehr zum Guten wenden. „Für alles kommt die Zeit", singt Marlene Dietrich.